목련의 꽃 |2|

무혼의 꽃

2

최정원
장편소설

황금가지

차례

十. 여름의 한가운데 — 7

十一. 아는 사람, 모르는 사람 — 44

十二. 비틀린 해결 방법 — 99

十三. 길 잃은 자들의 지도 — 141

十四. 한 걸음 — 195

十五. 그날, 별이 많이 떴다 — 233

十六. 너를 위해 — 302

十七. 길 끝에서 기다리는 것 — 349

十八. 당신의 두 손에 — 390

十九. 어느 맑은 날 — 423

十. 여름의 한가운데

미랑은 거창한 한숨을 내쉬며 부엌을 나섰다. 환자의 용태를 살피려 방으로 향하던 차에, 낯선 인기척이 느껴졌다. 안에서 여자 목소리가 들려왔던 것이다. 그것도 무려 노랫소리가.

깜짝 놀라 문을 연 그녀의 눈이 휘둥그레졌다.

"너……!"

"쉿!"

토끼처럼 눈을 동그랗게 뜬 솔이 기겁해서 손가락을 입 앞에 세웠다. 미랑이 고개를 끄덕였다. 솔은 조용히 몸을 일으켜서 살금살금 방을 빠져나왔다. 소리 없이 문을 꼭 닫고 돌아서서, 불벼락을 대비했다. 마주선 둘의 얼굴은 똑같이 새파랗게 질려 있었다.

"그, 그게 제가……!"

"어, 오해 마라. 그냥 도성 안에 사시는 도련님 친우분이시다!"

"그랬…… 뭐, 뭐? 그렇게 사이 나쁘더니 언제부터 둘이 친구?"

"응?"

실수했다. 들키면 안 되는 손님을 들켰다는 생각에 너무 당황해 버렸다. 미랑은 얼른 정신을 차렸다.

"그건 그렇고! 넌 왜 남의 집 안에 마음대로 들어가고! 내가 그렇게 가르쳤냐, 응?"

"아니, 들어가려고 했던 게 아니라…….."

엉덩이를 후려치려는 큼직한 손을 얼른 피하며, 솔은 마당으로 뛰어내렸다.

"저 다음에 다시 올게요!"

"오지 마!"

"아, 아빠가 도와주셔서 감사하다고 전해 달래요. 저도 감사해요, 아주머니!"

솔은 제일 중요한 용건을 제일 마지막에 던지고는 내뺐다.

"이솔 너!"

미랑의 고함소리를 뒤로 하고 열심히 달렸다.

***

"아, 놀랐다."

솔은 가슴에 손을 얹고 심호흡을 했다. 그리고 고개를 돌려 현의 집을 힐끔 돌아보고는, 내키지 않는 걸음을 떼었다. 아무래도 이해가 가지 않았다. 묵호 나리께서 어쩌다가…… 다시 떠올리자마자 마음이 무거워졌다. 그동안 미운 정이라도 쌓였던 것인지, 계속 신경이 쓰이고 걱정이 되었다. 솔 자신도 이상하게 느껴질 정도로 마음이 너무 안 좋았다.

분명히 병은 아니고 어디서 칼이나 뭔가에 맞은 듯한 상처였다. 꽤 대단한 무관이셨다 들었건만 헛소문이었던가.

"하긴. 차사님 정도 되시는 분이 또 있으려구."

그런데 왜 또 현이 오라버니의 집에 계신 것일까. 자기 집도 있고, 음. 주로 계신다던 기루도 있지 않은가. 둘 다 이 쬐그만 마을의 좁아터진 초가집보다는 나을 것이었다. 그런데 어째서…….

"어째서 제일 안 맞을 것 같은 둘이?"

친우라고? 언제부터? 이름만 양반인 가난뱅이에, 평생 책만 끼고 산 바른 생활 백면서생과, 화려 찬란한 가문 출신이긴 한데 호적에서 파이기 직전이라는 망나니 한량 무관이?

솔은 이해할 수 없었다. 독경회 장소에서 처음 만났을 때나 병판 댁 대문 앞에서 두 번째 만났을 때나, 그 둘 사이에는 분명히 살벌한 기류가 흘렀다.

도대체 무슨 일이 일어나고 있는 것인지 알 수가 없었다. 현이 오라버니를 만나 보는 게 좋을 것 같았다. 답을 줄 수 있는 다른 사람은 아무래도 입을 여는 것도 힘들어 보였으니까.

"……."

솔은 멈춰 섰다. 그리고 자기 두 손을 물끄러미 들여다보았다. 아직 그 체온과 촉감이 남아 있는 듯한 두 손을.

쿵, 쿵.

가슴이 이상스럽게 뛰었다.

……나, 도대체 뭘 했던 거지?

머리끝까지 열이 차올랐다. 솔은 급히 고개를 내저어서 머릿속 가득 찬 생각들을 뿌리쳤다. 그리고 정신없이 달리기 시작했다.

집에 도착해 보니, 동이가 어느새 일어나 아침밥까지 만들어 놓고 기다리고 있었다. 솔은 송구스러워졌다.

"그냥 쉬지, 뭘 또……."

"무슨 소리야. 신세지는 게 얼만데 밥값은 해야지."

등 뒤에 업힌 아기가 헤죽헤죽 웃었다. 차린 밥을 얼른 먹고, 돼지코를 만들어 보여 아기를 또 한참 웃긴 솔은 다시 집을 나섰다. 이젠 게으름 부릴 시간이 없었다. 태출의 몫까지 열심히 일해야 또 오늘 겨울과 새봄을 무사히 넘길 수 있을 테니까.

몇 마지기 안 되는 밭 위로 땡볕이 쏟아졌다. 머릿수건을 흥건히 적시고도 또 흘러내리는 땀방울을 손등으로 훔쳐내며, 솔은 열심히 김을 맸다. 어금니를 꼭 깨물고, 아무 생각도 하지 않고 몸만 움직였다. 참으로 가져 온 주먹밥을 우물거리며 잠시 앉은 것이 유일한 휴식이었다. 밭을 가로지르는 나무 그림자를 곁눈질한 후 솔은 다시 밭으로 돌아갔다.

이윽고 허리를 폈을 땐 벌써 정오를 한참 지난 시각이었다. 솔은 붉게 물든 얼굴로 숨을 몰아쉬었다. 코밑을 흐르는 땀방울을 슥 닦고, 그녀는 자신의 업적을 천천히 감상했다. 그리고 길로 기어 올라와 나무 그늘 아래에 주저앉았다.

몇몇 사람이 지나쳐가며 인사했다. 솔도 마주 웃으며 반갑게 인사했다. 기다리던 인물은 그리 오래 걸리지 않아 저편에 나타났다.

"오라버니!"

현은 조금 놀란 듯했다. 하지만 이내 부드러운 미소를 지으며 솔 앞으로 다가왔다.

"아버지는 벌써 떠나셨나 보구나."

"네. 아침 일찍 출발했어요. 어디 다녀오시나 봐요?"

현이 손에 들린 약재 꾸러미를 뒤늦게 등 뒤로 숨겼다. 솔은 피식 웃었다.

"댁에 환자가 계시던데요."

"……그새 다녀갔구나."

현의 얼굴에 그림자가 졌다.

"내가 먼저 네 집을 찾을까 했는데 한 발 늦었군. 그래. 그렇게 되었다."

"많이 다치신 거예요?"

"아니다. 사나흘이면 벌떡 일어나서 걸어 나가 버릴 거야. 취중에 넘어져 구르다 생긴 상처인데 뭐 그리 대단하겠느냐. 사람들이 비웃을까 부끄러워서, 동행한 죄로 내가 맡아 숨겨 주고 있는 것뿐이란다."

"취중에 넘어졌……다구요? 동행?"

"이야기 하다 보니 재미있는 친구 같아서, 내 간밤에 백화루에 들러 함께 술잔을 나누고 왔지. 이렇게 될 줄 알았으면 안 갈 것을 그랬다."

솔은 어, 어 소리만 내며 눈을 깜박였다.

"배, 백화루요? 오라버니가?"

"그래. 내 얼굴이 제법 봐 줄만 하긴 한가 보더구나. 진귀한 경험을 하고 왔다."

현은 생각에 잠긴 듯 팔짱을 끼고 고개를 끄덕였다.

"그래도 한양 제일의 기루라는 명성은 좀 과장된 듯하더라. 너보다 고운 여인이 어째 하나도 없……!"

"으아아! 또! 또 허튼 소리 하면 오라버니가 숨긴 쌀엿 위치 미랑 아주머니한테 다 일러바쳐 버릴 거예요!"

"아니, 왜 난 사실도 말 못 하는……."

솔이 시뻘게진 얼굴로 눈을 부라리자 현은 두 손을 들어 보였다.

"내가 잘못했다."

"자꾸 엉뚱한 소리 하실 거예요? 그 나리께서도…… 어디서 어떻게 넘어지면 저런 상처가 나요?"

"네가 아직 잘 모르는구나. 술이 못 해내는 일은 없단다."

알 수 없는 소리였다.

"그나저나 넌 괜찮으냐?"

"네?"

솔은 이야기를 따라가기가 버거워졌다.

"네가 지금 남 이야기할 여유가 어디 있다고. 얼마나 정신이 없었으면……."

현이 손을 들어올렸다. 긴 손가락이 흙투성이가 된 솔의 눈 밑에서, 풀뿌리 한 가닥을 떼어 냈다.

"아."

흙 묻은 손으로 땀 닦다가 들러붙은 모양이었다. 솔은 괜히 민망해져서 얼굴을 더듬었다. 그때였다.

"잠깐."

현의 목소리가 딱딱하게 굳었다.

"그 팔, 내놓아 보거라."

"네? 팔이 왜…… 아."

손목. 아까 잡힐 때 꽤나 아프다 싶었는데 시퍼렇게 멍이 들어 있었다. 솔은 얼른 손을 등 뒤로 감추며 헤실 웃었다.

"아아 이거! 괭이질 너무 열심히 하다가 돌부리에 부딪혔어요. 신경 쓰지 마세요."

현은 손을 숨긴 솔의 허리춤을 묵묵히 내려다보았다. 난처한 듯, 온화한 듯, 짓궂은 듯, 그런 미소들을 항상 입가에 걸고 있던 현이었다. 지금 그는 솔이 한 번도 본 적 없는 표정을 짓고 있었다.

"솔아. 들어볼 테냐?"

현이 고개를 들었다. 그러나 솔의 눈을 마주하려나 싶었던 시선은 그녀의 귀밑머리 옆을 날아, 저 옆으로 넓게 펼쳐진 논밭을 향했다.

"보다시피 나는 견문도 지식도 보잘 것 없는 시골 선비란다. 다만, 자랑할 일은 아니다만 내 연배의 다른 학자들보다 조금 더 많은 일들을 경험해 보긴 했지. 머리가 둔하니 몸으로 겪어 배우라는 하늘의 뜻이 아니었나 싶다."

솔은 그의 옆얼굴을 멍하니 바라보았다. 반만 뜬 눈은 저편, 어딘지도 모를 아주 먼 곳을 향해 있는 듯했다.

"확실히 몸으로 겪으니 뼈에 새겨지더구나. 그 가르침으로 내가 깨달은 것이 무엇인지 아니?"

"무엇인데요?"

"하고 싶은 일은 반드시 해 버려야 한다는 것이다."

"……네?"

"그러다 이런 일이 벌어지는 게 아닐까, 저런 손해를 입지 않을까, 고민하는 사이에 세상은 그 하찮은 선택의 기회까지 휩쓸어가 버리더구나. 도대체 무엇을 위한 고민이었나. 어찌나 허무하고 낯 뜨겁던지, 남은 빈손이 어찌나 부끄럽고 원망스러웠는지 모른다. 그때 그 말, 그냥 해 버릴 것을. 그랬다면 막을 수 있었을지도 모르는데."

얕은 한숨이 섞였다.

"후회는 때로는 독보다 지독하더구나. 그래서 나는 네가 나처럼 되지 않기를 바라왔다. 하고 싶은 것이 있다면, 해야 한다고 생각되는 것이 있다면 해야 한다. 해냈으면 좋겠다고 생각한다. 그래서 가끔은 못 본 척도 하고…… 아니. 아니다."

현은 고개를 가로젓고는 그제야 솔을 마주보았다. 얼굴 가득 의문을 품은 솔은 혼란스러워 보였다. 현은 어린 시절에 그랬던 것처럼, 다시 그녀의 머리 위에 자기 손을 얹었다. 솔이 목을 잔뜩 움츠리고는 뭐라 항의하려고 입을 벌린 순간이었다.

"하고 싶은 일, 계속 하거라. 하지만 조심하렴."

"무엇을요?"

"네가 원하지 않는 일을 원하는 일인 것인 것처럼 착각하게 만드는 자들."

솔의 입가가 굳었다.

"너를 알고 있는 자들. 네 능력을 알고, 자신을 위해 너를 기꺼이 사용하려 들 자들 말이다."

"……."

솔은 입을 열었다. 열었다 닫았다 몇 번 머뭇거리던 그녀는 이윽고 겨우 말마디를 만들어 냈다.

"저……도 바보는 아니에요."

"그래. 그렇지."

현은 솔의 머리에서 손을 뗐다. 크고 흰 손은 머뭇거리며 허공을 헤매다, 힘들게 제자리로 돌아갔다. 현은 웃었다.

"미안하다."

***

"도련님. 아까 솔이가……."

"네, 마침 오다가 만났습니다. 제가 잘 이야기해 두었으니 걱정하지 마세요."

미랑의 얼굴이 그제야 펴졌다. 현은 약재를 맡기고는 방 안으로 들어갔다. 15년 동안 오직 그만을 위해 존재해 온 초라하고 아늑한 이상향. 허나, 그토록 생경할 수가 없었다. 그 익숙한 그림 안에 낯선 산 자가 끼어들어 있는 장면은.

몸을 일으켜 앉아 있던 그가 현을 향해 고개를 돌렸다. 현이 익숙히 잘 아는 눈빛이었다. 얼마나 오래되었는지 기억나진 않지만, 물그릇을 들여다볼 때마다 마주했던 자신의 그것과 똑같은 저 눈.

현은 그를 지나쳐 방구석으로 걸어갔다. 목을 조이는 갓끈을 천천히 풀어내며 그는 입을 열었다.

"앉을 수 있을 정도면 오늘 밤부턴 옆방에서 지내도 되겠군."

"……."

"오른팔, 역시 안 움직이나? 그래도 내가 도성 안의 웬만한 의원보다는 나을 테니 주는 약 잘 받아먹고 해 주는 처치 잘 받으면서 얌전히 있게."

"……왜 도와주는 거지?"

그의 정체를 뻔히 알고 있으면서도 여전히 엎드릴 생각이 없어 보였다. 예전에 버렸고, 버렸기 때문에 살아남을 수 있었던 자리.

세상에서 가장 어두운 곳에 단단히 묻어 둬야 할 비밀. 그것을 이해하고 있는 부분만큼은 마음에 들었다.

"도와? 난 그저 내 조용한 일상을 지키고 싶었던 것뿐이네. 내 집 담벼락 밑에서 시체가 나와서는 곤란하니까. 그런데 지금 좀 후회하는 중이야."

현은 손을 멈추고 민훈을 돌아보았다. 민훈도 현의 눈을 똑바로 올려다보았다.

"솔이 팔, 자네 짓인가?"

"무슨 소린가."

"누가 아주 팔을 꺾을 기세로 움켜쥐었던 모양이던데, 내가 듣기론 아침에 여기 들렀다고 하더군."

민훈의 얼굴에 낭패한 기색이 스쳤다. 차가운 석상 같은 얼굴에 금이 쩍 가는 소리가 들리는 것만 같았다. 그의 눈이 황망하게 허공을 헤매다, 자기 왼손에 머물렀다. 현은 묵묵히 기다렸다.

민훈의 입이 겨우 벌어졌다.

"나는, 기억이……."

"내가 솔이 오라비라도 되느냐고 물었었던 것 같은데, 맞나?"

현은 고개를 끄덕이며 자기 물음에 스스로 답했다.

"맞을 거야. 지금이면 대답해 줄 수 있을 듯하네. 난 그 아이의 아무것도 아니야. 다만."

의지도 단호함도 없는, 너무나 당연한 것을 이야기하는 듯 한가한 목소리로 그는 말했다.

"그 아이를 위협하는 모든 것들은 내 적이지."

침묵이 한 올씩 방바닥에 가라앉았다.

민훈은 입을 꾹 다물었다. 그런 그를, 현은 기울어진 시선으로 내려다보았다.

"자네는 내 적이 아니길 바라네."

***

석도라는 사내는 참으로 대단한 기골을 타고 난 자였다. 무명암에서 스쳤을 때도 느끼긴 했었지만, 바로 옆에 서게 되니 확실히 더 실감이 났다.

"너무 좁진 않으실지……."

다만 그 성정은 외양과는 판이했다. 곰 같은 덩치의 사내는 청서처럼 안절부절 허둥지둥하며 이부자리를 깔았다.

민훈은 작게 목례하여 감사를 표했다.

그러나 석도 또한 무인, 한때 조선 전역에 이름을 떨쳤던 젊은 천재를 바로 곁에 두고 아무렇지 않을 리가 없었다. 그는 한껏 치미는 호기심과 호승심을 꾹꾹 억눌렀다. 민훈은 그런 그를 위해 말없이 자리를 잡고 돌아누워 버렸다.

아직도 몸은 엉망진창이었다. 간신히 버티고 앉아 있을 정도라면 어떻게든 해 내겠지만, 말 몇 마디 하려고 호흡을 정돈하는 것조차도 벅찼다. 하지만 무엇보다 문제인 것은…….

오른팔이었다.

꼼짝도 하지 않았다.

3년이었다. 3년을 매일같이 노력해서 겨우 보통 사람의 완력은 내도록 되살려 놓았는데 이렇게 한순간에 다시 끝장나다니. 믿을 수 없었다. 어이가 없다가 화가 나다가 두려워졌다. 아직도 안개 낀 듯 흐릿하고 몽롱한 의식 속에선 분노도 두려움도 희뿌옇기만 했다. 그래서 그는 아직 겉보기론 멀쩡한 사람 행세를 하고 있는 것이었다. 하지만 쓰러진 이후로, 띄엄띄엄 돌아오는 의식 속에서 그 사실을 깨달은 순간부터 모든 꿈은 악몽이었다.

눈을 뜨면 언제나 원주 고택의 한가운데였다.

나리! 도련님. 아이고, 도련님! 살려 주세요! 민훈아. 훈아! 훈아? 어디 갔다 이제야 오느냐. 어쩌다가 이제 와?

오라버니…… 왜?

설아가 눈물이 그렁그렁한 눈으로 그를 올려다보고 있었다.

제가 귀찮게 해서……?

아니라고. 그런 게 아니라고 동생을 붙잡았던 것 같다. 절대 그런 게 아니었다고, 재처럼 부스러지려는 동생의 팔을 붙들고 악을 썼던 것 같다. 팔을…… 팔을 붙들었…… 그 팔이, 그 감각이 꿈이 아니야?

내가 듣기론 아침에 여기 들렀다고 하더군.

민훈은 자기 왼손을 가만히 들여다보았다. 그러고 보니 악몽도 바로 그곳에서 끝나 있었다. 왜였지? 그는 기억을 더듬었다. 기억으로도 남아 있지 않은 것 같은 그때 그 순간의 감각을 필사적으로 더듬었다. 어렴풋하게, 무엇인가가…… 어떤 노랫소리 같은 것이 들렸던 것도 같은……. 그러다 한순간, 그는 손으로 눈을 꾹 덮었다. 찬물을 뒤집어 쓴 듯 등줄기가 쭈뼛하게 정신이 번쩍 드는데 얼굴은 불에 덴 것처럼 화끈거렸다.

밤이 몹시도 길었다.

***

초가집의 아침은 한가하고도 분주했다. 석도는 첫닭이 울자마자 부스럭대지도 않고 벌떡 일어났다. 옆자리의 민훈이 아직 잠들어 있다 생각했는지, 그는 조심조심 채비를 마치더니 방을 나섰다.

마당에서 말 몇 마디 나누는 소리가 났다. 이어서 비질 하는 소리, 솥뚜껑이 솥 위에서 미끄러지는 소리가 이어졌다. 날은 금세 밝아와 창호지 안쪽도 어느새 환해지고 있었다. 민훈은 자리에서 일어났다.

식사로 미음이 들어왔다. 집안사람들은 약속이나 한 듯 말이 없었다. 뭐라 할 말이 참으로 많지만 어쩔 수 없이 입 다물고 있겠다는 표정의 중년 여인이 탕약을 내밀었다. 설마 죽이겠나 싶어 두말 없이 받아 마셨다.

"잠시 나가네. 필요한 물건 있으면 말하게."

현은 한참 후에야 나타났다. 무엇하나 대수로울 것 없다는 평온한 어투. 그 손엔 서책 꾸러미가 들려 있었다. 언뜻 보이는 표지가 천자문이었다.

"서당에 가져다주는 걸세. 아이들한테 나눠 주면 좋아하니까."

숨어 사는 주제에 돈은 많은가 보다 싶었다. 민훈이 고개를 가로젓자 현은 두 말 없이 돌아섰다. 집주인이 떠난 지 반 시진 쯤 지난 후에야 민훈은 몸을 일으켰다. 머리맡에는 아침에 중년의 여인이 놓고 간 옷가지가 놓여 있었다.

그는 푸른빛이 도는 소매 속으로 천천히 팔을 꿰어 넣었다. 손질 잘 된 갓도 끈을 당겨 갖춰 썼다. 한 손으로 하려니 시간이 꽤 걸렸지만…… 이미 3년 전에 질리도록 해 본 일이라 당황스럽지는 않았다. 참으로 쓸데없이 유용한 재주였다. 헛웃음이 샐 뻔했다.

"나가십니까?"

마당에 있던 미랑이 깜짝 놀라서 다가왔다.

"도련님께서 아직 성 안으로 돌아가시긴 이르시다 하셨는데요."

"……압니다. 그냥 걷는 겁니다."

지금 이 꼴로 도성 안에 돌아갔다간 무슨 소문이 어떻게 퍼질지 몰랐다. 조금이라도 더 회복해서 움직이는 것이 맞았다.

"그럼 잠깐만, 잠깐만 기다리세요. 곧 석도가 돌아올 테니 그때 같이……."

민훈은 고개를 가로젓고 걸음을 뗐다. 미랑은 어쩔 줄 몰라 이리

저리 두리번거리다가, 결국 어깨를 떨어뜨렸다. 난들 무슨 수가 있나, 그리 꿍얼거리더니 포기하고 물러났다. 그래서 민훈은 홀가분하게 대문을 나설 수 있었다.

"……."

한가롭고 안온한 풍경.

흙길 좌우에서 길게 자란 강아지풀이 건들댔다. 낮은 사립 담장마다 덩굴이 기어올라 흰색 자색 꽃들이 벌어졌고, 집집마다 달린 대문들은 한 번도 닫힌 적이 없는 듯 기울어진 채 바닥에 반쯤 기대 졸고 있었다.

아이들 서넛이 와아 소리를 지르며 저쪽에서 뛰어왔다가 그를 보고 토끼눈이 되어 반대편으로 숨었다.

민훈은 걸었다. 그의 마을이 아닌데도 이미 너무도 익숙한 그 길들을, 대낮의 햇볕 아래에서 밟아나갔다. 익숙한 중에 더욱 익숙한 길을 택하여.

그리하여 저 멀리 그 작은 초가집이 어른거리는 길목에서 그는 찾았다.

"……어?"

그녀를.

영문 모를 감탄사를 흘리며 코 밑을 닦는, 그렇게 얼굴에 긴 흙자국을 몇 줄 그려 놓곤 까만 두 눈만 커다랗게 뜬, 조그맣고 새하얀 소녀를.

이솔은 흙투성이 얼굴로 씩 웃었다.

"오늘은 훨씬 보기가 좋습니다, 나리."

그 웃음이, 가슴에 쿵 하고 부딪혔다.

"……그러하냐?"

"그럼요. 어젠 거의 송장이셨는데…… 헤헷. 이젠 걸어 다닐 수 있으시네요. 하여간 그놈의 술이 웬수입니다."

"술?"

"아. 걱정 마세요. 입 다물게요. 아무한테도 소문 안 낼 테니까."

"무엇을 말이냐."

"어제 도련님께서 말씀해 주셨거든요. 대취해서 구르시다 다치신 거라고."

"……내가?"

솔은 의미심장한 미소를 지으며 쿡쿡 웃었다. 민훈의 얼굴에서 없던 핏기가 더 빠져나갔다. 솔이 고개를 갸웃했다.

"아닌가요?"

"……아니다. 맞다."

너랑 너희 집에 있던 그 식구들 살리려다 이 꼴 된 것이지만, 그냥 그렇다고 하자.

민훈은 포기했다.

"어쨌건 어휴. 그놈의 술이 사람을 잡아! 아빠도 그렇고 막동이네 아부지도 그렇고, 작작들 좀 마시지 사내들은 꼭 그렇게 끝을 보겠다고 덤비다가 사고를 친다니까?"

손에 들고 있던 풀포기를 신명나게 던지며 중얼대는 솔이었다.

입 다물겠다 하지 않았나? 왜 지나가던 사람들 다 들을 수 있는 소리로 말하는 것일까.

민훈은 울컥 올라오는 속을 다스렸다. 그리고 옆에 있던 나무를 더듬어 보곤, 그 그늘 밑에 앉았다. 솔은 의아한 눈으로 그런 그를 바라보았다. 민훈도 그런 그녀를 물끄러미 마주보았다. 머릿수건을 두르고 소매는 팔꿈치까지 걷어 붙여, 손 안에서 괭이를 만지작거리고 있는…… 흙투성이 땀범벅의 이솔은 참으로 낯설었다.

"거 그늘, 별로 시원하지도 않은데……."

"괜찮으냐?"

"네? 아하."

솔은 손목을 만지작거리곤 히죽 웃었다.

"걱정 마세요. 제가 보기보다 훨씬 튼튼하답니다. 이런 건 금방 나아요."

"미안하다."

"어, 그…… 어어. 아니. 괜찮아요. 뭘 잘못하셨다고……."

솔이 혼비백산해서 버벅거렸다. 민훈은 얕게 한숨을 내쉬곤, 다시 입을 열었다.

"그럼 그쪽은 괜찮으냐?"

"그쪽이라뇨?"

민훈의 시선이 그녀의 발밑으로 향했다. 솔도 그 시선을 따라 고개를 숙였다. 어제오늘 열심히 뽑아 쌓아 둔 잡풀 더미. 벌써 죽어 누렇게 뜬 풀포기들이 켜켜이 쌓인 그 풀 더미가 그곳에 있었다.

"'들릴' 것 아니냐…… '그런 소리'도."

솔의 몸이 석상처럼 굳어졌다. 그녀는 반쯤 벌린 입을 닫지도 못하고 마냥 그림처럼 고정되어 버렸다. 작게 오르내리는 가슴만이 그녀가 피 흐르는 사람임을 간신히 증명했다.

긴 침묵. 솔은 땅바닥을 바라보다가, 하늘을 바라보다가, 한참만에 뒷머리를 긁적였다.

"괜찮아요…… 익숙해졌거든요."

비명이라는 게 익숙해질 수 있는 것이던가.

민훈은 뒷말을 삼켰다.

풀이며 꽃이며 나무며, 온갖 벌레에 길짐승 날짐승들까지도 함께 농담 따먹기를 하는 여자 아니냐. 너는 어쩌자고 살겠다고 뿌리내린 풀을 잡풀이랍시고 손수 캐내 던지고 있는가.

"아이고, 놀라라. 그런 말 처음 들어서…… 감사해요. 신경 써 주신 거죠?"

"……."

"차사님께서 제 이야기 많이 하셨나 봐요. 제 친구들에 대한 것도 아시고."

"별로."

"결국 안 오셨지만요. 그렇게나 말씀드렸는데."

솔은 쓰게 웃었다.

왔었다. 나는 분명히 왔었어.

입 밖으로 튀어나오려는 말마디를 꾹 눌러 숨겼다. 대신, 묻기로 했다.

"저승사자는 왜 그렇게 찾는 것이냐? 곁에 둬서 좋을 일이 없는 존재다. 그자한테 얼마나 이용당했는지 모르는 것도 아닐 텐데, 지긋지긋하지 않느냐? 그 뻔뻔함이?"

"나리께선 그러세요?"

"그래. 나는 그렇다."

나 자신이, 참을 수 없을 만큼 한심하고 지긋지긋하다. 내 뻔뻔함이 웃음이 나오도록 혐오스럽다.

솔은 눈을 깜박이더니 잠시 고민했다. 그러곤 머릿수건을 벗어 들고 밭에서 기어 올라왔다. 나무 밑에 꿍쳐 놓았던 보따리를 뒤적뒤적하던 그녀는 뭔가를 꺼내 내밀었다.

"드세요."

"……?"

엿 조각이었다.

"마음이 진정이 안 되고 우울할 땐 단 걸 먹는 게 제일이랬어요. 음. 너무 많이 가져가진 마시고, 하, 하나만……."

그가 제일 작은 조각을 집어 들자 솔은 비로소 안심한 얼굴이었다. 그녀는 좀 더 큰 조각을 집어 들어 입에 넣고는 행복하게 우물거렸다.

"저는 차사님이 좋아요."

민훈의 손에서 엿이 떨어졌다. 솔은 안타까운 비명을 질렀다.

"나리껜 어땠을지 모르겠지만요. 차사님께서 저를 참 많이 도와

주셨어요. 어디 보자, 그러니까……."

솔은 손가락을 하나씩 꼽기 시작했다.

"제가 밤에 길에서 화살을 맞을 뻔한 적이 있었는데 그때 말로 안전한 곳까지 데려다 주셨어요. 산 속에서 발목을 접질린 적도 있었는데…… 그때도 업…… 흠흠 구해 주셨구요. 사람 찾는 것도 도와주셨죠. 동이가 개똥이 낳다가 큰일 날 뻔 했을 때도 차사님 덕분에 무사할 수 있었구요."

노래하는 듯한 목소리로 솔은 흥얼거렸다.

"한번은 저희 동네 아이들이 갇힌 창고에 불이 났거든요. 큰 불이었는데 아이들 감싸 주셔서 생채기 하나 없이 돌아왔어요. 그리고…… 어쨌거나 저도, 차사님 안 계셨으면 지금쯤 물귀신이 됐겠죠. 어때요?"

솔은 고개를 반쯤 기울이고 활짝 웃었다.

"뒷산 산신령님보다 훨씬 도움되네. 좋아할 수밖에 없잖아요?"

"……됐다."

"겉으로 하는 짓은 어떤지 몰라도 속은 좋은 분 같다고 생각해요. 제가 두 분 사정은 잘 모르지만…… 오해가 있으신 것일 수도 있으니 두 분이서 한 번 진지하게 말씀 나눠 보시면 좋겠어요."

불쑥 튀어나오려던 말이 혀끝에 걸렸다. 민훈은 그저 고개만 옆으로 틀어 버렸다.

"그나저나 나리는 괜찮으세요? 그 팔……."

한 번도 안 쓰시는 것 같은데. 안 쓰는 것인지 못 쓰는 것인지.

생략된 뒷말이 뻐저렸다.

"괜찮지 않다."

어째선지 너무도 대수롭지 않다는 듯한 목소리가 나와 버렸다. 그래서인지 돌아오는 대답도 참으로 가벼웠다.

"걱정 마세요. 금방 나으실 거예요."

"……."

"현이 오라버니는 굉장하거든요. 저기 산 넘어 박 의원님도 못 고친 고뿔도 이틀만에 잡아냈다니까요. 앞집 아저씨가 소뿔에 채여서 팔이 뚝 부러졌던 적이 있는데, 오라버니 덕에 아무렇지 않게 잘 나아서 다니시구요. 또……."

칭찬은 끝도 없이 늘어졌다. 현 이야기를 하는 솔의 얼굴은 반짝반짝 빛났다. 민훈은 어제의 이현을 떠올렸다.

……그래, 당신이 무슨 마음인지 알 것도 같군.

저 확신이 부러워졌다. 저토록 단순하고 명징한 그녀의 세계가, 믿는 만큼 보답해 주는 그녀의 세계가 너무도…….

"말은 쉽구나. 그래도 안 나으면?"

입꼬리에 비소가 떠올랐다.

이솔, 세상은 네 생각처럼 밝고 따뜻하지 않다.

자학하는 한 마디 안에서, 그 속에 저도 모르게 섞인 자신의 가학성을 깨달았다. 솔은 말이 없었다. 그녀는 동그랗게 뜬 눈으로 민훈을 빤히 내려다보았다. 상처 입었나, 생각이 들 때 즈음에 솔은 거창하게 한숨을 내쉬며 이마를 짚었다. 이번엔 민훈이 당황할 차례였다.

"투정도. 이래서 남자들이란……."

"……?"

"어쩔 수 없지. 잠시 실례하겠습니다, 나리."

솔은 손을 뻗었다. 작고 흰 손은 허공을 가로지르다 민훈의 앞섶에서 멈췄다. 솔이 흠흠 헛기침을 했다.

"뭐, 꼭, 그렇게 놀라실 건…… 사람 민망하게……."

나무를 등으로 밀고 있던 민훈은 멈칫할 수밖에 없었다. 솔은 그 틈에 자기 손을 민훈의 상처 위에 올려놓았다.

가볍게. 톡.

그리고 눈을 감았다.

민훈의 입이 벌어졌다. 하지만 만들어져 나온 말마디는 하나도 없었다.

바람이 불어 왔다. 드문 훈풍이 머리 위의 나뭇잎들을 차르르 물결처럼 쓸고 갔다. 햇빛과 그림자가 솔의 흰 이마 위에서 구슬처럼 부서졌다.

그녀의 손이 떨어져 나갔다. 솔은 뗀 손을 등 뒤로 물리더니 해사하게 웃었다.

"이제 됐어요."

뒤로 두 걸음. 뒤늦게 떠오른 홍조를 한낮의 빛줄기로 가리며, 솔은 먼 산을 바라보았다.

"꼭 낫겠대요. 약속했으니까 기다려 봐요, 나리."

숨이 막혔다. 민훈은 깜박이는 것도 잊은 눈으로 그녀를 바라보았다.

"절 믿어 보세요."

***

시간이 어떻게 흘렀는지 알 수 없었다. 정신을 차려보니 어느새 이현의 집 앞이었다. 마당에서 오락가락하고 있던 미랑과 석도는 급히 헛기침을 하며 돌아섰다가, 다시 눈을 마주치며 반기는 시늉을 했다. 걱정 같은 것 절대 안 했다고 온몸으로 주장하고 있었다. 민훈도 어울려 주기로 했다. 목례만 하고 방에 들어가 앉았다. 석도가 금방 뒤따라 들어왔다.

"상처 좀 봐 드리겠습니다."

그의 손에는 현이 만들어 두고 간 고약과 깨끗한 붕대가 들려 있었다. 민훈은 잠자코 그가 시키는 대로 했다. 석도의 상처 다루는 솜씨도 보통이 아니었다. 이대로 의원이라도 차리면 떼돈을 벌겠다고, 민훈은 실없는 생각을 했다. 석도도 결과물이 만족스러운 듯했다. 그는 크게 고개를 끄덕이고는 일어섰다.

"쉬십시오."

그럴 생각이었다. 정말로, 정말로 피로했다. 북부 전장에서 사흘간 잠 안 자며 구르던 때보다 오늘이 더 피곤했다. 이게 다 그 독 때문이라고 그는 생각했다. 독이며 상처며, 드디어 그를 치워 버리기로 작정한 것 같은 자하원이며, 이런 마을에서 죽은 사람 행세를 하고 있는 폐세자며, 움직이지 않는 오른팔까지, 모두 다 지금은 의미가 없었다. 생각하고 싶지 않았다. 이게 다…… ……때문……. 그는 쓰러지듯 자리에 누워 버렸다.

눈을 떴을 때는 이미 한밤중이었다. 흐릿한 등잔불이 한구석에서 빛나고 있었다.

"깼나? 약까지 거르고 자면 곤란하네."

이현이 등잔 옆에서 서책을 읽고 있었다. 석도는 어디로 갔는지 보이지 않았다. 사방이 쥐죽은 듯 고요한 것이 이미 밤도 깊어, 세상 모두가 잠들어 버린 것만 같았다.

민훈은 누운 그대로 입을 열었다.

"내게 물을 것, 없나?"

"이제 이야기 할 마음이 드시나?"

"……그다지."

"소문보다 실없는 사내로군."

현은 피식 웃더니 민훈 쪽을 바라보았다.

"하고자 하는 건 누이의 복수인가?"

민훈은 놀라지 않기로 했다. 왠지 이 남자가 모르는 게 있다면 그 편이 더 이상할 것 같았다. 그의 반응을 가만히 지켜보던 현은 다시 고개를 돌렸다.

"됐네. 더 궁금한 건 없으니 입 다무시게."

"쉽군."

"……."

"그렇게 살아 오신 것이었어. 보지 않고, 듣지 않고, 말하지 않고. 과연, 도성이 코앞인 이런 곳에서 15년을 무사히 버티고 계실 만도 하군."

"……죽은 사람은."

현은 천천히 말마디를 이었다.

"눈도 없고, 귀도 없고, 입도 없지."

좁은 방 안을 침묵이 가득 채웠다. 저 먼 숲에서 올빼미 우는 소리만 희미했다.

책장이 두 장 더 넘어간 연후에, 민훈은 자리에서 일어나 앉았다. 그리고 한숨처럼 웃었다.

"내가 뒤지고 있는 게 역모의 싹이라면 어떻게 할 텐가?"

책장을 넘기던 손이 멈칫했다. 현의 눈은 서책을 향하고 있었으나 그 눈에 비치는 것은 성현의 글귀가 아니었다.

푸른 옷자락을 붙잡고 종종걸음으로 따라오던 어린 소년 하나. 형님, 형님. 어떻게 하면 좋아요? 형님, 이건 뭐예요? 형님, 이쪽에…… 하며 재잘대던. 그렇게 부르면 안 된다고. 전하 귀에 들어가면 경을 칠 것이라 겁을 주어도 목은 잔뜩 움츠리고 네, 형님 하고 헤죽 웃던…… 형님, 안 된다고, 그러지 말라고, 무섭다고 그의 소맷자락을 붙들고 오열하던 고작 다섯 살의 아우였다.

"그게 나랑 무슨 상관인가?"

현은 말했다. 더 그럴 수 없을 정도로 메마른 목소리였다.

"그렇군. 알겠네."

민훈이 무감정하게 답했다. 현이 말을 돌렸다.

"그보다, 내가 한 말은 잊지 않았길 바라네. 그런 위험한 일에 발 담그고 있을 것 같으면, 이솔은 더 이상 끼우지 말아야 할 것이야."

"역시 얼굴도 기억 안 나는 아우보다는 연심을 품은 계집이 더 중요하시겠지. 이해하네."

"……닥치시지."

불타오르는 것 같은 두 눈이 똑바로 찔러 들어왔다. 그 속에 담긴 것은 분명히 살기에 가까운 무엇이었다. 전장의 냄새. 민훈의 입꼬리가 끌려 올라갔다. 뒤틀린 미소는 나타났던 것만큼이나 순식간에 사라지고 그의 얼굴은 차가운 호수처럼 가라앉았다.

"그 명은 거절한다, 이현. 당신은 내게 명령할 수 있는 권한이 없는 것 같으니까. 내가 그 여자한테 그럴 수 있는 권한이 없는 것처럼 말이지."

"……뭐라고?"

민훈은 흥분하지 않았다. 그는 높낮이 적은 목소리로 담담하게 말을 이었다.

"누가 그녀를 말릴 수 있겠나. 당신이? 내가? 전에 분명히 말했지. 그 여자, 목숨줄 길게 붙여놓고 싶으면 집에 묶어 놓으라고. 당신이 그렇게 할 수 있었나? 그리고 난들 그렇게 할 수 있을까? 지금까지 나도 몇 번이나 떼어 내려고……."

민훈은 입을 다물었다.

서로를 노려보는 눈빛은 둘 다 흔들림이 없었다.

"그래서, 역모를 막기 위해 솔이를 계속 이용하겠다는 이야기인가? 참으로 비열하고 대단한 우국충정이로군."

"이용한다고 한 적 없어. 막을 수 없다고 했을 뿐이지. 가능하다면 당신이 해내 줬으면 좋겠군. 난 실패했으니까. 그리고……."

민훈은 소리 없이 어깨를 들먹이며 웃었다.

"우국충정? 지나가던 개가 웃을 이야기야."

"……."

"이건 복수일 뿐이다. 하찮은."

마지막 마디는 긴 꼬리를 달고 방 안을 헤맸다. 꽤나 긴 시간 동안을.

현의 손이 서책을 덮었다. 그는 천천히 눈을 감았다가, 다시 떴다. 그리고 손끝으로 등잔불을 잡아 껐다.

방 안이 어둠에 잠겼다.

"나는 자네를 못 본 것일세."

"……."

"자네도 나를 못 본 거야. 지난 이틀간은 우리에게 존재하지 않았던 시간이네."

현은 몸을 일으켰다.

"그러니 내일 아침에 원래 없던 사람처럼 사라지게. 상처는 그만하면 더 손 볼 것도 없네. 옆에 약재를 싸 두었으니 일주일은 잘 챙기도록 하고."

"······신세졌네. 은혜는 꼭 갚도록 하겠어."

"복수라고?"

혼잣말 같은 중얼거림.

"부럽긴 하군. 그럴 힘과······ 그럴 마음이 아직 남아 있다는 게."

현은 방을 나섰다.

***

첫닭이 울기도 한참 전에 그는 눈을 떴다. 주위는 아직 온통 암흑이었지만 그의 몸은 지금이 때라고 알려 왔다. 그는 조용히 일어나 머리맡의 옷가지를 찾아 걸쳤다. 짐이랄 것도 없었다. 옷 옆에 놓여 있던 약재 꾸러미와, 천으로 둘둘 말아 갈무리한 검 한 자루가 들고 갈 전부였다.

어둠에 잠긴 마당엔 인기척이 없었다. 그는 현의 방 앞에서 조용히 무릎을 꿇었다. 그리고 절을 올렸다. 한참 고개를 숙이고 있다가, 이윽고 몸을 일으키던 그는 멈칫했다.

"······?"

크게 뜬 눈이 오른손을 향했다.

***

솔은 태어난 이래 가장 신중한 태도로 문을 밀었다. 낡을 대로 낡은 그 문도 그녀의 정성에 감복한 듯했다. 문은 놀랄 정도로 소리 없이 꼭 닫혔다. 아기도 아기 엄마도 쌔근쌔근 잘 자는지 인기척이 없었다. 솔은 안도의 한숨을 내쉬었다. 그리고 팔을 크게 휘둘러 기지개를 켜곤, 마당으로 내려섰다.

바깥은 거의 한밤에 가까울 지경으로 어두웠다. 하지만 기운 달빛만으로도 그럭저럭 걸을 만은 할 것이었다. 굳이 등불까지는 필요 없겠다고 솔은 생각했다.

"다녀오겠습니다."

버릇처럼 집을 향해 인사했다.

아버지가 마침 집에 안 계셔서 다행이었다. 솔은 이 온전한 자유가 아주 마음에 들었다. 오늘이 바로 '그날'이었던 것이다. 자하원의 입문식이 있는 날.

목적지는 도성 안, 시전 북동쪽에 있는 우물가였다.

"후후…… 이젠 빼도 박도 못하고 사교의 일당이 되는 게지."

솔은 큭큭 웃다가 시무룩해졌다. 이게 뭐하는 짓인지. 분명히 자신의 의지로 뭔가를 해내고 있다고 생각했는데, 언제부터인가 상황이 그녀를 끌고 가고 있는 듯한 느낌이 들었다.

아직도 아무런 소득이 없었다. 그저, 뭔가 더 알 수 있지 않을까 하는 생각으로 그 자리에 머뭇거리며 서 있을 뿐이었다.

"어쩌겠어. 겁쟁이인걸."

이대로 시간만 끌고 있을 수는 없다. '뭔가' 더 해야 했다.

윤시백이라는 그 나리를 다시 찾는 편이 좋을 것 같았다. 그때

도망치듯 돌아 나온 이후로 어째선지 그쪽으로는 다시 발길이 가지 않았다. 하지만 그녀는 알고 있었다. 답이 있다면, 그곳에 있을 것이다. 그에게선 더 들을 이야기가 있을 것이었다.

일단, 오늘 일부터 제대로 치르고 나서······.

"······?"

솔은 멈춰 섰다. 천천히 뒤로 돌았다. 길 저편은 어둠에 묻혀 있어 아무 것도 보이지 않았다. 풀벌레 소리가 찌르르 이어졌다. 그녀는 고개를 가로젓고 가만히 귀를 기울였다.

발소리.

발소리였다. 등이 뻣뻣하게 굳어 왔다. 누군가 뒤를 따라오고 있었다. 누가? 이 시간에? 입술이 파르르 떨려왔다. 마을 주변의 논밭으로 이어지는 길은 이미 한참 전에 벗어났다. 이쪽은 도성 쪽으로 향하는 길이었다. 아직도 파루(罷漏)는 멀었다. 성문도 열리지 않았을 텐데 이런 때에 이 길을 걷는 자는 도대체 누구란 말인가.

그날, 사냥꾼에게 입이 틀어 막혔던 그날의 기억이 번개처럼 떠올랐다.

어떻게 하지?

그런데 몸이 움직이지 않았다. 뱀 앞의 개구리라도 된 것처럼. 솔은 새파랗게 굳어서 그쪽을 노려볼 뿐이었다.

저 멀리, 이윽고 검은 그림자가 나타났다. 느리지만 확실한 속도로 이쪽으로 다가왔다. 어둠이 한 겹, 한 겹 걷히고 둘 사이가 지척으로 가까워졌다.

"……하?"

"……."

눈앞에 나타난 얼굴은 참으로 낯익었다. 입만 반쯤 벌리고 있는 민훈 앞에서 솔은 새하얗게 질린 채 허탈하게 웃었다.

"이 시간에 어딜 가십니까, 나리?"

"……너, 정말 사람 맞느냐? 왜 이런 시간에 이런 데서까지 눈에 띄는 거냐."

솔은 부루퉁하게 대답했다.

"네. 여우 아니고 사람 맞구요. 위대한 자하원의 자랑스러운 일원이 되기 위해 입문식인지 뭔지 치르러 가는 겁니다."

"입문식?"

"나리께서는요?"

솔은 민훈의 손에 들린 길쭉한 무엇인가를 곁눈질했다.

"알 거 없다."

"아, 네. 그럼."

허허 웃으며 인사하고는 돌아섰다. 그리고 괜히 재게 발을 놀렸다. 역시 뒤따르는 발걸음소리가 있었다. 얼마나 걸었을까.

"……너 따라 가는 것 아니다."

"누가 뭐라 했습니까?"

저 멀리 도성벽이 보이기 시작했다. 솔은 잠시 멈춰 서서 발돋움을 했다. 그래봤자 작은 키가 더 커지진 않았지만 최선을 다했다는 기분은 낼 수 있으니까.

"무엇 하는 것이냐."

어느새 민훈이 옆에 와서 섰다. 발돋움한 솔의 키는 그의 어깨에 조차 미치지 못했다. 솔은 왠지 기분이 상했다.

"성문 좀 살폈습니다. 아직 안 열렸네요. 아침 첫 우물물을 떠야 하는데 큰일이에요."

"파루 후엔 오가는 사람들이 많을 텐데 그게 될 리가."

"……네. 제가 좀 바보입니다."

민훈은 입을 닫고는 솔을 지나쳤다. 입술만 삐죽이며 섰던 솔은 눈을 동그랗게 떴다. 저쪽에서 앞서가던 민훈이 길을 벗어나기 시작했던 것이다. 솔은 후다닥 달려 그 뒤에 따라붙었다.

"어, 어디로 가세요?"

"……."

민훈은 대답 없이 야산으로 들어설 뿐이었다. 나무 사이사이를 지나치는 걸음걸이엔 조금의 망설임도 조급함도 없었다. 그는 아주 익숙한 길을 걷는 것처럼 산을 오르기 시작했다. 솔도 허둥지둥 그 뒤를 따랐다.

목적지는 한눈에 알아볼 수 있었다.

"아하!"

솔의 얼굴이 환해졌다. 유독 높이가 낮은 성벽이 눈앞을 가로지르고 있었다. 아무리 낮다 해도 맨손으로 기어오를 만한 높이는 아니었지만, 이곳에는 그들을 도와 줄 조력자가 있었다. 사선으로 첩첩이 쌓인, 상당히 커다란 바위. 바위는 그 거대한 몸이 벽에 반쯤 걸쳐지게 자리하고 있었다.

민훈은 능숙하게 바위를 올랐다. 한 걸음에 한 층을 오르고, 허리를 숙여 바위를 한 번 짚는가 싶더니 어느 순간 꼭대기였다. 아슬아슬하게 뻗은 바위 끄트머리를 박차고 성벽을 붙든 그는 순식간에 그 뒤로 몸을 날렸다.

솔은 큰 한숨을 내쉬었다. 그리고 두 손 두 발을 모두 동원해 볼품없이 바위 위로 기어 올라갔다. 꼭대기에 겨우 올라서니, 성벽 위에서 민훈이 나타났다.

그가 손을 내밀었다. 솔은 그 손을 잡았다. 억센 힘이 단번에 그녀를 끌어올렸다.

"월담이 익숙하신가 봐요."

맞은 편 바닥에 큰대자로 나동그라진 주제에, 솔은 큭큭 웃었다.

"음. 과연 도성 제일의 한량!"

한동안 그렇게 무서워하더니, 이젠 저런 농도 막 던지는구나.

민훈은 그런 솔의 모습이 오히려 익숙했다. 애초에 그녀는 처음 만났을 때부터 이랬으니까. 솔은 벌떡 일어나더니 요란하게 옷을 털었다.

"어, 어? 그러고 보니 방금 쓰신 그 손. 오른팔 아니었어요? 잘 나으신 거예요?"

민훈은 솔을 끌어올렸던 오른손을 들어 보였다.

"덕분에."

"거, 거봐요. 절 믿으시면 된다니까!"

설마 그랬겠느냐마는, 그래도 어쩌면······.

민훈은 고개를 저어 생각들을 흩어냈다. 새벽에 드디어 오른팔에 힘이 들어가는 것을 발견하고 느꼈던 그 벅찬 희열과 그만큼의 당혹스러움은 그 혼자서 삼키기로 했다. 그는 솔 쪽을 슬쩍 곁눈질했다. 아직도 뻐기고 있는 그 옆모습을.

아직 시간이 이르려니 했는데 어느새 주변이 어슴푸레하게 밝아오고 있었다. 둘은 서둘러 우물가로 향했다. 다행히 시간에 맞춘 듯했다. 길거리는 텅 비어 있었고 우물가도 무인지경이었다. 솔은 우물 뚜껑을 두 손으로 밀었다. 생각보다 무거웠다.

"이게요."

이를 악물고 말하다 보니, 목소리도 부르르 떨렸다.

"해가 가장 긴 가문 날에, 가장 일찍 일어나 온갖 산 것들의 목을 축여 준다는 의미가 있대요. 그런 마음가짐으로 살아가겠다고."

솔은 물 한 바가지를 길어 올렸다. 그리고 우물터의 네 귀퉁이에 조금씩 물을 흘려보냈다.

"무슨 소린지 아시겠어요?"

"전혀."

"저도 그래요. 그래도 그렇다니까 뭐. 한 명이 지기엔 버거운 희생이라 원래 둘이서 하는 거라던데."

솔은 다시 우물로 돌아가서 그 속으로 상체를 쑥 들이밀었다. 민훈이 움찔했으나 솔은 그 속으로 곤두박질치려는 건 아니었다. 그녀는 돌 벽 안쪽을 열심히 더듬고 있었다.

"그래서 옛날엔 이 입문식으로 마음 맞는 이들을 짝으로 이어 주곤 했다나……? 헤헷. 참 오지랖들 넓어요, 그쵸?"

너만 할까.

아무래도 신경이 쓰였다. 저 자세는. 이솔은 저러다가도 충분히 미끄러져 물에 빠질 수 있는 여자였다. 민훈은 조용히 우물가로 다가가서 그녀 옆에 섰다.

"……라서 제가 택도 없는 소리 말라고 했어요. 아, 찾았다!"

솔은 몸을 일으키고는 한쪽 손을 자랑스럽게 쳐들었다. 그 손끝에, 반짝이는 무엇인가가 걸려 있었다.

짤랑 하고 맑게 울리는 방울소리. 섬세하게 다듬은 방울 달린 염주였다.

"……왜 두 개?"

솔이 얼빠진 소리로 중얼거렸다. 민훈은 그 손에서 염주 한 개를 집어냈다.

"내 몫인가 보군."

"네에?"

종이 쳤다. 온몸을 울리는 깊고 넉넉한 종소리가 온 세상을 깨우기 시작했다. 파루. 먹빛이 밀려간 지평선 위로 해가 떠올랐다. 긴 빛살이 퍼져 나오다 두 염주 위의 방울 위로 미끄러졌다. 반짝, 물먹은 표면은 보석처럼 빛났다.

그것들을 하나씩 나누어 쥐고, 두 사람은 한동안 말이 없었다. 종소리는 오래도록 이어졌다.

***

"으응?"

여종은 한 손으로 눈을 비볐다. 머리에서 떨어지려는 물동이를 간신히 붙잡고, 그녀는 다시 눈을 크게 깜박였다.

"우리 작은 나리 아녀……?"

그녀는 자기가 보고 있는 것이 무엇인지 정말 알 수가 없었다.

十一. 아는 사람, 모르는 사람

일남이는 배가 고팠다. 배가 고플 철이 아닌데도 배가 고픈 하루 하루가 이상하기만 했다. 하지만 집에선 불평조차 할 수 없었다. 아 버지는 하루 종일 엎드려만 있었다. 궁둥이에 장독이 오른 탓이었 다. 왜 때도 아닌데 세를 걷냐고, 하루 끼니까지 매일같이 거둬 가 면 어떡하냐고 관아에 갔다가 곤장을 맞았다.

어머니는 그때부터 한 마디도 하지 않고 일만 했다. 일남이도 아 무 말도 할 수 없었다. 양팔에 두 동생들을 하나씩 끼고 어머니 눈 치만 열심히 볼 뿐이었다.

그런데 오늘 하루는 평소와 달랐다.

"일남이 너, 나랑 어디 좀 다녀오자."

이미 해도 저물어 밖은 깜깜했다. 일남이는 겁이 더럭 났지만, 잠자코 따라 나섰다. 어머니는 일남이 손을 잡고 급히 걸었다.

그들이 도착한 곳은 마을에서 한참 떨어진 기와집이었다. 지난 난으로 불타고 버려진 곳이었다. 마당엔 이미 그들 많고도 많은 사람들이 모여 있었다. 들고 온 불빛들을 서로의 몸으로 막으며, 그들은 이상할 정도로 조용히 기다리고 있었다. 일남이처럼 부모를 따라 온 아이들도 듬성듬성 보였다. 모두가 어른들의 분위기에 눌려, 숨소리만 겨우 내며 움츠러들어 있었다.

이윽고 누군가가 대청마루 위로 올라섰다. 사람들의 눈이 모두 그쪽을 향했다.

"이렇게 모여 주셔서 감사합니다, 여러분."

날카롭게 울리는 목소리. 화려한 무늬의 비단 옷을 입은 중년 여인이었다. 한눈에 봐도 어마어마하게 값 비싸 보이는 복색이었다. 장정 다섯이 대청 아래에서 그녀를 호위하고 있었다. 모두가 낯선 얼굴이었다.

"한성 바닥을 구르며 장사나 하던 저 같은 치가 감히 이 연주 땅을 밟게 되었습니다. 여러분들께서 지금까지 흘리신 피와 땀과 눈물이 도대체 얼마나 될지 감히 짐작조차 할 수 없는 저는, 이렇게 다시 일어서신 여러분들을 그저 존경하고 흠모할 따름입니다."

그녀는 갑자기 허리를 숙이더니 절을 올렸다. 마당이 웅성거리기 시작했다.

"……그런데. 다들 어찌 이리들 여위셨습니까."

천천히 몸을 일으킨 그녀가, 슬픈 목소리로 말했다. 하지만 그 눈은 번뜩이는 빛을 띠고 사람들을 훑고 있었다. 어머니의 손에 힘이 꽉 들어갔다.

"우리 백성을 항상 두루 살피시는 천선께서 전란의 참혹함을 천제께 친히 전하시어, 천일을 빌고 빌어 이 땅의 복된 나날을 다시 약속받았습니다. 분명히 땅은 비옥하고 날은 적당하였을 것입니다. 집집마다 창고가 넘치고 밥그릇이 넘쳤어야 할 것입니다. 그렇지 않습니까?"

……맞아. 맞아. 드문드문, 혼잣말 같은 말마디가 새어나왔다. 여자의 목소리엔 어느새 분노가 섞여 있었다.

"그런데 이게 무슨 꼴입니까? 누가 여러분의 몫을 가로챈 것입니까? 왜 저 아이들이 저토록 여위어 있는 것입니까?"

여자는 마지막에 일남이를 손가락질했다. 일남이는 눈만 껌벅껌벅 했다.

"이리 올라오겠니?"

일남이는 어머니를 올려다보았다. 어머니는 잠시 머뭇거리다가, 이윽고 고개를 끄덕였다. 일남이는 쭈뼛쭈뼛 대청마루 쪽으로 나아갔다.

"겁내지 말거라. 자, 받으렴."

여인의 손에는 새하얀 떡 덩어리가 들려 있었다. 일남의 머릿속도 그만큼이나 새하얗게 변했다. 정신을 차렸을 때 그는 어머니 등 뒤에 숨어 있었다. 누가 뺏을까 두 손으로 입 안 가득 떡을 우겨 넣으면서.

"'저희'가 여러분을 도와드리겠습니다."

여인이 장정 하나를 향해 턱짓 했다. 그는 큰방의 문을 하나씩 하나씩 열어젖히기 시작했다. 마당에 비명과 탄식과 환호성이 울려 퍼지기 시작했다. 방 안에는 커다란 곡식 가마니가 산더미처럼 쌓여 있었다. 여인은 보란 듯이 그쪽으로 건너가더니 장정이 차고 있던 칼 하나를 받아들었다. 그리고 가마니 하나를 죽 갈랐다.

횃불 아래에서, 쌀알이 폭포처럼 반짝이며 쏟아져 내렸다.

"가져가십시오, 여러분. 어리석고 욕심 많은 나랏님이 여러분에게서 가로챈 것만큼은 안 되겠지만, 저희의 작은 정성입니다."

"작은 정성이라니······."

어머니가 중얼거렸다. 일남이도 같은 마음이었다. 저 쌀들은 정말····· 정말 산더미처럼 많았다. 사람들이 비척비척 앞으로 걸어 나가기 시작했다. 횃불 빛에 번들거리는 그 눈들을 향하여, 여인은 외쳤다.

"모자라면 얼마든지 말씀하세요! 곡식은 얼마든지 있고······."

그녀는 환하게 웃었다.

"'다른 것'도 얼마든지 도와드릴 수 있답니다!"

***

"주 원로도 이제 슬슬 시작했겠군."

안익태가 수염을 쏠며 말했다.

"그렇겠지요. 원주님 총애를 한몸에 받으시는 분 아닙니까. 이번에도 좋은 소식을 들려주시겠지요."

박우창이 찻잔을 내려놓으며 말했다. 여실히 비꼬는 투였다. 안익태는 가늘게 웃었다.

"그게 어디 주 원로 뜻대로 그리 쉽게 될 것인가. 불씨는 심었지만 불길이 일려면 바람이 크게 불어 줘야 할 터."

"시간문제 아니겠습니까."

"시간문제지. 하지만 바로 그 '시간'이 오늘일지 내일일지 모른다는 점이 재미있지 않은가."

"원주님께서 생각이……."

박우창은 말을 끝맺지 않고 입을 다물었다. 안익태는 부채를 한가롭게 펄럭이며 그 말을 대신 이어주었다.

"그래. 모든 게 원주님 뜻대로 될 것이네. 허나……."

안익태는 몸을 앞으로 죽 내밀었다. 그리고 은근히 속삭였다.

"원주님께서 생각하시는 바, 자네는 짐작이 가는가?"

"……."

"누가 감히 그 속을 읽을까. 나는 포기하였네."

원주. 얼굴조차 모름에도…… 모든 것을 바친 그들의 젊은 왕. 한 장 발 너머에서 낮은 웃음소리 한 번 뱉고, 그들은 이해 못할 방식으로 세상을 주무르는 그들의 지주.

박우창은 우물거리듯 말했다.

"저는 못 배운 상놈이라 알 수 없지만…… 깊으신 뜻이 있으실 테지요."

"그러실 테지. 이 늙은 노마(老馬)도, 큰어르신께서 쉽게 설명해 주시길 바랄 뿐이네. 일단 그 저승사자놈부터 어떻게 정리하게 해 주셨으면 좋겠군. 그걸 왜 그냥 두고 보라시는 겐지."

"재미있을 것 같으니까……라고 하셨지요?"

"그랬던가? 기억이 안 나는군."

안익태는 허술하게 웃었다. 박우창이 자기를 따라 웃는 걸 보고, 그의 입가는 더 비틀려 올라갔다. 초승달처럼 휜 눈가에 혐오감이 떠올랐다가 나타났던 것보다 더 빠르게 사라졌다. 이 수다스러운 노인네 연기도 슬슬 질리기 시작했다.

"그런데 오늘은 웬일로 나를 찾은 것인가? 우리가 해 아래에서 만나 좋을 일이 없거늘."

"그것이…… 혹, 근래의 원주님 거처를 아시는가 하여……."

안익태는 고개를 삐딱하게 기울였다.

"무슨 일인가?"

"긴히 전할 말씀이 있는데 당최 소식이 닿질 않아서 말입니다."

"긴히 전할 말이라니? 원주님께서 자네한테 하명하신 것이라도 있단 말인가?"

"그, 그것이 아니라…… 그럼 안 원로님께서도 아시는 바가 없다는 말씀이시군요."

안익태의 눈이 좌우로 굴렀다. 사람의 것이 아니라 뱀의 그것 같은 그 움직임에 박우창은 움찔했다. 그는 서둘러 자리를 정리했다.

"그럼 이만 물러가겠습니다."

건성으로 인사를 받아 주는 와중에도 그 눈은 기이하게 구르고 있었다. 박우창은 뒷걸음질로 물러나오자마자 소름이 돋은 목 뒤를 문질렀다.

"……?"

막 발을 떼려던 그가 멈칫했다. 그는 눈을 크게 뜨고 주변을 두리번거렸다. 사랑채는 텅 비어 있었다. 마당 한구석에 종놈 하나 보이지 않았다.

착각이었던가.

박우창은 고개를 갸웃 하곤 서둘러 자리를 떴다.

그 방 벽 모퉁이에서, 시호는 감았던 눈을 떴다. 그녀는 풍성한 치맛자락을 모아 쥐고 걸음을 옮겼다. 꽃무늬 가죽신은 소리도 없이 마당을 가로질렀다. 그 걸음은 그림자만큼 가벼웠다.

별당에 돌아온 그녀를 여종이 맞았다. 깊이 허리를 숙이는 그녀를 지나쳐, 시호는 자기 방으로 들어갔다. 급히 따라온 여종이 밖에서 문을 닫았다.

"물러가라."

"네, 아씨."

방 밖의 인기척이 사라지자 시호는 긴 한숨을 내쉬었다. 그리고 버릇처럼 머리를 매만졌다. 두 팔을 뻗어 보고, 손끝을 들여다보고, 고운 색의 저고리와 치맛자락을 쓸어 정리했다. 그 후에야 자리에 앉을 수 있었다.

지필묵이 필요했다. 오늘 보고 들은 것은 '그'에게 전할 가치가 있었다. 아니, 어쩌면 그는 이미 알고 있을지도 모른다. 그에겐 수없이 많은 눈과 귀가 있으니까. 하지만 시호는 알리고 싶었다. 그녀가 그를 위해 얼마나 많은 일을 해내고 있는지.

얼마 만의 서찰인가 셈하며 붓을 들던 그녀가, 멈칫 했다. 그녀는 갸웃 하며 자기 몸을 내려다보았다. 뭔가가 이상했다. 손가락을 하나씩 꼽으며 머릿속으로 불안한 셈을 이어가던 때였다.

"아씨, 사람이 왔습니다."

시호는 얼른 손을 거두었다.

"······누구라고 하더냐."

"병조판서 어르신 댁에서 온 종년이라 합니다."

그린 듯 고운 눈썹이 일그러졌다. 시호는 붓을 내려놓았다. 불안함에 손이 흔들려, 흰 종이 위에 먹물 한 점이 튀고 말았다. 그녀는 아랫입술을 지그시 깨물었다.

"들여보내라."

젊은 여종이 머뭇거리며 들어왔다. 낯익은 얼굴이었다. 그녀가 '사 둔' 아이였다. 무슨 이야깃거리가 생기면 조용히 전해 달라고.

시호와 눈이 마주친 여종은 얼른 고개를 숙였다. 한순간 스친 그 표정만으로도 알 수 있었다. 뭔가 일이 생겼다. 그것도 아주 마음에 안 들 그런 일이.

"무슨 일이냐."

"아씨, 그것이……."

여종은 머뭇거렸다.

"종년들 사이에서 소문이 돌고 있습니다. 작은 나리께서……."

***

"무엇이라고?"

신 씨는 벌린 입을 다물지 못했다. 옆에 섰던 침모가 급히 그녀를 부축했다. 신 씨는 한참만에야 말을 이을 수 있었다.

"다시 한 번 말해 보거라. 지금 내가 제대로 들은 게 맞는지 도통……."

"죽을죄를 지었습니다, 마님!"

여종이 바닥에 납작 엎드렸다.

"아니, 아니다. 너를 탓하는 게 아니라…… 말을 하라지 않느냐. 다시 한 번. 무슨 소문이 돌고 있다고?"

"오, 오늘 아침에……."

"그래. 오늘 아침에?"

"순심네가 물 길러 동문 쪽 우물가에 갔다가, 작은 나리 같은 분을 뵈었는데……."

웬 처자와 단둘이 함께 있더라. 그 첫새벽에. 반짝이는 패물을 나눠 가지는 것처럼 보이더라고.

"어허, 그 녀석이 그런 걸 할 수 있는 위인이더냐! 잘못 보아도 한참 잘못 보았구나."

 신 씨는 허탈하게 웃었다. 그녀는 믿을 수가 없었다. 목석같은 자신의 아들과는 너무도 어울리지 않는 장면이 아닌가. 이 집 식구들이 어찌 그런 걸 착각할 수가 있을까 싶었다.

 "마님, 그게…… 상대가 상대인지라."

 "상대라니?"

 "같이 있었다던 처자 말입니다. 저희는 그럴 법하다고 생각했던 상대였기 때문에……."

 "그게 누구였기에? 아는 얼굴이었느냐?"

 여종이 머뭇거렸다. 신 씨 옆에 섰던 침모가 다그치자 그제야 땅에 머리를 찧으며 외쳤다.

 "소, 솔이 처자였습니다, 마님!"

 "솔? 이솔 말이냐……?"

 신 씨는 크게 뜬 눈을 깜박였다. 아무래도 꿈을 꾸고 있는 것인가 싶었다.

 "내가 아는 그 이솔을 말하는 게 맞느냐?"

 "마님."

 침모가 나지막히 부르며 신 씨의 손을 잡았다. 신 씨는 남은 손으로 이마를 짚었다. 처음 보는 순간부터 눈이 가던, 하얗고 작고 밝은 그녀. 같은 방 안에 앉아 있기만 해도 괜히 웃음이 나와 온다는 날 한참 전부터 그날을 손꼽게 만들던 그 아이. 그 아이와 민훈이……?

"아니, 그럴 리가……."

신 씨는 고개를 가로저었다.

"누가 누가 알고 있느냐. 어디까지 소문이 퍼진 것이냐?"

"마, 마님. 이미 이집 종년들은 모두가 알고 있는 사실입니다. 말이 밖으로 나갔는지까지는 저도 알 수가……."

"아아……."

시호는, 시호는 어떻게 하고?

그 가엾은 아이 귀에 이런 이야기가 들어가게 할 수는 없었다.

좌상어르신께서도 가만히 보고 넘기지 않을 것이었다. 소문이 사실이건 아니건 이것은 웃어넘길 수 있는 일이 아니었다.

"입단속 시키겠습니다. 지금 당장 모두 불러모을 테니 너무 심려치 마십시오."

침모의 말에 신 씨는 힘겹게 고개를 끄덕였다.

"지금 집에 있느냐?"

누구를 말하는 것인지는 물을 것도 없었다. 침모는 침착하게 대답했다.

"안 계십니다. 며칠간 안 들어오셨습니다."

"그럼 또 그곳이겠구나. 사람을 보내라. 내가, 내가 지금 당장 보잔다고 전하거라."

"네, 마님."

***

　민훈은 만복이를 가만히 노려보았다. 만복이는 그저 도망치고만 싶었다. 애초에 이 순진한 소년에게 백화루는 너무도 힘든 곳이었다. 지금 방구석에 무심히 앉아 있는 저 새빨간 눈매의 기녀도 부담스럽기 그지없었다. 하지만 무엇보다 가장 버거운 것은 바로 맞은편에 앉은 주인 나리셨다. 그러니까, 백화루에 틀어박힌 주인 나리는 소년에겐 최악의 상대였다.

"지금 말이냐."

　드디어 나리께서 입을 열었다. 만복이는 그저 열심히 고개를 끄덕였다.

"그, 그렇습니다, 나리."

"서신은 없었고?"

"네. 따로 주신 것은 없습니다."

　혹여 서찰이 밖으로 새어나가 사람들 입에 오르내릴까 염려하신 신 씨의 안배였다. 그러나 만복이는 그것까지 헤아려 전하기엔 너무 어렸다. 제대로 전했다. 하문하시는 데 도망치지 않고 대답도 잘했다. 스스로 뿌듯해하고 있을 때였다.

"급하신 일 아니면 기다리시라 전해라."

　만복이는 자기 귀를 의심했다.

"……네? 아, 안 됩니다! 급하신 일이라고……!"

"또 쓰러지신 건 아닐 테지."

"그건 아닙니다요. 강녕하십니다."

"그럼 됐다. 가거라."

민훈은 흥미를 잃은 듯 눈을 돌렸다. 만복이는 다급해졌다. 이대로 돌아갔다가는 다들 자기를 가만히 두지 않을 것이었다.

"소문이……! 소문이 돌고 있어서 그럽니다! 마님께서 많이 놀라셨습니다요!"

"소문?"

"네. 그…… 나리에 대해 곤란한 소문이……."

민훈은 피식 웃었다. 자신의 말 어디에 웃긴 구석이 있나, 만복이는 어지러워졌다.

"마음껏 떠들라고 해라. 잘됐구나."

잘 돼? 어디가? 항상 이상한 사람이라고 생각은 해 왔지만 이건 그 정도를 넘어서는 혼란이었다. 하지만! 하고, 다시 입을 열려는 순간이었다.

"아이야. 그만 돌아가는 게 좋겠다."

붉은 눈매의 기녀가 말했다. 귀가 녹아 붙을 것 같은 달콤한 음색이었지만 의미는 단호했다. 만복이는 그 기세에 그만 눌려 버렸다. 몸을 잔뜩 움츠리고 버티려는데, 그녀는 몸소 일어나 문까지 열어 주었다. 거기까지였다. 소년은 물러날 수밖에 없었다.

안 되는데, 안 되는데…… 하고 밖에서 안절부절못하는 소년의 그림자를 바라보며, 채란은 한숨을 내쉬었다.

"마님 명까지 거스르시며 무얼 하실 생각이십니까?"

"중요한 일."

"그 중요한 일이 나리 몸보다 더 중합니까!"

민훈은 미동도 없었다. 그저 비스듬한 눈으로 채란을 건너다 볼 뿐. 채란은 큰 숨을 들이마시며 마음을 진정시키려 애써 보았다. 목소리에 너무 날이 섰다. 자신답지 않다고 그녀는 생각했다.

"그날 빈 말만 돌아오곤 사흘을 소식도 없이…… 제가 얼마나 걱정했는지 아십니까? 그 어깨, 어떻게 된 겁니까. 의원에게 제대로 보여야 하는 것 아닙니까?"

"쓸데없는 걱정이네."

"……나리."

"지금 발이 묶일 수는 없네. 이제야 겨우……."

민훈은 끝말을 삼켰다. 잠시 눈을 감았다 뜨고, 옆자리에 뒀던 도성 지도를 다시 펼쳤다. 왼손으로 종이 끝을 밀던 그는 잠시 멈칫했다. 짤랑, 손목에 걸린 염주에서 방울 소리가 울렸다.

잠깐만요.

그 우물가에서, 혼자 막 돌아나오려던 차였다.

어쩔 수 없네요. 아무래도 저 정말 저승사자님께 버림받은 것 같으니까…… 그냥 나리께 말씀드릴게요.

꼭 그렇지는…….

박 원로요.

손끝으로 코를 긁으며 그녀는 눈을 내리깔았다. 그래서 표정을 읽을 수가 없었다.

사냥꾼 아저씨, 박 원로님이 말렸지만 자기가 사냥 나온 것이라고 했었어요. 아무래도 그쪽 높으신 분들 중에 박씨 성을 가진 사람이 있나 봐요.

결국 또, 그를 돕는 것은 그녀였다. 그는 그녀의 도움 없이는 아무 것도 할 수가 없었다.
오해는 뼈아프지만, 차라리 그렇게 믿는 것이 나을 수도 있겠지, 그렇게 생각해 두기로 작정했다. 지금은. 더 이상은 생각하고 싶지 않았다. 그때 이후로 그녀를 떠올릴 때마다 계속……. 민훈은 고개를 가로저어 머릿속을 털어 냈다. 어쨌건, 겨우 얻게 된 단서였다.
"박씨 성을 가진 자."
지도를 뚫어져라 노려보았다. 이 도성 안에 박씨 성을 가진 사람이 적어도 수십은 넘을 터. 마땅한 영향력을 가진 인사만 골라보아도 그 수는 만만치 않았다. 다행히 그에게는 생각해 둔 수가 있었다. 그는 지도의 한 지점을, 천천히 짚었다.

***

"거의 다 되어 가지?"

"정말이다. 굉장해!"

솔은 순수하게 감탄했다. 그녀가 박수를 치기 시작하자 지붕 위에 있던 길상이가 멋쩍게 뒤통수를 긁적였다. 동이도 뿌듯한지 연신 웃는 낯이었다.

"이제 하루 이틀이면 완성되겠어. 솔이한테도 폐 그만 끼칠 수 있겠다."

"폐 아니라니까. 더 오래 있다 가도 돼. 우리 아빠는 너 더 오래 붙잡아 두고 싶어 하셨을걸."

솔은 어깨를 들먹이며 웃다가 눈을 흘겼다.

"하지만 부부 사이를 더 갈라 놓으면 안 되겠지."

"얘도 참!"

동이가 얼굴이 빨개져서 솔의 어깨를 철썩 때렸다. 내가 뭘! 솔은 마냥 억울해졌다.

길상이가 지붕에서 내려와 그들에게 다가왔다. 그는 두 팔을 크게 벌렸고 아기 업은 동이가 그 품에 폭 안겼다. 아기가 바바 하며 아빠 팔을 토닥였다. 길상은 크게 웃는 아기 머리를 쓰다듬었다.

솔은 그 셋의 긴 포옹을 오래도록 눈에 담았다.

"그럼 이야기들 나눠요. 난 먼저 갈게."

"그래, 솔아. 이따 보자."

팔을 크게 흔들어주고 돌아섰다. 등 뒤에서 오가는 다정한 말마디들이 듣기 좋았다. 솔은 종종걸음 쳐서 얼른 마당을 벗어났다. 그들만의 시간을 방해하고 싶지 않았다.

"……."

하늘을 보고 걸었다. 뒷짐을 진 채. 새파란 하늘엔 구름 한 점 없었고 잠자리 몇 마리가 머리 위를 돌다 사라졌다.

오늘도 할 일이 많았다. 하지만 도무지 일 할 기운이 나질 않았다. 솔은 지끈거리는 이마를 손바닥으로 꾹 눌렀다. 가느다란 손목에서 짤랑짤랑 방울이 까불었.

솔은 조금 놀라, 걸음을 멈추고 손목의 염주를 내려다보았다. 그러다 조심스럽게 그 위를 감싸 쥐었다.

"……댁에는 잘 돌아가셨겠지?"

주제넘은 걱정이란 건 자신도 잘 알고 있었다. 그래도, 생각이 떠나지 않는 것을 어쩌겠는가. 아무래도 머릿속에서 새벽의 그 풍경이 잊히질 않는데.

분명히 내칠 것이라 생각했다. 산속의 샛길을 따라가는 중에도, 몇 번이나 따라오지 말라는 말을 들을 줄 알았다. 먼저 성벽을 넘어가 버린 후에는 내 손이 저 꼭대기에 닿을까 얼마나 걱정했는지 모른다.

그런데…… 다시 돌아와 손을 내밀어 주었다. 당연하다는 듯이.

놀랐다. 그래서 역시 월담이 만만한 도성 제일 한량이라고, 정신 없는 와중에 나오는 대로 지껄이고 말았던 것이다. 역시 입이 문제야, 이번에야말로 진짜 실수했다고, 어디서 천것이 주제도 모르고 농질이냐고 반성했다.

……그는 웃었다. 한순간이었지만, 그는 픽 웃었다.

가자.

그리고 앞장서서 걸어 주었다. 그녀를 부르며.

"미쳤지…… 미쳤어. 내가 무슨 생각을 하는 거야."

뭘까, 이건. 생전 처음 느껴보는 울렁거림이었다. 가슴 어딘가 속병이 난 것처럼 답답하고 뜨거웠다. 귓가에 그 목소리만 내도록 아른거렸다. 아무래도 정상이 아니었다. 뭔가 잘못된 것임에 틀림이 없었다. 이대로는 아무 것도 할 수가 없었다.

"정신 차려, 이솔! 정신 차려!"

양볼을 손으로 짝짝 치면서 중얼거렸다.

솔은 터덜터덜 집으로 돌아와 툇마루 위에 드러누워 버렸다. 집은 참으로 조용했다. 한동안 눈을 감고 가만히 있기로 했다.

"막동이 너 이 자식, 이거 좀 정리해 놓으랬더니 아직도 안 했네! 너 인마, 이리 안 와?!"

"어허, 좀 놔둬. 저거 마저 놀고 한다잖아."

"맞아! 아빠 말이 맞아!"

"뭐? 아니, 당신이 만날 감싸니까 저놈이 계속 저 모양이잖아요!"

짧은 휴식이었다. 저 거리를 뚫고 오는 막동이네의 실랑이 소리를 들으며 솔은 피식피식 웃었다. 문득, 좀 전에 본 동이네 가족 모습도 떠올랐다. 서로를 마주하던 그들의 그 봄볕 같은 눈빛이.

가족.

엄마랑, 아빠랑, 아이.

엄마.

……엄마랑 아빠도 그런 눈빛을 주고받곤 했을까?

우리 엄마도 나를 그렇게 따뜻하게 바라봐 주었을까? 말썽 부릴 땐, 막동이네처럼 엉덩이를 때리고 머리를 쥐어박아 주었을까?

그런 사람이었을까?

솔은 벌떡 일어나 앉았다. 그러고는 방문을 열고 안을 들여다보았다.

좁은 방 안에는 자신의 옷가지, 기울어진 서안, 지필묵과 낡은 경대…… 반짇고리 바구니가 보였다.

옆방에는 아버지의 옷가지와 손질하다 말고 간 각종 도구들, 그리고 아버지 냄새가 있었다.

그리고 엄마. 서안 위에 아무렇게나 던져진 자하세경 안에 글자 두 자로 남아 있는. 단지 그것뿐인.

"날도 좋네. 너무 덥지도 않고 걷기 좋아."

이유는 만들어 붙이면 되는 것이다. 오랜만에, 도성 나들이하기 참 좋은 날이니까. 그러니까 가 보도록 하자. 더는 미루지 말고.

엉겁결에 입문식도 치러 버렸다. 어영부영, 그저 상황에 끌려가고 있을 뿐인데도 여러 사람 도움을 받고 그들을 휘말리게 해 버렸다는 생각이 들었다. 이제는 그녀가 스스로 움직여야 할 때였다.

"기다려, 엄마."

솔은 몸을 일으켰다. 생각은 하지 않기로 했다. 각오와 다짐만 가지고 가기로 했다. 그렇게 먼 길을 다시 밟아나가 익숙한 대문 앞에 설 수 있었다.

"계세요?"

잠겨 있지 않은 대문을 지나서 마당으로 들어섰다. 충이 살던 방문은 꼭 닫혀 있었고, 여름날인데도 불구하고 시백의 방문 역시 굳게 닫힌 채였다.

기껏 마음먹고 왔는데 날을 잘못 잡았던가. 솔은 허탈해졌다.

"음. 그래. 내가 운이 좋은 편은 아니지."

중얼거리고 있을 때였다. 낮은 웃음소리 같은 것이 들렸다. 화들짝 놀라고 있자 안심하라는 듯 목소리가 이어졌다.

"이쪽입니다."

집 뒤쪽이었다. 솔은 조금 긴장한 채로 집 모퉁이를 돌았다.

시백은 섬돌 위에 걸터앉아 하늘을 보고 있었다. 언제나처럼 산호 장식의 갓과 새하얀 도포 차림. 한 손에 뭔지 모를 서책 한 권을 반으로 접어 쥔 채였다. 10년 전에도 10년 후에도 항상 그런 모습일 것만 같다고 솔은 생각했다. 인기척을 내자, 그가 천천히 고개를 돌려 그녀와 눈을 맞추었다.

"계, 계셨네요. 오늘도 폐 끼치러 왔습니다아."

멀쩡한 마루 놔두고 왜 섬돌 같은 데에?

의문은 속으로 구겨 넣었다. 손을 살풋 들며, 솔은 멋쩍게 웃었다. 집주인이 미소를 지었다.

"다시 오셨군요. 더 못 뵐 줄 알았는데."

"네? 와야죠. 아직 배울 게 많은데…… 헤헤."

"입문식도 잘 치르셨나 봅니다."

"어떻…… 아. 다행히요. 별 거 아니던데요!"

솔은 손목을 흔들어 보였다. 시백은 고개를 끄덕였다.

"독경회 어르신들께서 장난을 좀 치신 것 같던데 어찌되었나 모르겠군요."

"장난…… 아! 염주가 두 개더라구요. 할머니들 장난이었구나. 어쩐지……! 으윽. 내가 그렇게 그러지 말랬는데."

"나머지 하나는 안 보이네요?"

"으음. 제가 나리께 잘…… 갖다 드릴…… 예정입니다."

시백은 고개를 기울였다.

"두 분 사이가 꽤나 가까운 듯합니다."

"아니요, 절대 아닌데요!"

시백은 소리 없이 웃었다. 어깨를 들먹이며 웃는 그를 보고 솔의 얼굴이 달아올랐다. 뭐라 열심히 항변하려는 순간, 그는 책을 내려놓았다. 그리고 팔을 비스듬히 늘어뜨렸다.

뭐지? 하려는데, 그의 손가락이 맞부딪혔다.

따악.

짧은 울림과 동시에 솔의 움직임이 덜컥 멈췄다. 반쯤 들렸던 팔이 스르르 내려가고 어깨에서 힘이 빠져나갔다. 가볍게 열렸던 입이 다물어지고 얼굴에선 표정이 사라졌다. 그녀의 세상은 그렇게 멈췄다.

모든 것이 정지한 그림 같은 풍경 속에서, 오직 시백만이 살아 있었다. 그는 입을 열었다.

"그럴 리가."

한 손으로 턱을 괴고, 그녀를 올려다본다.

"그는 너를 위해 목숨을 걸던데."

***

한여름의 한낮. 온갖 생명이 분주히 생동할 이 시간에도 그들 주위엔 오직 침묵뿐이었다. 산 것들은 그를 두려워했다. 생명 가진 것들은 그의 목소리에 복종했다. 그는 적막을 원했고 그래서 그들은 그렇게 했다.

"둘 중 하나는 저승으로 보낼 작정이었는데 일이 재미있게 돌아가는군. 원인은 너한테 있는 것 같은데 말이다."

시백은 권태로운 목소리로 말했다.

"······위기는 수없이 있었다. 그런데 하나같이 다 비켜 간단 말이지. 그 순간마다 네 곁엔 누군가가 있구나. 서민훈이건, 또 그······."

이름마저 지워진 욕된 광영.

시백은 미간을 좁혔다. 의외의 소득이었다. 차사의 숨을 끊어 놓으려고 그 뒤를 따라잡았을 뿐인데, 생각지도 못한 거물이 낚인 것이다. 그리고 그 거물이 무려 10년을 넘도록 한결같이 이 여자 곁을 맴돌고 있었다는 사실도 알게 되었다.

이솔은 혼자가 아니었다. 언제나.

한참을 그녀를 지켜봐 왔다. 그 산 속에서 이 여자의 존재를 처음 알게 된 후, 그의 '눈'과 '귀'는 한순간도 놓침 없이 그녀를 향해 있었다. 그는 열렬히 집요해지기로 했다. 그래서, 시백은 드디어 이솔이라는 인간을 알 것만 같았다. 알 것만 같다고 생각했다. 그런데……

시백이 자리에서 일어났다. 한 걸음, 두 걸음, 세 걸음. 솔의 정면에서 멈춰 선 그는 그녀의 초점 잃은 눈을 깊이 들여다보았다.

어쩔 셈이냐. 지금 여기엔 너와 나 둘뿐인데.

시백은 한 손을 들어올렸다. 흰 손이 천천히 떠올라 솔의 목 언저리로 향했다. 약지의 반지가 칼날처럼 빛났다. 손가락 하나하나에 들어찬 살의는 흔들림 없이 선명했다. 네 손가락이 가느다란 목 뒤를 받치고, 엄지가 부드러운 살갗에 막 닿은 그 찰나.

"……!"

세상이 덮쳐 왔다.

수천, 수만의 비명 같은 의지가 폭풍처럼 휘몰아쳐 그를 휩쓸었다. 그 격렬한 물결은 심지어 물화(物化)까지 감수하고 있었다. 영원을 눌러 담은 한순간의 파도.

시백의 뺨에서 가느다란 핏줄기가 흘러내렸다. 그는 감았던 한쪽 눈을 떴다.

"……고작 이 정도?"

그는 웃었다. 무엇으로도 해석될 수 없는 표정으로 그는 웃었다. 뒤로 쓸려나간 파도는 부르르 떨며 일렁이는 듯했다.

"그래. 그것도 괜찮겠군."

손을 거둬들였다. 아직도 살의가 가시지 않은 그 손을 등 뒤로 거두고, 반대쪽 손으로 단단히 붙잡았다. 그로서는 한가로운 뒷짐이었다.

"내게 보여 다오. 그 약해빠진 능력으로 네가 어디까지 갈 수 있을지."

그는 다시 뒤로 한 걸음 물러났다. 전혀 딴 사람이 된 얼굴로, 시백은 입을 열었다. 침착하고 다정한 목소리가 잔잔히 울렸다.

"이봐요. 솔. 여길 봐요."

"……네? 어? 응?"

솔은 움찔 몸을 떨더니 눈을 깜박였다. 막 꿈에서라도 깬 듯이 그녀는 혼란스러운 표정으로 여기저기를 두리번거렸다.

"어? 피가!"

시백은 말없이, 엄지손가락 끝으로 핏자국을 슥 닦아 냈다.

"무슨 다른 생각을 그리 하십니까. 불러도 대답도 없이."

"제……가 그랬어요?"

솔은 초조한 얼굴로 웃었다. 아무래도 기억이 없는데, 전부터 이어진 두통 탓인가 싶었다. 그나저나 너무 가까웠다. 솔은 슬쩍 한 걸음 뒤로 물러났다.

"죄송해요. 요새 제가 좀…… 정신 차릴게요."

"무리하지 마세요. 그나저나 오늘은 어떤 게 궁금해서 오셨습니까. 제가 아는 이야기여야 할 텐데요."

"아! 그, 그거. 전에 말씀해 주신 여선들 이야기요. 더 상세히 알고 싶어서요! 저도 아무래도 계집이다 보니 남자들 이야기보다 그쪽이 더 재미있달까……! 궁금하달까!"

시백은 작게 고개를 끄덕였다.

"그러시겠죠. 여기서 기다려 주세요."

솔은 열심히 고개를 끄덕였다. 또 방 정리가 안 되어 있어 기다리라는 것인가 싶었다. 하지만 시백이 문을 연 사이 엿본 방은 아주 깨끗했다. 그러니까, 지나치게 깨끗했다. 방은 텅 비어 있었다. 책 네댓 권이 바닥에 가지런히 놓여 있을 뿐. 그리고 시백은 그 책들을 모조리 들고 나왔다.

"사정이 생겨 거처를 옮기는 중이라 여의치가 않습니다."

"그러시구나. 그럼 앞으로는……."

"나중에 따로 제가 찾아뵙지요. 그리고 이것."

시백은 책 뭉치를 내밀었다.

"궁금해 하실 것 같기에 미리 추려 둔 자료들입니다. 읽기 편하진 않으실 겁니다. 교조 어르신께서 직접 적으신 글인데 그분 워낙 악필이시라……."

"교, 교조 어르신께서 직접요?"

"자하원의 모든 자료들은 교조께서 직접 만드신 것이죠. 자하세경이야 필체 좋은 원우들이 정돈해서 베껴 적어 만들지만."

"……귀한 책이네요. 조심해서 볼게요."

솔은 조심스럽게 그 책들을 받아들었다. 책의 모양은 유지하고 있으나 질 나쁜 종이로 간신히 엮은 그것들은 구겨지고 찢어지고 더럽혀져 있었다.

"그런데 어떻게 돌려드리죠?"

"방법이야 있겠죠."

시백은 미소만 지으며 더 말이 없었다. 솔은 그저 고개만 끄덕일 수밖에 없었다.

"감사합니다, 나리. 항상."

"별 말씀을."

***

박우창은 자리에서 벌떡 일어났다. 넓은 방 이 끝에서 저 끝까지, 초조하게 왔다갔다 안절부절못하던 그는 다시 무너지듯 방석 위로 주저앉았다.

"허어……."

머리가 깨질 것 같았다. 뱃속이 오그라드는 것 같았다. 어디에라도 하소연하고 도움을 청하기라도 하고 싶은데 그것조차 불가능했다. 그는 '실패'하고 말았던 것이다. 그것도 원주가 친히 맡긴 밀명이었는데. 원주의 신뢰를 잃게 된 것도 큰일이었지만, 그것도 심장이 떨어질 것 같이 두려운 일이었지만 지금 그를 고통스럽게 하는 것도 또 별개의 문제였다.

나, 나가. 당장 나가라고!

아마 그렇게 말한 것이 맞을 것이다. 그는 온 얼굴에 붕대를 칭칭 감은 채 입에 헝겊조각을 잔뜩 물고 있었다. 핏자국이 흥건한 헝겊조각 사이로 붉은 잇몸과 반쯤 깨진 이빨들과 검은 구멍이 보였다. 제대로 남아 있는 이빨이 거의 없었다. 차마 입에 담을 수 없는 욕설을 쏟아내며 검계의 두목이라는 자는 몸부림을 쳤다.

왜, 왜 그년 이야기만 한 거야! 그 망할 년 옆에 그…… 그게 붙어 있는 줄 알았으면 이따위 일엔 발도 안 들이밀었다고!

어려울 것도 없는 일이었다. 여자 하나 없애는 것쯤이야.
박우창은 정말로, 정말로 가벼운 마음으로 의뢰일 다음 날 그들의 소굴을 찾았다. 약속한 남은 대금을 치르고, 일을 잘 치렀다는 증거를 받아, 원주의 연락을 기다리며 술이라도 한잔할 생각이었다. 그런데 다시 찾은 그들의 소굴은 환자로 가득 차 있었고 그들의 눈은 공포에 질려 있었다. 박우창은 아무래도 이해할 수가 없었다.

그거라니, 그게 뭐길래 이 사단이 나나? 응? 말을 해 줘야 할 것 아닌가.

얼빠지게 되물을 뿐이었다. 그 순간 안에 있던 모든 자들이 박우창을 쏘아보았다. 박우창은 지금도 그 눈빛을 생각하면 소름이 끼쳤다.

그…… 그거 말이야! 그거!
아니, 도대체 그게 뭐냔 말일세! 계속 그거 그거라고만 하면…….
제기랄! 그 저……!

두목은 제 입을 틀어막았다. 그리고 한참만에야 입에서 손을 뗐다. 두려움에 번들거리는 눈알을 좌우로 굴리며, 그는 소근거렸다. 절대로 '그것'이 제 목소리를 들으면 안 된다는 듯이 참으로 개미만 한 소리로.
"저승사자."
박우창은 서안을 내리쳤다. 두 번 세 번, 불안하게 내리쳤다.
"저승사자. 저승사자."
저승사자한테 들켰다. 저승사자가 저들을 알고 있고, 저들은 나를 알고 있다.
박우창은 그날 밤부터 칼을 안고 잠들었다. 아니, 잠들지 못하고 칼을 안은 채 밤을 지새웠다. 첫닭이 울고 문밖이 부옇게 밝아 온 후에야 그는 겨우 숨을 내쉴 수 있었다. 그렇게 이틀을 버텼다. 그리고 지금 이 순간에도 또다시 밤이 다가오고 있었다. 원주와는 여전히 연락이 닿지 않았다. 실패를 보고할 수도 없고 목숨을 구걸할 수도 없었다.

"나리."

"채비가 다 되었느냐!"

문 밖의 종놈이 그렇게 반가울 수가 없었다. 박우창이 큰 소리로 묻자 종놈은 우물쭈물했다.

"그게 아니옵고…… 뵙고 싶다는 자가 있습니다요."

가슴이 철렁 내려앉았다. 그는 가까스로 정신을 그러모았다. 아직 밤이 아니었다. 아직은 저승사자의 시간이 아니었다.

"누구라 하더냐."

"봉두난발에 행색도 초라한 것이 근본 없는 자인 것 같은데, 이름도 밝히지 않고 다짜고짜 나리를 뵙겠다 합니다. 좋은 서책이 있다면서……."

두 눈이 번쩍 뜨였다.

"당장 드시…… 들라 하게!"

"예? 예이."

종놈이 물러간 지 얼마 만에 정해준이 방문을 밀고 들어왔다. 박우창은 바닥에 넙죽 엎드렸다.

"큰어르신을 뵙습니다!"

"거 사람 부끄럽게 그러지 말게."

그러면서 정해준은 방석이 깔린 상석에 털썩 앉았다.

"어, 어인 일이십니까. 이런 대낮에."

"나야 일 없는 늙은이 아닌가. 이곳저곳 발 닿는 대로 걷다 보니 여기길래 물이나 한 잔 얻어 마실까 하였지. 허허허!"

정해준은 때 낀 손톱으로 턱을 긁었다.

"그런데 이런 대낮이라 그런가. 이 집은 참으로 분주하구먼."

"……."

"말이며 나귀에 짐들을 잔뜩 싣고 있던데 어디 크게 옮길 것들이 많은가 보이. 그러고 보니 자네도 옷을 먼 길 가기 딱 좋게 차려입었군!"

박우창의 등에서 식은땀이 흘러내렸다. 해준은 빙글빙글 웃으면서 그를 내려다보았다. 그리고 은근한 목소리로 물어왔다.

"자네 어디 가나? 난 못 들었는데?"

"그것이……."

저승사자를 피해 도망간다고, 그렇게 말할 수는 없었다. 원주와 자신만의 이야기를, 그리고 자신의 실패를, 자신의 두려움을 이 사람 앞에서 드러낼 용기는 없었다. 그는 그 뒤를 감당할 자신이 없었다.

"송구합니다! 먼 처에 계시는 친척 어르신께 일이 생겼다기에 급히 뵈러 가려는 길입니다. 미리 말씀드릴 것을 제가 어리석어……!"

"어허. 난 그리 작은 사람이 아니네. 속 좁으신 임금놈처럼 온갖 것에 다 간섭할 생각 없으니 그런 걱정은 말게나. 헌데, 갈 길이 험한 모양이야. 칼잡이들도 보이던데 말이지."

"산길도 험할 테고, 제가 좀……."

"그래! 자네 배가 좀 두둑해야지! 이 조선에 자네만큼 많이 가진 이도 드물 테니 노리는 자들이야 얼마든지 있을 것이야. 아무렴."

정해준은 고개를 크게 끄덕이고는 손을 내밀었다.

"오랜만에 한번 봄세."

"네?"

"그거."

"……예? 아! 예!"

박우창은 벽 한쪽의 장을 열었다. 그 깊이 손을 넣어 뭔가를 조작하자 뒷면의 빈 공간이 철컥 소리를 내며 열렸다. 그는 그 안쪽에서 장부 한 권을 조심스럽게 꺼냈다.

"여기 있습니다, 큰어르신."

수, 단위, 이름, 지역, 날짜. 수없이 많은 글자들이 빼곡하게 들어찬 그 장부는 장 앞쪽에 보란 듯 꽂힌 다른 장부들의 그림자였다. 존재하지만 존재하지 않는 막대한 부는 그 그림자 속에 거대한 몸을 웅크리고 때를 기다리고 있었다. 한 해 한 해 더더욱 그 몸을 불려가며, 언젠가 '그때'가 오기를 기다리면서. 그것은 자하원의, 아니 '그들'의 무기였다.

정해준은 즐거운 듯 낱장의 종이들을 팔랑팔랑 넘겼다.

"훌륭하네, 박 원로."

"과찬이십니다."

"진심이야. 내 기대보다 훨씬 잘해 주고 있어. 거사일에 자네의 힘이 큰 도움이 될 것이야."

박우창은 기분이 좋아졌다. 오랜만에 느껴 보는 만족감이었다.

"창고들 관리는 잘 되고 있는 것이겠지?"

"물론입니다. 원주님께서도 직접 보시고 만족하실 정도로, 제가 잘……."

종잇장을 넘기던 해준의 손이 멈칫했다. 그는 장부를 향해 고개를 숙인 채, 눈만 들어 박우창의 얼굴을 빤히 바라보았다.

"원주님께서 직접?"

"네. 큰어르신께서 연주에 계시는 동안 직접 보시고 조치하셨습니다."

"그래. 그랬다고……?"

해준은 자기 손에 들린 장부를 다시 내려다보았다. 그 눈동자 속에서 의미 없는 빛 하나가 빙글빙글 돌았다.

***

민훈은 한 발을 들어올렸다. 문짝 두께를 가늠해 보던 그는 그냥 본능에 따르기로 했다. 있는 힘껏 걷어차인 나무문이 두 쪽으로 갈라지며 안으로 쓰러졌다.

"뭐, 뭐야!"

안쪽은 혼비백산이었다. 깨어 있던 자와 잠들어 있던 자, 잠들려

하던 자들이 모두 다 기겁해서 문 쪽을 바라보았다. 민훈은 잠시 그대로 기다려 주었다. 달빛을 역광으로 받고 선 장신의 남자. 검은 도포차림에 갓 아래로 긴 사를 늘어뜨리고, 한 손에 검을 든.

"저, 저승사자?!"

저승사자의 고개가 삐딱하게 기울었다. 그것이 꼭 대답 같았다.

비명과 고함이 한데 뒤섞였다. 이미 그를 상대해 본 자들은 비명을 지르며 도망치려 했다. 끝내 패거리들의 말을 믿지 않았던 자들이 무기를 꼬나 쥐고 앞으로 나섰다.

민훈은 그 혼란통 속으로 성큼 걸어 들어갔다. 큰 한 걸음에 스르릉 소리를 내며 검이 뽑혀 나왔다. 그보다 머리 하나는 큰 덩치가 커다란 도끼 한 자루를 들고 뛰쳐나왔다. 머리 위로 번쩍 들렸다가 수직으로 떨어지는 도끼를 보며 민훈은 장작개비를 생각했다.

짧게 끊어 친 검이 도끼날에 적중했다. 파편과 불꽃이 폭죽처럼 튀는 사이 도끼가 힘없이 허공을 날았다. 피해도 놀랄 판에 저걸 맞받아쳐? 남은 자들이 눈을 의심했다. 뒤이어, 압도적인 폭력이 따라붙었다. 본 것을 의심할 여유도 없었다. 횃불 빛에 날붙이들이 번쩍이며 비명과 쇳소리와 세간이 박살나는 소리가 어지러이 뒤엉켰다.

"제기랄, 제기랄……!"

두목은 뒷문을 붙잡고 흔들었다. 어째서인지 문은 꼼짝도 하지 않았다. 누가 미리 밖에서 잠가 둔 것처럼. 두드리고 발로 차고 긁어 댔지만 아무 소용도 없었다. 그러다 어느 순간, 두목은 사방의 아우성이 잠잠해졌음을 깨달았다.

그는 두려움에 떨며 뒤를 돌아보았다. 고작 두어 걸음 떨어진 곳에서, 저승사자가 그를 빤히 내려다보고 있었다. 두목은 바닥에 주저앉고 말았다.

"사, 살려 주십시오. 나리. 살려 주십시오!"

저승사자가 천천히 몸을 숙였다. 그는 두목 바로 앞에 쭈그려 앉았다. 검은 도포는 흐트러짐 하나 없었지만 군데군데 튄 피 냄새는 선명했다. 소름이 끼쳤다.

"그 의뢰, 누가 했지?"

"의, 의뢰…… 어떤…… 아, 그, 그거!"

목숨이 달렸다. 멍청해질 여유가 없었다. 두목은 침을 튀기며 대답을 쏟아냈다.

"그, 그날 그 계집네 말씀이시지요. 기억납니다요! 하…… 한 쉰쯤 되어 보이는 자였습니다요! 좋은 옷 입고 부채는 들었던데 양반님네 같지는 않았고…… 또……."

"또."

"살이 쪘습니다요! 살이 어찌나 쪘던지 저게 사람인지 돼지새끼인지 헷갈릴 정도라 한참 웃었는데 도, 도, 도, 돈을…… 돈을 엄청나게 많이 내놓아서……!"

저승사자가 몸을 일으켰다. 두목은 얼른 납작 엎드렸다.

"그 돈에 눈이 멀어서 제가 감히……! 잘못했습니다요, 나리! 살려만 주십시오! 앞으로는 착하게 살겠습니다! 이 짓도 그만 두고요! 정말입니다! 정……!"

 민훈은 발길질로 그 뒷말을 끊었다. 단박에 의식이 끊어진 두목은 반대로 바닥에 엎어졌다.

 "사람이 그리 쉽게 변할까."

 검을 다시 검집에 꽂아 넣으며 민훈은 돌아섰다. 인상착의를 듣다 보니 짐작되는 자가 있었다. 혹시 그 사냥꾼에게도 성을 속이고 있는 것이 아닐까 걱정이었는데, 그렇진 않은 모양이었다. 박씨. 비대한 몸집. 막대한 부.

 박우창. 경기 농토의 4분지 1 이상을 소유하고 있다는 소문마저 도는 대부호.

 확인해 볼 가치는 충분했다. 민훈은 그의 집이 있는 남쪽을 향해 급히 말을 내달렸다. 두어 번 마주친 순라군들은 오히려 저쪽에서 몸을 숨기기 바빴다.

 오랜만에 주인을 태운 흑마는 주인의 기대에 충실히 보답했다. 며칠간 마구간 구석에 갇혀 있었던 분풀이라도 하듯 그는 질풍처럼 질주했다. 민훈은 금방 박우창의 대저택에 닿을 수 있었다. 높은 담을 단번에 뛰어넘은 그는 잠시 멈춰 기색을 살폈다.

 "……."

 걱정하던 대로였다. 민훈은 으득 소리가 나게 어금니를 갈았다. 인기척 없는 사랑채와 안채를 훑은 그는 대문 옆에서 졸고 있던 머슴의 멱살을 잡아챘다.

 "누구…… 히익!"

"박우창 어디 갔나?"

"소, 소인은 모릅니다요! 아이고, 살려 주십시오. 나리!"

행선지는 숨기고 싶었을 것이다. 그가 찾아올 것을 알았으니까. 하지만 숨길 수 없는 것도 있는 것도 있는 법이었다.

"언제 출발했지? 몇 명이서?"

"그…… 낮에 식사 하시고 나서 바로 나서셨습니다. 시각은 저도 잘……! 하, 하여간에 못 보던 무사들까지 붙어서 여럿이서 가셨는데 몇이었는지 소인이 어찌 다 알겠습니까요."

몇 가지 생각들이 빠르게 맞춰졌다 흩어졌다. 식솔들도 데리고 출발했다면 속도가 느릴 텐데, 새벽에 출발하지 않았다면 그리 먼 거리를 가지는 못했을 것이다. 그 인원을 데리고 야숙을 하진 못할 테니 숙박할 만한 장소가 가까이 있는 방향은……?

민훈은 그의 멱살을 놓았다. 머슴은 기침을 해 대더니 기다시피 해서 도망쳤다. 민훈은 대문을 크게 열어젖히고 밖으로 나왔다. 짧은 휘파람소리에 흑마가 그를 향해 달려왔다. 그 고삐를 쥐고, 민훈은 잠시 생각했다.

따라잡을 수 있을까?

따라잡아야 한다. 의미 없는 고민이었다.

민훈은 말을 북동쪽을 향해 몰았다. 흑마가 성벽을 넘자마자 다시 방향을 북서쪽으로 돌렸다. 독려 할 때마다 말은 긴 다리로 땅을 박차며 속력을 높였다. 민가가 등 뒤로 획획 사라지고 눈앞으로 들판이 펼쳐졌다. 다행히 달이 그럭저럭 찼고 별도 떴으나 밤은 밤이었다. 어둠은 짙었고 이 평지도 끝이 있을 것, 벌써 저 멀리서 시커멓게 누운 산등성이가 다가오고 있었다.

아무리 눈이 밝은 말이라 해도 이렇게 전속력으로 달리는 것은 무리였다.

"부탁한다."

알아듣기라도 한 듯, 흑마가 길게 울음을 토했다. 언젠가 이렇게 달렸던 날이 있었다.

한낮의 질주는 기억에 남겨 둘 의미도 없을 정도로 잦았다. 수저만큼이나 검이 익숙하고 잘 정돈된 이부자리나 모포 깐 흙바닥이나 차이를 못 느끼도록 살아온 그였다. 마술(馬術)이야 오죽했으랴. 하지만 어디까지나 해가 있을 때의 일이었다. 이런 칠흑 속을 전속력으로 달려야 할 일은 많지 않았다.

그런데, 그날은 그랬다.

오라버니. 진짜라니까요!

설아가 마당 바닥에 발을 구르면서 외쳤다. 민훈은 대청마루에 멀거니 앉아서, 한참 어린 누이가 체통도 못 지키고 으르렁대는 꼴을 멍하니 내려다보았다. 본가면 다들 그러려니 할 텐데 이곳은 무려 연주의 외조부댁이었다. 하인들은 차마 마당에 들어오지도 못하고 문간에 서서 이쪽을 훔쳐보고 있었다.

진짜 귀신이 나왔단 말이야!

오냐.

오냐가 아니잖아!

설아는 결국 빽 소리를 질렀다. 두 눈에 눈물이 그렁그렁해진 누이를 보고 민훈은 당황했다. 하지만 원체 속내가 겉으로 드러나지 않는 남자였다. 반응 없는 오라비의 냉철한 얼굴에 설아는 상처를 입은 듯했다. 그리고 설아는 그런 오라비에 익숙하기도 하였다.

오늘 밤에 오라버니 옆에서 잘 거야.

저쪽에서 와장창 소리가 났다. 들고 가던 물독을 깨뜨린 모양이었다. 민훈은 그 마음을 이해했다. 그리고 이미 여러 번 겪어 본 누이의 공격을 능숙하게 흘려보냈다.

할 수 있으면 해 봐라.

또, 또 도망가려고!

그럴 셈이었다.

누이는 오라비에게 정이 깊었다. 갓난아기일 때부터 오라비 등에 업힌 기억 때문일까. 유독 그를 잘 따랐다. 그가 아버지 명에 따라 집을 떠나 이곳저곳을 떠돌기 시작하자 누이는 적어도 그가 집에 있을 때만이라도 꼭 붙어 있고 싶어 했다. 문제는 이제 누이가 더 이상 어린애가 아니라는 점이었다. 그리고 여기는 사정을 알고 다들 못 본 척 해 줄 본가가 아니었다.

잠들고 나면 돌아오겠습니다.

그날 저녁, 외조모는 크게 웃으며 그를 배웅했다. 누이가 침모에게 수를 배우느라 정신없는 틈을 타 그는 집을 나섰다. 두터운 모포와 부싯깃, 요깃거리를 말에 실어 나온 민훈은 며칠 전부터 미리 봐둔 해안가의 언덕으로 향했다.

끝없이 펼쳐진 검은 물결이 눈앞을 가득 메웠다. 겨울 바다는 어둡고 무겁고 잠잠했다. 바람에 휘날리는 옷자락을 추스르며 그는 불을 피웠다. 그리고 모포를 두르고 앉아, 자갈무더기를 때리는 파도 소리에 온 정신을 맡겨 버렸다.

평온하고, 조용하고, 조금은 궁상맞은 하루가 되었을 것이었다.

'그들'이 없었다면.

등 뒤가 밝아진 것을 눈치 챘을 때는 이미 늦어 있었다. 놀라 몸을 일으키자, 먼 마을 위의 하늘이 붉게 물들어 있는 것이 보였다. 마을에서 떨어진 외조부의 집은 사정을 알 수도 없었다. 그는 들고 온 짐을 모두 팽개치고 말에 올랐다. 비명과 아우성이 불타오르는 마을을 빗겨, 인적 없는 언덕 사이의 길로 말은 내달렸다. 어둠. 그 어둠. 몇 번이나 나뭇가지에 목이 부러질 뻔하며, 돌을 빗겨 밟아

미끄러지는 말을 달래가며 그는 밤을 달렸다. 그 길 끝에는…….

민훈은 이를 악 물었다. 그 길 끝에서 그는 한 번 죽었다. 그리고 이 길 끝에서, 그는 죽일 것이다. 그 모든 절망을 불러일으킨 바로 그자를.

급히 허리를 숙였다. 늘어진 나뭇가지가 아슬아슬하게 머리 위를 스쳐지나갔다. 얼마나 달렸을까. 한 식경은 족히 넘었을 듯한 긴 질주였다. 흑마의 등이 땀으로 푹 젖고 입가로 거품 섞인 침이 올라오고 있었다.

역시 무리인가, 생각이 들 그 순간이었다. 먼 발치에서 불빛이 보였다. 민훈은 말을 멈춰 세웠다. 거친 숨을 몰아쉬는 말의 목을 두드리며, 민훈은 눈을 가늘게 뜨고 저편을 노려보았다. 잠시 뒤 그는 웃었다. 참을 수 없는 웃음이 입가로 새어 나왔다. 그는 고개를 푹 숙였다. 잠시 후, 다시 든 얼굴에는 표정이라고는 한 점도 남아 있지 않았다.

"찾았다."

***

무사는 길게 하품을 하며 기지개를 켰다.

"재밌는 이야기 좀 없냐?"

옆에 섰던 동료가 투덜거리며 말했다.

"씨, 이야기는 별…… 허구헌날 들었던 얘기 그놈이 그놈이지.

아까 먹던 거 뭐 남았지?"

"육포랑 주먹밥."

"늬미. 밤새 새워 놓으려면 몸 데우게 술이나 주지."

둘은 욕설을 내뱉으며 한차례 웃었다. 그들을 고용한 자는 인심이 넉넉했다. 보수도 충분했고 제 몸을 알뜰히 살피는 만큼 수행하는 자기들도 몸이 편했다. 부인이라는 여자가 야숙은 절대 안 된다기에 원에서 숙박하는 것으로 여로를 잡았던 참이었다. 고용주는 그들에게 밤새 바깥을 살피고 방비할 것을 주문했다. 인심 좋게 넉넉한 먹을 것을 내놓은 그는 술을 주문하자 단박에 거절했다. 정신이 혼미해서는 적을 대비할 수 없다는 소리였다.

"적은 무슨, 이 밤에 움직일 산적 떼가 어디 있다고."

"혹시 아나? 범이라도 덮칠지."

"그럼 잘됐게! 내 한 칼에 잡아서 가죽을 벗길 테니 자넨 손이나 빨고 있으라고."

"내 손이 더 빠를…… 음!"

두 무사는 몸을 긴장시켰다. 따그닥, 따그닥…… 어둠에 잠긴 저편에서 느린 말발굽 소리가 가까워지고 있었다.

무사들은 각자 칼과 창을 꼬나 쥐고 앞으로 내밀었다. 한 마리. 한 명이라는 소리였다. 칼 든 적 하나 쯤이야 얼마든지 해치울 수 있는 자신감을 가진 무사들이었지만 시간과 장소가 문제였다. 숲에서 이어진 길이었다. 이 시간에 도대체 누구란 말인가.

횃불 빛 아래로, 거대한 검은 말 한 마리가 걸어 나왔다. 그리고 그 위에 올라탄 것은……

"어, 어어……?"

손에 든 칼끝들이 흔들렸다. 저승사자는 담담하게 물었다.

"박우창. 여기 있지?"

둘은 서로를 곁눈질했다. 그중 하나가 자기도 모르게 반쯤 고개를 끄덕이고 있었다.

"그래."

알았다고, 고맙다는 듯 대답하며 저승사자는 말에서 내렸다. 그리고 큰 걸음으로 척척 다가오기 시작했다. 그 손엔 어느새 긴 검 한 자루가 들려 있었다.

"이건 뭐……!"

무사가 급히 검을 횡으로 들어 올렸다. 그 위로 저승사자의 검이 벼락처럼 내려 꽂혔다. 쇠붙이가 비명을 질렀고 무사도 비명을 질렀다. 검째로 쪼개 버리기라도 할 기세와 힘이었다.

"습격이다! 습격!"

동료도 크게 외치며 상대를 향해 달려들었다.

이건 사기였다. 고용주는 그들이 맞서 싸워야 할 적이 죽음이라고는 말한 적이 없었다. 안쪽이 소란해졌다. 일행들이 뛰어나오고 있었다.

"박우창!!"

저승사자가 외쳤다. 온 산이 쩌렁쩌렁 울리는 그 목소리에 무사마저 얼어붙었다. 길게 끌리는 메아리는 벽 안쪽의 소란까지 압도했다.

"지금 걸어 나오면 사지는 멀쩡하게 묻어 준다!"

***

박우창은 펄쩍 뛰었다. 옆에서 부인이 눈을 비비며 일어났다.
"아니, 이게 웬 소란이야? 오늘 도대체 뭐가 어떻게 된 거예요?"
"부, 부인. 여기 가만히 계시오."
"예? 아니, 지금……."
부인은 눈을 크게 떴다. 남편이 사색이 되어서는 옷에 허둥지둥 팔을 꿰고 있었다.
"밖에 무슨 일인 거예요? 그냥 여기 있어 봐요. 아랫것들이 알아서 잘……."
"어허! 부인이 대체 뭘 안다고……! 시키면 시키는 대로 하면 될 것이지!"

박우창은 혼란한 와중에도 허리춤을 더듬었다. 얄팍한 옥패가 손에 잡혔다. '그 창고'들을 열려면 박우창 본인이라도 이 옥패가 반드시 필요했다. 절대 잃어버려선 안 되었다.

그는 옷고름도 제대로 매지 못한 채 문을 박차고 나왔다. 마당은 횃불 덕에 대낮같이 밝았다. 데려온 하인들이 어쩔 줄 몰라 우왕좌왕하고 있는 것이 보였다. 몇몇은 마루 밑으로 숨어들어 가기라도 할 기세였다. 바깥에선 쇳소리와 비명소리가 이어지고 있었다.

대문 바로 안쪽에 한 명 남아 있던 무사와 박우창의 눈이 마주쳤다. 둘의 눈은 똑같이 흔들리고 있었다.

"어떻……."

"잘 막게! 절대 통과시키면 안 되네!"

 박우창은 대답도 기다리지 않고 몸을 돌렸다. 그는 비대한 몸으로 낼 수 있는 최고의 속도로 마구간을 향해 달렸다. 땀방울과 욕설을 끝도 없이 쏟아내며, 그는 버티고 움직이지 않으려는 말을 억지로 끌어내 뒷문으로 향했다.

"괜찮아. 괜찮을 거야. 내가 저놈들한테 돈을 얼마를 쏟아 부었는데……!"

 저승사자가 정문에 묶여 있는 동안, 있는 힘껏 도망가면 된다. 무사들도 비싼 만큼 돈값은 해 줄 것이다. 말도 비싼 말인만큼 발이 빠를 것이다. 뒷길을 지나쳐 최고 속도로 달리다 보면 제아무리 저승사자라도 따라잡을 수 없으리라.

 박우창은 두 손으로 빗장을 들어올렸다. 빽빽한 나무판이 삐이걱 소릴 내며 간신히 움직였다.

 소리. 민훈의 눈이 담 너머를 향했다. 그는 칼 세 개를 동시에 튕겨내곤 담을 따라 달리기 시작했다. 무사들이 어어? 하며 뒤따랐지만 이미 거리차가 난 후였다. 짧고 날카로운 휘파람 소리에 뒤에서 기다리던 흑마가 움직였다. 말은 혼란스러워하는 무사들의 무리를 뚫고 곧장 달려왔다. 그는 달리는 속도 그대로 고삐를 잡아채 말에 뛰어올랐다.

 흑마는 주인의 뜻에 따라 담벼락을 지나쳐, 좁은 숲길을 질주했다. 저 앞 어둠 속에서 뭔가가 움직이고 있었다.

예상대로였다. 위협하면 두려워서 먼저 뛰쳐나올 줄 알았다.

"히이익!"

뒤를 돌아보던 박우창이 말 속도를 높였다. 그 거구를 싣고도 말은 꽤 빨랐다. 민훈은 이를 사리물고 몸을 낮췄다. 흑마의 걸음이 가벼워졌다. 지금까지의 피로를 모조리 잊은 듯이, 말은 눈앞의 상대에 호승심이라도 인 것처럼 내달렸다. 두 말 사이가 점점 가까워지기 시작했다. 눈앞에서 흔들리는 덩치가 수시로 커졌다.

칼로 맞춰 떨어뜨릴까. 아니, 요령 없이 낙마해서 숨이 끊어지면 곤란한 일이다.

민훈은 그에 대해 아주 길고 자세한 계획을 가지고 있었다.

"부탁한다, 제발."

마지막 힘이었다. 한순간 흑마는 자신의 한계를 넘었다. 말은 박우창의 백마의 꼬리를 스치더니 앞으로 나아갔다. 지척이었다. 말 두 마리가 말머리를 나란히 했다.

민훈은 흑마의 목을 가볍게 쓰다듬었다.

고맙다.

다음 순간 그는 허공으로 몸을 날렸다.

"흐어악!"

새까만 물결이 눈앞을 뒤덮는가 싶더니 공중이었다. 박우창은 비명을 지르며 팔다리를 허우적거렸다. 민훈은 그 허리를 단단히 감고, 몸을 틀었다.

두 남자는 썩은 낙엽이 십수 년을 쌓인 바닥에 온몸으로 떨어졌다. 비탈이었다. 제 속도와 힘을 못 이긴 거구가 내리막을 따라 굴렀다. 칼처럼 날카로운 긴 풀들과 침처럼 뾰족한 잔나무 가지들을 수십 부러뜨리며 그들은 한참을 미끄러졌다.

"끄윽…… 어흑……."

박우창이 신음성을 흘리며 헐떡였다. 민훈은 비척비척 일어나, 그 위에 올라타고 멱살을 틀어쥐었다.

"일어나."

박우창은 눈을 더 질끈 감으며 고개를 틀었다. 그래 봤자 의식이 있다는 증명밖에 되지 않았다. 민훈의 날숨에 웃음이 섞였다. 그는 주먹을 높이 들었다가 박우창의 왼팔을 내리쳤다.

구르면서 이미 돌아갔던 팔이었다. 박우창은 찢어지는 소리로 비명을 질렀다. 민훈이 다시 주먹을 들어올렸다.

"자, 잠깐만!"

오른손을 번쩍 들며 박우창이 눈을 떴다. 시뻘겋게 물든 얼굴은 눈물 콧물로 범벅이었다.

"말로 합시다. 마, 말로 합시다요, 나리."

민훈의 주먹이 공중에서 멈췄다.

"네가 자금책이냐, 박 원로?"

"저는 무슨 말씀이신지 도통……."

"그래. 끝까지 입 다물고 있을 거라면 그 쓸모없는 혓바닥, 나도 필요 없다."

민훈은 박우창의 양볼을 틀어쥐었다. 반대쪽 손에 들린 단검이 박우창의 입가에 걸쳐졌다. 본능적으로 발버둥치면서, 박우창은 생각했다.

 어떻게 해야 여기서 살아서 나갈 수 있을지. 아니, 어떻게든 살아남을 수 있긴 할지.

 박 원로님 입이 그자의 칼을 물고도 우리 이름을 노래 부르지 않으리라는 확신, 저는 없으니까요!

 주 원로, 재수 없는 소릴 하더니 딱 그 말대로 되어 버렸다. 어떻게 해야 하나. 정말 원로들 이름을 다 불어 볼까? 그럼 살려 주려나? 그런데 이자가 여기서 날 살려 준다 해서…… 내가 계속 살아남을 수는 있는 것일까?

 번쩍, 머릿속에서 한 사람의 얼굴이 스쳤다. 식은땀이 줄줄 나는 속에서도 등허리에 소름이 끼쳤다.

 박우창은 외쳤다. 말하겠다고, 지금 말하겠다고 외치며 고개를 열심히 끄덕였다. 뭉개지는 발음이었지만 의미는 명확했다. 민훈은 천천히 칼을 치웠다. 그리고 우창의 얼굴을 짓누르던 손도 떼어 냈다. 다음 순간.

"원주니이이임!!!"

 박우창이 있는 힘껏 소리를 질렀다. 민훈마저 흠칫 할 기세였다.

"원주님! 원주님!! 여기입니다!"

긴 숨을 다 뽑아낸 우창이 헐떡였다. 하지만 그 얼굴은 의기양양했다.

"……무슨 짓이냐?"

"어차피 자네, 나 살려 보낼 생각 아니지 않나?"

"……."

"그렇다면 나도 기댈 곳은 하나뿐이지 않은가. 애초에 그분께서 다 계획한 일이셨어. 그래, 분명히 그럴 거야. 원주님이라면 분명 이런 것까지……."

기다렸다는 듯 긴 짐승 울음소리가 울려 퍼졌다. 지척이었다.

"역시! 역시 그랬어! 들었나? 들었지?"

수풀이 버스럭대기 시작했다. 민훈은 천천히 일어나 뒤로 물러났다. 어둠 속을 스치는 안광을 노려보며 그는 조심스럽게 팔을 뻗어, 바닥에 던져뒀던 검을 집어 들었다.

민훈은 저들을 알고 있었다. 저 거대한 이리 떼. 저들도 그를 알고 있을 터였다. 무명암 앞에서도, 사냥꾼의 은신처 앞에서도 그들은 한자리에 있었다.

"이게…… 너희들 원주의 힘이라고?"

"그래! 산천초목, 온갖 짐승들이, 그리고 비루하고 하찮은 인간들까지 모두 다 우리 원주님을 받들어 모신다. 아무도 그분을 거역할 수 없어!"

박우창은 침을 튀기며 웃었다. 그리고 힘겹게 몸을 일으켰다. 뒤틀린 팔 때문에 비명을 지르면서도, 그는 기어코 나무를 부여잡고 일어섰다.

"그분은 모든 것을 알고 계신다고!"

이솔.

한 걸음, 앞으로 다가오는 이리의 눈을 노려보며 민훈은 그녀를 떠올렸다.

이솔. 원주. 원주와 이솔. 이것이 그들의 힘. 도대체……?

이리 떼들이 입을 열고 허덕였다. 날카로운 이빨들 사이로 긴 혓바닥이 침과 함께 늘어졌다. 열둘. 열두 마리. 민훈은 검을 쥔 손에 힘을 넣었다. 그조차도 손바닥에 땀이 찼다. 박우창은 더더욱 기뻐하고 있었다.

"자, 저승사자여. 얼마나 버티는가 보자! 그동안 원주님이 자비를 베푸신 줄도 모르고 기고만장했겠다? 이제는……?!"

순간 검은 짐승이 거짓말처럼 도약했다. 수풀 속에서 뛰어오른 거대한 이리는 그 커다란 입을 있는 대로 벌린 채 허공을 갈랐다. 민훈의 눈이, 우창의 눈이 그 그림자를 좇았다. 두 눈이, 경악으로 부릅떠졌다.

우창이 처절하게 찢어지는 비명을 내질렀다.

"으아아아아! 으아악! 으아아!"

이리는 앞을 가린 우창의 팔을 물어뜯고 있었다. 민훈은 급히 검을 내리쳤다. 치명상을 입은 이리는 그래도 우창을 놓지 않다가 민훈의 발길질에야 겨우 떨어져나갔다.

민훈은 신음하는 박우창의 앞을 가로막았다. 이리들이 위협적인 울음소리를 냈다. 방해하지 말라고, 자기들의 먹잇감을 가로채지 말라며.

"과연 자비로우시군. 부하 목숨도 손수 거둬 주시려나 본데."

"그, 그런…… 그럴……."

우창의 눈이 불안하게 흔들렸다. 그는 이 상황을 이해할 수 없었다. 하지만 민훈은 달랐다. 그에게는 이 상황이 너무도 낯익었다.

"사냥꾼도 그렇게 치워 버리더니."

"뭐……라고?"

우창은 숨을 멈췄다. 충. 그가 부리던 사냥꾼 충이 떠올랐다. 갑자기 하늘로 솟기라도 한 듯 사라져 버린 충직한 남자. 그는 절대 그럴 자가 아니었다.

……그래. 원주님이, 그 비오는 주막에서 충의 이름을 입에 담았었다. 사라져 버리지 않았냐고…… 사람 관리를 더 똑똑히 하라고.

"허……허허. 허하하……?"

실없는 웃음이 터져 나왔다. 우창은 머리를 쥐어뜯으며 웃었다. 그는 구원받은 것이 아니었다. 나락에 떨어진 것이었다. 저 높은 곳에서, 젊은 원주는 그를 담담히 내려다보고 있을 것이었다. 그는 버려진 장기짝이었다.

박우창은 민훈의 등에 매달렸다.

"사, 살려 주게."

죽을 수는 있다. 원주가 그렇게 마음먹었으면 살아남기보다 죽는 편이 편할 수도 있다. 하지만 죽더라도, 여기서 산 채로 뜯겨 짐

숭밥이 되고 싶지는 않았다.

"살려 주게, 제발! 내 뭐……뭐든 다 말하겠네. 여기서 살아 나가 게만 해 준다면, 내 무엇이든……!"

민훈은 검을 앞으로 겨눴다. 이리들은 그들을 중심으로 원을 그리며 다가오고 있었다. 그나마 우창이 나무를 등지고 있는 것이 다행이었다. 하지만, 열둘. 무리였다. 이건 확실히 무리였다. 이대로 한쪽을 뚫고 전력질주로 더 안전한 방어처를 찾아야 했다. 박우창은…… 뛰지 못할 것이다.

민훈의 망설임을 느낀 박우창은 제정신을 놓아 버릴 것만 같았다. 그는 말을 쏟아내기 시작했다.

"못 믿겠나? 들어봐. 그래, 내가 자금을 많이 대고 있네. 하지만 난 피라미일세. 원로들 중에는 거물들도 많고…… 내, 내가 아는 얼굴만 둘인데 그 정도니 다른 지방의 다른 원로들은 얼마나 굉장하겠는가."

……지킨다. 이곳을, 아니 이자를 사수한다.

민훈은 결정했다.

"나무에 바로 붙어. 등이 드러나지 않게."

"그, 그래. 그러겠네!"

"원로가 여럿이라고?"

"서넛씩 따로 모이기 때문에 모두를 알 수가 없네. 하지만 원로들이야 허울이고, 우리끼리 진행하는 일만 알 뿐이고…… 교조 어르신과 원주님이 직접 다루는 정보통은 팔도로 통하고, 소문이지만 살수들도 여럿 있다 하니 조직이 오죽 크겠나. 나도 짐작이 안 갈…… 히이익!"

두 마리가 동시에 달려들었다. 한 놈의 턱이 갈라지는 사이 다른 놈은 옆구리를 얻어맞고 튕겨나갔다. 어느새 다가온 세 번째가 이를 딱딱 부딪히며 그들 옆을 스쳤다.

아직도 열 마리. 박우창은 덜덜 떨기 시작했다. 자꾸만 주저앉고 싶어져, 몸이 아래로 미끄러졌다.

"정신 차려!"

"크흡……!"

"원주는?"

"원주, 원주님은…… 나도 잘 모르네. 아무도 얼굴을 본 자가 없어. 항상 발을 치고 만났기 때문에, 그저 젊은 남자라는 것만……."

젊은 남자.

민훈은 속으로 되뇌었다. 저 자하원의 실세라기에 늙은 구렁이 같은 자인 줄 알았더니 의외였다.

세 마리가 더 나섰다. 딱 칼이 닿는 범위를 아슬아슬하게 넘는 거리에서, 그들은 좌우를 초조하게 오가며 헐떡였다. 한 걸음. 한 걸음만 내딛으면 처리할 수 있었다. 하지만 그 한 걸음의 빈자리를 노리고 다른 이리가 뛰어들 것이다.

이미 이리들은 진형을 바꾸고 있었다. 이해할 수 없는 방식으로. 정말로 사람이 조종하기라도 하는 듯이. 그래서 민훈은 온 신경을 곤두세우고 그들에 집중했다. 그의 침묵을, 우창은 오해했다.

"아직 더 있네! 다른 정보도 있어. 그래, 원로! 내가 아는 원로가 누군지 알면 자네도 놀랄걸……? 좌…….."

우창의 눈이 한 곳을 향했다. 이리 떼들이 한쪽으로 움직이고 있었다. 좀 전까지는 분명히 그들을 둥글게 에워싸고 있었건만, 지금은 모두 오른쪽으로 이동하고 있었다.

비었다.

그의 왼쪽은 온전히 비어 있었다.

도망갈 수 있어.

"좌……상 대감. 그분도 우리……!"

우창은 뛰었다. 앞을 막고 있던 민훈을 오른쪽으로 있는 힘껏 밀치면서였다. 민훈은 균형을 잃고 크게 흔들렸다.

"잠…… 안 돼!"

늦었다. 우측에 몰려 있던 이리 떼들이 기다렸다는 듯이 반대쪽으로 내달렸다. 한 놈도 빠짐없이 다. 그들은 민훈이 존재를 깨끗하게 무시하며 우창의 뒤를 쫓았다.

우창이 뒤를 돌아보아보는 것이 보였다. 민훈은 그 눈에 가득 찬 절망과 공포에 얼어붙었다.

***

비명소리가 들렸다. 아니, 소리는 들리지 않았지만 느껴졌다. 온 세상이 울부짖고 있었다. 연옥의 그것 같은 새파란 불꽃이 눈앞을 가득 메우고 있었다. 그 속에서, 여인은 울고 있었다. 두 손으로 가린 얼굴 밑으로 눈물이 방울져 떨어졌다. 눈물은 채 바닥에 닿지도 못하고 허공에서 흩어졌다. 여인의 붉은색 치마는 아랫단부터 불꽃에 살라 먹히고 있었다.

"아······."

솔은 손을 뻗었다. 작은 손.

내 손이 언제 이렇게 작아졌지?

반대쪽 손에 힘이 들어갔다. 돌아보니, 그녀의 손을 잡고 있는 다른 손이 보였다. 크고 따뜻한, 어른의 손. 새하얗게 고운 손. 솔은 고개를 들어 손의 주인을 올려다보았다.

얼굴······ 얼굴을 알아볼 수 없다.

"엄마?"

대답은 없었다. 하지만, 눈물이 났다. 가슴이 찢어질 것처럼 아프고 목이 메어와 숨을 쉴 수가 없었다. 솔은 다시 고개를 내렸다. 푸른 불꽃 앞에 누군가가 서 있었다. 솔을 등지고, 울고 있는 여인을 마주보며 한 소년이 서 있었다.

솔은 입을 벌렸다. 하지만, 그녀는 소년을 부를 수 없었다. 솔은 소년의 이름을 몰랐다. 그녀는 소년을 알지 못했다.

"아이고, 무슨 꿈을 꾸기에······ 솔아, 솔아!"

동이는 솔이의 손을 꼭 잡았다. 식은땀에 축축하게 젖은 그 손을 토닥이며, 동이는 친구의 이름을 애타게 불렀다.

"안 되겠네."

결국 그녀는 자리에서 일어났다. 물수건이라도 만들어야 할 성 싶었다. 걸음을 옮기는 그녀의 발에, 낡은 서책이 채였다. 술이 자기 직전까지 말없이 들여다보던 것들이었다. 동이는 고개를 가로 저으며 그 서책들을 방구석으로 몰았다.

***

달이 기울었다. 이제 곧 동편 하늘이 희끄무레하게 밝아져 올 시간이었다. 언제나처럼 고요한 마당 한가운데에서, 시백은 천천히 한 손을 들어올렸다.

퍼덕, 그의 상체를 다 가릴 듯한 커다란 날개를 내저으며 매 한 마리가 내려왔다. 맹금은 조심스럽게 주인의 손 위로 내려앉았다.

날카로운 발톱 사이에서, 더럽혀진 옥패가 반짝 빛났다. 흙과 피로 뒤덮였지만 그것은 분명 박우창의 옥패였다.

"잘했다."

물건을 전한 매는 다시 날아올랐다. 하늘의 한 점으로 사라지는 새를 바라보던 시백은, 갑자기 한손으로 입을 가렸다.

거칠고 날카로운 기침이 이어졌다. 검게 죽은 피가 손 안에 흔적을 남겼다.

"……흠."

시백은 희미하게 웃었다. 피 묻은 손을 말아 주먹으로 숨기며, 그는 뒷짐을 졌다. 마당 구석에서 풀벌레 한 마리가 가늘게 울었다.

十二. 비틀린 해결 방법

 가마솥 뚜껑이 미끄러진 사이로 허연 김이 훅 끼쳐 올랐다. 솔은 주걱 든 손을 휘휘 저었다. 구수하고 달콤한 냄새가 부엌 전체로 퍼져나갔다. 코를 킁킁 거린 솔은 고개를 끄덕였다. 조도 보리도 섞이지 않은 새하얀 밥이었다. 차지게 잘 익은 쌀알들이 반짝반짝 빛나고 있었다. 나무그릇 두 개에 소복이 밥을 퍼담고는, 밥풀이 엉긴 주걱을 흐뭇하게 입에 물었다. 나물 두 가지와 김치, 장이 더해지니 아침상이 완성되었다. 솔은 소반을 들고 일어났다.
 "어머, 이게 다 뭐야! 세상에 이밥이잖아?"
 동이가 소스라쳤다. 솔은 거창하게 웃으면서 툇마루에 소반을 내려놓았다.

"먹자! 우리 집에서 챙기는 마지막 끼니잖아. 잘 먹여 보내야지."

"재워 준 것만 해도 고마운데 자꾸 이러면······."

"어허, 이럴 땐 고기반찬은 왜 없냐고 타박하는 거야! 애기는? 어······ 자네. 먹자, 어서."

솔은 머뭇거리는 동이의 손에 얼른 숟가락을 쥐어 줬다. 그리고 먼저 푹푹 소리가 나게 밥을 입에 퍼 넣기 시작했다. 주인이 이러니 객도 도리가 없었다. 동이도 조심스럽게 한 술을 입에 넣었다가, 정신없이 밥그릇에 달라붙었다. 소반 위의 음식들은 순식간에 사라졌다. 둘은 행복한 얼굴로 툇마루에 드러누웠다.

얼마 지나지 않아 아기가 깨어났고, 아기와 놀아주다 보니 또 얼마 지나지 않아 아기 아빠가 찾아왔다. 동이는 신발도 신지 않고 뛰어 내려가 남편을 맞았다.

"으으. 그만해! 매일 보는 사이에 저렇게 좋을까?"

"그럼! 솔이 넌 더할 거면서."

"시집 갈 수 있을지부터가 의문인 사람한테······!"

솔은 하늘을 보며 허허 웃었다. 부부는 몇 번이고 솔을 향해 허리를 숙이며 감사를 전했다. 미소 지으며 고갤 끄덕이던 솔이 뒷머리를 긁적이고, 민망해서 몸을 꼬다가, 화까지 내고서야 인사는 끝났다. 열네 번째 나온 이 은혜는 꼭 갚겠다는 말에 '갚지 마! 갚지 말라고!'라고 소릴 지르며 솔은 가족의 등을 떠밀어 대문 밖으로 쫓아냈다.

"솔아, 몸 잘 챙겨. 밥 꼭 챙겨 먹고! 몸 허해지면 어제처럼 자꾸 악몽 꾼다고."

"네네. 알겠습니다요."

동이 가족이 저 길 끝으로 사라질 때까지 솔은 손을 흔들었다. 꼭 어디 먼 길 가는 배웅이라도 하는 듯한 모양새이지 않은가. 좀 궁상맞기도 했다. 괜히 머쓱해져서, 솔은 엉덩이에 손을 문지르며 돌아섰다. 그리고 휘적휘적 걸어가 툇마루에 벌렁 드러누웠다.

"⋯⋯악몽이라."

어렴풋하게 어젯밤에 꾼 악몽이 기억났다. 불. 불과 불 속에서 울고 있는 어느 한 여인. 왜 그런 꿈을 꾼 것인지는 확실히 알고 있었다. '그 책들' 때문이었다. 책 속에는 두 여선, 아니 자혜가 떠나고 남은 사율이라는 여선의 생이 기록되어 있었다.

홀몸으로 정처 없이 떠돌며, 천선의 존재를 주장하고 상제의 도리를 설파하던 그녀는 어느 한 마을에서 어리석고 악한 무리들 사이에 갇히게 된다. 곤경에 처한 그녀를 가엾게 살핀 상제는 손수 그녀를 하늘로 거둬 올리기로 한다. 열 길이 넘는 불길이 그녀의 세상 먼지 묻은 육신을 사르고 밝고 맑은 혼백만을 남겨 그녀를 하늘로 올려 보낸다. 그 광경을 본 무리들이 자신들의 잘못을 뒤늦게 깨닫고 무릎을 꿇고 빌어 자하원에 귀의하게 된다.

"⋯⋯라고 적혀 있었거든."

- 네네.

- 응.

"그 나리께서 말씀하셨지. 이건 꾸며 낸 이야기일 거라고. 실제 있었던 일 위에 자기들 입맛에 맞게 이것저것 말들을 덧붙이고 거짓말을 섞은 것일 거라고."

- 응응.

"그럼 여기에서, 실제 있었던 일이란 건……."

- 응.

- 네네.

- 네!

"……자, 먹어라! 먹고 그냥 가 줘, 좀!"

솔은 콩 한 줌을 마당에 흩뿌렸다. 멧비둘기 세 마리가 앞 다투어 날아들었다. 저희들끼리 엎치락뒤치락 싸워대며 콩을 쪼아대는 것을 보며, 솔은 긴 한숨을 내쉬었다.

마을 사람들이 그녀를 해쳤다. 그녀는, 어쩌면 솔의 이모일지도 모르는 그녀의 생은 그렇게 비참하게 끝나 버렸다. 만약…… 그녀가 혼자가 아니었다면, 그녀의 자매가, 솔의 어머니가 그때 그녀의 곁에 있었다면……? 그 둘의 삶은 달라질 수 있었을까? 솔의 어머니는 이런 결말을 예상했을까?

솔은 기둥에 옆머리를 쿵 들이받았다. 비둘기 세 마리가 그녀를 홱 돌아보았다가, 금방 다시 땅에 부리를 처박는 데 열중했다.

"……?"

솔은 고개를 갸웃했다. 그녀는 주변을 두리번거리기 시작했다.

"누구?"

시선. 아까부터 누군가가 빤히 쳐다보고 있는 듯한 느낌이었다.

이 비둘기들이 범인인 줄 알았는데 아직도 그 느낌은 그대로였다. 솔은 기분이 나빠졌다. 방구석, 마루 밑, 부엌, 마당 귀퉁이까지 모두 돌아보았지만 다른 '친구'들은 모두 의아한 듯 솔이 하는 꼴을 올려다 볼 뿐이었다.

"기분 탓인가."

솔은 뒷머리를 긁적였다.

사람의 눈이 닿는 곳 한참 넘어, 높은 산의 높은 나무 위에서 맹금의 눈이 반짝였다.

***

이마로 찻잔이 날아들었다. 시호는 고개를 틀었고 찻잔은 그녀를 아슬아슬하게 스쳐 요란한 소리를 내며 박살났다.

"넌 도대체 뭘 하고 있었던 게냐! 아아, 내가 정말 창피해서 얼굴을 들고 다닐 수가 없구나!"

병판 댁에 도는 이솔의 소문이 기어코 어머니 귀에까지 들어간 모양이었다. 그녀는 머리끝까지 화가 나 있었다. 그 앞에 무릎을 꿇고 앉은 채, 시호는 입술 안쪽을 꾹 깨물었다.

"한심한 것, 전에 그리 자신만만할 때부터 알아보았다. 그만한 사내가 목석도 아니고, 곁에 계집이 없을 거라는 게 말이나 되니? 끼고 있는 게 있으니 옆으로 눈 돌릴 필요가 없는 게지. 왜, 세상 모든 사내놈들이 다 너만 바라볼 줄 알았더냐? 건방지긴!"

한참, 이마를 짚으며 앓는 소리를 내던 박 씨가 날카롭게 외쳤다.

"가까이 오너라!"

시호는 그 앞으로 조심스럽게 다가갔다. 박 씨가 별안간 딸의 얼굴을 두 손으로 붙들었다. 놀란 시호가 벗어나려 했지만 그 손길은 우악스러울 정도로 강했다.

"뭐가 부족한 거지……?"

박 씨가 속삭이듯 중얼거렸다.

"뭐가 부족해서 기생년도 아니고, 상것 계집애한테 진 거야?"

"놓아 주세요."

"그래?"

박 씨는 떠밀듯이 시호를 풀어주었다. 시호는 엉덩방아를 찧으며 주저앉았다.

"이제 어떻게 할 셈이냐?"

"제가 해결할 거예요."

"그 아둔한 머리로 가능하겠느냐? 내가 처리하는 게 낫겠다."

"제가 해결할 거예요, 어머니."

가늘게 뜬 눈으로 딸을 노려보던 박 씨가 이내 웃었다. 한쪽 입꼬리만 뒤틀어 올리며.

"그래, 해 봐라. 빠르게, 깨끗하게, 아무도 모르게 말이다. 여인들의 일이란 그래야 한다."

"……"

"사람이 필요하니?"

"이미 있어요."

"내 딸이 맞긴 하구나. 간악한 것."

박 씨는 귀찮다는 듯 손사래를 쳤다. 이만 나가라는 뜻이었다. 시호는 뒷걸음으로 방을 빠져나왔다. 사람이 아니라 가구라도 되는 양, 처음부터 움직이지 않고 박 씨 곁에 앉아 있던 침모는 마지막까지 미동도 하지 않았다. 이 집안 시종들이 모두가 다 그렇듯이. 방 밖에서 기다리던 시호의 여종도 무표정하게 머리를 조아렸다. 방 안의 소란을 다 들었을 것임에도 그녀는 좀 전과 조금도 달라진 바가 없었다. 그것이 소름끼치게 싫으면서도 묘하게 안도감이 들었다.

"채비해라. 병조판서 댁으로 가자."

"네, 아씨."

시호는 방에 돌아가 옷을 갈아입었다. 평소보다 덜 화사한 옷을 굳이 고르고, 입술 연지는 비단으로 한 번 훔쳐내어 색을 날렸다. 그리고 경대를 한동안 바라보며 표정을 정돈했다. 막 문을 나서려던 그녀는, 미간을 좁히며 자기 배를 한 번 쓸어보았다.

아니, 아닐 것이다. 아니어야 한다.

스멀스멀 샘솟는 안 좋은 추측을 꾹 억눌렀다.

오랜 준비 끝에야 그녀는 가마에 올랐다. 목적지까지 닿는 시간이 오히려 짧았다.

"오, 오셨습니까, 아씨."

병판 댁의 여종이 허둥지둥 인사를 올려왔다. 자기 집의 종들과는 전혀 딴판인 그들의 모습이 시호의 눈에는 우스꽝스럽고 한심하게만 비쳤다. 하지만 그녀는 그런 자신의 속마음을 잘 갈무리할 줄 알았다.

시호는 가냘프게 웃었다.

"제가 안 좋을 때 왔나요……?"

"그럴 리가요! 잠깐만 기다리십시오!"

시호는 조용히 고개를 끄덕였다. 여종이 사라지자 짧은 침묵이 찾아왔다. 쓰개치마를 여미며, 시호는 천천히 주변을 돌아보았다. 마당은 비어 있지 않았다. 곳곳에서 하인들이 저마다의 일에 몰두하고 있었다. 그러나 그들은 아닌 척 하면서도 힐끔힐끔 시호 쪽을 곁눈질하고 있었다. 그 속엔 분명히 어떤 종류의 감정이 담겨 있었다.

감히……! 감히 종 주제에 왜 그런 눈으로 나를 바라보는 거냐. 이 집안은 도대체 아랫것들을 어떻게 다루고 있는 거야? 언젠간 저것들을 꼭…….

말아 쥔 주먹 안에서, 손톱에 찔린 살에 피가 맺히고 있었다. 불이 튈 것만 같은 눈을 아래로 내리 깔았다. 긴 속눈썹이 파르르 떨리며 그녀의 분노를 숨겼다.

"아씨, 이쪽으로."

안채로 따라가자, 마당까지 뛰어내려온 신 씨가 그녀를 맞아들였다.

"왔느냐, 내가 먼저……!"

"마님……."

시호는 양손으로 입을 가렸다. 창백한 손 사이로 물기어린 목소리가 바르르 떨리며 새어나왔다.

"마님, 저는……."

"이런! 시호야."

신 씨가 놀라서 얼른 그녀의 어깨를 감싸 안았다. 그녀가 눈짓하자 여종이 얼른 달려가 다른 마당과 이어지는 문을 닫아 버렸다. 시호는 신 씨의 어깨에 얼굴을 파묻었다. 꾹 억누른, 작은 울먹임이 이어졌다. 신 씨는 어쩔 줄 몰라 하며 그녀의 등을 토닥였다. 한참 만에 고개를 든 시호의 눈은 발갛게 변해 있었다. 눈가에 가득 맺힌 눈물 한 방울이 뺨을 타고 흘러내렸다.

"제가 떼를 쓰고 있었나 봅니다."

"아니, 그게 무슨 소리냐. 네가 무슨 떼를 써?"

"그분께선 제게 전혀 마음이 없으신데…… 제가 놓아 드리질 않으니 이렇게……."

"그런 게 아니다, 시호야!"

시호는 고개를 가로저었다.

"저도 눈치라는 게 있습니다. 어쩌면…… 나리께선 절 보지도 않고 연을 맺기로 한 것이니까요, 좌의정의 여식과 병조판서의 장남…… 처음부터 이 혼약이 탐탁치 않으셨던 거예요."

"그런……."

"벼슬이니 권력이니, 초탈하신 분이잖아요."

신 씨의 혀가 굳었다. 그녀는 아들에 대해 잘 안다고 생각했다. 시호의 말대로 민훈은 참으로 벼슬이니 권력이니, 자리 같은 것에 아무런 관심이 없었다. 오히려 답답하고 부담스러워하는 쪽에 가까웠다. 으레 치러야 하는 것이려니 하여 치른 무과에서 급제해 버린 후, 몹시 당혹스러워하던 민훈의 얼굴이 한순간 스쳐 지나갔다.

"저희 아버지가 높은 분이 아니었다면…… 평범한 사내와 계집으로 길에서 만났더라면, 그때는 달랐을까요? 저는 이제 그런 생각밖에 들질 않아서……."

"시호야……."

"아아."

시호는 신 씨에게서 떨어지며 몸가짐을 바로 했다. 손등으로 눈물을 훔쳐내고, 그녀는 살풋 웃었다.

"이러려고 온 것이 아닌데."

어쩔 줄 몰라 하는 신 씨 앞에서, 시호가 갑자기 몸을 숙여 절을 하려 했다. 신 씨가 깜짝 놀라서 팔을 붙들고 그녀를 막았다.

"이게 무슨 짓이야!"

"절 받으세요, 어머님. 소녀는 이만 떠나가려 합니다."

"그게 무슨!"

"더 이상은……."

시호의 목소리가 바람처럼 날렸다.

"더 이상은 사모하는 분께 미움 받고 싶지 않아요."

신 씨의 손에 힘이 들어갔다. 그녀도 마음을 정해야 할 때였다. 이 가여운 소녀를 이대로 내버려둘 수는 없었다. 신 씨는 단호하게 말했다.

"소문일 뿐이다. 허튼 생각 말거라."

"소문…… 정말 소문일 뿐일까요? 다 거짓인 것일까요?"

"헛소문이라는 게 확실해지면, 그러면 네 마음이 좀 가벼워지겠느냐?"

시호는 눈을 깜박였다.

"누가…… 알까요? 누가 사실인지 거짓인지 이야기해 줄 수 있을까요?"

"그건."

신 씨는 잠시 말을 멈췄다. 대답을 내놓은 것은 시호였다. 그녀는 조심스럽게, 두려워하듯 입을 열었다.

"솔이?"

"……그렇구나."

신 씨의 낯빛이 어두워졌다. 이것은 일종의 추태다. 그런 생각이 들었지만, 시호의 눈물에 젖은 얼굴을 앞에 두니 마음이 약해졌다.

"솔이와 직접 이야기해 보자꾸나. 내가 곧 시일을……."

"지금요."

시호가 속삭이듯 말했다.

"지금 당장은 안 될까요? 저, 도저히 기다릴 수가 없어서……."

계속 창백하던 그 얼굴 위에 한 줄기 밝은 빛이 떠올라 있었다. 미련? 희망? 신 씨는 그 빛을 무시할 수가 없었다. 신 씨는 끝내 고개를 끄덕였다.

"그래. 지금 당장 부르마."

***

민훈은 두 손으로 물을 떠올렸다. 여름 한낮인데도 산중의 계곡물에는 찬 기운이 돌았다. 그가 손 안의 물을 들여다보는 사이에 흑마는 주인 곁에서 목을 축였다. 손안에서 일렁이는 빛무리를 한참 바라보던 그는, 말의 재촉에 뒤늦게 갈라진 목을 적셨다.

시원하게 흘러내리는 물소리 사이로 산새 소리가 한가롭게 섞였다. 실감 나지 않는 평화로움이었다. 민훈은 비틀거리는 걸음으로 물러나, 그늘진 나무둥치에 기대어 주저앉았다. 흑마가 발을 굴리며 그쪽을 돌아보았다.

"기다리자. 이 꼴로 대낮에 도성 안을 활보할 수는 없잖느냐."

민훈은 힘없이 말했다.

집을 떠난 박우창을 따라잡으며 말에 실어 놓았던 짐들을 모두 버린 터였다. 여벌의 옷도, 담요도 없이 밤을 지새운 그는 찢어지고 흙투성이가 된 검은 도포 차림이었다. 그의 몸과 마음도 그 옷과 별로 다를 것이 없었다.

이리들은 박우창을 갈기갈기 찢어놓고 사라졌다. 애초부터 그가 목적이었다는 듯이. 어쩌면 그자의 말대로 원주가 민훈에게 '자비'를 베풀고 있는 것인지도 모르겠다는 생각이 들었다.

"……자비?"

헛소리. 그에게도 명백한 목적이 있을 터. 민훈 역시 그자에게는 장기판 위의 말 하나에 지나지 않을 것이다. 그리고 그 장기짝은,

어제 드디어 감당 못할 정보를 얻고 말았다. 혹, 그 정보도 원주가 내준 것일지도 모를 일이지만.

민훈은 양손으로 얼굴을 쓸었다. 3년 치 피로가 한번에 밀려오는 기분이었다. 머리가 갈라질 것 같은 두통에 어금니를 깨물며, 그는 생각했다.

좌의정 안익태. 그자가 자하원에 닿아 있다. 국록을 먹는다는 자가, 그것도 나라를 떠받치는 기둥씩이나 되는 자가 어째서 제 나라를 불태우는 일에 일조했나. 도대체 무슨 목적으로. 하물며 그는…… 장인이 될 자가 아니었던가.

"……."

안시호는, 그녀는 어디까지 알고 있는 것일까. 안익태는 이 혼사를 언제부터 계획했나. 아니, 무엇보다…… 그의 계획 중에, 그의 외가와 설아가 휘말리는 것까지 예비되어 있었던가.

작고 구부정한 체구에, 세월의 흔적을 고스란히 담은 그의 얼굴이 떠올랐다. 그 세월만큼 오래 묵은 뱀같이 빛나던 그 두 눈이 떠올랐다.

……그는 지난 3년간 민훈을 보며 무슨 생각을 해 왔을까.

생각이 널을 뛰었다. 머리가 잘 돌아가질 않았다. 문득 떠오르는 바가 있었다. 민훈은 가슴께를 더듬었다. 나오는 길에 흥미삼아 챙겨 온 '그것'이 무사히 제자리를 지키고 있었다.

막 물리려던 저녁상 귀퉁이에 있던 호박엿. 부서진 귀퉁이의 작은 조각을 입에 물어 보았다. 혓바닥을 다 녹여 버릴 듯한 단 맛에 놀라, 사레가 들리고 말았다.

마음이 진정이 안 되고 우울할 땐 단 걸 먹는 게 제일이랬어요.

"……거짓말."
민훈은 어깨를 떨어뜨렸다.

***

저잣거리의 깊고 깊은 골목 속, 오는 이도 가는 이도 적은 자하원의 본당. 잘 관리된 기와집을 지키는 이들은 어린 소녀와 그의 아비 둘뿐이었다. 그들은 오랜만에 다시 돌아온 원주를 위해 더욱 인기척을 죽였다. 침묵과 고요함. 그에게 필요한 것이 그것임을 둘은 아주 잘 알고 있었다. 그러나, 와당탕하고, 요란한 소리와 함께 장지문이 열렸다.

"거처를 옮기시려면 말씀을 하셨으면 좋았을 것을!"

정해준이 큰 걸음으로 들어섰다. 시백은 쥐고 있던 주먹을 스르르 풀었다. 손가락 사이사이로 빠져나가는 '실'들을 느끼며, 그는 눈을 떴다. 높고 밝은 새의 눈이 흐릿하고 보잘 것 없는 사람의 세상으로 내려온다. 낮술로 시뻘겋게 물든 해준의 얼굴이 보였다. 그는 바닥에 철퍽 주저앉아 손부채를 부치고 있었다.

"뭐든 여럿이서 하면 쉽게 해결되는 법이지. 뭐하러 혼자 고생하시오, 우리가 남도 아니고."

이를 드러내며 웃는 해준을 시백은 조용히 마주보았다.

"그래. 남은 아니지."

"하지만 우리 원주님은 언제나 혼자서만 뭘 해내려 하신단 말이야. 왜일까……?"

해준은 얼굴에서 웃음기를 싹 지웠다.

"몸도 안 좋은 분이."

"……글쎄. 걱정 끼치고 싶지 않아서?"

이번엔 시백이 낮게 웃었다. 방 안의 공기는 어느새 차갑게 식고 날카롭게 갈려 있었다.

"못 보던 사이에 정이 많아지셨군. 그래서, 우리의 벗 박 원로한테 고민이 생긴 것에 대해서는 알고 계시오?"

"그랬나?"

"친척 어르신을 뵈러 간다며 어제 허둥지둥 떠나던데 도움이 필요할 것 같아서 내가 사람을 뒤따라 보냈지. 곧 소식이 오면 우리가 필요한 도움을 주면 될 것 같은데 말이오."

살수도 사람이긴 하지.

시백은 납득했다. 박우창이 손에 쥐고 있는 자금은 막대했다. 그런 그가 교조에게 사전에 알리지도 않고 한양을 떠나려 한 것은 가볍게 볼 일이 아니었다. 만일 그것이 도주라면, 배신이라면, 정해준은 다양한 방식으로 그를 '설득'하려 할 것이었다. 하지만 그를 설득할 그 살수들은 이미 예전에 이리 떼들의 뱃속에 들어갔다. 박우창과 함께.

"그러니까 원주님."

"……."

"허튼 생각 마시오."

해준의 눈이 기이하게 빛났다. 그는 두 팔을 천천히 들어올렸다.

"이제 '그날'이 머지않았소. 오래도록 기다려온 날 아니오? 상제님의 뜻이 넓고 크게 번져 이제 곧 이 땅에 닿을 거요. 북에서 죄 없는 피가 흐르면, 그래서 우리 가엾은 민초들이 바람을 거스르고 일어나면! 우리의 울분이 하늘에 닿으면……! 드디어 천지가 개벽할 것이고! 그때야 말로 우리의 복수도 끝나는 거요."

흥분으로 떨리던 그의 목소리는 점점 커져가다가 촛불이 사그라지듯 날아갔다. 해준의 두 손이 끈 떨어진 꼭두각시처럼 바닥으로 떨어졌다. 얼마간의 침묵이 이어졌다.

"……'그 아이'는 아직이오?"

해준이 시백에게 가까이 다가들었다. 광인의 다급함을 담고, 그는 속삭였다.

"우리의 거사를 완성해 줄 '그 아이', 아직도 못 찾았소?"

"못 찾았다."

해준의 얼굴이 일그러졌다. 시백은 그 속에 담긴 초조함과 분노와 미련과 애욕을 똑똑히 읽어 들였다.

"못 찾았다고? 정말?"

"그래."

해준의 눈을 똑바로 들여다보며, 시백은 말했다.
"못 찾았다. 정말로."

***

솔은 머릿수건을 벗어들었다.
"네?"
"마님께서 찾으신다 하였다."
전에 사례를 전하러 왔던 병판 댁 아저씨였다. 바삐 왔는지 숨이 턱에 닿아 있었다. 집에 들렀다 여기 밭까지 그녀를 찾으러 다니랴 고생한 모양이었다.
"어…… 지금요? 자수 다시 시작하시게요?"
"글쎄, 일단 지금 당장 오라 하셨다."
솔은 자기 꼴을 내려다보았다. 흙투성이에 땀범벅, 도저히 대갓집에 누굴 만나러 갈 수 있는 상태가 아니었다.
"잠깐만요. 무슨 일이신지 모르겠지만 일단 이것 마무리 하고, 집에 가서 채비를 좀 해야……."
"어허, 그냥 지금 같이 가자. 조용히. 보는 사람 적을수록 좋은 일이니."
그게 뭐야……?
솔은 고개를 갸웃 했다.
"그렇게 급한 일이에요?"

"그렇지!"

"혹시…… 제 도움이 필요하신 거예요?"

마을 사람들도 종종 이렇게 다급하게 그녀를 찾곤 했으니까. 박 참봉 어르신의 사위가 사라졌을 때 그랬듯이. 병판댁 하인은 잠시 멈칫하다 크게 고개를 끄덕였다.

"그, 그래. 그런 것일 게다."

"알겠어요. 그럼 가야죠."

도움이 필요하다는데 무얼 더 망설이랴. 솔이는 순순히 그를 따라나섰다. 아저씨는 다른 설명을 덧붙이지 않았다. 몇 번 말을 걸어 보려 할 때마다 '가 보면 안다'는 말만 반복할 뿐이었다.

많이 곤란한 일이 벌어졌나 보다 싶었다. 솔은 걱정이 되기 시작했다. 병판댁 마나님의 엄한 듯 인자한 미소가 떠올랐다. 솔이는 그분이 좋았고, 그분에게는 이제 더 이상 힘든 일이 없었으면 하는 마음이었다.

내가 도와드릴 수 있는 일이면 좋겠다.

솔은 그렇게 생각했다.

하지만 그 큰 기와집의 대문을 넘어서자마자, 그녀는 당황할 수밖에 없었다. 시선이…… 수많은 시선이 한순간에 그녀에게 쏟아졌던 것이다. 절대 조용히, 비밀스럽게, 다급하게 그녀를 찾는 상황에 걸맞지 않은 눈빛들이었다. 호기심, 동정심, 그리고…… 비난. 그녀를 질책하는 저 눈초리들. 누군가가 혀를 차는 소리가 들렸다.

솔의 이마에 식은땀이 맺히기 시작했다. 가슴이 불안하게 쿵쾅댔다.

"이쪽이다."

솔은 안채 쪽으로 안내받았다.

"마님, 솔이 왔습니다."

"들여보내라."

여종이 고갯짓으로 들어가라는 신호를 보냈다. 솔은 잔뜩 움츠러든 채 문을 열었다. 상석에는 칼같이 날이 선 옷을 단정히 차려입은 마님이, 한쪽에는 연녹색 치맛자락을 사붓이 펼친 시호 아씨가 앉아 있었다. 방 안에선 은은한 난초 향내가 났다.

솔은, 차마 그 안으로 들어설 수가 없었다.

"무엇하느냐. 들어오지 않고."

"네, 마님……."

흙먼지 잔뜩 묻은 치맛자락을 꾹 움켜쥐고 솔은 문지방을 넘었다. 제발 자신의 몸에서 나쁜 냄새가 많이 나지 않길 바라면서.

"앉거라. 사정이 여의치 않아 급히 불렀으니 이해해다오."

엄한 목소리다.

"내가 오늘 너를 여기 부른 것은……."

솔은 고개를 푹 숙이고 손가락을 꼼지락거렸다. 신 씨의 음성엔 사람을 짓누르는 강한 힘이 있었다. 내가 뭔가 큰 잘못을 저질렀구나, 혼란스러운 와중에도 그런 확신이 들었다.

"소문의 진상을 확인하기 위함이다."

"소문……이라 하시면."

가는 목소리가 떨려 나왔다.

"마님, 솔이가 가엾습니다. 저렇게 떨고 있지 않습니까."

시호였다. 신 씨와 다른 부드러운 음성으로 그녀는 말을 이었다.

"제가 이야기해도 되겠습니까?"

"……네가 원한다면 그리 하거라."

"감사합니다, 마님. 솔아, 나를 좀 봐 주겠니?"

솔은 조심스럽게 고개를 들었다. 시호의 눈가가 붉게 물들어 있는 것이 보였다.

우셨어?

처연한, 하지만 그래서 이쪽이 눈물이 날 정도로 아름다운 미소를 힘겹게 매단 얼굴이었다. 시호가 입을 열었다.

"소문이 돌고 있단다. 이 집 나리께서 너와 깊은 관계를 맺고 계시다는."

솔은 멍하니 입을 벌렸다. 귀로 들어온 말을 머리로 이해하는 데 시간이 걸렸다. 충격은 뒤늦게 찾아왔다.

"……네?!"

솔은 시호와 신 씨 부인을 번갈아 쳐다보았다.

"뭐라구요? 제가요?"

"그래."

"나리랑요?"

당혹감이 긴장을 압도했다. 솔은 황소만큼 커진 눈으로 어버버거리기 시작했다. 그건 누가 봐도 숨기려는 사실을 들킨 자의 태도가 아니었다. 신 씨가 미간을 좁혔다.

"본 자가 있다."

"무, 무엇을요?"

"첫새벽에, 우물터에서 너와 내 아들이 단둘이 만나는 것을 보았다는 자가 있어 하는 말이다."

새벽, 우물터. 그때잖아?

솔은 한 손으로 입을 막았다가, 겨우 떼어냈다. 말을 잘 골라내야 했다.

"마님. 그것은 제가 우물 속에서 뭘 꺼내려고 하는 걸 보시고, 마침 지나가시던 나리께서 도와주려 하셨던 것뿐입니다. 우연입니다! 그 전으로도 후로도 저는 나리를 따로 뵌 적이 없구요. 제가 어찌……."

"……사실이니? 솔아, 정말, 둘이 아무 사이도 아닌 거야?"

시호가 말했다.

가슴이 욱신 쑤셨다. 솔은 움찔했다.

아무 사이…… 그렇다. 나리와 나는, 아무 사이도 아니다.

밭일하다 그 나무 그늘을 자꾸 곁눈질 하게 되는 것도, 도성 방향으로 난 길을 수시로 돌아보게 되는 것도, 그 독하고 재수 없던 말투를 혼자 떠올리며 뒤늦게 대꾸하게 되는 것도…… 그럴 때마다 가슴이 제멋대로 뛰는 것도, 모두 솔 자신의 병이었다. 그냥, 그냥 차사님 소식을 애타게 기다리다 보니 착각하게 된 것뿐이었다. 그녀가 기다리는 것은 그가 가져다 줄 소식일 뿐이었다. 절대로 그가 아니…….

솔은 입을 열었다.

"네, 아씨. 그럴 리가 없잖습니까. 제가 어찌 감히."

"그렇지?"

시호의 얼굴에 화사하게 빛이 일었다. 시호가 다가와 솔의 손을 덥석 잡았다.

"그럴 거라고 생각했어. 너는 그럴 아이가 아니니까."

좀 전까지 흙을 파고 온 손이었다. 급히 손을 빼려 하는데, 시호는 오히려 그녀의 손을 더 강하게 끌어당겨 자신의 가슴 앞까지 끌고 왔다. 둘의 몸이 와락 가까워졌다. 솔의 귓가에 시호의 입술이 닿았다.

"넌 주제를 아니까."

오직 그녀에게만 들릴 소리로, 시호가 속삭였다.

온몸의 피가 한번에 빠져나가는 듯한 느낌이 들었다. 숨을 쉴 수가 없었다.

목소리에 담긴 섬뜩한 적의, 아플 정도로 세게 틀어쥔 손아귀 힘.

그 모든 것이 솔만의 착각인 것처럼, 시호의 얼굴은 당황해서 어쩔 줄 모르는 표정이었다.

"뭔가 오해가 있었나 봅니다, 마님. 그렇지, 솔아?"

"……네, 아씨."

솔은 간신히 대답했다. 파르르 떨리려는 목소리를 열심히 꾹 누르며. 겨우 시호가 그녀의 손을 놓아 주었다.

"네 말이 다 사실이렸다?"

신 씨가 확인하듯 재차 물어왔다. 솔은 머리를 조아리며 다시 대답했다.

"사실입니다, 마님."

"그래. 그런 것이었다고."

신 씨는 긴 한숨을 내쉬었다. 안도의 한숨이다.

"다행한 일이다. 그럼 이제 입단속만 신경 쓰면 되겠구나. 솔이 너도 이런 소문에 엮여 좋을 일 없으니, 행여 그럴 일은 없겠지만 앞으로도 몸가짐에 주의를 기울여야 할 것이다."

"그러겠습니다."

"오늘 일은 어디에서도 발설하지 말거라."

"네, 마님."

……모자라다. 말 뒤에 이어진 어색한 침묵에, 솔은 자신이 해야 할 일을 뒤늦게 깨달았다. 그녀는 이마가 바닥에 닿도록 머리를 숙였다.

"심려를 끼쳐드려…… 죄송합니다. 제 잘못입니다."

한참만에 고개를 들었다. 시호의 입가에 환한 미소가 걸려 있는 것이 보였다. 그녀를 곁눈질한 신 씨도 그제야 한결 밝아진 얼굴로 고개를 끄덕였다.

"일도 바쁠 터인데 오라 가라 해서 미안하다. 많이 놀랐겠구나. 다과를 준비할 테니 좀 들고 쉬다 가거라."

"아닙니다, 마님."

"어머, 솔아. 마님께서 권하시는데 그리 쉽게 거절하면……."
"그……."

솔은 창백한 얼굴을 들어 신 씨를 올려다보았다. 신 씨는 솔의 낭패감을 읽은 듯했다.

"아니다. 네 편한 대로 하렴."
"감사합니다."

솔은 인사를 마치자마자 도망치듯 물러나왔다. 한순간도 이곳에 더 머무르고 싶지 않았다. 더 이상 아무렇지 않은 얼굴로 버티고 있을 자신이 없었다. 하지만 그녀가 마당으로 내려서자마자, 뒤이어 시호가 따라 나왔다. 그녀는 친근하게 솔의 어깨를 감싸 안고 그녀와 나란히 걷기 시작했다. 솔의 어깨가 뻣뻣하게 굳었다.

"왜 그러니? 배웅해 주려는 것인데."

시호는 미소를 지으며 조곤조곤 이야기를 하기 시작했다. 주변에 적당히 울려퍼지는 낭랑한 목소리였다. 이렇게 와 줘서 고맙고, 모든 게 오해라는 것을 알게 되어 너무나 기쁘며, 다른 이들은 뭐라 말할지 모르겠지만 시호 자신은 솔을 용서한다고. 그리고

"미안하구나, 나 때문에 난처한 일을 겪게 해서."

그녀는 솔이에게 사과했다. 주위에 있던 모든 하인들의 시선을 한몸에 받으며, 시호는 초라한 행색의 평민 계집에게 사과하며 그녀를 꼭 껴안아 주었다.

솔은 보았다. 자신과 시호를 향하는 그들의 눈빛이 어떻게 변해 가는가를.

"아, 아닙니다. 아씨. 어찌 그런⋯⋯."

허둥지둥 그녀에게서 떨어져 나왔다. 열심히 변명 같은 인사를 하고 어찌어찌 해서, 정신을 차리고 보니 어느새 대문 밖의 길가에 버려진 듯 서 있었다. 행인들이 그녀를 힐끔거리고 있었다. 솔은 입술을 꾹 깨물었다. 그녀는 달리듯 걸었다. 담벼락을 따라, 최대한 빨리. 이윽고 모퉁이를 돌아 사람들의 시선이 닿지 않는 곳에 가서야 그녀는 멈추었다.

"⋯⋯아."

울컥, 눈물이 솟았다. 가슴이 꽉 막혀 터져 버릴 것 같았다. 솔은 치마를 구겨 쥐고 쪼그려 앉았다. 손등 위로 눈물방울이 툭툭 떨어졌다.

뭘까, 이건. 나는 지금 무슨 일을 당한 걸까.

부끄러웠다. 부끄럽고 창피하고 비참했다. 손끝 발끝은 피가 통하지 않아 싸늘하게 식었는데 얼굴만은 아궁이에 불이라도 떼고 앉은 듯 뜨거웠다. 어지러웠다. 금방이라도 토할 것만 같았다. 가득한 눈물 때문에 앞이 보이질 않고 세상은 그저 빙글빙글 돌고만 있었다.

바보처럼, 누가 누굴 걱정했단 말인가. 내 까짓 것이 뭐라고. 병조판서 어르신의 하늘같은 마나님과 좌의정 대감님의 금지옥엽 외동딸이시다. 그 앞에서 나 같은 평민 계집은 그냥 길가에 구르는 돌멩이 하나만도 못한 것을. 그분들의 세상과 내 세상은 그렇게도 다른데.

하지만 그래서, 웃어넘길 수도 있었는데. 뭐가 어떻게 됐기에 높으신 분들께서 그런 말도 안 되는 이야기로 나같이 보잘 것 없는 걸 붙잡고 있느냐고, 어이 없이 웃을 수도 있었는데.

아니면, 화가 났어야 할 일인데. 사람을 어떻게 보고 이런 식으로 대하냐고 울컥 속이 치밀어 올랐어야 했는데.

왜 이렇게 가슴이 찢어지는 것일까. 왜 이렇게 창피하고 도망치고 싶어지는 것일까.

도대체 왜…….

"여기 있었구나."

낯선 목소리. 솔은 얼른 소매로 눈을 훔치고 일어섰다. 웬 젊은 여인이 그녀 앞에 서 있었다.

"아씨 명이다. 내일 늦지 않게 댁으로 찾아오너라."

"네?"

"두 번 말해야 하느냐?"

"아, 아닙니다!"

반사적으로 대답했다. 여인은 차가운 눈으로 솔을 훑더니 사라졌다. 솔은 그저 망연자실할 뿐이었다.

***

현은 고개를 가로저었다.

"아니, 그건 무리다."

"아, 왜요!"

을순이가 버럭 소리를 질렀다. 그 기세에 흠칫했던 현은 자기 가슴을 토닥였다.

침착해. 침착해.

"엄마가 그랬단 말이에요! 도련님이 모르는 건 세상에 아무것도 없다고!"

"……아무리 그래도 내가 이 논에 숨은 개구리가 전부 몇 마리인지까지 알 도리가 있느냐."

"으아앙!"

울음을 터뜨리는 을순이 옆에서 막동이가 두 주먹을 꾹 쥐었다.

"거봐! 내가 도련님 별거 없다고 말했잖아!"

"으아아, 엄마 거짓말쟁이이이!"

현은 두 아이의 말을 모두 부정해 줘야 할 것만 같았다.

"잠깐만…… 잠깐만 기다려 보거라. 방법을 생각해 보자."

"정말요?"

두 아이의 눈의 휘둥그레졌다. 현은 묘한 압박감을 느끼며 고개를 끄덕였다.

"정확하진 않지만 아예 포기하기는 이르니…… 막동이 저쪽에서 보거라."

"어, 네!"

"이쪽으로 열 보 걷고, 저쪽으로 열 보 걷고 표시 좀 해 두렴."

그럭저럭 네모 모양의 공간이 만들어졌다. 현은 그 안을 모두 뒤져 개구리가 몇 마리 있나 잡아 보도록 주문했다. 을순이와 막동이는 신나게 논 안으로 뛰어들었다. 그 사이 현은 부채살을 몇 개만 펼쳐 자로 삼고, 기준만큼의 공간이 전체 논에 몇 개나 들어갈 수 있을지를 재어 보고 있었다.

일정한 공간에 일정한 수의 개구리가 있다고 할 수는 없다. 아이들이 요란을 떨 때마다 개구리들이 사방으로 도망칠 것이니 기준한 공간의 개구리 수를 제대로 셀 수도 없을 것이다. 하지만 아이들은 이 산법을 흥미로워 할 테고 흥미는 배움의 좋은 벗이다. 이제 저 아이들도 배울 때가 되었다.

"그런데 너희들, 개구리 수는 왜 궁금한 것이냐?"

"그야! 개구리는 맛있잖아요?"

"논에 들어가면 무지 혼나니까! 어차피 똑같이 혼날 것, 많이 잡고 혼나면 좋으니까요. 더 많이 있는 논을 뒤질 거야!"

"……"

내가 잘못한 것 같은데.

현은 심란해져서 주변을 두리번거리기 시작했다. 저쪽에서 누군가가 걸어오는 것이 보였다. 도망칠까 고민해 보다가, 그 걷는 모습이 낯익다는 것을 깨달았다.

"솔이 누나다!"

"솔이 언니!"

아이들이 개구리처럼 팔짝팔짝 뛰어 나오더니 솔에게 달려갔다.

"와아, 얘들아!"

솔은 환하게 웃으면서 두 손을 들어올렸다. 그리고 아이들의 머리에 동시에 딱밤을 먹였다. 아이들은 정수리를 부여잡고 주저앉았다.

"누가 거기 들어가래! 너희들은 벼 다 꺾어 놓으니까 안된다고 했잖아!"

"언니, 언니, 근데 여기 개구리 몇 마리나 있어?"

"개구리?"

솔은 가는 눈으로 논을 쓱 훑었다.

"열한마리."

"진짜?"

"아니, 거짓말이야. 어서들 집에 가! 이제 밥 때잖아."

아이들은 투덜거리면서 집 방향으로 뛰어갔다. 한숨을 쉬며 고개를 가로젓던 솔은 뒤늦게 깨달았다. 인사가 늦었다.

"안녕하……"

옆을 보려 했는데, 지나치듯 인사하려 했는데 눈앞의 풍경이 휙하니 돌아갔다. 그리고 어느새, 눈앞이 그의 얼굴로 가득 차 있었다. 이현. 한 걸음에 다가온 그가 그녀의 턱 끝을 받쳐 올려 자신을 똑바로 바라보게 만들고 있었다. 피부에 닿는 손이 뜨거웠다.

"무슨 일이 있었던 것이냐."

"어, 개구리요?"

솔은 고개를 돌리려 했다. 하지만 현은 그녀를 놓아 주지 않았다. 언제나 그녀의 두 발자국 뒤에서, 두 발자국 옆에서 그녀를 바라보던 현이 오라버니라고는 믿을 수 없는 강압성으로, 그는 솔의 외면을 거절했다.

"누구냐."

무심결에 눈가를 더듬었다. 열심히 닦아 냈는데, 아무에게도 안 들킬 수 있었는데 하필. 아빠가 집에 없어 다행이라 생각했더니만 더한 사람을 만나 버렸다.

게다가 오라버니, 옛날 같은 눈을 하고 있잖아.

솔은 웃었다.

"그때처럼 그 아이 팔이라도 꺾어 놓으시게요?"

열 살 때였다. 같은 마을에 살던 남자아이 하나가 재미랍시고 솔의 머리칼을 냉큼 잘라 놓은 적이 있었다. 어깨에 겨우 닿는 머리가 제대로 묶이지도 않았다. 그녀는 속상하고 무서워서 개울가에 앉아서 울고만 있었다. 그리고…… 그러다 들켰다. 언제나처럼 사람 없는 곳을 찾아, 나무 밑에 박혀 서책을 읽고 있던 그에게.

그랬구나, 그 한 마디만 중얼거렸던 이현은 그날 오후에 그 아이의 팔을 부러뜨려 놓았다. 덩치도 크고 난폭한 아이였다. 그 아이에게 당하고 상한 아이들이 여럿이었지만, 누구도 복수는 엄두도 못 냈던 아이. 하지만 이현은 예외였다.

"그때 사흘을 앓아 누우셨던 것 기억나세요?"

"안 난다."

"그럴 줄 알았어. 고마워요, 도련님. 하지만……."

솔은 손을 들어올렸다. 그리고 현의 손목을 가볍게 붙잡고, 천천히 끌어내렸다.

"제 팔은 꺾을 수 없으실 거잖아요."

"……."

"이번엔 제 잘못이거든요."

이현은 웃었다.

"솔아."

"네."

"그게 나한테 중요할 것 같으냐?"

솔은 크게 뜬 눈으로 현을 올려다보았다. 저 눈. 10년을 넘게 들여다보았지만 아직도 알 수 없는, 이제 다 알게 된 것 같은데 아직도 공백이 남은 저 눈빛. 저 눈동자.

"……그럼 이렇게 하는 게 어때요."

그렇다면 차라리 어리광을 부려 보자. 나답게.

솔은 그렇게 결심했다.

"지금 도련님보다 더 내게 도움이 될 친구가 있어요."

현의 눈에 날카로운 빛이 스쳤다.

"누구냐, 그게."

"술."

솔은 크게 고개를 끄덕였다.

"전에 말씀하셨죠? 술이 못 해내는 일은 없다고."

"……."

"이 김에 그거 진짜인지 아닌지 한번 알아 볼거야! 도련님? 도와

줄 수 있……."

"없다, 그런 것."

현이 허탈한 한숨을 내쉬며 고개를 가로 저었다. 그 앞에서 솔도 보란 듯이 고개를 가로저었다.

"없겠지요오. 물론. 도련님 집에 그런 게 있을 리가 없어. 그러니까아."

솔은 고양이 같은 얼굴로 쿡쿡 웃었다.

"다른 도와줄 만한 사람을 찾아야겠다."

현은 얼른 생각을 고쳐먹기로 했다.

***

"내 팔자야……!"

미랑은 탕 소리 나게 그릇을 내려놓았다. 볶은 콩 몇 알이 그릇 밖으로 튀어나와 바닥을 굴렀다. 현은 눈을 질끈 감았다.

"어어, 비랑 아주머니……? 고맙습니다."

솔은 앉은 채로 고개를 푹 숙여 인사했다. 미랑이 혀를 차며 방을 나섰다. 그러고도 솔은 몸을 일으킬 생각이 없어 보였다.

"……솔아? 괜찮으냐?"

솔이 벌떡 몸을 일으켜 앉았다. 그 기세에 현은 흠칫해서 뒤로 물러나 앉았다.

"저 괜찮지요?"

"그, 그래. 여기 물 좀 마시거라."

솔은 물그릇을 받아 단숨에 다 비웠다.

"흐흠, 그래. 이 맛에 마시는 것이로군."

흐뭇한 눈으로 술잔을 내려다보고 있는 솔이었다. 불과 잠깐 전만 해도, 첫잔에 입을 대자마자 어떻게 사람이 이따위 것을 먹을 수 있냐고 진저리를 쳤던 주제에 놀라운 태도 변화였다. 실수했다, 그 생각밖에 들지 않았다.

아니, 그나마 다행인 것일까. 이 아이, 다른 사람 앞에서 이 모양으로 취했다가는······.

"무슨 생각을 그렇게 해요?"

"네 아버지가 알면 나를 때려 죽이려 들겠다는 생각."

"에이이······."

솔은 천장을 바라보며 헤죽헤죽 웃었다. 그러다 입 앞에 검지를 세우고 나른하게 중얼거렸다.

"비이이밀."

발그레하게 홍조가 피어오른 뺨. 아찔하게 고운 얼굴에는 한껏 장난기가 담겨 있었다. 슬그머니 따라 올라가는 입꼬리를 단속하며, 현도 검지를 입술 앞에 세웠다.

"그래. 비밀이다."

"그런데 오라버니, 그냥 이렇게 주구장창 마시기만 하면 되는 거에오? 술 다 떨어질 때까지?"

"그렇게 하고 싶으면 그렇게 하거라."

"아니야. 그건 아닌 것 같사옵니다."

솔이 단호하게 고개를 저었다.

"뭔가 더 재미있는 짓을 할 수 있을 것 같아!"

"……하지 마라. 뭔지 몰라도."

솔은 까르르 웃더니 짐짓 심각하게 눈을 감고 팔짱을 꼈다.

"어디 보자, 왠지 우리 지금 바보 된 것 같으니까…… 바보 같은 짓 할 때마다 그 사람만 계속 먹이는 게 어때요? 벌칙으로."

"너 혼자 다 마시고 싶으면 그리 하자."

"어허! 장담하지 말아요. 숫자 거꾸로 세기나 끝말잇기 같은 걸 해도 괜찮을 것 같은데 이건 사람이 많아야 재밌을 거야! 역시 미랑 아주머니를 불러야……."

현이 급히 손사래를 쳤다. 솔은 입술을 비죽 내밀고 투덜거렸다.

"석도 아저씨는 어때요?"

"아직 집에 들어오지도 않았잖느냐. 요새 바쁘다."

"그러게 요새 통 안 보이신단 말이야……."

서민훈이 그 꼴로 이 집에 나타난 후로, 석도는 수시로 마을을 돌아보러 나가곤 했다. 그는 지금도 마을 외곽을 살피고 있을 것이었다.

"흐응. 그럼 이렇게 해요. 우리 번갈아 가면서 서로에게 너무너무 궁금했던 것을 하나씩 묻는 거예요. 그럼 무슨 이야기든 솔직하게 대답해 주기. 거짓말 하고 싶거나 대답하기 싫으면 한 잔 딱 마시는 것으로! 단번에!"

"……뭐냐, 그게?"

"그럼 시작! 오라버니, 오늘 막동이랑 을순이한테 당하신 거지?"

현은 곧바로 술잔을 비웠다. 솔은 거창하게 웃으며 뒤로 넘어갈 준비를 했다.

"그럼 넌 그 녀석들한테 몇 번 당했느냐."

솔이 아랫입술을 깨물고 술잔을 들었다. 시시껄렁한 말마디가 몇 번이고 오갔다. 장난 같은 대답들이 못 이기는 척 나왔다가 숨었다가 하는 사이 술병도 점점 비어 갔다. 어느새 해가 떨어졌고 불을 밝히러 들어왔던 미랑은 어이가 없어 혀를 찼다.

"이럴 줄 알았어! 완전히 뻗었네, 그래!"

"어쩌면 좋지요……?"

"어휴, 어쩌길 어쩝니까! 누가 업어 가도 모를 지경이구만 이걸 어떻게 혼자 집에 보내요? 도련님도 문제야. 애가 이 지경이 되도록 그냥 두시면 어떡합니까, 그래!"

미랑이 눈을 부라리자 현은 어깨를 움츠렸다.

상에 엎어져 있던 솔이 팔을 스르르 들었다.

"저 안 취해써……."

"오냐, 그래. 잘났다!"

미랑은 솔의 등판을 철썩 때리자 솔이 불분명한 발음으로 뭐라 웅얼웅얼거렸다. 미랑은 콧방귀를 끼며 그 항변을 무시했다.

"제 방에서 재우다가 석도 아재 오면 데려다 줘야겠습니다. 오늘은 저도 따라 가서 자고 올게요, 도련님. 자자, 솔아! 이 녀석, 어서 일어나!"

"아…… 미랑 아즈마…… 잠깐만. 나 아직 안 끝나써요……."

"그래요. 술도 남았는데 조금만 더 합시다. 미랑 아주머니도 앉으세요."

현의 권유에 미랑은 눈을 커다랗게 떴다.

"저도요?"

"잘 감시해 주셔야지요. 그럼 한 방에 인사불성인 남녀 둘만 남겨 두실 셈입니까. 위험하게."

"퍽도 위험하시겠습니다, 도련님께서."

미랑은 잠시 고민하는 듯하더니, 이윽고 방 한구석에 이부자리 한 채를 척척 펴 놓고는 상 옆에 털썩 앉았다. 그리고 당연하다는 듯 솔의 잔을 빼앗아 내밀었다. 제대로 드실 작정이시구나 싶었다. 현은 미소를 지으며 그 잔에 술을 따랐다.

"아주머니께 술 한 잔 올리는 것도 처음인 듯합니다."

"저도 팔자에 없는 호강입니다."

"항상 감사하고 있습니다. 훨씬 편하고 풍족하게 지내실 수 있었을 텐데."

"아이고, 저는 '바깥'이 휘얼씬 좋구만요. 석도 아재도 그리 생각하고 있을 겝니다."

미랑은 단숨에 잔을 비웠다.

"오라바이…… 그람…… 마지막 질무운……."

바닥에 노곤하게 녹아 붙은 목소리로, 솔이 중얼거렸다. 미랑이 웃으며 혀를 찼다.

"하이고, 요것, 가지가지 하는구나!"

"그래. 이제 마지막이다. 물어 보거라."

미랑의 술잔을 다시 채우면서, 현은 달래듯이 대답했다.

"오라버니는…… 왜 이 마을에 오신 거야……?"

똑……. 마지막 한 방울의 술이 잔 위로 떨어졌다.

"……왜 여기서 혼자 사는 거야?"

미랑은 허공에 든 잔을 내리지 못했다. 크게 뜬 그녀의 눈이 솔의 뒤통수를 향했다가 현의 얼굴을 향했다.

"그건 말이다."

현은 대수롭지 않다는 듯, 술병을 내려놓고 미랑에게 손짓했다. 괜찮다고. 드시라고. 그리고 말을 이었다.

"내가 겁쟁이이기 때문이지."

"……도련님."

"도망쳐 온 것이거든. 세상이 너무 무섭고, 사람이 너무 무서워서. 내 집이, 내 가족이 두려워서 밥 한 술 뜰 수가 없고 숨도 쉴 수가 없었으니까."

솔은 상에 한쪽 뺨을 붙이고 엎드린 채였다. 느린 숨소리가 평온했다.

"아무 것도 보이지 않았고, 아무 것도 들리지 않았다. 그래서 짐짝처럼 실려 나오기도 쉬웠지. 나는 어렸으니까 작고 가벼운 짐이었을 거야."

그의 목소리는 담담했다. 이 마을은 조용했고 그는 혼자였고 주어진 시간은 무한했다. 그는 오래 전에 정리를 끝낸 감정을 천천히 쓸어 볼 뿐이었다.

"……하지만, 그 아이는 더 어리고 더 작았는데."

옷자락을 붙들던 작은 손. 겁먹은 큰 눈망울. 형님, 왜 그러세요. 어딜 가시는 거예요? 저도 같이 가면 안 되어요?

그 손을, 떼어 냈다. 그는 이미 죽은 사람이었으므로 살아 있는 아우에게 해 줄 말이 없었다.

"도련님."

미랑이 다시 한 번 현을 불렀다. 현은 고개를 끄덕였다.

"이제 그만 정리할까요, 아주머니?"

"그게 좋겠네요. 자리 준비하고 오겠습니다."

미랑이 몸을 일으켜 밖으로 나갔다. 갑자기 적막해진 방 한가운데에서, 현은 목석인 양 가만히 앉아서 기다렸다.

"……겁쟁……이……?"

솔이 중얼거렸다. 현의 입꼬리가 희미하게 올라갔다.

"일어났구나."

"일어나다니…… 하으…… 안 자써……."

"그래. 그럼 이제 내 차례다."

여전히 뺨을 상에 붙인 채로, 솔이 고개를 주억거렸다.

"오늘, 왜 울었어?"

"……"

"뭐가 그렇게 슬펐니? ……뭐가 그렇게 아팠어?"

그때의 그 나무 그늘 아래에서처럼, 창백한 얼굴의 소년은 빨간 눈의 소녀에게 물었다.

소녀는, 솔은 한동안 말이 없었다. 현은 기다렸다. 얼마 되지도 않는 기다림이 영원처럼 길었다. 하지만 그는 그런 기다림에 충분히 익숙했다.

"웃을 일이었는데. 헤헤…… 별 말 아니었는데요, 오라버니. 나는……."

솔은 어깨를 들먹이며 키득댔다. 웃음은 짧게 이어지다 사그라지고, 속삭이듯 작은 목소리가 띄엄띄엄 이어졌다.

"……그것이 어쩌면, 조금은 진심이었기 때문에. 내 속에, 그…… 나리께서도 그러했길 바라는…… 마음이 아주 조금은, 있었을지도 모르기 때문에…… 그것이 비록…… 티끌만 한 것이었다 할지라도. 아마 그럴 테지만…… 그죠? 당연히."

솔은 손 하나를 들어 살랑살랑 저었다.

"들켜 버린 거야. 그걸. 사람들한테도 들키고…… 나 자신에게도 들켜 버렸는데. 주제도 모르고 말야……. 창피해. 내가 정말…… 창피하고…… 한심……해서……그……."

손이 바닥에 툭 떨어졌다.

"……솔아?"

"나 왜…… 얼굴…… 아파? 나 찌그러져써……."

"……."

현은 몸은 일으켰다. 상에 녹아 붙은 듯 늘어진 솔의 곁에 다가앉아서, 그는 조심스럽게 그녀의 어깨를 받쳤다. 솔은 작은 신음소리를 흘렸지만 그것이 전부였다. 행여 그 작은 몸이 상하기라도 할새라, 현은 천천히 그녀를 바로 돌려 안았다. 힘 빠진 고개가 뒤로 획 젖혀지자 그는 놀라서 얼른 위팔로 그 목을 받쳤다.

쌔근쌔근…… 깊은 숨소리. 다행히 잠을 깨울 만큼의 실수는 아닌 모양이었다. 미랑이 펴 둔 이부자리가 바로 곁이었다. 그는 그 위에 솔을 뉘였다. 또 떨어뜨릴까, 또 겨우 든 잠을 방해할까 염려 깊어, 그는 상체를 깊이 숙여 거의 안다시피 했던 솔을 천천히 내려놓았다.

현은 다시 몸을 일으키려다 멈췄다.

빨갛게 눌린 뺨 위로 머리칼 몇 가닥이 흘렀다. 그걸 귀 뒤로 넘겨주고, 그는 그녀를 가만히 내려다보았다. 한 자도 되지 않는 거리. 얕은 저 날숨이 코끝에 닿는 것만 같은 이 거리. 긴 속눈썹이 드리운 감은 눈, 작은 콧망울, 가볍게 벌어진 발간 입술을 스친 시선은 결국, 뺨에 하얗게 남은 작은 흉터로 향했다.

현은 한 손을 들어올렸다. 그 손은 한 자의 공간 사이에서 덜컥 멈췄다. 현은 그 손이 하고자 하는 바를 잘 알고 있었고 그래서 그 손은 더 움직일 수 없었다.

"……그랬구나. 그런 것이었어."

뒤늦게, 그는 대답했다. 들을 사람 없는 때가 되어서야 드디어.

"내겐 이 한 자가 천 리인 듯한데, 솔아."

***

별이 쏟아질 듯 풍성한 하늘이었다. 민훈은 그 하늘만 바라보고 있었다. 말은 느린 걸음을 터벅터벅 옮겼고, 민훈은 재촉하지 않았다. 되돌아오는 길은 참으로 길었다. 주인은 웬일인지 말을 달리기보다 걷게 하는 때가 많았던 것이다. 마치 도성에 도착하는 것을 두려워하기라도 하는 듯이. 걸어서 돌아오는 길은 갈 때 그랬던 것보다 훨씬 더 길었지만 말은 불평하지 않았다. 등에 탄 주인은 짊어진 고민만큼 더 무거워졌으므로.

자시의 세상은 한없이 고요했다.

말이 멈춰 섰다. 민훈은 고개를 내렸다. 낯익은 마을의 초입이었다. 그는 말에서 내리고 그 등을 두드렸다. 흑마는 기다렸다는 듯 마을 바깥으로 달려 나가 사라졌다.

민훈은 걸었다. 마을 끄트머리의 작은 초가집까지.

짚신 두 켤레가 섬돌 위를 구르는 초가집은 깊은 잠에 빠져 있었다. 천둥이 쳐도 깨지 못할 정도로 깊이 잠든 숨소리였다. 느리고, 깊고, 평온한······.

마음이 놓였다.

내던지듯 벗어 놓은 짚신들을 가지런히 모아 놓고, 민훈은 초가집 툇마루에 걸터앉았다.

피식 웃음이 나왔다. 그렇게 저승사자 언제 오냐고 간절히 찾아 놓고선, 정작 와 보니 얼굴 보기 글러 버린 상태가 아니냐.

웬일이시래요? 다신 보지 말자시더니만.

분명히, 그렇게 말했겠지.
"그러게 말이다."
민훈은 갓끈을 풀었다. 긴 사가 딸린 갓을 풀어 옆에 놓고, 그는 툇마루에 조용히 드러누웠다. 온종일 시달린 몸이 비명을 질러댔다. 그는 눈을 감았다.

해야 할 일…… 너무도 많았다. 생각해야 할 것도 너무나, 너무나 많았다. 그가 지금까지 찾아 헤매던 바로 그것이, 저 도성의 성벽 너머에서 그를 기다리고 있었다. 그런데 그는 지금 여기에서 무엇을 하고 있는 것일까. 왜 여기로 와 버린 것일까.

머리맡의 장지문 바로 너머로 솔의 숨소리가 가까이 들려왔다. 민훈은 숨을 깊이 들이마셨다. 느리고, 깊고, 평온한 그녀의 호흡을 따라서…… 그도 느리게, 깊게 호흡했다. 비명소리가 잦아들었다. 고장나 어긋나 버린 듯 덜컥였던 가슴도 조금씩 제 속을 찾는 듯한 착각이 들었다. 이런 당혹스러울 정도의 안도감이라니.

민훈은 두 손으로 눈을 가렸다.
"미안하다. 잠시만…… 잠시만 쉬어 가마."
거절도 못할 시점에서 비겁하게.
민훈은 입술을 깨물며 자조했다.

十三. 길 잃은 자들의 지도

 작게 피운 모닥불이 깜박였다. 주름이 깊이 팬 노인이 긴 막대로 불을 쑤셨다. 몇 점 불티를 허공으로 날리며 다시 빨간 불꽃이 살아났다. 모닥불을 둘러싸고 앉은 이들은 여덟이었다. 그들은 모두 딱딱하게 굳은 얼굴로 중앙의 불꽃만을 노려보고 있었다.
 "일남이네 아부지는 좀 어떻다던가?"
 노인이, 누구에게랄 것도 없이 물었다.
 "장독이 올라도 크게 잘못 올랐나 보더만요. 낮에 가 보니 열이 펄펄 나는데 사람이 정신을 놓고 있더라고요. 마누라도 못 알아보던데요."
 "허어……."

여기저기서 탄식이 새어나왔다.

"이러다 또 송장 하나 치게 생겼어."

"거, 입 다물어!"

"내가 틀린 말 했수? 거 오랑캐놈들한테서 간신히 살아났나했더니 이게 뭣 하는 짓들인지 정말."

젊은 장정이 투덜거리자 옆에 앉은 중년의 남자도 고개를 내저었다. 노인은 고개를 들어 주변을 둘러보았다. 그들이 모여 앉은 곳은 마을 외곽의 버려진 기와집 안마당이었다.

과하지 않은 규모에, 단단하게 잘 지어졌던 이 집엔 위세에 어울리지 않게 사람 좋던 늙은 양반님네 내외가 살았더랬다. 흉년마다 곳간을 모조리 열어젖히곤 본인들은 모래밥에 간장 한 종지로 찬하던 부부는 그 난리 속에서 나란히 이승을 등졌다. 마침 들르러 와 있던 어린 외손녀딸도 참변을 맞았으니 흉한 일은 참으로 사람을 가리는 게 아니구나 하였다.

버려진 집은 대낮에도 을씨년스러웠다. 사람의 발길은 이곳을 피했다. 그래서 이곳은 남들 눈을 피해 만남을 가지기에 적절한 곳이었다.

"나랏님께선 어찌 이러신단 말이오."

까맣게 탄 속내를 입 밖으로 털어내기에, 적절한 곳이었다.

"……"

노인은 입을 꾹 다물었다. 그러나 남은 일곱 사내들 사이에선 파도처럼 술렁임이 번졌다.

"이러다 우리 다 죽게 생겼어요."

젊은이가, 씹어뱉듯 말했다.

"다들 이대로 납작 엎드려서 죽을 때만 기다릴 거요?"

"……무슨 소리야?"

"우리, 뭔가 합시다."

그의 두 눈동자에서 빛이 번쩍였다. 막 사냥을 앞둔 살쾡이처럼, 그는 어깨 사이로 몸을 움츠린 채로 속삭였다.

"이렇게 죽으나 저렇게 죽으나 똑같은 것 아니오?"

"거, 입 다물래도!"

"늬미럴, 자식새끼 바싹 말라 비틀어져 가는 거 보면서도 그 말이 나오슈? 지금이 그럴 철이야? 이게 말이 돼?"

구석에 있던 누군가가 작게 고개를 끄덕였다.

"그, 그래. 우리 모두가 함께 관아에 다시 가 봅시다. 여럿이서 가면……."

"여럿이서 곤장 후드려 맞고 모두 다 반병신되고 끝이지, 뭐."

"……."

이윽고 노인이 입을 열었다.

"그래서, 뭘 하고 싶은 거냐?"

"이제야 말이 통하시네. 뭐냐 하면……."

"그렇게 순하던 녀석이 갑자기…… 요사이 어디 이상한 모임에 어울려 다니더니만, 거기서 나온 이야기냐?"

"이상한 모임이라니! 그런 거 아니오!"

젊은이는 얼굴을 붉히며 버럭 소리를 질렀다. 노인이 뭐라 더 말을 하려 할 때 옆의 누군가가 그를 막았다.

"일단 들어나 봅시다."

"그래, 말해 봐. 무슨 좋은 수라도 있느냐?"

젊은이는 뿌듯하게 가슴을 폈다.

"병기창을 터는 거요."

"뭐라고?!"

벌떡 일어나려는 옆사람을, 젊은이가 눌러 앉혔다.

"네가 진정 정신이 나갔구나! 병기창을 어떻게 하자고?"

"낫이니 도끼니 들고 갔다고 저들이 눈이나 깜빡할 것 같소? 이놈의 흙지렁이 새끼들이 미쳤구나, 하고 창칼을 들이대겠지. 우리가 장난이 아니라는 걸 보여 주자고."

"……어떻게?"

"나는 싫네. 빠지겠소. 나는 오늘 아무것도 못 들은 거요!"

"병기창이 어디라고 우리가……."

여기저기서 말마디들이 터져 나왔다. 젊은이는 크게 손사래를 치며 그들을 진정시켰다.

"우리끼리 다 저지르자는 말이 아니오! 도와줄 편이 있다니까?"

"누가? 무슨 소리냐?"

"거 지난번에 여기서 쌀 풀어 준 분들 계시잖소. 그분들이 든든히 도와주기로 했으니까! 일단 우리가 무장하고 나서서 이야기만 시작하면, 우리가 누구 잡아 죽이려는 거 아니고 진지하게 이야기만 하러 온 거라고, 응? 확실하게! 확실하게 보증해 주겠다고 확답을 받았단 말이오."

복잡한 시선이 어지럽게 오고갔다.

"일단 들어나 보시오. 내, 알아놓은 것들이 있으니까. 그러니까 거길 지키는 놈들이 말이오, 어떻게 돌아가냐 하면……."

소란이 사그라진다. 따르건, 반대하건, 뜻은 저마다라지만 젊은이의 이야기는 기묘하게 사람을 잡아끄는 데가 있었다. 그들은 침을 삼키며 젊은이의 말에 귀를 기울였다. 노인만이 알 수 없는 눈으로 그를 노려볼 뿐이었다.

***

"그게 사실입니까?"

"그럼요. 어느 안전이라고 거짓을 아뢰겠습니까."

주 원로, 아니 주명희는 희미하게 웃으며 술잔을 기울였다. 북방의 술은 끔찍했다. 이것은 그녀의 상단이 따로 챙겨 온 술이었고 이 고을 원님은 그 술맛에 넋을 놓은 상태였다. 하지만, 그녀의 한 마디에 이제 술이 확 깨는 모양이었다.

"분명히 곧 민란이 일어날 것이라 합니다. 이 고을에서."

"허허…… 그럴 리가요. 행수께서 농이 지나치십니다."

원님은 고개를 가로저으며 다시 술을 따랐다. 그는 다시 지위에 맞은 거만함을 갖추기 위해 노력하고 있었다. 아무리 대상단의 행수라 하나 나이든 계집일 뿐. 그 앞에서 잠시라도 흔들린 것이 몹시 자존심이 상한 듯했다.

그들의 그런 속내를 모르는 척 해 주는 것, 주명희의 큰 즐거움이었다.

"설사 그런 일이 있다 한들, 행수님보다는 제 귀에 먼저 들어왔어야 할 소식 아니겠습니까?"

"어떤 풍문은 잡풀들 사이에서만 떠돈답니다. 높은 벽을 타고 넘지 못하지요."

"그래, 그럼 어떤 풍문이 떠돌고 있습니까? 저도 한번 들어보고 싶습니다."

"병기창이 털릴 것이라더군요."

"뭐라구요?"

원님은 미간을 일그러뜨렸다. 하지만 이번에도 금세 여유를 찾았다. 그는 크게 웃으며 술잔을 비웠다.

"행수님께서 귀한 말씀을 해 주셨군요. 당장 사람을 더 많이 보내 철저히 단속하도록 해야겠습니다."

"아뇨, 그러지 마십시오, 나리."

"……네?"

주명희는 가느다란 입꼬리를 길게 끌어올렸다.

"감히 나라의 병기참을 탐한 폭도들 아닙니까. 지켜보시죠. 누가, 얼마나 많은 잡놈들이 담을 넘는지. 그 연후에 나서서 일망타진하는 편이 더 좋지 않겠습니까?"

그녀는 이곳의 독경회에서 만난, 소처럼 순하고 어리석은 눈의 젊은이를 떠올렸다.

"호오."

원님은 거창한 감탄사를 내뱉었다.

"과연. 그 다음엔 어찌 하면 좋겠습니까?"

"글쎄요. 어떻게 할까요? 마땅한 벌을, 마땅한 방법으로 내리면 되겠지요. 다만 제대로 본보기가 되어야 하지 않을까요?"

"제대로…… 본보기……."

"네. 순진한 다른 백성들이 다시는 어리석은 생각을 하지 못하도록요."

주명희의 목소리는 더없이 겸손하면서도 예리했다.

"그것도 현명한 목민관의 의무 아니겠습니까."

주명희가 대문을 나서자 수하가 말을 끌고 따라붙었다. 그녀는 고삐를 넘겨받고 훌쩍 말에 올랐다.

"잘 풀리셨습니까?"

"물론이지."

주명희는 고개를 끄덕였다.

"한양에 바로 소식을 띄워라. 이제 시작된다고."

***

솔은 눈을 깜박였다.

"……."

정수리에 새집이라도 인 양 헝클어진 머리를, 그녀는 다시 한 번 긁었다.

"나 왜 여기야?"

분명히 도련님 댁에서 열심히 술 푸고 있었는데. 그런데 그게 언제였던가. 오늘이었나? 어제였나? 솔은 알 수가 없었다. 뭔가 실컷 떠든 것 같은데 기억나는 것도 하나도 없었다. 막동이랑 을순이 이야기를 했던 것도 같고…… 아닐 수도 있었다.

목이 타는 듯이 말랐다. 그녀는 일어나려다가, 앞으로 퍽 고꾸라졌다.

"아으윽! 사…… 사람 살려."

사람 눈이 이렇게 높은 데 달려 있었던가. 뒤늦게 세상이 핑 돌고 구토가 울컥 치밀어 올랐다. 목은 불 놓은 듯 타고 갈라지는데 뱃속은 난장판이었다. 쿡쿡 쑤시고 쓰리고 비틀어 쥐어짜는 것 같이 아팠다. 눈에 눈물이 고였다.

"미쳤어, 미쳤어……! 이런 걸 왜 맛있다고 한 거야? 아빠, 두고 보자……!"

솔은 방구석까지 기어가서 겨우 물 한 모금을 꼴깍였다.

……민망해졌다. 폐를 끼쳐도 이만저만 끼친 것이 아니었다. 도대체 어디까지, 무슨 추태를 보이고 말았을까. 술이라니, 도련님 입 막아 보려고 반쯤 충동적으로 저지른 일이었는데 그게 이 정도로 위험한 것이라고는 상상도 못 했다.

"괜한 헛소리라도 한 건 아니겠지……?"

어렴풋하게 미랑 아주머니 잔소리가 기억났다. 아무래도 어젯밤에 솔의 집에서 함께 자 주신 모양이었다. 감사하게도 물 한 사발도 떠놓으셨다. 아마, 아침밥 차리러 새벽 일찍 댁으로 돌아가셨을 터였다.

"밥……."

무리다. 절대 무리였다. 뱃속은 지금 폐허나 다를 것이 없었다. 방금 들어간 물 한 모금도 벅차서 난리였다. 솔은 조심스럽게 물그릇을 들고 일어섰다. 걸음마다 속이 울렁거려 얼굴이 잔뜩 구겨졌다. 문을 여니 쨍한 햇빛이 눈을 쿡 찔렀다. 벌써 시간이 꽤 된 모양이었다.

툇마루에 나와 앉던 그녀의 눈에, 가지런히 정리된 신이 눈에 들어왔다.

솔은 고개를 갸웃했다. 미랑 아주머니, 무지 화나셨을 텐데 신 정리는 언제 또 이리 해 놓으셨던 것일까.

멍하니 신만 쳐다보던 솔이 갑자기 벌떡 일어났다.

"이, 이럴 때가 아닌데?"

시호 아씨네 댁에 가야 했다. 늦지 않게 오라고 했으니 늑장부릴 시간이 없었다.

"……아."

털썩, 솔은 다시 마루에 주저앉았다.

오늘은 또 무슨 꼴을 당하게 될까. 벌써 손발에 식은땀이 차오를 지경이었다. 어쩌다가 이런 일이, 이것도 다 그⋯⋯.

머릿속에 떠오르는 한 얼굴을, 세차게 고개를 저어 털어냈다. 솔은 두 손으로 눈을 꾹 누르고 기다렸다. 말없이. 묵묵히. 꼼짝도 않고. 그렇게 한참을 목석처럼 굳어 있던 솔은 꽤 시간이 지난 후에야 손을 뗐다. 그리고 제법 씩씩하게 일어섰다.

"얼른 다녀와 버려야지. 그리고 오늘 저녁땐 맛있는 걸 해 먹자!"

구겨진 옷자락을 팡팡 펴며, 그렇게 다짐했다.

***

서충헌은 일그러지는 미간을 꾹 눌렀다. 피로에 지친 눈 때문에 앞이 흐릿했다. 이젠 자신도 나이가 들었구나 하고, 그는 그렇게 생각했다. 눈이 흐려지는 만큼이나 머리도 흐려지는가 싶었다.

그의 앞에는 서책 한 권이 놓여 있었다.

자하세경. 좌의정이 미심쩍으면 직접 보라며 안겨 준 것이었다. 서충헌은 강직하고 융통성 없는 남자였다. 그는 정말로 처음부터 끝까지 직접 보고, 다시 보고, 또 보았다. 오랜만에 입궐하지 않은 오늘 하루 온종일, 그는 그 책을 손에서 놓지 않았다. 그래서 그의 고민은 더욱 깊어졌다.

이 책에는 세간에서 소문으로 돌던 이야기들이 모조리 빠져 있었다. 소문이 거짓이었던 것일까. 하지만 아니 땐 굴뚝에 연기가 날 리는 없다는 것이 그의 지론이었다. 그렇다면⋯⋯ 이 책은 조작된 것일까? 그렇다면 누가? 좌상에게 이 책을 건넨 누군가가? 아니면, 좌상 자신이?

"들어가겠습니다."

서충헌은 눈을 크게 떴다. 생각지도 못한 방문객이었다. 그는 서책을 서안 밑에 숨기고 입을 열었다.

"들어와라."

장지문을 열고 민훈이 안으로 들어왔다. 얼마 만에 보는 아들인지 낯설기까지 하였다.

"네가 이 시간에 집에를 다 붙어 있다니, 별일이구나."

"앉아도 되겠습니까."

민훈은 대답도 기다리지 않고 아버지 맞은편에 털썩 앉았다. 충헌의 눈썹이 꿈틀했다. 하지만, 부자는 책망의 말도 포기한 지 오래된 사이였다.

"무슨 용건이냐."

"좌상 어르신께선 어떻게 지내시는지 여쭙고 싶습니다."

"직접 뵙고 여쭈어라. 곧 장인 되실 분인 것을."

"그런 문제가 아니니까요."

민훈은 아버지의 눈을 똑바로 마주보았다.

"혹 대감께서 자하원에 대해 언급하신 일이 있으십니까?"

"무슨 소리냐?"

서충헌은 동요를 숨겼다. 무인의 외피는 바위와도 같다. 하물며 그것이 조선 최고라는 명문 무가의 주인이라면, 그 무게는 태산과도 같다. 하지만 마주앉은 상대는 그와 같은 피를 나눈 자였다. 민훈은 감정 없는 목소리로 말을 이었다.

"대감께서 그들과 한 패라는 소문이 돌고 있어서 말입니다."

"……어디서 그런 망령된 헛소리를 듣고 다니느냐."

"저는 사실만 확인하면 됩니다."

충헌은 아들의 눈을 깊이 들여다보았다. 자하원. 그 사교도들에 대한 민훈의 분노는, 충헌도 진저리날 정도로 실감하고 있었다. 오랑캐의 남하를 고작 변두리 사교조직과 연관 짓는 그 어리석음도, 이해할 만은 했다. 하지만 이해와 인정은 별개의 것이었다. 그는 아들의 행동을 인정할 수 없었다.

아직도 벗어나지 못했다니. 한심하기 이를 데 없는 놈!

……그러나 그 말은, 입 밖으로 나오지 않았다.

민훈의 눈 속엔 분노가 없었다. 언제나 꺼지지 않고 튀어 오르던 불꽃이 오늘은 온데간데없었다. 고요히 가라앉은, 날카롭게 벼려진 침착함. 그것은 기루의 한량이 아니라 그가 알던, 그 시절의 민훈의 눈이었다. 민훈은 그 눈으로 안익태의 이름을 부르고 있었다.

충헌은 눈을 감았다. 꽤 오랜 시간, 민훈은 말없이 아버지의 뒷말을 기다렸다. 이윽고 눈을 뜬 충헌이 서안 밑에서 자하세경을 꺼냈다. 탁 하고, 서책은 둔탁한 소리를 내며 서안 위로 떨어졌다.

"보겠느냐?"

충헌은 서책을 민훈 쪽으로 밀었다.

"이것은……?"

민훈은 날카로운 눈으로 서책의 내용을 훑었다.

"좌상 대감께서 주상 전하께 올린 자하원의 경서다. 전하께선 이를 근거로 자하원의 존재를 사실상 묵인하기로 하셨다."

민훈은 말없이 서책을 덮었다.

"네 생각은 어떠하냐."

"……제 생각 같은 게 의미가 있습니까."

공허한 목소리로, 민훈은 말을 이었다.

"아버님께서는 어찌하실 셈으로 이걸 들여다보고 계셨습니까."

충헌이 고개를 가로저었다.

"나는, 생각이 필요하다. 이 그림에는 빈 곳이 너무 많다. 나는 심증만으로는 아무 것도 할 수 없다."

"알겠습니다."

민훈은 서책을 다시 아버지 방향으로 돌려놓고 몸을 일으켰다. 막 뒤돌아 방을 나서려는 참이었다.

"너는."

그의 발걸음이 멈칫 했다.

"무엇을 하려는 것이냐."

"……."

'알겠습니다' 그 한 마디가, 마음에 걸렸다. 항상 그래왔듯 중요한 순간엔 힘이 되지 않는 아비를 책망하는 것인지, 아니면 물증을 가져오기라도 하겠다는 것인지. 요 몇 달, 일에 지쳐 말로만 전해 듣던 아들의 기행을 떠올려 보았다.

그것은 진실이었나. 저 눈은 진실인가. 나는 아들을 제대로 읽고 있었던가.

너는 무엇을 하려는 것이냐.

너는, 지금까지 무엇을 해 왔던 것이냐.

민훈이 아버지를 향해 돌아섰다. 그는 언제나 그래왔던 것처럼, 대답 없이 고개를 숙여 목례했다. 그리고 바람처럼 방을 나섰다.

충헌은 그 뒷모습에서 눈을 뗄 수가 없었다.

***

쨍한 해에 눈이 부셨다. 민훈은 마당에 가만히 멈춰 섰다. 눈을 가늘게 뜨고, 그는 새하얗게 빛나는 흙바닥을 내려다보았다.

백지. 빈 곳이 너무 많은, 그림.

그러나 윤곽만은 분명했다. 충헌에겐 무리였겠지만 민훈의 눈에는 그 밑그림이 보이는 것만 같았다. 아버지의 서안 위에 놓은 자하세경이 마지막 선을 완성해 낸 것이다. 민훈은 마음을 정했다.

목적지를 향해, 막 걸음을 옮기려 하던 때였다.

"근데 그 표정이 참 봐줄 만하더라니까."

"그래?"

"당연하지. 자기인들 상상이나 했겠어? 시호 아씨께서 그렇게 너그럽게 용서해 주실 줄."

여종들의 이야기소리가 담 너머로 들려왔다.

"그렇게 안 봤는데 얌전한 고양이가…… 어휴."

민훈의 얼굴이 굳어졌다. 그는 급히 자신의 방 쪽으로 향했다. 뜰을 쓸고 있던 만복이가 그를 보고 기겁을 했다.

"오, 오셨습니까?"

"앉아 보거라."

"예에?"

만복이는 새파랗게 질린 얼굴로 반문했다. 대낮에 멀쩡히 집에 돌아온 것도 놀라운 일인데, 이젠 앉아서 이야기 좀 하잔다. 작은 나리께서 오늘은 좀 다른 방향으로 이상한 상태인 모양이었다.

"저, 저는 급히 해야 할 일이 있어서……."

빗자루를 꼭 안고 슬금슬금 나리 옆을 지나칠 참에, 그의 손이 앞을 가로막았다. 역시 혼나겠지! 만복이는 눈을 질끈 감았다. 그런데 아무리 기다려도 불호령이 떨어지지 않았다. 조심스럽게 눈을 떠 보니…….

"……!"

그 손엔 반쯤 벌어진 기름지가 들려 있었다. 그 사이로 엿보이는 것은, 반들반들 빛나는 쌀엿들이었다. 만복의 손은 어느새 그것을 받아들고 말았다.

"예, 맞습니다요."

잠시 뒤, 만복은 주인의 명령대로 툇마루에 편안히 앉아 엿조각을 오물거리고 있었다.

"그 솔이라는 누님 이야기가 맞아요. 어제 마님께서 여기에 불러 올리셨거든요. 그때······."

만복은 입담이 좋은 편이 아니었다. 하지만 이번 일은 정말로 제대로 된 이야깃거리였다. 하인들 사이에선 이 이야기가 초미의 관심사로, 어제부터 지금 이 시간까지도 계속 이 입 저 입 사이를 옮겨 다니고 있었던 것이다. 만복은 귀에 못이 박히도록 들어온 내용을 술술 다시 읊어 대기만 하면 되었다. 신나게 떠들던 만복이 추임새를 기대하며 고개를 돌렸다. 그리고 다음 순간, 깊이 후회하며 잔뜩 움츠러들었다.

민훈이 그가 생전 본 적 없는 표정을 짓고 있었던 것이다.

"그럼 그때 찾아와서 이야기했던 소문이라는 것이······."

"네. 나리께서 그 누님이랑 그렇고 그런······ 흠흠."

민훈은 한손으로 눈을 가렸다.

"그래서, 어제 그 아이를 여기까지 불러와서 추궁했다고?"

"네. 거의 울 것 같은 표정으로 돌아가던데요. 그만한 게 어딥니까, 시호 아씨께서 너그러우신 분이기에 그 정도이지······ 나리?"

민훈은 벌떡 일어나서 마당을 가로질렀다. 바람 소리라도 날 듯한 기세였다. 곁을 지나치던 하인들이 흠칫하며 뒤로 물러날 정도였다. 그가 향한 곳은 안채였다. 침모가 먼저 민훈을 맞이했다.

"나리, 오셨습······."

"물러가게."

당황한 침모가 어물거리는 사이, 민훈이 문 열린 방 쪽을 향해 고개를 숙였다.

"소자 왔습니다, 어머님."

"올라오너라. 영산댁은 다른 일 보러 가게."

신 씨의 말에 침모가 안채를 나섰다. 민훈은 곧장 방 안으로 들어섰다.

"늦었구나."

신 씨가 수틀을 내려놓으며 말했다. 비단 위에서 나비 한 쌍이 서투른 날갯짓을 하고 있었다.

"네. 늦고 말았습니다."

맞은편에 앉으며, 민훈은 무거운 목소리로 대꾸했다.

"어제 일이 있었다 들었습니다. 제게 하실 말씀이 있으시지 않습니까."

신 씨가 긴 한숨을 내쉬었다.

"많다. 많고도 많지만 이미 정리된 일이니 길게 이야기하지 않으마. 행실을 똑바로 하거라. 풍문은 걷잡을 수 없는 것이다. 네 말 한마디, 행동 하나 때문에 얼마나 큰 오해가 쌓였는지, 네 정혼자가 얼마나 마음 아파했는지 아느냐? 집안의 허물은 집안에서 감당해야 하거늘, 어찌하여 죄 없는 다른 이에게까지 상처를 주느냐."

"……."

"다행히 시호도 마음이 풀렸고, 별일이 아니었다 하니 이 일은 이대로 덮도록 할 것이다."

짧은 침묵이 방 안을 메웠다. 수완 없고 융통성 없는 아들이니 또 말없이 사죄하고 금방 자리를 뜰 것이라고, 신 씨는 그렇게 생각했었다. 그런데 민훈은 움직일 생각이 없어 보였다.

"……한 명뿐입니까."

"무슨 말이냐."

"이 일로 상처 입은 사람, 그 한 명뿐입니까."

신 씨의 눈이 크게 떠졌다.

"너는……."

"순서가 잘못되었습니다. 이것은 어머님께서 일을 처리하시는 방법이 아니지 않습니까."

민훈은 자세를 바로했다.

"저를 먼저 찾으셨어야 했습니다. 제가 안 나타나고 버티더라도, 어떻게든 저부터 찾으셔서 전말을 먼저 확인하셨을 분입니다. 그리고 크게 꾸중하셨겠지요. 아무리 술과 여자가 좋다 하나, 그런 뭣 모르고 순진한 아이까지 건드리려 했냐고 말입니다."

그 아이. 이솔.

"그 다음엔 저를 시호 낭자 앞에 무릎 꿇리지 않으셨겠습니까. 집안의 허물은 집 안에서 처리해야 합니다. 제 잘못이었으니, 제가 해명하고 사죄했어야 할 일입니다. 그런데 이번엔, 바깥사람이 죄인처럼 끌려와서 추궁받고 용서받고 손가락질 받았군요."

"그……!"

신 씨의 혀끝이 굳어졌다. 틀린 말이 없었다. 그랬다. 본래의 그녀라면 그의 말 그대로 일을 처리했을 것이었다. 왜 어젯밤에 그리 잠자리가 불편하였는지, 지금까지도 마음 한구석이 무거웠는지 이제야 알 것 같았다.

"누구입니까? 누가, 무엇이 어머니의 눈을 흐리게 한 것입니까?"

책망의 의도는 단 한 점도 느껴지지 않는다. 담담하기 짝이 없는 목소리. 민훈은 정말로 궁금하다는 듯이 묻고 있었다.

가지런히 모으고 있던 신 씨의 두 손에, 힘이 들어갔다.

"너는 보지 못했다."

"……"

"너는 그날, 시호가 어떤 얼굴을 하고 있었는지 아느냐? 그 가엾은 아이가 무슨 말을 했는지 너는 아느냐? 그 자리에 있었더라면, 너도 그 아이를 위로하기 위해 무엇이든 하려 했을 것이다. 그리고 그것이 또한 옳은 일이다."

신 씨는 슬픈 눈으로 아들을 건너다보았다.

"그 아이는 너무 많이 기다렸다. 네가 네 마음을 못 이겨 담 밖을 헤매 다닐 때, 그 아이는 한 마디도 불평 없이 이곳에서 너만을 생각했다. 그 아이를 그렇게 내버려 둔 것도, 그 아이가 그렇게 약해지게 만든 것도 바로 너다. 그 아이는 그런 대우를 받아야 할 사람이 아니다."

"……저는."

신 씨는 천천히 손을 들어, 이마를 짚었다.

"그런데 그 모든 것에 관심 없던 네가…… 그렇게 사람의 마음에 관심이 없던 네가, 지금 이렇게 한달음에 달려왔구나."

민훈의 입가가 꿈틀 했다.

"와서, 솔이 그 아이의 마음을 이야기하고 있구나."

"……"

"소문이 사실이었던 것이냐? 네가 진정, 그 아이를 마음에 두고 있는 게 맞는 것이냐?"

민훈은 입을 열었다. 입은 열렸으되 말은 나오지 못했다. 그것이, 한순간 흔들린 눈동자가, 오래 전에 고사한 나무 등걸 같은 이 남자에게는 너무도 극명한 동요였다. 민훈은 한참만에야 토해내듯 말했다.

"아닙니다."

"장담할 수 있느냐?"

민훈은 무릎 위의 두 주먹을 꾹 움켜쥐었다.

"그것이, 중요합니까? 저는 중요하지 않습니다, 어머님. 지금의 저에게 이런 이야기는 정말로 아무런 의미도, 아무런 가치도 없습니다."

"……도대체. 그렇다면 네게 중요한 것이란 무엇이냐, 아들아. 사람이 사람의 마음을 포기하고 좇아야 하는 그것…… 그것은 정말 의미가 있긴 한 것이냐? 그 끝에 있는 것이 무엇이냐?"

신 씨의 목소리는 가늘게 떨리고 있었다. 그 피비린내 나는 자학의 끝에 네겐 무엇이 남느냐고, 신 씨는 참으로 묻고 싶었다. 그러나 그녀는 끝내 그 말을 삼켰다.

"이만 가 보거라. 피로하구나."

"……네, 어머님."

허리를 깊이 숙이고, 민훈은 인사를 올렸다. 긴 하직이었다. 평소보다 오랜 침묵 끝에 민훈은 자리를 떴다.

안채를 벗어나니, 몰려섰던 여종들이 후다닥 흩어지는 것이 보였다.

얌전한 고양이가…….

울 것 같은 얼굴로 돌아가던데요.

왜 사람 말에 대답을 않느냐고 화내거나, 또 당신이냐고 당황하거나, 웃기지 않는 농담을 열심히 주워섬기며 속없이 웃던…… 그런 얼굴밖에 기억나지 않는데.

민훈은 멍하니 대문간을 건너다보았다.

내가 또, 너를 상하게 한 모양이다. 사병들의 화살비 속에 내몰고, 산짐승에게 뜯길 뻔하게 만들고, 계곡물에 내던져지게 하고, 불한당들의 목표가 되게 만든 것도 모자라…… 그렇게 저승사자로 너를 괴롭혔건만, 그 검은 옷을 입지 않은 때라면 괜찮을 것이라 생각했었는데 그것도 내 오만이었던가. 저승사자가 아닌 서민훈이라도 다를 바가 없구나.

차라리 목숨의 위기라면 몸으로 막아 줄 수라도 있을 텐데, 마음이 찢긴 것에는 무엇을 해 주어야 하나. 무엇을 해 줄 수가 있나.

……내가 그럴, 자격이나 있는가.

그리고 나는…….

지금 무슨 짓을 하고 있는 것인가. 내게 이런 사치스러운 고민을 할 여유가 있었던가.

굳게 다문 입 안쪽에서, 피 맛이 났다.

***

"이솔이라고 합니다. 아씨께서 찾으셨다시기에……."

머슴은 솔을 위아래로 훑어보곤 고개를 끄덕였다.

"들어오너라."

"네. 감사합니다."

솔은 두 손을 꼭 모아 쥐고 걸음을 옮겼다. 과연 좌의정 대감님의 댁. 병판 대감님 댁도 크긴 했지만 그와는 비교도 안 될 정도로 거대하고 위세 등등하였다. 안을 오가는 하인들의 움직임에도 절도라 부를 만한 것이 있었다. 그들은 모두 차갑고 엄격한 표정이었다. 솔은 점점 움츠러들었다.

상대는 마당을 빙 돌아 집 깊숙한 곳으로 그녀를 안내했다. 솔은 숨소리마저 죽이고 그 뒤를 따랐다. 그들이 도착한 곳은 시호가 기거한다는 별당이었다.

들어가자마자 잘못했다고 싹싹 빌어야지.

다시 한 번 그렇게 다짐하면서 솔은 심호흡을 했다.

"먼저 들어가라."

"네."

별당 안마당은 텅 비어 있었다. 맞아 주는 여종도 한 명 보이지 않았다. 묘하고 기분 나쁜 침묵만이 빈 마당을 가득 채우고 있었다.

……뭐가 잘못된 것이 아닐까? 어떻게 해야 하지?

"윽……!"

뒷덜미에 번쩍 불이 일었다. 무릎이 풀썩 꺾이며 땅이 기울어 온몸을 때렸다. 흐려지는 시야에, 몽둥이를 양손에 쥔 하인의 무표정한 얼굴이 마지막으로 들어왔다. 곧 암흑이었다.

***

"---."

"------."

귓속이 웅웅 울린다.

"-----------?"

"---!"

메스껍다. 머리가 깨질 것처럼 아팠다. 왜 이러지……? 천근같이 무거운 눈꺼풀을, 억지로 들어 올려 보았다.

"……니까요."

"저것, 깨어났나 보구나."

생전 처음 듣는 목소리였다. 눈앞이 뿌옇게 흐려져 제대로 보이는 것이 없었다. 솔은 눈을 세게 깜박였다. 그제야 저쪽 편에 선 두 사람의 모습이 보였다.

한 명은 그녀도 잘 알고 있는, 시호 아씨.

그리고 또 한 사람은 한 번도 본 적 없는 귀부인이었다. 가냘픈 턱선에 날아갈 듯한 맵시가 시호와 꼭 닮아 있었다. 아마도 그 모친인 모양이었다. 그녀는 냉엄한 눈으로 솔을 내려다보고 있었다. 못 볼 것을 꾹 참아 주고 있기라도 한 듯, 입가를 일그러뜨린 채.

정신이 번쩍 들었다.

"아, 아씨……? 이게 무슨……."

창고 같은 곳에 갇힌 모양이었다. 두 손이 앞으로 단단히 묶인 채로, 솔은 한쪽 벽에 아무렇게나 기대 앉혀진 상태였다.

위험해. 이거 정말, 위험해.

가슴이 철렁 내려앉더니 미친 듯이 뛰기 시작했다. 부인, 박 씨가 솔 앞으로 걸어오더니 그녀 쪽으로 몸을 숙였다.

"과연. 웬만한 사내놈들은 녹여 버리고도 남을 미성이로구나."

"……살려 주세요, 마님. 죽을죄를 지었습니다."

"어디 보자."

박 씨는 솔의 턱 끝을 쥐고 고개를 들게 했다. 그리고 그 얼굴을 집요하게 뜯어보기 시작했다. 솔은 차마 그 눈을 마주보지 못했다. 잘 갈무리된 그 시선 속에 언뜻 스친 광기를, 분명하게 읽었던 것이다.

박 씨가 고개를 끄덕였다.

"곱긴 곱구나. 참으로 고와. 천한 것한테는 과분한 낯이다. 흙밭에 굴러도 이 정도라니…… 잘 단장하면 어디서 내려온 선녀님이라고 해도 믿고 말겠어."

박 씨는 날카롭게 웃으며 시호를 돌아보았다.

"묵호가 계집 보는 눈이 높구나. 너는 이것한테 갖다 대면 모란 앞의 철쭉이다."

도대체 무슨 말씀을 하시는 것일까.

솔은 감히 시호 쪽을 바라볼 용기도 내지 못하고 눈을 질끈 감았다. 박씨는 솔을 놓아 주고는 시호가 서 있던 문 쪽으로 걸어갔다.

"시간 끌지 마라. 빨리, 소리 없이 처리해야 한다."

"걱정 마세요."

문이 열렸다 닫히는 소리. 솔은 조심스럽게 눈을 떴다가 헛숨을 삼켰다. 시호가 그녀의 바로 앞에 쪼그려 앉아 있었던 것이다.

"아, 아씨······."

"이렇게 되었다, 솔아. 놀랄 일도 아니지 않니? 나는 처음 너를 본 날부터 이런 날이 올 수도 있겠다고 생각했거든."

"오해이십니다! 저는 절대로, 마님과 아씨께서 생각하시는 그런 짓은······!"

"아니, 그런 것은 아무래도 좋아. 네 입장 같은 건 의미가 없단다. 우리에게 중요한 것은 서민훈, 그의 입장뿐이니까. 그러니까 너도 쓸데없는 소리는 그만하고 이제 대답해 보렴."

시호는 무표정한 얼굴을 살짝 기울였다.

"어떻게, 그의 마음을 얻은 거야?"

"······네?"

마음을 얻다니. 내가? 나리의?

솔의 입이 턱 벌어졌다.

"오해이십니다, 아닙니다, 그럴 리가 없습니다, 그런 말은 필요 없어. 나는 너보다 훨씬 오래 그 남자를 보아 왔으니까. 그는 그런 눈으로 누군가를 바라볼 사람이 아니야. 먼저 나서서 일꾼의 일정을 물을 사람이 아니야. 그리고, 첫새벽에 우물가를 지나칠 사람도 아니고 그 옆에서 누군가를 도와줄 사람은 더더욱 아니지."

시호가 솔에게 더 가까이 다가왔다. 솔은 입술을 꼭 깨물고 어깨를 움츠렸다. 파랗게 질린 솔의 귓가에 대고, 시호의 입술이 속삭였다.

"그가 좋아하는 것은 무엇이니?"

"……"

"어떤 눈빛을, 어떤 입술을 좋아하니? 어떤 손짓을 좋아해? 좋아하는 향은 있니?"

나른한 목소리를 읊은 한 마디 한 마디가, 칼날처럼 솔을 찔러 들어왔다.

"밤엔…… 무엇을 어떻게 할 때 제일 마음에 들어 하던?"

"아씨!"

시호가 훌쩍 뒤로 물러났다. 솔이 새파랗게 질린 얼굴로 외쳤다.

"아닙니다! 절대! 절대 아니에요!"

"그래. 시간은 많으니까…… 하지만 너무 고생하지 말거라. 말하겠다고 할 때까지 물이고 먹을 것이고 일절 들이지 않을 테니까.

뭐…… '다른 것' 도움도 좀 받을 생각이기도 하고."

"다른…… 것?"

"그리고 소리 질러 봐야 소용없단다. 이 집 사람들 중에 네 소리에 귀 기울여 줄 자는 아무도 없거든."

"억울합니다, 아씨. 저는……!"

시호는 소리 없이 사뿐한 걸음으로 문까지 걸어갔다. 그리고 잊은 것이 있다는 듯, 다시 솔을 돌아보았다.

"억울하니?"

"……."

"너는 정말 아무 잘못도 없으니까?"

솔은 대답할 수 없었다.

"가끔은 짓지 않은 죄로도 벌을 받을 수 있단다. 넌 감히 양반들의 심기를 거스른 죄, 분명하다만. 그것으로 납득이 되질 않는다면 좀 더 생각해 보거라. 어쩌면 너도 모르는 새 죄목들이 생각날 수도 있지 않겠니? 너는 티 한 점 없다는 얼굴로 웃고 있지만, 사람이 어찌 무구하게만 살아올 수 있었을까."

시호는 미소 지었다.

"말이 길었구나. 벌 잘 받고 있으렴."

끼이익. 나무문이 닫히고, 열쇠가 채워졌다.

솔은 허망한 얼굴로 흙바닥을 내려다보았다. 점점 거칠어지는 숨에 어깨가 들먹였다. 눈물이 울컥 솟아올랐다. 참아 보려 했지만 쉽지 않았다.

"이게 뭐야······?"

도대체, 이게 무슨 일이냐고.

솔은 자기 자신을 붙들고 탈탈 털고 싶었다. 하지만 그 분노도 결국 순식간에 사그라졌다. 솔은 힘없이 벽에 뒷머리를 찧었다.

감히 사대부 남자를 잘못 넘보아 그 정혼자에게 쥐도 새도 모르게 처리당하는 삶이라니. 그런 것은 도련님이 질색하는 잡설 책에서나 읽던 이야기 아닌가.

부인이 마지막으로 남긴 말마디가 시호의 얼굴과 뒤엉켜 머릿속에서 빙빙 돌았다. 그들은 그녀를 살려 보낼 생각이 없었다.

솔은 억지로 몸을 일으켰다. 그나마 발은 묶여 있지 않아서 다행이었다. 하지만 있는 힘껏 발돋움을 해 봐도, 높은 곳에 난 쪽창엔 손도 닿지 않았다.

"여보세요! 누구 없어요!"

대답이 없었다.

솔은 입술을 꾹 깨물고 다시 외쳤다.

"도와주세요! 제발! 누구 없나요?"

분명히 집 안에 있는 창고 같은데, 오가는 사람들이 있을 것인데 아무 대답도 없었다. 시호의 말대로였다.

겁이 덜컥 났다. 똑같은 일을 겪어 보긴 했었다. 예전에 사냥꾼에게 납치당했을 때도 이렇게 갇혀 죽을 시간만 기다렸다. 하지만 그때는 친구들의 '목소리'라도 들렸었다. 그녀는 혼자가 아니었다. 그러나 오늘은 아니었다. 오늘은, 오랜만에 아무 소리도 들리지 않는 날이었다.

문득 심한 현기증이 일었다. 솔은 바닥에 털썩 주저앉아 숨을 몰아쉬었다. 여태껏 아무것도 먹지 않았었다. 속이 아무래도 안 좋아서였다. 일어나자마자 마신 물 한 그릇이 지금까지 뱃속에 넣은 것의 전부였다.

달그락, 낯선 소리에 솔은 고개를 번쩍 들었다.

쪽창 틀에 작은 향로 하나가 올라가 있었다. 누가 방금 올린 모양이었다.

"잠깐만요! 저기요!"

그러나 인기척은 순식간에 사라져 버렸다.

"이봐…… 읍!"

더 불러보려던 솔이 순간적으로 코와 입을 막았다. 수상한 향이었다. 냄새를 맡자마자 머리가 핑 돌고 몸에서 힘이 빠져나가는 것 같았다. 시호가 말한 '다른 것'이 이것을 말한 모양이었다. 향로에서 피어오른 연기가 바닥에 깔리기 시작하고 있었다.

솔은 서둘러 반대편 구석에 붙어 앉았다. 몸이 떨려왔다.

"……아빠."

두 손으로 얼굴을 꼭 가리고, 솔은 웅크렸다.

"어떡하지. 아빠……?"

할 수 있는 것이 그것뿐이었다.

***

민훈은 움직이지 않았다. 무거운 바람이 그 검은 도포 자락을 한 차례 휩쓸고 지나갔다. 습습하게 물기 어린 바람은 스산했다. 밤하늘은 먹구름으로 가득 메워져 별도 달도 잃은 채였다. 어둠뿐인 밤이었다.

좌의정의 대저택도 그 어둠 속에 온전히 잠겨 있었다.

이윽고 결심한 듯, 민훈의 발이 떨어졌다. 큰 보폭으로 성큼성큼 걸어 나간다. 그는 앞을 가로막는 높은 담벼락을 훌쩍 뛰어넘었다.

"……"

담 안쪽은 드문드문 피워 둔 불들로 어렴풋이 밝았다. 창칼을 든 이들이 곳곳에 서 있었다. 민훈은 어둠의 귀퉁이에 몸을 숨기고 전진했다. 정적적인 병사 배치는 민훈에게 아무런 장애도 되지 못했다. 그는 오히려 그 점에 있어선 전문가에 가까웠으니까. 민훈은 손바닥에 두고 읽듯이 그들을 피해 움직였다. 목적지를 향하여. 그 한 점, 안익태의 거처를 향해.

방에서, 불빛이 흘러나오고 있었다.

민훈은 소리 없이 방 안으로 들어섰다. 등 뒤로 닫은 문이 철컥, 뒤늦게 작은 잠음을 흘렸다. 서안 앞에 앉아 있던 안익태가 고개를 들었다.

눈이 마주쳤다.

"이런…… 이 시간에 손님이?"

뱀같이 길게 찢어진 눈가가 둥글게 휘어진다. 안익태는 웃었다.

채앵, 날카로운 쇳소리와 함께 검이 칼집에서 뽑혀 나왔다. 민훈은 긴 검을 안익태를 향해 똑바로 겨누었다. 예기가 피어오르는 날 위로 촛불 빛이 미끄러졌다. 흔들림 없는 살의만큼이나 검은 곧고 단호했다. 그 칼끝을, 안익태는 빙긋 웃는 낯으로 올려다보았다.

"긴 이야기가 필요하지 않은가? 낮에 왔으면 더 편한 자리에서 좋은 차 한 잔 내줄 수 있었을 텐데 말일세."

그는 입맛을 다셨다. 안타깝다는 듯.

"안 그런가? 묵호."

흔들, 칼끝이 일렁였다. 순간 힘이 과하게 들어간 손이 새하얗게 변했다.

"놀랐나? 나도 놀랐네. 사실 나도 최근에 들어서야 자네의 이런 취미를 알게 되었거든. 하마터면 크게 실수할 뻔 했지 뭔가. 내 손으로 사위 목을 날릴 뻔 했으니 말일세. 역시 사람은 여러 곳에 심어 두고 볼 일이지, 아무렴."

안익태는 고개를 끄덕였다.

"아아…… 걱정 마시게. 이건 우리끼리의 비밀로 해 두자고. 아니지, 아니지. 이게 아니야."

무슨 소리를 하고 있는 거야?

민훈의 입가가 뒤틀렸다. 최초의 충격이 채 가시기도 전에 안익태는 수선스럽게 그를 쥐어 흔들고 있었다.

"내가 잘못 안 것일 수도 있지 않겠나? 자네는 그냥 저승사자일 수도 있지. 늙어빠진 노마를 데리러 행차하신 저승사자. 그러니까 내 앞에 있는 이게 누구이건, 그건 신경 쓰지 않기로 하세."

안익태는 서안 맞은편의 방석을 가리켰다.

"앉으시게."

민훈은 대답하지 않았다. 움직이지도 않았다. 상대를 겨눈 검도 움직일 생각이 없었다.

"그게 편하면 그렇게 계시고."

"당……."

"쉿!"

안익태가 입술 앞에 검지를 세웠다.

"차사님께서는 오늘 아무 말씀도 하실 필요가 없네. 자네가 무얼 묻고 싶어 할지 나는 이미 모두 알고 있고, 내 대답은 아주 길 테니까 말일세. 늙은이에겐 남은 시간이 많지 않아. 촌각도 낭비할 여유가 없지."

"……."

"어디서부터 시작하는 것이 좋을까? 그래, 그렇지."

좌의정은 오른 무릎을 가볍게 탁 쳤다.

"나는 자하원에 가담하고 있는 것이 맞네."

민훈은 꿰뚫을 듯한 눈으로 안익태를 노려보았다. 긴 사가 얼굴을 가리고 있음에도, 그 형형한 기세는 그대로 전해졌다. 안익태는 무릎 위의 두 손을 꾹 쥐었다 폈다. 과연 그가 고른 남자. 자신의 선택은 틀리지 않았다.

"처음엔 별 볼 일 없는 잡스러운 사교도의 무리인 줄 알았는데, 조사하다 보니 꽤나 가능성이 있는 조직이더군. 전국 팔도에 지부가 있고, 교리는 단순해서 믿고 따르기 쉬워 교세는 들불처럼 번지고 있고. 무엇보다 그 '믿음'을 줄 수 있는 신묘한 인물이 있더란 말일세. 그래, 그 원주라는 자의 능력은……."

원주. 박우창이 두려워하며 부르던 그 인물이, 여기서 또 나왔다. 민훈의 머릿속에서 그림자뿐인 누군가의 얼굴과 그녀…… 솔의 얼굴이 동시에 스쳐 지나갔다.

"가히 내 숙원을 이루어 주기에, 모자람이 없었지."

"……숙원?"

"왕실의 피는 한심해졌어."

담담한 목소리로, 안익태는 멸문의 화를 불러일으킬 말을 아무렇지 않게 뱉었다.

"선왕은 미친 자였고 지금의 왕도 참새새끼처럼 겁 많은 우둔한 작자이지. 이 조선의 주인 될 자격이 없는 자들이다. 사내라면 바로 이럴 때 떨쳐 일어나야 하지 않겠는가."

"감히 역……!"

"역심 같을 것을 품을 정도로 어리석진 않다네. 이 몸은, 해낼 수 있는 것만 해낸다."

그는 누렇게 변한 치아를 드러내며 웃었다.

"나는 우리 가문에, 천년을 이어질 권세를 몰아 줄 생각이야."

민훈의 입이 저도 모르게 벌어졌다.

"선왕의 신임은 이미 얻었다. 지금의 왕에게도 철저한, 겨룰 데 없는 믿음을 얻어 내야 하지. 위기는 마음을 흔들고, 마음이 흔들려야 기댈 곳을 찾는다. 그러니까 나는, 위기를 만들어 내야 했지 않겠나?"

"무슨……."

진실이 눈앞에 성큼 다가와 있었다. 예상했던 것보다, 각오했던 것보다 더 빨리. 더 큰 것이.

"북방의 전란, 내가 주도한 것이라는 이야기야."

검이 날았다. 생각보다도 더 먼저. 경고를 위해 앞으로 뻗어 있던 검신이 주인의 어깨 너머로 휙 돌아갔다. 남은 것은 내려치는 것, 뿐! 하지만 그 순간.

"그래! 자네를 위해서!"

몸이 덜컥, 멈추었다.

"바로 자네를 위해서였단 말이네, 사위."

***

온 세상이 안개 낀 듯 뿌옇기만 했다. 그 안에 몽롱한 정신으로 붕 뜬 채…… 그녀는 이리 쏠려왔다가, 다시 저리 쏠려갔다.

가끔은 짓지 않은 죄로도 벌을 받을 수 있단다.

"벌······."

솔은 희미한 목소리로 중얼거렸다.

사람이 어찌 무구하게만 살아올 수 있었을까.

알 수 없는 표정으로 그렇게 말하던, 시호의 얼굴. 솔은 그쪽으로 손을 뻗어 보았다. 시호는 연기로 만들어지기라도 했던 것처럼 흩어져 사라졌다.

죄······ 벌······ 내가 지은 잘못.

솔은 천천히 손가락을 꼽아보았다.

그래. 잘못······ 많지. 아빠한테······ 언제나 걱정만 끼친 것, 잘못했다. 맡기고 가신 밭일도 오늘 제대로 하지 못했어.

두 번째 손가락을 접어 보았다.

도련님, 항상 폐만 끼치고 있지······ 그분이 주는 일감은 사실 그분 혼자서도 넉넉히 해낼 수 있을 법한 것들이다. 살림에 도움 주려고 괜히 비싼 값에 부려 주시는 것 뿐······.

세 번째······.

옆집 할아버지. 만날 아빠랑 싸운다고 시끄럽게 해서 낮잠 주무시는 것 방해했고······.

손가락 열 개를 모두 접고도, 그리고 다시 두 개를 더 펴고도 생각은 끊이질 않았다.

열세 번째. 독경회의 나리께 책 돌려드려야 하는데, 아무래도 못 돌려드릴 것 같다. 중요한 자료라고 하셨는데 큰일이다. 어떡하지……?

열네 번째. ……아아, 차사님. 도와드린다고 큰소리 탕탕 쳐 놓고는 결국 조금밖에 못 도와드렸네…… 아니, 이건 본인 잘못이기도 하니까. 하시는 일은 잘되고 있으려나? 꽤 살벌한 일 같던데 그럼 이분 도와드린 것도 잘못은 잘못일지도……?

큭큭, 솔은 힘없이 웃었다.

그래도, 다시 한 번 뵙고 싶다. 괜히 눈에 밟히는 분이야.

"누가…… 무엇이 네게 말을 걸어도…… 절대 들리는 척 하지 마라. 누가, 무엇이 네게 도와 달라 청해도…… 절대 돌아봐선 안 돼……."

그랬어야 했을까. 엄마. 엄마 말 잘 들었으면 애초에 이런 일도 없었을까?

그리고 또…… 아니, 이건 생각하지 않을 거야. 이건 너무 아파.

또 무슨 죄를 지었더라?

손가락을 더 펴려던 솔은 멈칫했다. 손이 모자라다. 손이 백 개면 좋겠다. 떠오르는 것이 너무 많았다. 너무…….

막 떠오르려던 생각을, 꿀꺽 삼켰다.

알고 있는 잘못이 이 정도라면…… 모르는 잘못은 얼마나 된다는 것일까. 과연, 나는 무고한가.

***

머릿속이 새하얗게 변했다. 눈앞의 노인은 무구하기 짝이 없는 눈으로 그를 올려다보고 있었다. 도대체 왜 모르냐는 듯, 안타까워하면서. 자기가 천천히 가르침을 주겠다고 말하는, 인자한 얼굴로.

민훈은 이를 뿌드득 갈았다. 사리문 어금니 사이로 으르렁거림이 새어나왔다.

"뭐……라고……!"

"아직도 모르겠나? 잘 생각해 보게. 나는 아들이 없잖나."

안익태는 어깨를 으쓱했다.

"내 피를 바로 이은 아들이 있었다면 세상 아쉬울 게 하나도 없었겠지만…… 지금 상황도 나쁘지 않아. 가문의 피가 사내들한테만 이어진다는 생각, 고루하지 않나? 시호도 분명히 안 씨 가문의 핏줄이다. 그 아이의 자손들에게도 안 씨의 피가 흐르겠지. 그들이야말로 이젠 진정 새로운 안 씨 가문의 사람인 게 아니겠는가?"

투박하게 조각난 그림들이, 머릿속에서 맞춰지기 시작한다. 민훈은 뒷덜미가 싸늘해짐을 느꼈다. 안익태의 뜻은, 결국…….

"그러니까, 자네의 자손들을 말하는 것이네."

검을 쥔 손이 떨리기 시작했다.

"아아…… 포기한 지 오래였던 꿈이었지. 이대로 우리 가문도 서서히 스러져 갈 것이라고……. 그것이 순리라고 믿었었지. 하지만 그날 병판 곁에 선 자네를 처음 본 순간, 드디어 남은 생애에 해야 할 일을 깨달았네. 나는 선택한 것이야. 우리 가문에 섞을 새로운 피로, 자네를!"

노인의 손은 민훈을 똑바로 가리키고 있었다.

"이 모든 것을 자네를 위해, 자네의 손에 건네주기 위해 나는 모험을 한 것이란 말일세. 살 날 얼마 남지도 않은 이때에 이 이상의 권세? 이 이상의 부? 내게 그런 게 필요할까."

"그래서 해낸 일이라는 것이, 죄 없는 사람들을 몰살시킨 것이었다고?"

"대업에 사소한 희생은 따르는 법. 자네 누이 일은 안타깝게 되었으나 사내라면 그 정도 일은 털어낼 수 있어야지. 난 자네에게 그것을 기대했건만."

뭔가가, 산산조각 났다. 눈앞의 상대를 향해 몰아치던 적의가 한순간에 방향을 잃고 산산이 흩어졌다. 저자의 말대로라면 연주가 쑥대밭이 된 것도, 설아가 그렇게 떠나야 했던 것도…….

그가 좌상의 눈에 들어 버렸기 때문에…….

모든 일은 결국, 서민훈 그 자신 때문에……?

"닥쳐……."

절망과 분노로 떨리는 목소리.

"닥치라고……!"

"그런데, 자네는 계속 나를 실망시키고만 있군."

안익태는 흔들림 없이 말했다. 그에게는 오히려 전에 없던 위엄 같은 것이 느껴졌다.

"고작 누이 하나 잃은 것으로 폐인이 될 줄이야. 아무래도 자네는 움직일 뜻이 없어 보이기에, 내가 이번에 다시 기회를 마련했다네."

"……."

"'바람'이 한 번 더 불 것이야."

피바람이.

말하지 않아도, 생략된 한 글자가 너무도 분명했다.

검을 움켜쥔 손에 힘이 잔뜩 들어갔다.

이대로 내리쳐. 더 이상 저 혓바닥을 놀리게 두지 마! 이대로 내려치라고!

오른팔의 상처가 발악하듯 외쳤다.

그때였다.

"아버님……?"

방 밖에 누군가가 와 있었다.

"아버님? 무슨 일 있으세요?"

안시호. 그녀의 목소리였다. 자정이 다 되어 가는 이 시간에 어째서 이곳에 온 것인지 몰라도, 그것은 분명히 시호의 목소리였다.

안익태도 민훈도 서로에게서 눈을 떼지 못했다. 그 사이 방문이 벌컥 열렸다.

"아……!"

그녀를 등지고 섰던 민훈을 바람처럼 지나쳐, 시호가 둘 사이를 가로막았다. 그녀는 양팔을 크게 벌리고 아버지 앞을 막아섰다.

"누구냐! 무엄하다!"

죽음을 휩쓸고 다닌다는 저승사자도, 그가 손에 든 금방이라도 내려칠 기세인 검도 두렵지 않은 듯했다. 시호는 굳건히 버티고 서서 큰 눈을 부릅떴다.

"여봐라! 게 아무도 없느냐! 아무도 없느냐!"

바깥이 소란스러워지기 시작했다. 안익태가 쿡쿡 소릴 내며 웃었다.

"자, 어떤가. 이 아이, 훌륭하지 않은가?"

노인은 천천히 늙은 몸을 일으켰다. 그리고 시호의 뒤에서 과장되게 팔을 펼쳐 보였다. 상인이 자신의 가장 귀한 상품을 자랑하듯.

"이 미색과 이 기백. 물론 머리도 어디 빠지진 않는다네."

"아……버님?"

"아니면, 가엾지는 않은가? 이 아이는 가장 곱고 화려한 시절을 뜻 없이 보내고 홀로 시들어 가고 있는데. 바로 자네 때문에."

시호의 눈이 흔들렸다. 그녀가 창백한 얼굴로 저승사자와 아버지를 번갈아 쳐다보기 시작했다.

"아버님, 그게 무슨…… 설……마?"

"이 아이 앞에서 날 벨 텐가? 이 아이한테 그 죄까지 지을 자신 있는가?"

민훈의 입가가 떨렸다. 그는 숨을 멈췄다. 조금이라도 움직였다가는, 자기 몸이 자신도 모르는 방법으로 무엇인가를 저질러 버릴 것만 같았다.

"이 아이가 자네 때문에 무슨 짓까지 저질렀는 줄 아나?"

시호가 깜짝 놀라 아버지를 돌아보았다. 안익태는 빙그레 웃으며 딸의 시선을 외면했다. 그의 눈은 오직 민훈만을 향할 뿐이었다.

"내 오늘 손님께 선물 하나 드리지. 뒤뜰 두 번째 창고에 한번 가 보게나."

"아, 아버님!"

"내 집에서 일어나는 일을 내가 모를 줄 알았더냐? 괜찮다. 그 천한 계집아이는 안 괜찮을 것이긴 하다만."

검이 움직였다. 시호는 눈을 질끈 감았다. 검은, 피를 보지 않았다. 호선을 그린 검이 바닥을 향해 느슨히 늘어졌다.

"뭐……라고?"

민훈은 가슴이 철렁 내려앉았다. 온몸의 피가 한순간에 빠져나가기라도 한 듯이 눈앞이 새하얗게 변했다. 손끝에 감각이 없었다.

"그래. 나야 이름도 모르긴 하네만, 자네라면 누구를 말하는 건지 잘 알 테지. 빨리 가 보는 게 좋을 걸세. 안사람이 곧 뭔가를 하려던 것 같았으니까 말이야. 그 사람도 이 집안사람답게 철저하고 매서운 데가 있거든."

숨을 크게 들이켰다. 발이 움직였다. 뒤로. 생각 같은 것은 하지 않았다. 그의 몸은 그런 것 없이도 움직였다. 민훈은 뒷걸음질로, 물러나기 시작했다.

"반가웠네, 저승사자님. 내 말은 잘 생각해 보게. 영원불멸의 권세가 바로 코앞이야!"

안익태가 크게 웃었다.

민훈은 뒤로 돌아 달리기 시작했다. 노인의 웃음소리가 등 뒤에서 울려 퍼졌다.

머릿속이 비어 버렸다. 뒤뜰 두 번째 창고. 뒤뜰 두 번째 창고! 오직 그 말마디만 메아리쳤다.

달렸다. 오직, 달리기만 했다. 쿵쾅대는 심장 소리가, 가쁜 숨소리가 스스로의 귀에까지 들려왔다. 수선스러운 인기척이 지적으로 다가왔다. 칼 두 자루가 어설프게 그의 앞을 막아섰다.

민훈은 멈출 생각이 없었다. 그는 달리던 그대로 검을 휘둘렀다. 팅겨 날아간 칼이 땅에 떨어지기도 전에 그는 둘 사이를 통과했다.

먼 하늘이 번쩍이더니 우르릉 천둥이 울부짖었다.

어디냐.

도대체, 어디야?

곳곳에서 횃불들이 달렸다. 경비들은 주인의 거처로 달려가고 있었다. 담 하나를 사이에 두고 민훈은 반대로 달렸다. 뒤뜰, 뒤뜰 두 번째 창고.

늦지 않기를. 제발, 늦지 않았기를. 이번만큼은……!

발이 바닥을 좌르륵 긁으며 멈췄다. 뒤뜰. 그곳에 모여 선 자들이 있었다. 여종 하나에 건장한 남자 하인들이 둘, 그리고 그 가운데 선 귀부인.

"누, 누구냐!"

두 눈을 부릅뜬 부인의 앞을 장정들이 막아섰다. 민훈은 걸어 나갔다. 그들을 무시한 채 오직 한 곳, 두 번째 창고를 향해.

"무엇 하는 것이냐, 막지 않고!"

부인의 외침에 장정들이 앞으로 나섰다. 하지만 민훈의 검이 더 빨랐다. 벼락같은 일격에 자물통이 박살나서 떨어졌다. 민훈은 문을 걷어찼다. 토막 난 빗장이 비명을 지르며 꺾이고 문이 열렸다.

불순한 미향 냄새가 확 피어올랐다.

횃불 빛이 안으로 길게 비쳐들었다. 그 끝에는……

"……송해요."

들릴듯 말듯, 가냘픈 목소리.

"죄송……해요. 다…… 제가 잘못했어요……."

그녀는 창고 제일 안쪽에 쓰러져 있었다. 누군가 아무렇게나 구겨 던져 놓은 그림인 것처럼. 흙이 드러난 맨바닥에 한쪽 얼굴을 붙이고…… 줄에 쓸려 피가 흐르는 손을 아무렇게나 내던진 채 그녀는 눈을 감고 있었다. 산 사람의 것이 아닌 것 같은 얕고 느린 숨만 내뱉으며.

민훈은 창고 안으로 발을 들였다. 저벅저벅. 단호한 걸음. 걸음은 솔에게 다가갈수록 속도를 더해, 그녀에게 닿았을 때 그는 거의 달리고 있었다. 민훈은 솔 앞에 털썩 무릎을 꿇고 힘 잃은 상체를 끌어당겼다.

그리고 품에 안았다. 금 간 자기를 다루듯 조심스럽게…… 그러나 한편, 서로 부딪혀 깨져 버릴 기세로 강하게.

심장이 뛴다.

심장이 뛰고 있다.

맞닿은 가슴으로 생명이 전해진다.

"어……."

솔이 실눈을 떴다. 초점 없는 눈으로 그를 바라보던 솔은 이내 배시시 웃었다.

"차사님이다…… 헤."

그리고 그 어깨에 푹 이마를 박았다.

"잘 지내셨어요?"

"그래."

그 가녀린 몸을 더욱 힘주어 끌어안으며, 민훈은 속삭였다.

"나는…… 잘 지냈다."

가는 몸이 축 늘어졌다. 의식 잃은 몸을 거두어 어깨에 추슬러 올렸다. 문 밖으로 걸어 나오니 장정들이 앞을 가로막았다. 어느새 다른 경비들도 더 모여들어 있었다.

그들이 민훈을 둥글게 에워쌌다.

천둥번개가 다시 하늘을 찢었다.

"절대 내보내선 안 된다! 알겠느냐?"

박 씨가 날카롭게 외쳤다.

민훈은 걸음을 옮겼다. 한 걸음. 또 한 걸음. 에워싼 장정들이 흠 칫거리며 그를 따라 움직였다. 누구 하나 칼을 내뻗지 못했다. 땀에 축축하게 젖은 손으로 칼자루만 부서지게 쥘 뿐. 어느 누구도 저승 사자와의 거리를 좁힐 용기가 없었다.

칼을 쥐어 본 자라면, 지금 눈앞에 선 검은 도포의 남자가 얼마나 위험한 상대인지 뼈저리게 느낄 수 있었으니까.

한 걸음 더.

저승사자가 향하는 곳은 박 씨 쪽이었다. 그쪽을 막고 있던 장정이 차마 더 물러서지 못하고 여주인의 앞을 막아섰다. 민훈은 천천히 검을 들어올렸다.

장정이 비명 같은 기합을 지르려는 순간, 검신이 장정의 어깨 옆에 가 닿더니 그를 밀어냈다. 그는 허망하게 옆으로 세 걸음 비켜서고 말았다.

민훈은 박 씨의 코앞에서 멈췄다.

"감히 여기가 어디라고……!"

박 씨가 파르르 떨면서 뇌까렸다. 그녀는 아랫입술을 꽉 깨물고 무도한 침입자를 노려보았다. 흉하고 스산한 기운이 흐르는 검은 도포자락 저 위를, 고개를 한참 꺾어 올려다보아야 했다. 높은 갓 아래로 늘어진 사가 얼굴을 가리고 있었다. 하지만…… 보였다.

당장 그녀를 꿰뚫어버리고 싶어 하는 그 안광이, 분명히 보였다.

온몸이 사시나무 떨리듯 떨리기 시작했다.

저것이 어찌 사람의 눈인가. 그래서 저것이 저승의 눈이로구나. 저승 사는 짐승의 눈이야.

"비키시오."

섬뜩한 목소리가 머리 위로 떨어졌다.

다음 순간, 그녀는 옆으로 물러서 버린 자신을 발견했다. 휘청 하고 무릎이 꺾였다.

"마, 마님!"

여종이 급히 그녀를 부축했다. 그 사이 저승사자는 그녀를 지나쳐 등 뒤의 문을 향해 걸어갔다.

사람들이 더 몰려오는 소리가 들렸다.

하지만 민훈은 이제 아무래도 좋았다. 대문간을 넘자마자 흑마가 달려왔다. 그는 서두르지 않고 말에 올라 솔을 품에 안았다. 언젠가 그렇게 했던 것처럼. 그러나 그때보다도 더 조심스럽게.

***

"쫓아라! 무엇들 하고 있는 것이야, 이 쓸모없는……!"

박 씨가 악을 썼다. 이솔을 살려 보냈다간 무슨 뒤탈이 날지 모르는 일이었다. 혹 입을 잘못 열게 되면……! 믿을 자 별로 없다 하여도 소문이 추태였다. 가문에 그런 흠이 가게 둘 수는 없었다. 그랬다가는 대감께 무슨 질책을 당할지, 그녀는 상상하는 것조차 두려웠다.

하인들이 허둥지둥 대문 쪽으로 달려가기 시작했다.

"멈추어라!"

안익태의 호통이었다.

"대, 대감……!"

"그냥 가게 두시오. 내가 허락한 것이니."

박 씨가 크게 뜬 눈으로 그를 돌아보았다. 그녀는 안익태의 곁에서 창백하게 질린 시호의 모습도 발견했다. 자신의 얼굴도 저럴 것이라고, 그녀는 생각했다.

너는 왜 거기 있냐고 묻고 싶었다. 딸 또한 눈으로 똑같은 질문을 던지고 있었다. 시호가 그 계집을 추궁하겠다고 한 시각이 지금이었다. 그녀는 딸을 믿을 수 없었고, 이참에 한 수 가르쳐 주러 오던 중이었다. 아랫것들은 어떻게 잡는 것인지. 힘은 어떻게 휘두르는 것인지. 증좌를 남기지 않고 문초하려면 어떻게 해야 하는 것인지……!

그렇게 어미의 정성으로, 이솔, 그것을 확실하게 처리해 줄 생각이었건만…….

딸은 왜 저런 눈으로 자신을 보고 있단 말인가.

"그리고 저 계집, 더 이상 쫓지 마시게."

안익태가 청천벽력 같은 명령을 내렸다.

"그런…… 대감!"

자존심의 문제였다. 딸 앞에서, 아랫것들 앞에서 볼품없이 물러나는 꼴을 보일 수는 없었다.

안익태는 사람 좋게 웃었다.

"허허허, 이거 오늘은 좀 너무 요란하시오, 부인. 내 두 말 해야 하는가."

인자한 얼굴로, 독사 같은 눈을 희번득이며.

박 씨는 순식간에 움츠러들었다. 그녀는 새파랗게 질린 얼굴로 식은땀을 떨구었다. 오랜 본능이 그녀를 그렇게 만들었다. 숨만 몰아쉬는 어머니를 바라보며 시호는 두 손을 꽉 움켜쥐었다.

빗방울이 떨어지기 시작하고 있었다.

***

비였다.

민훈은 솔을 더 가까이 당겨 안았다. 솔이 가느다란 신음소리를 흘렸다.

"으응······."

옷에 밴 냄새는 자백제로 쓰는 미향이었다. 정신을 혼미하게 만들어 부르는 말에 가감 없이 답하게 만드는 약인데, 용량도 지키지 않고 얼마나 태워 댔는지 기가 질릴 정도였다. 어서 백화루에 데려다 눕혀야 했다.

"어지······러워."

"괜찮다. 하루 쉬면 좀 나아질 것이다."

"······누······구?"

솔이 가느다랗게 눈을 떴다.

"차사님······이잖아? 아, 놀라라······ 목소리, 헷갈렸어."

"······."

"나리인 줄 알았네······ 헤······."

이럴 때만 눈치 채는 거야? 맨정신으로는 왜 몰라······?

민훈은 허탈하게 웃었다.

"날 기다린 것 아니었느냐. 매번 그리 애타게 찾았다더니."

"그건, 워낙 답답하니까…… 혼도 내주고 싶고…… 도와줄 것도 있었……으니까……요."

잠꼬대하듯 웅얼거리며, 솔은 비척비척 주먹을 들더니 민훈의 가슴을 툭 때렸다.

"혼자 그렇게…… 마음대로 다 정해 버리지 말라고요. 사람 말을 좀…… 들어."

"네 말을 들을 일은 없겠지만."

"아, 저 밉살……."

꾸벅, 솔은 고개를 아래로 꺾었다가 다시 들었다.

"바쁘신 차사님. 나 내려주고, 다음엔…… 뭘 하러 가세요?"

"……모르겠다."

민훈은 한참만에야 말을 이었다.

"이젠…… 나도 모르겠다. 무엇을 어찌해야 할지."

한동안 말이 없었다. 다시 정신을 놓은 것일까 싶었을 때에서야 가느다란 혼잣말이 새어나왔다.

"나도 그래요……."

솔은 눈을 감고 있었다. 반도 채 남아 있지 않은 의식은 이곳과 꿈속을 아련히 헤맸다.

"나리…… 뭘 하고 계시려나. 아아, 이것도 잘못이죠? 우리 차사님, 나 때문에…… 고생하고 계신데…… 왜 지금…… 나 주제에……."

혜실 웃고, 솔은 고개를 떨구었다.

"백 개. 채웠다."

쌔근쌔근 숨소리만이 이어졌다. 민훈은 그녀를 내려다보지 못했다. 그는 석상처럼 앞만 바라보며 비를 맞았다. 목적지가 어렴풋이 눈에 들어왔다. 백화루, 풍악이 멎은 기루는 괴괴하고 쓸쓸했다.

"네가 잘못한 게 뭐가 있다고……."

비 맞은 등롱이 껌벅이고 있었다.

"다 내 탓이었던 것을. 모든 것이. 모조리 다."

민훈은 어깨를 떨며 웃었다. 소리 없는 웃음은 흐느낌 비슷했다. 빗줄기가 굵어지기 시작했다. 쉽게 그치지 않을 듯한 비였다.

***

시백은 눈을 떴다.

처마를 두드리는 빗소리가 싸늘한 방 안을 가득 메웠다. 꽉 쥐었던 주먹에서 힘을 풀어내고, 그는 중얼거렸다.

"그렇게 나왔어?"

텅 빈 목소리. 텅 빈 표정. 하지만 그 눈 속엔 수없이 많은 것들이 얽히고 뒤틀린 채 빛났다.

그는 지금까지 보아 온 광경들을 회상했다.

찌르는 햇빛에 잠을 깨던 그녀의 얼굴, 망설이는 듯 하나 가벼웠던 그 발걸음.

머리를 맞고 쓰러지던 뒷모습과 어둠 속에서 겁에 질린 그 창백한 얼굴.

미향에 취해 드문드문 읊던 그…… 한 마디, 한 마디. 그 말들. 그 목소리…… 그 이야기. 솔 본인은 기억도 하지 못할 그 독백들을.

그리고, 안익태와 서민훈.

서민훈과 이솔.

코피가 흘렀다.

시백은 옆에 놓아 뒀던 무명천을 집어 들었다.

그는 장지문 쪽을 바라보았다. 방 밖은 어둠이었다. 비 내리는 밤. 하지만 오늘은 그저 비 내리는 밤으로 끝나는 하루가 아니었다.

오늘은 '그날'. 드디어 '그것'이 시작되는 날인 것이다.

이제는 정해야 할 때가 아닌가…….

그렇게 생각하며, 시백은 핏물을 훔쳐냈다.

***

배는 위태롭게 흔들렸다. 사공은 불안한 눈으로 배를 묶은 줄을 바라보았다. 배 바닥에는 비가 고여 들기 시작하고 있었다. 아무리 큰 삯을 준다 해도 이 일은 맡는 게 아니었다. 그는 흔들리는 눈으로 나루터에 내려준 객을 쳐다보았다. 배에 홀로 타서 지금껏 단 한 마디도 하지 않던, 오직 품에 안은 커다란 꾸러미만 노려보고 있던 자였다. 그는 지금 마중 나온 누군가 앞에서 넙죽 엎드려 있었다. 옷이 온통 젖는 것도 아랑곳 않은 채.

상대는 고작, 거지 행색의 노인일 뿐인데.

"수고했네, 김 원로."

"큰어르신."

정해준은 기분이 좋았다. 이 얼마나 고대해 왔던 날이란 말인가. 연주에서 주 원로의 급보가 도착한 그 순간부터, 그는 가슴이 뛰어서 잠을 이룰 수가 없었다.

시작된다. 드디어. 드디어 '이것'을 쓸 수 있게 된다.

해준은 남자가 받쳐 들고 있는 꾸러미를 향해 손을 내밀었다. 한 아름에 조금 못 미치는 크기의 꾸러미이다. 그 정체는 나무로 살을 세운 어리 위에 검은 천을 꼼꼼히 둘러친 것이었다. 위쪽으로 나무 손잡이가 비죽이 드러나 있었다. 해준의 손이 손잡이에 닿았다.

-------!

---!!

-----------!

안쪽에서 요란한 소요가 일었다. 해준은 멈칫했다. 그 사이에 김 원로라 불린 남자가 허둥지둥 천을 추슬러 올리고는 꾸러미를 끌어안았다.

해준은 함박웃음을 지었다.

"과연 잘 살려서 가져왔군. 훌륭하네."

"크, 큰어르신."

김 원로는 떨리는 눈으로 해준을 올려다보았다. 부릅뜬 눈 안에 가득 찬 감정.

그것은 공포였다.

"이것…… 무엇입니까?"

"……."

"시키신 대로 대국에서 온 배를 찾아 받아왔습니다. 헌데…… 그 배, 더 이상 사람이 탈 수 있는 배가 아니었습니다. 갑판이고 선실이고 모두 피투성이에…… 어찌 며칠사이에 그 건장하던 선원들이 다 죽어 넘어갔단 말입니까. 이걸 건네준 이도 이것, 제발 가져가 달라며 울면서 떠넘기던데……."

"그랬다던가?"

"도대체 제가 이곳에…… 무엇을 가져온 겁니까?"

해준은 삿갓 귀퉁이를 추켜올렸다. 그리고 김 원로를 물끄러미 내려다보았다.

"큰어르신?"

"이건 말일세. 천벌이네."

"예에……?"

"우리의 '그날'에, 속된 자들을 벌주기 위해 상제께서 보내신 사자들이지."

해준은 몸을 숙이더니 김 원로의 귓가에 속삭였다.

"자네 혹시 어디 몸이 안 좋은 것 같은가?"

"예?"

"곧 눈으로 코로 입으로 피를 토하며 죽게 될 것이야. 자네가 맑고 바른 마음을 가지고 있지 않다면."

"괜, 괜찮습니다. 저는 괜찮습니다!"

김원로는 새파랗게 질린 채 고개를 마구 가로저었다. 덜덜 떨리는 그의 손이 '천벌'을 앞으로 내밀었다. 해준은 히죽 웃으며 그것을 건네받았다.

"그래야지. 아무렴!"

그는 거창한 기세로 돌아섰다. 낡아빠진 가의가 크게 펄럭이며 빗물을 흩뿌렸다.

"가세! 자아, 이제 가서, 다시 한 번 세상을 뒤집어 보세나!"

十四. 한 걸음

긴 발이 가로놓인 삭막한 방. 온 세상이 눈을 뜨고 분주한 하루를 시작하는 시간이었다. 하지만 이곳은 홀로 별세계에 떨어져 있기라도 한 듯이 고요했다. 아직 낮은 햇빛이 장지문을 뚫고 길게 드러누웠다.

그 안에 모여 앉은 이는 셋.

안익태가 공손한 목소리로 물었다.

"드디어 연주가 움직이는 것입니까?"

"그렇네. 이제 마지막 단계라 하니 우리도 시작해야지."

정해준이 수염을 쓸며 대답했다. 반미치광이를 자처하는 그였건만, 오늘 그 얼굴에선 단 한 점의 웃음기도 찾아볼 수 없었다.

"전국의 독경회들에 연주의 참담한 꼴을 전해 두었네. 상제의 진노를 살 핍박이 가해지고 있고, 특히나 우리 자하원의 원우들이 마땅한 하소연을 하였다가 피를 보았다는 이야기를 강조했지."

"네, 큰어르신."

"민란이 시작되면 왕은 군사를 일으킬 것이야. 억울한 시신이 산처럼 쌓이고 산천이 그 죽음을 다 받아주지 못하면, 다시 한 번 '큰 물결'이 일 것이네. 이번엔 북에서 내려오는 게 아니라 이 한양 안에서 몰아칠 테지. 의로운 자들에 의해서. 이 조선을 제자리로 되돌리기 위해."

꿈같은 이상이다. 역시 광인에 불과하였던가.

안익태는 속으로 혀를 찼다.

"……한양의 원우들이 쉽게 일어나겠습니까. 눈뜨고 못 뜰 참상이긴 하나 연주의 고통은 연주의 고통일 뿐. 사람은 자기 밥그릇의 안위가 가장 중요하지요."

"그래서 준비한 것이 있지."

해준은 방구석에 놓인 어리를 향해 눈길을 돌렸다. 안익태도 고개를 돌려 그쪽을 바라보았다. 처음 이 방에 들어올 때부터 신경이 쓰였던 물건이었다. 검은 천으로 가려져 있으나 안에선 산 것이 부스럭거리는 소리가 쉼 없이 들려오고 있었다.

"쥐새끼…… 같습니다만."

"저들이 풀려나면, 달포 안에 이 도성 안 산 것들은 모두 죽어 거꾸러질 것이다."

"……예?"

안익태는 눈을 껌벅였다. 정해준은 그제야 입가에 묘한 웃음을 떠올렸다.

"재앙이야. 상제께서 내 손에 맡기신 천벌의 열쇠지. 아, 안심하게. 지금은 괜찮으니까. 우리 원주님이 계시잖나."

안익태는 발 너머의 그림자를 곁눈질했다. 과연 원주의 능력이라면 쥐 몇 마리 다루는 것쯤, 간단한 일일 것이었다. 허나…….

조금 창백해진 안익태의 얼굴을, 정해준이 빤히 쳐다보기 시작했다. 안익태는 슬쩍 고개를 조아렸다.

"원우들의 뜻이 부족하다면 풀 것이네. 상제의 진노가 눈앞에 펼쳐지면 흔들리는 믿음도 제자리를 찾을 테지. 하지만 이것은 최후의 방편. 나는 우리 원우들의 의기를 믿네."

정해준은 고개를 끄덕였다.

"일단 먼저 작은 계기를 줘 볼까 싶은데. 바닥에서 엉덩이를 떼게 하려면 역시 화려한 것이 좋겠어. 그래…… 불꽃 같은 것."

"불꽃……."

"박 원로가 관리하던 독경회가 어디서 열리던가?"

한순간 해준의 눈에 분노가 스쳤다. 과연, 박 원로가 관리하던 재산들을 가지고 쥐도 새도 모르게 사라졌다더니 조사한 바가 사실인 듯하였다. 안익태는 교조가 말하고자 하는 바를 금세 깨달았다.

희생이 필요하다면 책임 있는 자의 것으로. 독경회 하나를 불태워 도성 내 원우들의 공포와 분노에 불을 지핀다.

"제가 준비하겠습니다."

신중한 목소리로, 그렇게 대답하였다.

결국 원주는 회동이 끝날 때까지 단 한 마디도 하지 않았다. 안익태는 집으로 향하는 말에 오르며 미간을 구겼다. 간밤에 묵호를 사냥한 일로 아주 기분이 좋았는데, 한순간에 근심을 한 짐 얻고 말았다.

그 어리…… 쥐새끼들. 정해준 이 미친 자의 망상은 어디까지인가. 하지만 혹…… 만에 하나 그것이 망상이 아니라면……? 진정 저것들이 괴질의 씨앗이 맞다면?

어리에서 피어오르던 그 섬뜩하고 불길한 기운이 아무래도 잊히질 않았다.

"들어본 일이 있긴 하지만."

바다 건너 대국을 쑥대밭으로 만든 괴질. 1년 내도록 대륙 전역에서, 심지어 황궁에서도 곡소리가 끊이지 않았다던 그 시절의 이야기. 사서(史書)에서 읽은 적이 있었다. 그러나…… 머리가 민첩하게 돌아가지 않았다.

나이든 자신의 몸을 내려다보며 안익태는 혀를 찼다.

"……응?"

거처로 들어가려는데, 딸이 기다리고 있었다.

"무슨 일이냐?"

"아버님."

시호의 한쪽 뺨이 붉게 부풀어 있었다. 박 씨의 솜씨인 듯하였다.

딸을 이곳으로 보낸 것도 그녀의 뜻일 것이었다.

"벌을…… 청하러 왔습니다."

"무슨. 아, 그 천한 것을 집에 들여놓은 일 말이냐? 괜찮다. 신경 쓰지 말거라. 어제 유용히 잘 쓰기도 하였고."

안익태는 시호를 슥 스쳐지나가 섬돌 위에 올라섰다.

"어차피 계집년들 하는 짓이 그런 것을. 내 애초에 기대한 바가 없으니."

막 안도하려던 시호의 얼굴이, 한순간에 일그러졌다. 하지만 그녀의 목소리는 흔들림 없이 곱고 공손하였다.

"어제 제가 들은 것은…… 사실입니까? 그자가 진정……."

"쓸데없는 말을 입에 올리는구나. 네 역할은 귀하고 귀한 화초이며, 화초가 보기 좋은 것은 그것이 잡설로 귀를 어지럽히지 않기 때문이다. 네겐 입이 필요 없다."

안익태는 귀찮은 기색을 숨기지 않았다.

"묵호가 다시 이곳을 찾을 수도 있다. 너는 좀 더 가련한 모습으로 있거라."

말없이, 시호는 아비의 뒷모습을 향해 허리를 숙였다.

***

높은 천장.

잘 다듬어진 서까래엔 거미줄 하나 보이지 않았다. 하얀 벽채는 눈이 부시도록 깨끗했다.

"여긴……?"

"백화루란다."

솔은 기겁해서 벌떡 일어났다. 머리맡에 앉아 있던 여인이 살풋 웃으며 말을 이었다.

"기운이 좋구나. 설마 하룻밤 만에 회복할 줄이야."

"누, 누구시죠?"

"이런, 섭한걸. 난 너를 기억하고 있는데."

새빨갛게 긴 눈꼬리가 둥글게 휘었다. 그녀는 넓게 벌린 양손으로 풍성한 치맛단을 집어 올리며, 살짝 고개를 숙였다.

"채란이라 하옵니다. 귀여운 손님."

"소…… 손님 아니구요……."

어째선지 작은 동작 하나에도 눈을 뗄 수 없게 만드는 사람이었다. 굉장한 미모도, 화려한 복색도 놀라웠지만 그 몸짓이 더 특별했다. 그러나 아무래도 솔의 기억에는 없는 사람이었다.

그녀의 기색을 살피던 채란이 고개를 조금 돌려 자신의 비녀를 가리켰다.

"아!"

나뭇가지 모양의 비녀. 예전에 시전에서 누군가에게 권해 줬던 기억이 났다.

"기억나요! 아앗, 죄송해요. 제가 머리가 나빠서…… 이렇게 고운 분을 못 알아뵐 수가 없는데."

"그래."

"그런데 여기가 어디죠? 제가 왜 여기에?"

그녀는 분명, 그 창고에 갇혀 죽을 시간만 기다리고 있었던 터였다. 그들이 순순히 그녀를 놓아 줬을 리가 없었다. 그리고 하필, 백화루라니. 이곳에는…….

"그 이야기는 내게 들을 것이 아니구나. 기다리거라."

채란이 몸을 일으켰다.

설마, 설마?

눈을 데굴 굴린 솔이 난데없이 채란의 치맛자락을 붙잡고 늘어졌다.

"자, 잠깐만요! 그냥 안 들을게요. 나가는 길이 어디예요?"

"무, 무슨. 이거 놓거라."

"그래. 놓아라."

장지문이 드르륵 열렸다. 솔은 실랑이하던 자세 그대로 딱 굳어 버렸다.

"그 치마저고리, 네가 한 해 내도록 일해도 못 물어내는 값이다."

"나, 나리……."

정말, 한결같은 입담이십니다.

뒷말을 꿀꺽 삼켰다. 솔은 손아귀 힘을 풀고 눈을 내려 깔았다. 채란은 얼른 그 곁에서 떨어져 민훈 쪽으로 다가갔다.

"조반 준비하겠습니다."

"부탁하네."

채란이 나가고 나자 방 안은 무거운 침묵에 휩싸였다. 솔은 숨소리도 크게 내지 못하고 그 자세 그대로 굳어 있었다. 먼저 움직인 것은 민훈이었다. 그는 한참만에야 걸음을 옮겨, 윗목에 자리를 잡고 앉았다. 솔이 누운 자리를 한눈에 담을 수 있는 위치였다.

"몸은 좀 어떠냐?"

"괜찮……습니다. 제가 어쩌다가 이곳에……."

"저승사자가 여기에다 버리고 갔다."

솔은 두 눈을 크게 떴다. 어렴풋하게 차사의 그림자를 본 것 같기도 했다. 속에서 울컥 뭔가가 치솟았다. 이번에도, 그는 도우러 와 주었던 것이다. 그렇게 소식이 없더니 그녀가 위험한 순간만큼은 외면하지 않아 주었다. 이 은혜를 어떻게 갚아야 할…… 까지 생각하던 솔이, 고개를 틀고 이를 악물었다.

차사님……! 왜 항상 어딘가 좀 틀리는 거야……! 우리 집으로 데려다 주면 좋았잖아!

배은망덕한 분노가 치밀었다.

"살펴 주셔서 감사합니다, 나리. 소녀, 이만 물러가 보겠습니다."

"못 간다."

"네…… 네?"

"못 간다 하였다. 다시 앉아라."

솔은 앉지 않았다. 엉거주춤 선 채로, 아까부터 계속 눈도 마주치지 못하고 허둥거릴 뿐이었다. 민훈은 얕은 한숨을 꿀꺽 삼켰다. 뭐라 다시 말을 하려는 차에 채란이 상을 들고 들어왔다.

"무얼 하고 있는 것이냐? 멀뚱히 서서."

상에 올라가 있는 그릇은 둘이었다. 솔의 눈동자가 형편없이 흔들리기 시작했다.

"겨, 겸상요? 설마? 제가 어찌 감히?"

"어머, 이 아이가 고루한 데가 있구나. 여기선 흔히들 그리 한다. 자자, 이리."

채란은 솔의 어깨를 끌어다 상 앞에 주저앉혔다. 다시 벌떡 일어나려는 찰나에 꼬르륵 하고, 거창한 소리가 울려 퍼졌다. 솔은 얼굴이 새빨개져서 배를 부여잡았다.

"거 봐라. 가더라도 밥은 먹고 가렴. 우리 부엌 언니들 솜씨가 수라간 분들보다 아주 조금 더 낫단다. 더 필요한 게 있으면 얼마든지 말하고."

채란은 나타났던 때와 마찬가지로 바람처럼 사라졌다. 정신을 차렸을 때는 이미 상을 가운데 두고 민훈과 마주 앉은 상황이었다. 당장 다시 일어서려는데 눈앞의 상이 시선을 휘어잡았다. 김이 피어오르는 상 위에는 생전 본 적 없는 휘황찬란한 찬들이 널려 있었다. 코를 스치는 냄새는 황홀할 지경이었다.

넋을 놓고 보는데, 찬 그릇 하나가 슥 움직였다. 솔 자신 쪽으로. 참기름 향 넉넉한 나물 그릇을, 노릇하게 지져진 전 그릇을, 색이 잘 든 젓갈 그릇까지 솔을 향해 밀어 놓는 건 민훈의 손이었다.

"잠깐만요. 괜찮……!"

턱, 말문이 막혔다. 솔은 스르르 눈을 들어올렸다. 그의 손이 그녀의 이마 위에 얹혀 있었다. 크고 거친 손은…… 따뜻했다.

"열은 없구나. 다행이다."

민훈은 손을 거두어들였다.

"아주 조금만 들거라. 오래 비었던 속이라 조심해야 할 것이다."

가슴이 뛰었다. 쿵쾅대며, 아프도록. 그 소리가 몸 밖까지 들릴 것만 같아서 솔은 두려웠다. 이러다 가슴이 깨져 버릴 것 같아서 또 두려웠다.

"……제게 왜 이러세요, 나리."

"먹고 나서 이야기하자."

그러면서도 민훈은 조금 물러나 앉았다.

"나리께선 안 드십니까?"

"나랑 한 상에서 제대로 먹을 수나 있겠느냐. 편히 들어라."

그는 정말로 솔을 신경써 주고 있었다. 하지만 솔은 조금 질책하고 싶어졌다.

배려를 해 주려면 더 제대로 해 주면 좋을 텐데, 상에서만 물러나면 뭐하냐고. 그렇게 빤히 바라보고 있는데 밥이 넘어 가냐고.

당치 않은 일이었다.

우두커니 있던 솔은 무언의 재촉에 눌려 수저를 들었다. 쌀로 끓인 새하얀 죽을 한 입 입에 머금는 순간, 눈에서 눈물이 울컥 솟았다. 눈물방울이 뺨을 타고 방울방울 떨어졌다. 그런 스스로가 창피해서, 그럼에도 밥이 참 맛있어서, 솔은 꾸역꾸역 입 안에 먹을 걸 욱여넣었다. 그래도 새어나오는 흐느낌은 어쩔 수가 없었다.

"천천히 먹거라……."

"시릅니다, 흐헝…… 흑……, 상거드리 이헌 상 받을 일이 또 으제 이따고."

"내 장담하는데 후회한다, 그러다가."

"흥."

민훈이 조금 창백해진 얼굴로 되받았다.

"흥?"

"흥입니다. 더는 제게 상관하지 마십시오. 이것 다 먹고 배 터져 죽을 것입니다."

"……그것 다 먹어도 배는 안 터진다."

"더 필요하면 얼마든지 말하라 하셨으니까요. 상것답게 염치없이 다 얻어먹고 갈 계획입니다."

"그 소리, 그만하거라."

단호한 목소리에 솔은 움찔 했다가, 다시 숟가락을 문 채 중얼거렸다.

"무슨 소리요. 상것?"

"……."

"상것이 상것을 상것이라 하는데 무엇이 문제겠습니까. 저는 이번에 제대로 배운 걸요."

옷소매로 눈을 훔쳐내고, 숭늉 그릇을 들어 단숨에 들이키곤 탕 소리 나게 내려놓았다.

"저는 상것입니다. 그러니 상것에 어울리는 자리에 있겠습니다."

"어제 일 때문이라면······."

"아니요! 그 일 아니라도, 요 근래에 배운 바가 많습니다. 앞으로는 제대로 상것답게 살 것입니다. 저 더 먹어야 하니까 말 걸지 마세요."

"그런 것 치고 언사가 무례한 것 아니냐?"

"상것이라 무식하니까요!"

민훈은 입을 꾹 다물었다. 솔도 창백해진 얼굴로 숨을 가다듬었다. 묵묵히 상을 내려다보던 민훈이 몸을 일으켰다.

"다행이다. 제 기운은 찾았구나. 좀 쉬다가 마저 싸우자."

마저 이야기하자가 아니야? 마저 싸우자고 했어?

솔은 무심결에 숟가락을 씹었다.

민훈은 뒤도 돌아보지 않고 나가 버렸다. 탁, 장지문이 닫히자마자 솔은 어깨를 떨어뜨렸다. 그녀는 물고 있던 숟가락을 조심스럽게 내려놓았다.

다행이다, 같은 말······ 하지 말지. 그런 눈으로 쳐다보지 말지. 뭘 다시 싸우자는 것일까. 이만하면 눈치 없고 배은망덕하고 무례하기 짝이 없는 계집 아닌가? 이제 그만 지긋지긋해하며 내치시면 될 텐데. 이것으론 모자랐던가.

멈췄던 눈물이 다시 핑 돌았다. 솔은 거칠게 눈가를 비볐다.

민훈은 기둥에 이마를 붙였다. 눈을 감고 잠시 있는데 채란이 슥 끼어들었다.

"괜찮으십니까?"

"안 괜찮네."

"매우 그러신 듯합니다. 재미있는 아이예요. 나리 취향을 제가 이제야 알았습니다. 애초에 제겐 승산이 없었던 것이군요."

채란은 얼른 그의 등 뒤로 돌아 불이 번쩍 튀는 시선을 피했다.

"어찌하실 셈입니까? 이대로 그냥 둡니까?"

"지금 내보내면 어디서 무슨 일을 당할지 알 수 없네. 눈앞에 둬야 해."

"나리 발이 묶이실 텐데요."

"상관없네."

민훈은 초점 없는 눈길을 허공으로 던졌다.

"어차피…… 달릴 수도 없으니까."

채란은 떠올렸다. 어젯밤의 그, 세상이 끝나는 날을 보고 온 것 같던 민훈의 얼굴을. 돛은 갈기갈기 찢어지고 바닥은 새는 중에, 노도 부러진 채 풍랑 앞에 내던져진 사공의 얼굴로, 그는 마지막 남은 닻줄을 끌어안고 버티고 있었다.

이솔. 그 아이를.

"어쩔 수 없군요. 제가 도와드리겠습니다."

민훈이 무슨 소리냐는 얼굴로 돌아보았다. 채란은 가늘게 웃으며 말을 이었다.

"누르기만 해서는 터지는 법. 제가 이런 쪽으로는 나리보다 한 수 위 아니겠습니까? 제가 하자는 대로 해 보시죠."

대답도 기다리지 않았다. 채란은 큰 걸음으로 방으로 다가갔다.

그러고는 예고도 없이 문을 벌컥 열었다. 안에 있던 솔이 새끼 토끼처럼 팔짝 뛰고는 자세를 바로 했다.

"어, 아, 이거 맛있어요!"

"당연한 소리를. 그보다 무료하진 않니? 걸을 만하면 함께 바람 쏘이러 가지 않으련?"

솔이 눈을 동그랗게 뜨더니 냉큼 대답했다.

"좋아요!"

"정말이지? 약속한 것이다."

"그럼요!"

눈동자가 반짝반짝한 것이 아무래도 꿍꿍이가 빤하였다. 채란은 살짝 물러서며, 손을 느슨히 뻗어 저쪽의 민훈을 가리켰다.

"그래. 오늘 나리께서 쏘신다니 마음껏 놀아보자꾸나."

둘의 낯이 흙빛이 되었다.

***

"아니야. 이건 아니야······."

솔은 개미만 한 소리로 웅얼거렸다.

"그렇지? 아무래도 조금 더 화사한 것이 좋겠다."

채란이 아쉬운 듯 들고 있던 비단을 내려놓았다. 솔은 이를 꽉 깨물었다. 아무래도 당한 기분이었다. 중간에 틈을 보아 도망칠 계획이었건만 이대로는 무리였다. 솔은 뻣뻣하게 선 자세 그대로 조심스럽게, 옆을 곁눈질해 보았다.

눈이 마주쳤다.

속으로 비명을 삼키며 얼른 다시 고개를 돌렸다. 민훈이 혀 차는 소리가 들려왔다. 그는 아까부터 솔과 겨우 두 걸음 차로 옆에 딱 붙어 있었던 것이다.

그녀는 채란과 민훈 사이에 제대로 끼어 있는 상태였다.

죄인 호송?

그나마 민훈이 지금껏 단 한 마디도 안 하고 있는 것이 다행스러운 일이라면 다행한 일일까. 빌려 입은 옷은 또 어색하고 불편하기만 했다. 솔은 슬퍼졌다.

"그럼 나리, 이 비단으로 하겠습니다."

"……그러시게."

민훈은 채란이 고른 비단을 계산했다. 아무렇지 않게 오가는 액수가 눈이 돌아갈 정도였다. 물건은 백화루로 직접 보내 달라 지시하고, 채란은 새빨간 입술을 만지작거렸다.

"다음엔 뭘 사면 좋으려나."

그만 사! 그만 사라구요!

기가 질린 솔이 속으로 외쳤다. 채란은 이미 장신구 가게 셋과 옷감 가게 둘을 아주 아주 기쁘게 해 준 뒤였다. "너는 살 것 없느냐? 좀 사거라. 어차피 계산은 나리께서 하신다."라는 말에 매번 "괜찮습니다. 괜찮습니다. 필요 없습니다." 대꾸하는 것에도 이젠 지쳤다. 일단, 다리도 아팠다. 어떻게 저렇게 쉬지도 않고 돌아다닐 수 있는 것인지 놀라울 뿐이었다.

"이번엔 네게 필요한 것 좀 사자꾸나. 어디로 가지?"

"저 정말로 살 게 없……."

힘없이 읊던 솔의 걸음이 멈칫했다. 눈앞에 너무도 낯익은 길이 펼쳐져 있었던 것이다. 이쪽 모퉁이만 돌면 곧 그 실 가게가 나올 터였다.

"있어요. 저 실 좀 사야 해요."

"실? 별일이군. 그래, 가자."

"아니, 그게…… 굳이 따라오실 것까진 없는데."

채란을 달고 가서는 제대로 이야기를 할 수가 없었다. 그때 민훈이 처음으로 입을 열었다.

"둘이서 다녀오겠네. 먼저 돌아가게."

"그러시다면야……."

채란은 순순히 물러났다. 솔도 그것까지 막을 수는 없었다. 언제 또 기회가 있을지 모르는데 아예 못 가게 하는 것보다는 차라리 나았다. 채란과 떨어져 모퉁이를 돌며, 민훈이 낮게 으르렁거렸다.

"무슨 생각이냐, 또."

"돌려드릴 서책이 있어 안부 여쭈러 가는 것뿐입니다. 그래도 용케 가게 해 주시네요. 신기해라."

"네 성격에 순순히 포기했겠느냐. 눈길 끌고 싶지 않다."

지친 듯한 목소리에 솔은 모르는 척 걸음만 빨리했다.

"아이고, 이게 누구야!"

노인은 눈을 휘둥그렇게 뜨고 둘을 반겼다. 그녀는 가판을 돌아 나와 솔의 손을 잡더니 민훈을 향해 고개를 숙였다. 그리고 의미심장한 얼굴로 솔에게 속삭였다.

"왜 둘이 다녀? 응? 무슨 일이야? 역시 그런 거지?"

"그런 거 아니에요! 진짜! 아니라니까!"

"오, 오냐오냐. 진정하거라."

솔은 정색을 넘어서서 질겁했다. 노인은 입맛을 다시고는 민훈을 곁눈질했다. 그는 말없이 다른 곳만 보고 있을 뿐이었다.

"아, 할머니. 혹시 그 젊으신 나리 댁 어디로 옮겨 갔는지 아세요? 빌린 것이 있는데 가신 곳을 모르니 돌려 드릴 길이 없어서요."

"글쎄다. 방 비우시면서 어디로 가신다는 말씀이 딱히 없으셨거든. 그래도 다음 독경회 때는 나오시지 않을까? 그때 가져와 보지 그러니."

"역시 그 방법밖에 없으려나요……."

솔은 흘긋 민훈을 돌아보았다. 다행히 어림없는 소리 말라며 쏘아보진 않고 있었다.

"참, 그러고 보니 연락은 받았니? 다음 모임 장소가 바뀌었단다."

노인은 주변을 한 번 살피더니 작은 목소리로 말을 이었다.

"연주 상황이 안 좋다는 건 들어 봤지? 거기서 독경회 사람들이 나서서 원님께 청 올리러 갔다가 큰일이 났다더구나."

"네?"

"다른 독경회들에도 불똥이 튈지 모르니 한 번 모임 장소를 바꾸는 것이 좋겠다고 연락이 왔단다. 별일은 없을 것이라 하더라만, 조심해서 나쁠 것은 없으니까. 그렇지?"

"아, 네. 그럼요."

솔은 고개를 주억이며 열심히 대꾸했다. 노인은 날짜와 장소를 알려 주었다. 바로 며칠 뒤, 노인의 집 뒤편에 있다는 작은 광이 약속 장소였다. 시간은 저녁 즈음으로 도성 밖의 집까지 돌아가려면 걸음을 서둘러야 할 듯했다.

상관없었다. 오래 머무를 생각도 없었으니까.

빌린 서책들을 잘 돌려 주고, 그동안 정들었던 독경회 사람들과 인사 나눈 후에 바로 돌아 나오리라고, 솔은 그렇게 생각했다. 이젠 좀 지쳤다. 주제도 모르고 겁도 없이 감당 안 되는 물살에 몸을 맡겼더랬구나 싶었다. 지금은 자신의 자리로 돌아가야 할 때였다. 곧 아버지도 돌아오실 것이고 겨울과 봄을 잘 나려면 해야 할 일들이 너무도 많았다.

그 이상의 고민은, 사치였다. 그것은 더 높으신 분들의 몫이었다.

그저, 엄마가……

솔은 고개를 흔들어 생각을 떨쳐냈다. 엄마는 이미 떠난 지 오래인 사람이었다.

"그때 뵈어요. 안녕히 계세요."

"오냐. 곧 보자."

노인이 사람 좋게 웃었다. 솔도 히죽 웃고는 돌아섰다. 비록 독경회는 그만두더라도 이 실 가게엔 자주 들러야겠다고 다짐했다.

솔은 터벅터벅 걸음을 옮겼다. 자기 뒤를 그림자처럼 따라오는 민훈의 존재는 신경 쓰지 않기로 했다. 이대로 모퉁이 지나서, 저쪽 방향으로 가면 성문이 나올 것이었다. 성문만 지나면 곧 마을이고 곧 집이었다.

달려 볼까? 해 보던 차였다.

"으윽!"

머릿속에서 번갯불이 튀었다. 눈앞이 새하얗게, 새파랗게 새빨갛게 변하더니 캄캄해졌다. 솔은 한쪽 머리를 부여잡고 휘청거렸다. 왜 또? 반문할 틈도 없었다. 힘 풀린 무릎이 꺾이며 몸이 휙 돌았다. 반대 손이 가판을 쓸며 미끄러졌다. 와장창! 뭔가 부서지고, 정신을 차렸을 때는 민훈이 그녀의 한쪽 팔을 단단히 끼고 부축하고 있었다. 당혹한 눈빛이었다.

"아이고, 이걸 어째!"

가판 주인이 혼비백산해서 바닥을 더듬었다. 노리개며 가락지며 비녀며, 각종 장신구들이 흙바닥을 구르고 있었다. 채란이 산 것 같은 고가품과는 비교되지 않는 소박한 것들이었지만 주인에게는 그보다 중한 것이 없을 것이었다.

"죄, 죄송합니다!"

솔은 얼른 민훈의 팔을 뿌리치고 바닥에 같이 엎드렸다. 두통은 왔던 때만큼이나 갑작스럽게 사라진 뒤였다. 허둥지둥 물건들을 주워 담고 있는데 주인이 버럭 소리를 질렀다.

"거 젊은 처자가 정신 똑바로 안 차리고 왜 그래! 이거 어떻게 할 거야, 응? 이게 얼마짜린데!"

그는 새파란 반지 하나를 흔들어보였다. 맑은 표면에 작은 실금이 가 있었다.

"이래서야 제값 받고 팔 수 있겠어? 처자가 책임지게, 이거!"

"네? 네?"

솔이 크게 뜬 눈을 깜박였다. 가판 주인은 더욱 기세등등하게 외쳤다. 여자의 일행인 듯한 선비의 복색이 꽤나 고가품인 것을 알아차렸던 것이다.

"어, 얼마…… 짜리인데요, 그게?"

"닷 냥만 받지. 더 값나가는 것이지만 처자가 일부러 그런 것도 아닌 것 같으니까, 어쩔 수가 있나!"

"다, 닷 냥?"

"그래! 어서 내게. 아니면 내 이대로 관아로 가서……!"

"……가요."

"응?"

"관아로 가요."

가판 주인은 멈칫했다. 눈앞의 여자는 지금, 처음의 그 가냘팠던 이랑 같은 사람인지 의심될 정도로 이글이글 불타는 눈을 하고 있었다.

"이 아저씨가 봉을 잡아도 정도껏 잡아야지! 사람을 뭘로 보고, 닷 냥? 닷 냥이라고? 지금 내가 닷 냥짜리 노리개랑 가락지를 열댓 개는 보고 오는 길인데 무슨 소리를 하는 거예요? 이게 어떻게 닷 냥이야!"

"뭐, 뭐라?"

"그리고 말이에요. 그 반지의 흠, 그거! 그거 내가 낸 건지 원래 있던 건지 어떻게 알아요? 누가 증명할 수 있어요?"

둘은 어느새 벌떡 일어나서 씩씩거리고 있었다.

"이 계집이 큰일 날 소리 하네! 뭐가 어쩌고 어째? 그럼 내가 거짓말이라도 하고 있다는 거야?"

"그 반지가 닷 냥짜리라는 건 누가 봐도 거짓말이지!"

사람들이 모여들기 시작했다. 물건을 사려던 사람도 팔려던 사람도 난데없는 구경거리에 할 일들을 멈추었다. 웅성거리는 속에 키득거림이 섞였다.

"어이, 자네. 그거 정말 닷 냥짜리였어?"

옆자리에 앉았던 상인이 웃음을 참으며 물었다. 가판 주인의 얼굴이 붉어지기 시작했다.

"어허! 이……!"

"한 냥 드릴게요."

솔이 불쑥 말했다. 가판 주인의 몸이 딱 굳더니 그 얼굴에 화색이 돌기 시작했다. 사실, 한 냥도 본래 생각했던 값보단 훨씬 많이 쳐 받는 것이었다.

"한 냥?"

"장사 방해한 값까지 해서요. 어때요?"

"조, 좋다."

"그래요. 그럼 계산하세요, 나리."

툭 말을 내던졌다. 돌아보지도 않고. 민훈은 그것이 자기한테 하는 말이라는 걸 한동안 깨닫지 못했다.

"……나?"

"네, 나리. 계산하시라구요. 한 냥."

민훈은 목석처럼 멀뚱히 서서 아무 말도 못했다. 솔이 입을 비죽이기 시작했고, 몰려섰던 구경꾼들이 이 흥미진진한 침묵에 동참했다. 한참만에야, 아직도 여기는 어디고 나는 누구냐는 얼굴로 민훈이 입을 열었다.

"내가 왜?"

"제가……! 나리 때문에 무슨 고초를 얼마나 겪었는데! 이 정도 값도 못 받습니까?"

위협적인 기세였다. 민훈은 저도 모르게 고개를 가로저었다. 그리고 홀린 듯 돈을 꺼내고 말았다. 어째서인지 구경꾼들이 안도의 한숨을 내쉬었다. 계산을 마치는 사이에 솔은 씩씩거리며 앞서나가기 시작했다.

"여기 있습니다, 나리."

가판 주인이 쭈뼛거리며 반지를 내밀었다. 그걸 탁 채어들고, 민훈은 솔의 뒤를 따랐다. 그녀는 백화루 쪽으로 향하고 있었다. 웬일로 도망칠 생각을 않고 제 방향으로 가나 싶었다. 그 속을 꿰뚫어보기라도 한 듯이 솔이 이죽거렸다.

"제 옷가지 가지러 가는 겁니다."

아무래도 포기하지 않은 모양이었다. 돌아가서도 긴 이야기가 필요할 듯하였다. 속으로만 한숨을 내쉬며 백화루의 뒷문을 밀고 들어오는데, 사환이 얼른 뛰어왔다.

"나리, 큰일입니다!"

"무슨 일이냐."

"그것이……."

어린 사환은 민훈의 뒤에 선 솔을 곁눈질했다.

"좌의정 대감님댁 아씨께서, 오셨습니다."

그 말에 솔의 얼굴이 순식간에 백짓장이 되었다.

"나리를 찾으십니다. 나오실 때까지 계속 기다리겠다며 막무가내로……."

솔은 가늘게 떨고 있었다. 좀 전까지의 기세는 온데간데없었다. 그 한 나절의 기억은, 솔에겐 차고 넘칠 만큼의 두려움이었다. 민훈은 굳은 얼굴로 말했다.

"어디 계시냐."

"마당 한가운데서 움직이실 기세가 아니라, 일단 나리 방으로 모셨습니다. 어서 가 보시는 것이 좋겠습니다요."

"좀 더 기다리시라 해라."

"네?"

사환이 뜻밖의 명령에 놀라는 사이, 민훈은 무엇하냐는 듯 솔을 돌아보았다.

"가자."

당연하다는 듯한 말투. 깨닫지 못하는 사이에, 그를 따라 걸음을 내딛었다. 솔은 민훈의 뒤를 따르기 시작했다. 왠지 그래야만 할 것 같았다. 그가 솔을 데려간 곳은 후원 쪽이었다. 문 곁에 섰던 채란이 둘을 맞았다. 그녀는 슬쩍 솔 곁으로 다가와 그 팔짱을 꼈다.

"다녀왔니? 그새 곤란한 손님이 드셨습니다, 나리. 제가 맞이하는 게 나았을까요?"

"내 일이네. 자네가 고생할 것 없네."

민훈은 둘이 낀 팔짱을 조용히 내려다보았다.

"잘 부탁하네."

"걱정 마십시오."

민훈이 뜰 너머로 사라지자마자 솔이 미간을 좁혔다.

"저, 정말 죄송한데 이거 좀?"

팔을 탈탈 털어 보았지만 채란은 웃는 낯으로 버텼다.

"싫구나. 조금만 더 괴롭히면 안 되겠느냐?"

"네?"

"후후…… 송암 절벽과 같은 절개의 규수. 처음엔 다만 궁금하였고, 다음엔 질투가 났고, 그 다음엔 뜻 없이 화도 일었지. 하지만 널 보니 모두 부질없구나. 나는 이제 알겠다."

채란은 작게 한숨을 내쉬었다.

"네 앞에 있으면 세상 모든 근심이 그저 한 웃음에 날아가는구나. 무게 잡는 내 자신이 바보처럼 느껴져."

"네?"

"귀여워라."

채란은 솔의 한쪽 볼을 죽 잡아 늘였다.

"흐아어? 아야."

"가엾은 분. 너마저 무너지면, 저분에겐 참으로 남은 것이 없겠구나. 그래서 저토록 애가 타시는 것이겠지. 하지만 그렇다고 네가 그 무서운 짐을 다 져야 할 이유는 또 무엇이 있겠으며, 나라고 무얼 더 알고 말을 얹을 수 있겠니. 갑갑하고 슬프고 재미는 있구나."

"므……."

무슨 소리야, 도대체?

솔은 묻고 싶었다.

"채란 형님! 행수 어르신께서 찾으시는데?"

방해자가 나타났을 때, 솔은 손뼉이라도 치고 싶은 기분이었다. 채란이 그린 듯한 눈썹을 휙 들어올렸다.

"지금? 꼭?"

"네, 당장요. 그 대갓집 아씨 일 때문인 것 같던데 당장 뛰어 오라서."

채란은 입술을 모으고 생각에 잠겼다. 솔을 혼자 두는 것이 찝찝했던 것이다. 솔은 이때다 싶었다.

"디깐……."

채란이 그제야 솔을 놓았다.

"뒷간이 어디에요? 저 아까부터 무지 급했었는데…… 헤헤."

"응? 많이도 먹긴 했더라만……."

"그…… 빨리…… 좀……."

솔은 몸을 꼬는 시늉을 했다. 채란이 어쩔 수 없다는 듯 한쪽 방향을 가리켰다.

"볼 일 보고 그 앞에 잠시만 있거라. 내 금방 다녀올 테니."

"네! 그럼요!"

시원스레 대답하며, 솔은 눈을 빛냈다.

***

활짝 열어 둔 장지문 안쪽에, 시호는 그린 것처럼 앉아 있었다. 그녀는 인기척을 느끼곤 스르르 일어나 허리를 깊이 숙였다. 민훈의 눈썹이 꿈틀 했다.

"가당찮은 무례를 용서하세요, 나리."

"이리 걸음하실 법한 곳이 아닙니다."

"하지만 도저히 아니 올 수가 없었습니다. 잘…… 알고 계시지 않습니까?"

말을 마치고, 시호는 조심스럽게 민훈의 눈을 마주보았다. 수심 깊은 얼굴 위에서 숱 많은 속눈썹이 파르르 떨렸다. 그녀는 이미 알고 온 것이었다. 그녀가 알고 있다는 것을 민훈도 알았다. 그녀는 어젯밤 그 자리에 함께 있었고 안익태는 그의 정체를 충분히 암시했다.

"가신 후에 바로 비가 많이 내렸습니다. 고뿔이라도 드시진 않으셨습니까?"

민훈은 대답하지 않았다. 정확하게는, 대답하지 못했다. 그는 시호에게 할 말을 골라낼 수가 없었다. 하지만 시호는 그와 달랐다. 그녀는 해야 할 말을, 하고 싶은 말을 오래도록 고민한 뒤였다.

"저것은…… 그 아이의 옷인가요?"

구석에 잘 정돈되어 있던 이솔의 낡은 옷가지를 가리켰다. 삭막할 정도로 깨끗한 이 방과 전혀 어울리지 않는 물건이었다. 눈에 안 띄려야 안 띌 수가 없었다. 답은 들을 것도 없이 분명하였다.

묵묵히 대답을 기다리던 시호가 어깨를 떨어뜨렸다. 그녀의 눈가는 붉게 물들어 있었다.

"나리. 저는…… 그저, 일이 이렇게 될 줄은…….."

가느다랗게 떨리던 목소리에 끝내 물기가 어리기 시작했다.

"죄송합니다. 제가 어리석은 마음에 눈이 어두워…… 하지만 잠시 겁만 주려 했던 것뿐입니다. 믿어 주세요. 어머니께서 워낙 강하신 분이라, 더 무서운 수를 쓰시기 전에 제가 나섰던 것입니다."

"……돌아가십시오."

"제가 그 아이를 만나 해명하고 싶습니다. 나리께서도 직접 들어 보시면 이해하실 것입니다."

"그 말씀 하시러 오셨습니까."

우리는, 당신은, 보다 더 큰 비밀을 알게 되었지 않나. 어젯밤에 누가 누구의 목에 칼을 겨누고 있었는지 보았지 않나.

민훈은 묻고 싶었다. 시호는 아랫입술을 깨물었다.

"네. 제겐 그보다 더 중요한 것이 없습니다. 둔하고 어리석은 아녀자의 몸으로 어찌 바깥일을 짐작하겠습니까. 저는 나리의 용서를 구하러 이곳에 온 것입니다."

"용서를 왜 저한테 구하십니까?"

"……네?"

시호의 얼굴이 굳었다. 민훈은 무거운 목소리로 말을 이었다.

"잘못을 저지르셨다면 그 아이한테 저지르신 것일 터인데, 용서는 왜 저한테 구하십니까?"

시호의 입이 가볍게 벌어졌다. 믿을 수 없다는 표정이었다.

"그 아이한테서 구하셔야 하지 않겠습니까. 제가 낄 일은 아닌 듯합니다만."

"나리?"

"하지만 지금은 앞에 나서서 이야기할 수 있는 상황이 아닌 듯하였으니, 돌아가시는 게 좋겠습니다."

"돌아……가라구요?"

시호의 입가가 떨리기 시작했다. 그녀는 두 손을 꼭 모아 쥐더니 바닥만 내려다보기 시작했다. 민훈은 독촉하지 않았다.

"저는 돌아가고…… 그 아이는 여기 남습니까, 나리?"

"……"

"오늘도 내일도, 저 옷처럼 그 아이를 이 방 안에 앉혀 두고 함께 밤을 지세울 셈이십니까? 그 아이의 무엇에 그리 마음이 동하셨습니까? 무엇에 그토록 빠지셔서…… 아무에게도 허락한 적 없으셨던 그 곁, 그토록 쉽게 허락하셨습니까?"

"틀리셨습니다."

시호는 숨을 깊이 들이마셨다. 가는 어깨를 들먹이며 그녀는 민훈을 똑바로 바라보았다.

"내가 방을 비워 줘야지. 저 아이가 곁을 허락할 생각이 없어 보이니까."

"나리!"

"돌아가십시오. 다시 오실 필요 없습니다. 솔직한 마음이고, 제 인내심도 여기까지입니다."

민훈은 몸을 돌렸다. 등 뒤에서, 허탈한 목소리가 들려왔다.

"제게는 기회가 없습니까? 절대로? 절대로 없나요? 아버님 때문에요?"

민훈은 어깨 너머로 시호를 돌아보았다. 그녀는, 절벽 앞에 선 것 같은 얼굴을 하고 있었다. 그러나 절벽 앞에 선 것 같은 마음은, 민훈도 마찬가지였다.

그는 정말 최선을 다해 자제하고 있었다. 좌상 안익태……의 딸. 그녀와 자신을 엮기 위해 그의 누이를 죽였다고 당당하게 선언하던 좌상의 혓바닥. 그리고 손수 이솔을 찾아 이승에서 파묻어 버리려 한 그녀. 하지만…… 지난 3년간 그 또한 시호에게 지은 죄가 있다. 적어도, 시호에게만큼은.

민훈은 눈을 감았다.

"미안합니다. 더 이상 누가 되지 않게 제가 할 수 있는 일은 다

하겠습니다."

"······그러시군요. 알겠습니다."

시호가 걸어 나왔다. 그녀는 단호한 기세로 민훈을 지나치더니 문을 닫고, 그 앞에 버티고 섰다. 민훈은 멈칫했다.

"그럼 제 마지막 원이나 하나 들어 주십시오. 백년가약을 코앞에 두었었던 정입니다. 그 정도는 가능하실 테지요?"

"······말씀하십시오."

"한 번만."

한 걸음 나선다. 민훈과 채 한 자도 떨어지지 않는 거리 앞에서, 시호는 고개를 쳐들었다.

"한 번만 안아 주세요."

그 눈은 수 백 마디의 말을 담고 있었다. 자신이 구하는 바가 작별의 포옹 따위가 아님을, 그녀는 명백히 했다.

"사람은 모두 물렸습니다."

시호는 그 새하얀 손을 천천히 들어 올려 민훈의 가슴 위에 올려 놓았다.

길고, 무거운 침묵.

그녀는 기다렸다. 두 눈을 감고 흐르는 시간을 헤아리며. 그리고······이윽고.

민훈은 두 손으로 시호의 어깨를 감쌌다.

그리고 부드럽게, 그 몸을 한쪽으로 밀어냈다.

"살펴 가십시오. 저는 아무 것도 듣지 못했습니다."

그는 방을 나섰다.

***

솔은 흙 묻은 치맛자락을 툭툭 털었다. 다행히 헤지거나 찢어진 부분은 없었다. 평소였다면 그 정도 담쯤, 훨씬 더 가뿐하게 넘을 수 있었을 텐데 아무래도 힘이 빠지긴 한 모양이었다. 그렇게 볼품없이 나동그라지고 말다니.

"신세 많이 졌습니다. 옷은 다음에 다른 사람 편에 꼭 돌려 드릴 테니까요!"

듣는 이 없는 작별인사를 신나고 던지고, 솔은 얼른 달렸다. 다행히 쫓아오는 기척은 없었다. 후텁지근한 여름 공기가 그렇게 상쾌할 수가 없었다. 백화루에서 멀어질수록, 시호 아씨에게서 멀어질수록, 나리에게서 멀어질수록, 가슴에 얹혔던 돌덩이들이 하나씩 하나씩 덜어내지는 기분이었다. 가슴이 뛰었다. 쿵쾅쿵쾅. 아직은, 불안하지만.

"나도, 생각이라는 게, 있다구요."

숨이 금세 차올랐다. 고작 이 정도 뛰었다고 다리가 풀리다니 솔은 믿어지지가 않았다. 그래도 이 정도면 백화루에서도 꽤나 멀리 나온 것 아닐까? 솔은 근처의 나무 밑에 주저앉았다. 저편에선 삿갓을 눌러쓴 이야기꾼이 어린아이들을 한창 모아놓고 뭔가를 들려주고 있었다. 참으로 쉬어 가기엔 좋은 곳이었다.

"뭘, 다 자기 마음대로야. 사람을 물건처럼 이리저리 내돌리고, 주고받고 하지 말라고요. 정말."

솔은 헉헉대며 이를 갈았다.

"그 정도면 충분하니까…… 정말이야. 충분히 고마웠다구요, 나리. 그만하셔도 돼."

일부러 뾰족하게 대꾸하는 것도, 있는 힘껏 무례하게 구는 것도 더이상은 무리였다. 그녀는 견딜 수가 없었다. 그런 자신을 바라보는 상대의 얼굴을, 도저히 마주볼 수가 없었다. 너무도 아팠다. 몸 속 어딘가가.

나무그늘이 참으로 좋았다. 솔은 벌렁 드러누웠다. 거친 숨이 조금 가라앉는다 싶더니 졸음이 밀려오기 시작했다. 어이가 없어서 피식 웃었다.

"와. 나 대단……."

약기운 때문인가? 싶어 아차 하는 사이에 눈꺼풀이 내려 왔다. 여기서 잠들 수는 없었다. 하지만 몸은 의지와는 상관없이 축 처져 버렸다. 일어나라고, 일어나라고 열심히 외치며 있는 힘껏 눈꺼풀을 들어올리던 때였다.

"……!?"

누군가가 자기를 빤히 내려다보고 있었다. 솔은 식겁해서 얼른 몸을 일으켰다. 그새 잠들어 버렸던 모양인지 그녀가 누워 있던 자리는 땡볕으로 변해 있었다. 상대가 다시 얼굴을 붙여 왔다.

"누, 누구세요?"

좀 전에 저쪽에 있던 이야기꾼이었다. 삿갓을 눌러쓴 노인. 그의 눈은 기이하게 번뜩이고 있었다.

"자, 자네 올해 나이가 몇인가……?"

"네?"

위험한 사람 같았다. 솔은 엉거주춤 일어섰다. 그 순간 노인이 그녀의 손목을 낚아챘다. 노인의 것 같지 않은 크고 거친 손이었다. 손아귀 힘이 무시무시했다.

"자네, 모친 함자가 어찌 되시나?"

끝이 갈라진 목소리엔 뜻 모를 광기가 섞여 있었다. 솔은 얼어붙었다. 뱀 앞의 개구리가 된 것처럼, 온몸에 소름이 돋고 움직일 수가 없었다. 노인의 얼굴이 점점 가까이 다가왔다. 솔의 눈코입을 낱낱이 뜯어낼 것 같은 집요한 눈빛. 막 비명을 지르려 할 때, 노인이 새된 신음성을 흘리며 물러섰다.

그 팔을 꺾어 올린 사람은 서민훈이었다.

"아, 아이고. 나리님! 살려 주십시오!"

"나……리?"

"너……!"

불이 튀는 눈빛에 솔이 움찔했다. 민훈은 노인을 내팽개치듯 놔주고 솔을 끌어당겼다.

"따라 와라."

"아, 아니. 잠깐만요!"

솔이 건장한 남자를 힘으로 이길 수 있을 리가 없었다. 그녀는 거의 끌려가다시피 하며 자리를 옮겼다. 힐긋 돌아보니 그 노인은 아직도 그녀 쪽을 뚫어져라 바라보고 있었다. 등줄기가 쭈뼛해지는 눈길이었다.

노인에게서 충분히 멀어졌다 싶어지자마자 솔은 입을 앙다물었다. 민훈은 다시 백화루 방향으로 향하고 있었다. 이번엔 그녀도 순순히 시키는 대로 할 생각이 없었다. 솔은 꽤 적극적으로 버텼고, 길 가던 사람들이 하나둘씩 둘을 돌아보기 시작했다.

민훈은 이를 악물고 모퉁이를 돌았다.

"이거, 놓으라구요!"

솔이 있는 힘껏 팔을 휘둘렀고 그 기세에 옷자락이 민훈의 손아귀에서 미끄러졌다. 솔은 제 힘을 못 이기고 벽에 쿵 등을 부딪쳤다. 그러고도 곧바로 달릴 투였다. 민훈은 양손으로 솔 양옆의 흙벽을 거칠게 내짚었다. 솔을 벽과 자기 사이에 가둔 채 그는 이를 갈았다.

"너, 무슨 짓이야."

"나리야말로 무슨 짓이세요! 아무리 나리라도 사람을 마음대로 가둬 놓으실 수는 없는 겁니다. 전 집에 갈 거예요!"

"말도 안 되는 고집, 그만 부려라! 죽는 게 무섭지도 않으냐."

"죽다니…… 그런 말로 겁주셔 봤자 소용없거든요!"

"겁주는 게 아니다. 넌 그 집안이 얼마나 무서운 곳인지 알고 하는 소리냐! 그 사람들이 네가 어제 일 평생 함구하며 살 것이라고 믿어 줄 것 같으냐!"

"그런……!"

솔은 위아래입술을 꼭 깨물었다.

"그럼, 그럼 어떻게 해요? 평생 그 안에 갇혀 살아요? 나리의 강아지라도 된 듯이? 내 삶은요? 우리 아빠는요?"

"……."

민훈도 말문이 막혔다. 솔은 바닥에 털썩 주저앉아서 머리를 감싸 쥐었다.

"……저, 바보라서요. 모르겠어요, 이젠. 도저히 어떻게 해야 할지 모르겠다구요. 내 머리로는 무리야. 언제나 이럴 땐……."

말을 딱 그쳤다. 솔은 고개를 반짝 쳐들었다. 태어나 처음 풀을 씹어 본 강아지의 얼굴로, 그녀는 말했다.

"도련님."

"……?"

"도련님 좀, 불러 주세요."

***

부복한 남자가 조심스럽게 옥패를 내밀었다. 한때 박우창의 것이었던 옥패였다. 시백은 고개를 끄덕이고 그것을 받아들었다.

"말씀하신 대로 처리했습니다. 창고 둘을 비웠고, 언제든 옮길 수 있도록 조치해 두었습니다."

"수고했네."

남자는 허리를 깊이 숙이고는 몸을 날려 사라졌다. 시백은 느린 몸짓으로 일어나 다시 모든 문을 닫았다. 얼마나 시간이 지났을까.

"원주님. 아씨께서 오셨습니다."

어린 여종이 문 밖에서 말했다.

"없다 이르라 하고 싶지만……."

시백은 가늘게 웃었다. 문 밖에 선 그림자는 이미 둘이었다.

"문, 안 열어 주실 것입니까?"

시호가 낯선 목소리로 물어왔다. 여종은 눈치를 보더니 소리 없이 자리를 떴다. 시백은 옥패를 소맷자락 속에 넣고는 구석의 어리쪽으로 시선을 돌렸다.

"거기서 말하게."

분노와 모멸의 감정이 잔물결처럼 번져 왔다. 보지 않고도 그녀가 어떤 모습을 하고 있을지 알 것 같았다.

"제가 이제 나리께도 쓸모가 다했나 보지요?"

"섭섭한 소리 말게. 내가 어찌 감히 자네한테 그럴 수 있겠나."

"……청이 있어 왔습니다."

청이라니.

시백은 엄지로 약지의 반지를 굴리며, 고개를 기울였다.

"말해 보게."

"서민훈, 죽여 주세요."

손이 딱 멈추었다. 시백은 문 쪽으로 눈을 돌렸다. 시호의 그림자는 꼿꼿한 자세로 서 있었다.

"진심인가?"

"진심입니다."

"자네는 그 친구한테 다른 계획이 있지 않았나?"

"계획은 언제든 바뀌는 법이죠. 아버님도 그자에 대해 따로 노리시는 바가 있는 것 같지만, 아마 실패할 테죠."

시호의 그림자가 조금 움직였다.

"내가 그렇게 만들 테니까요."

시백이 자리에서 일어섰다. 그는 큰 걸음으로 문으로 다가가 단숨에 양문을 열어젖혔다. 시호는 고고한 자태로 그를 올려다보았다. 깍지 낀 양 손을 보란 듯이 아랫배 위에 올린 채로. 그 손은, 굳게 다문 입술은, 희미하게 떨리고 있었다. 누구에게도 터놓을 수 없었던 비밀을, 시호는 온몸으로 전하고 있었다. 그 비밀을 쥔 다른 한 쪽이 바로 이 남자였으므로.

시백은 말이 없었다. 아주 오래도록. 그러다 어느 순간, 그는 피식 실소했다.

"자네. 설마?"

"제가 서 씨 가문의 주인 자리를 포기할 것 같습니까?"

각오와 두려움에 흔들리는 눈빛. 그러나 목소리는 더없이 단호했다.

"이 아이부터, 제가 원하는 자리에 앉혀 놓을 것입니다."

서 씨 가문에 다른 아들은 없다. 서민훈만 사라지면, 그만 입을 열지 않으면 뱃속의 아이는 그의 아이가 될 수 있었다. 오늘 굳이 백화루까지 찾아가 시간을 보낸 것도 그 때문이었다. 진실은 의미 없었다. 다른 이들의 눈과 입이 그녀의 편이 되어 줄 것이었다.

시백은 웃었다. 온 마당이 울리도록 그는 한참동안 웃었다. 시호는 창백해진 얼굴로 기다렸다.

"그래. 마지막 핏줄이라는데 어찌 내칠까."

그 폭소를 거짓말처럼 뚝 끊고, 시백은 차가운 목소리로 말을 이었다.

"자네를 존경하네."

十五. 그날, 별이 많이 떴다

 포승줄에 꽁꽁 묶인 이들은 여덟이었다. 고개를 푹 숙인 그들은 다들 봉두난발에 몸이 성한 곳이 없었다. 땟국물과 피딱지가 말라붙은 얼굴들엔 절망만이 가득했다. 특히나 가장 젊은 축에 드는 한 장정의 눈은 이 모든 것을 믿을 수 없다는 듯, 넋 잃은 의문으로 흔들리고 있었다.
 그는 분명히 약조받았다. '그분'에게. 병기창은 쉽게 열릴 것이며, 그들은 그 전리품을 인질삼고 안전한 대화를 시작할 수 있으리라고. 그들은 마음 놓고 담을 넘었다. 그리고 마음 놓고 허술한 자물통을 뜯고 병기창을 열어젖혔다. 하지만 물건들을 한 아름 열고 뒤돌아서는 순간, 눈앞에 횃불과 창칼이 들이닥쳤다. 마치 그 순간을 기다리기라도 했다는 듯이.

어쨌거나, 이제는 의미 없는 이야기였다.

망나니가 큰 칼을 들어올렸다. 한바탕 춤이 끝나면 그들 목은 마을 한가운데에 내걸릴 것이었다. 원님은 권태로운 눈으로 그들을 내려다보고 있었다. 칼이 하늘을 휘청 한 번 내저었을 때였다. 바깥이 소란스러워지기 시작했다. 원님이 고개를 삐딱하게 기울였다.

"사, 사또……!"

"무슨 일…….."

원님은 자리에서 반쯤 몸을 일으켰다. 그의 눈에도 보였다. 관아 정문을 향해 밀려오는 사람들의 물결이. 선두에선 앙상한 노인이 지팡이에 의지해 걸어오고 있었다. 그 뒤로 다른 노인들이, 장정들이, 아녀자들이 한데 뭉쳐 다가오고 있었다. 하나같이 마르고 수척한 얼굴들이었다. 그러나 그 눈빛들은 안에 불이라도 켠 듯 번쩍였다. 흉흉하다고 해도 좋았다.

"저놈들이 지금……!"

"어, 어찌 합니까, 사또?"

"문을 닫아라."

"예?"

"문을 닫으라고 했다!"

급히 문이 닫혔다. 사람들의 물결은 문 바로 앞에서 멈춰 섰다.

"사또. 문을 열어 주십시오."

노인이 외쳤다. 뒤이어 다른 장정들이 따라 외쳤다. 문을 열어주십시오, 사또. 수십 명의 목소리가 울렁이며 얽혀 마당을 흔들었다.

"그치들 좀 살려 주십시오, 사또. 어린 것들이 처자식 굶는 것을 보다 못해 저지른 짓입니다. 늙은이가 대신 죄 받겠습니다. 문 좀 열어 주십시오, 사또!"

"닥쳐라! 이 죄가 보통 죄인 줄 아느냐! 지금 너희들도 모조리 장형으로 다스릴 것이다!"

"사또. 비가 오질 않습니다! 이대로는 모두 겨울을 날 수가 없습니다! 제발 문을……."

"무엇하느냐! 당장 나가서 저것들을 매질하지 않고!"

문지기들이 이러지도 저러지도 못하고 엉거주춤 멈춰 섰다. 문을 닫으랄 때는 언제고, 이젠 나가서 매질을 하라는데 바깥 분위기가 심상치가 않았다. 웅성거림이 점점 커졌다.

"안 여는데?"

"아이고, 석이 아부지요! 아이고!"

"이런, 씹할! 이거 안 열어?"

누군가가 닫힌 문에 돌팔매질을 시작했다. 곧이어 누군가가 어깨로 문을 들이받았다. 노인은 흐린 눈으로 그를 노려보았다. 낯선 얼굴. 그러나 노인이 뭐라 입을 열기 전에, 사람들이 와 소리를 지르며 앞으로 몰려나갔다. 그 기세가 해일과 같았다. 돌들이 담을 넘고 문이 부서질 듯 삐걱대기 시작했다.

원님은 새파랗게 질린 얼굴로 수염을 떨었다.

"그것 보십시오. 난리가 난다 하지 않았습니까."

어느새 나타난 주 행수가 귓가에 속삭였다.

"이, 이놈들……! 내 이놈들을……!"

"기세를 보아하니 쉽게 꺼질 불이 아닌 듯합니다. 보통 일이 아닙니다. 속히 파발을 띄우시지요."

"그, 그래. 내 이것들 가만히 두지 않을 것이야!"

원님이 두 팔을 휘두르며 명령을 내리자 포졸들이 육모 방망이 대신 창칼들을 꼬나 쥐었다. 흔들리는 눈빛 속에는 공포가 피어오르고 있었다. 그만큼 무기를 꼬나 쥔 그들 손에도 힘이 들어갔다.

"문을 열어라!"

주명희는 뒤로 물러났다. 오직 그녀만이, 웃고 있었다.

***

현은 소맷자락을 떨치고 계단을 올랐다. 사환은 침을 삼키며 걸음을 빨리했다. 별로 어렵지 않은 심부름일 것이라더니, 완전히 거짓말이었다. 묵호 나리의 말대로 동문 밖의 마을 구석에서 선비 하나를 찾는 것까지는 좋았다. 눈이 번쩍 떠질 정도로 잘생긴 선비는 해사하고 점잖은 태도로 사환의 말을 들었다. 그리고 말이 끝나자마자 다른 사람이 되어 버렸다.

분명히, 이가 부서지는 듯한 소리를 들은 것 같았다. 선비는 야차라도 된 기세로 그의 뒤를 따랐다. 그리고 그런 그의 뒤를, 정말 야차처럼 생긴 사내 하나도 따르기 시작했다. 백화루까지 오는 내내 사환은 뒷덜미를 쓸었다. 너무 따가워서 도무지 견딜 수가 없었다.

안마당의 목적지에 도착하자마자 그는 냅다 허리를 숙였다.

"여기입니다. 그럼 이만!"

그리고 줄행랑을 쳤다. 주변 사람을 모두 물린 휑한 숙소에, 방 하나의 문만 활짝 열려 있었다. 그 안에 둘이 있었다. 그를 알아본 솔이 반색하며 일어나는 사이, 현은 섬돌을 가로질러 한달음에 방 한가운데까지 걸어왔다. 놀란 솔을 지나치며 그의 손이 뻗어나갔다. 이현은 서민훈의 멱살을 틀어쥐고 벽에 밀쳤다. 쾅 하고 벽이 크게 울렸다.

"너……! 설명해라. 지금, 당장……!"

현이 으르렁거렸다.

"도, 도련님. 잠깐만요!"

솔이 기겁하며 현의 팔에 매달렸다. 그러나 그는 꿈쩍도 하지 않았다. 옷솔기가 뜯어지는 소리가 났다. 민훈은 고개를 꺾은 채, 버틸 뿐이었다. 이대로는 사람을 잡을 판이었다. 솔은 이를 악물었다.

"오라버니! 그 손 당장 놓지 못해!"

현이 큰 숨을 들이마시더니 손을 놓았다.

"네가 설명할 테냐, 솔아?"

"그…… 그건, 잠깐만요. 어…….."

"네가 왜, 이런 곳에서, 저자랑 함께 있는 것인지 네가 설명할 테냐? 설명할 수 있겠느냐?"

솔은 막 뭐라 말하려 입을 벌렸다. 그러나 혓바닥은 그대로 굳어 버렸다. 아무리 그녀라 해도 이현 앞에서 그 치정 문제를 제 입으로 털어낼 수는 없었다.

"그 설명, 내가 하지."

살기까지 담은 눈이 민훈에게 꽂혔다. 그 눈길을 그대로 받으며, 민훈은 쉰 목소리로 말을 이었다.

"긴 이야기야. 앉아서 듣는 게 어떤가."

"……석도, 밖에서 기다려 주십시오."

"네, 도련님."

당황한 얼굴로 장승처럼 섰던 석도가 어디론가 사라졌다. 듣는 귀를 최대한 줄이려는 현의 의도였다. 그는 옷자락을 거칠게 훑어 내고 바닥에 앉았다. 솔이 눈치를 보다가 살금살금 따라 앉았고 민훈이 마지막에 소리 없이 앉았다. 그리고 손수 차를 따라 현과 솔 앞에 한 잔씩 밀어놓았다.

"시작은……."

한 치의 머뭇거림 없이, 이야기가 시작되었다.

민훈은 담담한 목소리로 안시호와 그의 관계와, 시호의 솔에 대한 오해……와, 그녀가 저지른 납치 사건에 대해 털어놓았다. 수식도 추측도 없는 이야기는 삭막할 정도로 건조했다. 그래서 더 노골적이기도 했다.

현은 들었다. 단 한마디도 하지 않고 가만히 듣고만 있는 그의 얼굴 위로 폭풍이 지나갔다. 솔의 얼굴도 붉어졌다 파랗게 변했다가 창백해지기를 번갈아 했다. 길지 않은 이야기임에도 듣는 이들에겐 결코 짧지 않은 시간이 지나갔다.

단 한 번, 어떻게 빠져나왔느냐를 설명해야 할 때에 민훈은 짧게 흔들렸다. 현이 손을 들어 대화를 끊고 찻잔으로 손을 뻗었다. 찻잔을 쥔 그의 손이 새하얗게 변했다. 찻잔은 금방이라도 깨질 듯 떨렸다.

"그래서, 자네는 어떻게 그곳까지 들어갈 수 있었던 건가."

"차사님이요."

솔이 조심스럽게 대답했다.

"저승사자님이 구해 주시고 여기다 두고 가셨대요."

"……하."

현이 헛웃음을 흘리며 민훈을 곁눈질했다.

"그래. 그랬어야 하겠지. 당연한 이야기이다."

솔이 눈만 또르륵 굴렸다. 현이 무슨 소리를 하고 있는 것인지 잘 이해가 가질 않았다. 시골 찌꺼기 양반인 도련님이 무슨 용기로 저 정도 되는 사람에게 저리 강하게 나가나 하는 걱정도 조금은 일었다.

현의 목소리는 차갑고 날카로웠다.

"자네 대단한걸. 아주 어마어마한 짓을 저지르셨어. 아무 것도 모르는 아이를 제대로 사지에 밀어 넣으셨군."

"변명할 생각 없네."

"솔아, 잠깐 나가서 기다려 주겠느냐? 문 밖에 석도가 있을 테니 그 곁에 잠시만 가 있거라."

솔이 왜 자기만 빼냐고, 욱하려는데 현이 피로한 목소리로 덧붙였다.

"부탁하마."

솔은 어깨를 늘어뜨리고 물러나왔다.

석도가 반가운 얼굴로 그녀를 맞았다.

"솔이 아씨. 고생 많았지요?"

"아저씨!"

하루 동안의 긴장이 봄눈 녹듯 녹아내렸다. 언제나와 똑같이 푸근하게 웃는 얼굴이 그렇게 반가울 수가 없었다. 석도는 솔의 어깨를 가볍게 두드렸다.

"어제 하루 종일 안 보이고 밤에도 집에 안 돌아오기에 얼마나 걱정했는지 모릅니다. 모두 뜬눈으로 밤을 샜는데 무사해서 다행이에요."

"밤을 새요?"

"으음. 말도 마세요. 도련님도 아주…… 음."

석도는 고개를 가로저었다.

***

"자네, 죽어 주는 게 어때? 자네만 사라지면 그쪽이 저 아이를 건드릴 일은 없을 것 같지 않나?"

맑고 곧은 자세로 현이 뱉었다.

"……생각지도 못했던 해법인데?"

"내게 아무 힘이 없다는 게 이렇게 뼈저린 일일 줄은. 후회막심이야. 그날 그냥 죽게 내버려 둘 것을."

현은 눈을 감고 긴 숨을 내쉬었다. 마음을 다스리는데 긴 시간이 필요하진 않았다. 천성이 그런 남자였다. 이성과 합리가 차가운 계산을 시작했다.

"이젠 자네 이야기를 해 보실까?"

"……."

"좀 전의 이야기가 사태의 전부는 아닐 거야. 자네가 그 정도 일도 해결 못할 인물이라고는 생각하지 않네. 작정하면, 저 아이를 집에 돌려보내지도 못하고 붙잡고 있을 필요까지는 없어. 여기서 말하게. 저 아이 앞에서는 말할 수 없었던 것. 자네가 쫓던 것들과 관련된 일인가?"

"좌상이 자하원의 원로 중 하나였네."

짧은 한 마디. 그 몇 단어에 현의 어깨가 움찔했다.

"연주의 호란도 자신이 획책했다고 그 입으로 말하더군."

현은 자기 귀를 의심했다.

"……뭐라고?"

"헛소리인 것 같진 않아."

"그 정도 되는 사람이 무슨 이득을 보겠다고 그런 짓을 벌이나. 말도 안 되는 소리!"

"이득이…… 있긴 하더군. 나는 이해를 못했지만."

민훈은 바람처럼 새는 소리로 웃었다. 현이 눈살을 찌푸렸다.

"지금도 뭔가 더 꾸미는 일이 있는 듯하네. 그리고 그자는 내가 저승사자라는 것을 알고 있고, 저 아이가 나와 각별한 사이……라고 생각하고 있지. 앞으로 어떻게 나올지 모르겠어."

"그래서, 집에도 돌려보내지 않고 계속 눈앞에 두고 보겠다고?"

"살려야 하잖나."

민훈이 비스듬한 눈으로 현을 올려다보았다. 피로에 지친 얼굴이지만 그 날카로움은 한 치도 무뎌지지 않은 채였다.

"그게 제일 중요한 것 아닌가? 살려내는 것?"

"그것은 내가……."

현은 말을 맺지 못하고 입을 다물었다. 그는 현실적인 사람이었다. 허풍을 칠 수 있는 사람도 아니었다.

"자신 있나? 저 문 밖의 사내를 믿는 것이라면, 좋은 무인임은 틀림없으나 그가 자네를 떠나 저 아이 옆에 하루 종일 붙어 있을 수 있을까? 혹여, 둘 중 하나를 선택해야 하는 순간이 온다면 그는 누구를 지키려 들겠나."

두말할 필요 없이, 석도가 지킬 사람은 이현이었다. 현은 입을 한 일자로 꾹 다물었다.

"아무리 저 사내라도 일당백은 무리야."

"자네는, 가능하다는 듯이 말하는군."

"가능하지 않나?"

있는 그대로의 사실을 말하는, 무감정한 목소리. 과장도 각오도 아니었다. 민훈은 진심이었다.

어이가 없어진 현이 멍한 얼굴로 그를 쳐다보았다. 아무리 조선 팔도에 소문이 자자하던 천재 무관이라도 어찌 그런 일이 가능할까 싶었다.

하지만 민훈의 눈에는 한 치의 흔들림도 없었다. 그는 계산을 끝낸 뒤였다.

"내 이름이 무기가 되니까. 서민훈이건, 병판의 하나뿐인 장남이건, 얼굴 없는 저승사자이건, 칼 뽑기 전에 한 번쯤 고민해 볼 정도의 위협은 될 테지. 하지만."

하지만.

"그쪽은…… 그 이름을 쓸 수가 없잖나."

현의 얼굴이 한순간에 일그러졌다. 민훈의 말은 사실이었다. 치명적이고, 냉엄한 사실. 그것은 그가 지금까지 누린 것들을 위해 그가 버린 것들에 대한 이야기였다.

그리고 그것은, 서민훈 자신은 끝까지 이현의 일상을 지켜내겠다는 선언이기도 했다.

민훈은 처음으로 상대의 시선을 피했다. 천천히 고개를 숙여 예를 갖추며, 그는 말했다.

"도와주게."

"……."

"부탁이네."

***

문 앞을 빙글빙글 돌던 솔은 새 인기척에 고개를 번쩍 들었다. 현이 마당을 가로질러 다가오고 있었다. 혼자였다. 솔의 얼굴이 환하게 밝아졌다.

"어떻게 됐어요, 오라버니? 이제 가도 되죠? 그쵸? 지금 짐 싸서 나올게요."

"아니다. 그러지 마라."

"네?"

막 달려 가려던 솔이 덜컥 멈춰 섰다.

"넌 여기 좀 더 머물면서 상황을 보는 게 좋겠다."

"네? 네?"

놀라움과 배신감. 휘둥그렇게 뜬 그녀의 눈을 마주보며, 현은 쓴 웃음을 지었다.

"걱정마라. 나도 함께 있을 테니까."

솔은 눈을 두어 번 깜박였다. 시간이 걸리는 자각이었다.

"뭐라구요?!"

***

"뭐라구요?"

채란이 입을 쩍 벌렸다. 두 남자를 번갈아 쳐다보던 그녀는 다시 한 번 믿을 수 없다는 듯 물었다.

"제가 제대로 들은 것 맞습니까? 진심이세요?"

그 옆에서 솔이 맹렬히 고개를 끄덕였다. 그녀가 할 말을 채란이 다 해 주고 있었다. 자기 말은 씨알도 먹히지 않았지만, 채란은 통할지도 몰랐다.

민훈은 무표정한 얼굴로 고개를 끄덕였다.

"문제 있나?"

"아뇨. 그럴 리가요?"

"뭐……!"

솔이 반쪽 난 얼굴로 채란을 돌아보았다. 오늘 여러 번 배신당하는 그녀였다. 채란은 묘한 미소를 지으며 이현을 뜯어보고 있었다. 집요한 시선이 머리끝부터 발끝까지 꼼꼼히 훑고는, 다시 그 얼굴로 돌아와서 한참을 머물렀다. 현은 당혹스러운 듯 얼굴을 붉히곤 헛기침을 했다.

"이런 분이 또 어디서 튀어나오셨을까. 하지만 어쩐다지요? 저희 기루는 항상 찾아주시는 분들이 많으셔서 말입니다. 빈 방이 있으려나아…… 없지 싶은데……."

그녀는 한껏 화려한 몸짓으로 턱을 짚었다.

"지금도 행수어른한테 잔소리를 듣고 오는 길이랍니다. 기루에 대갓집 아씨가 걸음하시다니 이런 일이 어디 있답니까. 찾아주시는 분들께서 얼마나 불편하시겠어요? 웬만하면 나리께 말씀 잘 드려서 나리도 댁으로 다시 모시라고 하시더군요. 근래에 또 묵고 가시는 분들이 많으신지라, 방이 넉넉하지 않기도 하고."

"지당하신 말씀입니다."

솔이 눈을 반짝이며 반갑게 대꾸했다. 채란은 우아하게 고개를 끄덕였다.

"그렇지. 하지만 내가 누구니? 은인이 하시고자 하는 일을 어찌 거스르겠느냐. 내가 그 옆방 매월이와 방을 함께 쓰겠으니 나리 방은 그대로 두라 하였다."

"……네?"

"그래서 방이 하나다. 어찌하면 좋겠니."

"네?"

"셋이서 한 방 쓰는 수밖에 없겠다는 말이란다."

채란이 어깨를 으쓱했다. 장엄한 침묵이 셋의 머리 위에 떨어졌다. 이현이 뒤늦게 손을 내저었다.

"잠깐! 아니, 이보시오! 남녀가 유별한데 그게 무슨 소리요!"

"히익, 맞아요! 그냥 제가 따로 나가면 되잖아요. 전 광이나 헛간 같은 데서도 잘 잘 수 있다구요!"

"그건 곤란해. 그렇게 떨어져 버리면 제대로 지키기가 힘들다."

민훈이 조용히 덧붙이자 나머지 둘이 번개처럼 그를 쏘아보았다. 민훈마저 움찔할 기세였다. 이현이 흔들리는 목소리를 다듬고 겨우 말을 만들어냈다.

"헛소리 말게. 자네 성벽(性癖)도 의심받는 수가 있어."

"이미 충분히 의심받고 있네."

"자랑 아니거든요! 그리고 그런 의심, 혼자 받으시라구요. 저랑 도련님은 사양할 테니까!"

솔이 버럭 소리를 지르고는 채란에게 간절한 눈빛을 보냈다.

"어떻게…… 방법이 없을까요?"

"아주 방법이 없는 것은 아니지."

채란이 은근한 소리로 대답했다. 그리고 손을 들어 모종의 모양을 만들어 보였다.

"……돈?"

"그래. 세상에 웬만한 문제는 이것으로 해결이 다 되곤 한단다."

맞는 말이긴 했다. 그리고 대체로, 사람들은 그걸 몰라서 곤란에 처하는 것이 아니었다. 솔은 당혹해서 할 말을 잊었다. 그녀가 살아온 형편에선 이런 곳에서 하루 묵을 값도 치르기 힘들었다. 그러나 현은 오히려 밝은 표정이었다.

"다행이군. 그 문제라면 걱정할 것이 없네. 자, 처리하게."

당연하다는 듯, 민훈을 쳐다보고 있었다.

"……나?"

"그럼 내가 해야 하나? 애초에 자네만 아니었으면 이 녀석이 여기까지 끌려올 이유도 없고 나도 여기 머무를 이유가 없지 않나? 사고를 친 사람이 책임을 져야지! 잘못됐나?"

왠지 낯익은 상황이었다. 민훈은 반쯤 질린 채 대답했다.

"알겠네."

뒤에선 채란이 어째선지 아쉬운 듯 입맛을 다시고 있었다. 솔은 의문 가득한 얼굴로 그녀를 올려다보았다.

현은 방 두 개를 추가로 요구했다. 민훈, 자신과 석도, 솔이 머물 방을 따로 나눠야 한다는 이유에서였다. 민훈의 그 냉철한 얼굴에 마저 당혹감이 스쳤지만, 결국은 그의 뜻대로 되었다. 현은 솔의 방을 두 방 사이에 두겠다는 말을 크게 선심 쓰듯 했고 민훈은 큰 양보를 받은 느낌으로 그의 말을 따를 수밖에 없었다. 솔과 채란은 순수하게 감탄했다. 뒤늦게 소식을 들은 석도가 어찌 자신이 감히 현과 같은 방을 쓰냐고 펄쩍 뛰었지만, 현은 그 의견은 단호하게 묵살했다.

어찌어찌 나란히 방을 정해 비우고 정리하고 나자 해나 뉘엿뉘엿 넘어가고 있었다. 숙소 벽 한 장 너머가 슬슬 소란스러워지고 있었다. 열린 쪽문 틈으로 한껏 치장한 기녀들이 바삐 걸음 하는 것이 보였다.

"안 가 보세요?"

"내 이름은 이곳에서도 취급하는 이가 드물단다. 찾아주시는 이들이 많지 않지. 그리고 지금은 그보다 더 중요한 일이 있거든."

채란은 솔 곁에 딱 붙더니 또 슬그머니, 그러면서 단단하게 팔짱을 꼈다.

"저희는 좀 씻고 오겠습니다, 나리님들. 일 보시지요."

저마다의 방 앞에서 복잡한 시선을 교환중인 남자들을 내버려두고 채란은 솔을 끌어당겼다. 솔도 활짝 웃더니 제 발로 그 뒤를 따랐다. 며칠째 제대로 닦지 못했다. 망설일 이유가 없었다. 게다가

저 두 남자 사이에 끼어서 눈칫밥 먹는 것도 더 이상 견딜 수 없었던 터였다.

두 여자가 휭 하니 사라지자 민훈이 자리를 털고 일어섰다.

"어딜 가나?"

현이 날카롭게 물었다. 민훈은 고개를 삐딱하게 기울인 채 순순히 대답했다.

"따라가야지. 저기라고 안전할까."

"뭐, 뭐? 무슨……? 자네 제정신?"

화 때문인지 무엇 때문인지 붉은 얼굴로 울컥 하는 현이었다. 민훈은 타협점을 찾기로 했다.

"같이 갈 텐가?"

현은 헛숨을 삼켰다. 그가 말을 못 잇고 있자 민훈은 또 자기 설명이 너무 짧았나 싶었다. 그래서 석도를 향해 덧붙였다.

"자네도 같이?"

현은 치열한 고민을 짧게 끝냈다.

***

"우와, 이…… 이게 뭐예요?"

"어머, 처음 보나 보구나. 내가 이곳에서 제일 좋아하는 물건이란다."

두터운 나무판을 빽빽하고 정교하게 엮고 쇠로 테를 두른 들통은 높이가 허리까지 올라왔고 너비는 사람 둘이 들어가 앉아도 넉넉했다. 그 안엔 김이 물씬 오르는 더운 물이 가득 차 있었다.

이것은 무엇일까. 나물 데치는 곳인가? 돼지 삶는 곳인가? 하긴 여럿 먹일 음식 만들려면 도구도 커야 하겠지. 그런데 왜 도마도 없고 칼도 없고 그릇도 없고…….

그런 생각이 오락가락하고 있을 때 채란이 옷고름을 풀었다.

결 고운 옷을 팔랑팔랑 벗어던진 그녀는 금세 나비 날개 같은 속곳차림이 되었다. 옷자락 밑으로 새하얗고 아름다운 피부와 날렵한 몸매가 비쳤다. 감탄스러운 눈으로 멍하니 보는데, 어느새 다가온 그녀가 솔의 옷고름도 죽 잡아당겨 풀어냈다. 비명을 지르려는 입을 채란이 급히 막았다.

"너! 소리 지르면 묵호 나리 놀라서 문 부수고 들어온다."

"흐읍……! 이게 무슨 짓이세요!"

"씻는다 하질 않았니. 벗어야 씻지."

솔은 울상이 되었다.

"저 뜨거운 물에요? 저 익어 버려요!"

"그 담력으로 어찌 나리께 그리 마주 으르렁댈 수 있는지, 나는 참으로 궁금하다."

채란이 보란 듯 물속으로 먼저 발을 집어넣었다. 당연하게도 아무런 일도 일어나지 않았다. 그녀는 물속에 몸을 담그더니 어서 들어오라고 손짓했다. 솔은 입술을 꼭 깨물고 그녀를 따라 통 안으로 들어갔다.

으아으아아 소리가 나오긴 했지만 비명을 지를 정도는 아니었다. 왠지 창피해져서, 솔은 무릎을 가슴까지 당기고 꼭 끌어안았다. 처음엔 괴롭다 싶었는데 어째선지 몸이 노곤하게 늘어지면서 기분이 붕 뜬 듯이 좋아졌다. 물에선 향긋한 꽃냄새 비슷한 것이 피어올랐다.

"잘 익어 가고 있니?"

"아뇨……. 헌데 더운 날에 왜 이리 더운 물로 씻으시는 거예요?"

"……몸이 녹아야 마음도 녹는 법이니까."

채란은 긴 다리를 뻗더니 물 위로 발을 살짝 드러냈다. 깊은 흉터가 여기저기 패여 있었다.

"이건……?"

"나는 연주 태생이란다. 그날 묵호 나리께서 계시지 않았더라면 이런 상처 정도로 끝나지 않았겠지."

"나리께서…… 도와주신 거예요?"

"그래. 발자국이 피투성이인 걸 보고는 다음 마을까지 업고 가셨지. 한양까지 내려와서 자리 잡는 것도 끝까지 도와주셨다."

아아, 그래. 세상 다 필요 없다는 얼굴을 하고 있으면서도, 아무것도 그냥 지나치지 못하시는 분.

갓난아기 누이동생을 업고 다녔다는 어린 시절. 성치 않은 팔로 나무에서 떨어지는 솔을 받아내고, 죽을 고비를 넘기고도 독경회에 돌아온 그녀에게 진심으로 화를 내던 그. 동이네 아기를 손수 어르던 그 목소리. 밭을 매던 솔에게 괜찮냐 묻던 그 얼굴. 무너진 성벽을 타넘을 때, 그녀를 굳게 잡아 주던 그 손.

그는 아마 그때도 그렇게 했을 것이다. 다친 발을 손수 싸매 주고 그 먼 길을 힘든 내색도 않고 업고 걸었을 사람이었다. 솔은 그 광경이 눈에 선했다.

"그래도, 나는 살았지만 내 주위는 산 자가 없고, 나는 몸도 마음도 언제나 그 겨울 한가운데 있는 기분이다."

그녀는 긴 눈꼬리를 둥글게 휘며 웃었다.

"그분도 마찬가지이실 테지. 하지만 이 겨울은 너무 길었어. 이젠 끝내야 할 때야. 어쩌면 이제야 봄이 온 것도 같구나."

"……여름인데요?"

솔은 미간을 모으고 고개를 갸웃했다. 채란은 그녀를 보며 피식 웃었다.

"헌데 봄이 참 좋아 꽃도 너무 많고 나비도 너무 많아 큰일이지. 이 일을 어쩌면 좋담."

도대체 무슨 말인지 알 수 없어, 솔은 눈만 깜박였다.

"오늘 달려오신 나리는 어떤 분이시니?"

"저희 마을에서 어렸을 때부터 함께 지낸 도련님이세요. 얼마나 학식도 깊으시고 생각도 깊으신지 마을 사람 모두 다 문제만 생기면 도련님한테 달려온다구요?"

솔은 한참을 수선스럽게 현의 칭찬을 늘어놓았다. 채란은 잔잔히 웃으면서 듣기만 했다. 열댓 마디를 떠든 다음에야 솔은 너무 많이 말했다 싶어 움찔 했다.

"솔이는 도련님을 참 좋아하는구나."

"그럼요!"

"도련님도 솔이를 참 좋아하시는 것 같지?"

"그래……요?"

"그 도련님 속이 다 썩었겠구나."

채란은 솔의 얼굴 앞에 물방울을 탁 튕겼다. 솔이 깜짝 놀라 몸을 움츠렸다.

"묵호 나리에 대해선 어떻게 생각하니?"

기습이었다. 솔은 그 뜨거운 물속에서 꽁꽁 얼어붙어 버렸다. 그럼에도 그 얼굴은 점차 붉게 달아올랐고, 그녀는 생각했다.

이건 물 때문이야. 물이 너무 뜨거워서야.

"저는…… 아무런 생각이 없어요. 그분과 저는 다른 세상 사람이잖아요."

솔은 시선을 물 밑으로 떨어뜨렸다.

"빨리 집에나 좀 보내 주셨으면 좋겠어요……."

"그게 다니? 네 마음은?"

채란은 눈을 가늘게 떴다.

"저, 그것 때문에 어제 죽을 뻔해서요. 하하하."

솔은 크게 웃으며 의미 없이 물을 휘저었다. 그리고 씩씩한 목소리로 말을 이었다.

"송충이는 솔잎을 먹어야죠."

***

 현은 깊은 한숨을 내쉬었다. 하루 종일 이리저리 휘둘리는 기분이 그리 좋지만은 않았다. 특히나 방금 전의 일이 그러했다. 서민훈은 정방(淨房) 가에 도착하자마자 건물을 한 바퀴 돌더니, 석도와 현에게 설 자리를 지시하고는 한참 떨어진 구석에 털썩 앉았다. 심지어 그는 정방을 등진 채 나무에 기대 눈까지 감아 버렸다. 무얼 하냐고 물어보니 돌아온 대답은, '할 일을 하고 있다'였다.

 현은 초조해지는 마음을 다스리며 기다렸다. 심각하게 이야기한 주제에, 저쪽은 긴장감이라고는 눈곱만치도 없어 보였다. 그 분위기에 휩쓸려 버리니 이젠 뒤쪽의 정방이 신경 쓰이기 시작했다. 속삭이고 키득대는 목소리와 찰방거리는 물소리. 현은 마음을 다른 곳에 두려고 애쓰다가 안에서 정리하고 나오려는 기색이 보이자마자 석도를 끌고 얼른 숙소로 돌아왔다.

 마음이 흔들렸다.

 한 달 만에, 그리고 하루 만에, 10년 동안 겨우 묶은 닻줄이 너덜너덜해졌다. 약해 빠진 의지는 또 망망대해를 떠돌 참이었다.

 안 될 일이었다.

 "드시지요."

 석도가 걱정스러운 목소리로 말했다. 현은 천천히 고개를 끄덕였다.

 "네. 석도도 드세요."

과연 기루의 음식이라 상 위는 몹시도 화려하였다. 석도가 기다리고 있었기에 먼저 수저를 들 수밖에 없었다. 단내가 나는 밥을 한 술 뜨자 석도가 급한 손놀림으로 밥 한 그릇을 얼른 비웠다. 이곳에 온 내내 어딘지 의기소침해있던 그였다. 그나마 간만의 기름진 식사가 마음에 차는 것 같아 다행이었다.

참으로 뼛속까지 무인에, 현의 수발을 위해 초야에 파묻힌 지 십수 년인 그였다. 꽃과 분과 향과 여인들이 넘쳐나는 이곳은 석도에겐 불편하기 짝이 없었다. 그것은 현도 마찬가지였다.

그리고 솔이도 마찬가지일 것이었다.

옆방에선 채란과 솔이 함께 식사 중이었다. 도무지 둘이서 이야기할 틈이 나질 않았다. 어쩌면, 솔이 그와 단둘이 마주하길 피하고 있는 것 같다는 생각도 들었다.

그는 이해했다. 그래서 조금 더 기다리기로 했다.

시간은 빨리도 지나갔다. 금세 어둠이 깊었고 멀리서 가야금 소리, 웃음소리가 밤공기를 타고 아련히 흘러들었다. 연거푸 권한 술을 사양 못한 석도는 이른 잠에 떨어져 있었다. 현은 조용히 몸을 일으켰다.

장지문이 작은 마찰음을 흘리며 움직였다. 높이 오른 달이 툇마루를 환히 비추고 있었다. 솔은 그 끝에 앉아 있었다. 새로 땋은 머리칼을 만지작거리며, 별이 촘촘한 하늘을 올려다보던 그녀가 문득 뒤를 돌아보았다. 눈이 마주쳤다.

솔이 허둥지둥 일어나려하자 현은 손을 들었다.

"괜찮다. 그만 도망다니거라."

"도망다닌 것…… 아니거든요."

그녀가 입술을 비죽이다 피식 웃었다. 그 하얀 웃음이 꼭 달맞이꽃을 닮았다 싶었다.

솔의 방은 문이 반쯤 열린 채였다. 웬일인지 불 하나 켜져 있지 않았다. 문 닫힌 민훈의 방도 어둡긴 마찬가지였다. 다들 어디 나갔는지 인기척들이 없었다. 현은 솔 옆에 나란히 앉았다. 늘 그랬듯이 약간의 거리를 둔 채로.

"어디 아픈 곳은 없느냐?"

"멀쩡해요. 제가 이래뵈도 좀 튼튼하잖아요."

"그렇게 생각하는 사람 너 하나밖에 없다. 불은 왜 안 켜고 있느냐? 기다려 보……."

"아니에요!"

솔이 몸을 일으키려는 현의 소맷자락을 덥석 잡았다.

"저…… 불빛이, 좀…… 별로 보고 싶지 않아서. 알아서 할게요."

들창 위에 놓여 있던 향불이, 그 아스라한 연기 냄새가 떠올라서 등잔에 불을 못 붙이고 있었다. 그 작은 불빛에 손을 덜덜 떠는 솔을 보고 채란은 불을 꺼 주고 손님을 맞으러 나갔다.

현은 속에서 울컥 뭔가가 솟아오르는 것만 같았다. 하지만 상대를 불안하게 만들 그 감정을, 그는 지그시 억눌렀다. 그는 온화한 목소리로 말했다.

"걱정 많이 하였다. 알고 있겠지만."

"죄송해요."

"네가 사과할 일이 아니었다. 누군가에게 잘못이 있다면 그자한테 있는 것이지."

솔은 시선을 바닥으로 떨어뜨렸다.

"나리께서 잘못하신 일도…… 없는걸요. 정 많아 친절하셨던 것뿐이니까……."

"넌 항상 그자 편을 드는구나."

"네?"

동그랗게 뜬 두 눈은 너무도 맑아서, 들여다보는 이쪽을 더 서글프게 했다. 그 눈에 비치는 자신의 얼굴은 죄스러울 정도로 한심했다. 언제나.

"이런 일을 겪고도 아직도 그 마음, 그대로냐?"

"그 마음이라뇨?"

"그 연심…… 변함없느냐는 말이다."

"연……."

솔이 자기 입을 턱 막았다. 달빛 아래에서도 환히 드러날 만큼, 얼굴이 잘 익은 홍시처럼 새빨갛게 달아올랐다.

"제, 제, 제가 무슨 소릴 했나요? 그날이에요? 저 술 마시고 죽은 날? 뭔지 몰라도 그거 다 헛소리거든요! 제가 아니라 술이 한 소리거든요!"

"몹시 진지했는데."

"진지한 헛소리였겠죠!"

악을 바락바락 쓰는 머리 위로 김이라도 뿜어져 나올 기세였다. 현은 작게 소리 내어 웃었다.

"……그래. 그럼 나한테도 그 헛소리 한번 해 주겠느냐? 헛소리 맞았다면?"

"허. 원하신다면. 제가 도련님을 사모합니다. 봐요, 맞죠?"

한 번 망설임도 없이. 일순의 고민도 없이 솔은 답했다. 말마디는 바람에 날릴 듯 가벼웠고 높은 하늘가로 오르는 나비 날개처럼 고왔다. 곱고 얇고 가늘어 금세 흩어졌다.

현은 얕게 웃었다. 이미 알고 있었던 일이었다. 하지만, 확인의 순간은 매번 아팠다. 그 저울 끝에 자신이 올라갈 수 없음은 오래전부터 납득했다. 그것이 그녀를 위한 일이라 믿어 왔다. 언젠간 저 빈 자리에 합당한 누군가가 들어설 것이고 그 상대는 그녀 스스로 정한 누군가여야 한다고. 매번 자신을 설득하고 다짐하고 다시 설득하였다.

그러나, 그 상대가 칼끝에 선 자여서는.

그래서는 이 미련을 끊어낼 핑계가 없지 않은가.

"우리 이대로 도망쳐 볼까?"

"네? 어디로요?"

"어디든. 산 깊이 들어가 화전이나 일구며 살면 누가 쫓고 누가 찾을까. 내가 그래도 내 식구 하나는 어떻게 건사할 수 있지 않겠느냐?"

솔은 고개를 끄덕였다. 점점 크게 끄덕이다가, 끝내 웃음을 터뜨렸다.

"좋아요. 백면서생 도련님이 화전이라니. 그 말씀 꼭 기억해 두셨다가 임자 되실 분께 해 드리세요. 감동하실 거야."

"……그렇겠지? 알겠다."

현도 마주 웃었다. 소리 내어서. 미처 못 다한 말마디들을 부수고 부숴서 웃음 속에 섞었다.

"너도 좋은 말 미리 찾아 두거라. 지아비 될 자 누구일지 모르겠다만."

"전 아빠랑 둘이서 평생 살 거라구요. 흥."

흔들리는 시선을 처마 끝으로 던져 숨기며, 솔은 투덜거렸다.

그 마음은 어디까지냐. 어느 만큼의 깊이냐. 네가 있는 그곳은 개울이냐 바다냐. 나는 그것을 모르겠다.

소매 속에 숨긴 주먹을 꾹 움켜쥐었다. 현은 그저 웃기로 하였다.

***

해준은 신경질적으로 되물었다.

"그래? 백화루는 기루가 아니냐. 기녀인 듯 보이진 않았다."

"하지만 밖으로 나오질 않습니다. 들어가 볼까요?"

흑의의 남자가 부복한 채 물었다. 교조의 그림자로 살아온 지 30여년. 주인이 이렇듯 흥분하고 있는 모습은 그로서도 처음이었다.

"아니다. 그 사내, 보통 경계가 아니었어. 밖에서 좀 더 이야기를 모아 보도록 해라. 기녀도 아닌 것이 기루에 박혀 있다니 필히 무슨 사연이 있을 것이야. 이름. 사는 곳. 확실히 알아내라! 언제 밖으로 나올지 모르니 주변도 놓치지 말고!"

"네."

흑의의 사내가 바람처럼 사라졌다. 해준은 술병을 기울였다. 어느새 빈 병에선 한 방울의 술도 나오지 않았다. 그는 빈 병을 벽에 집어던져 박살냈다. 악 문 어금니 사이에서 뿌드득 소리가 났다.

"윤시백, 이 자식……!"

한양 전역에 눈과 귀가 열려 있는 자였다. 그런 그가 '그 여자'의 존재를 몰랐을 리가 없었다. 의도적으로 숨긴 것이라는 결론밖에 나오질 않았다.

그 여자.

작고 곱고 하얗고 보드랍게 생긴.

딱 그맘때의 '자혜'와 똑같을 얼굴을 한 계집.

사율의 피를 이은 시백이 그러했듯이, 참으로 그 계집이 자혜, 그년의 핏줄이 맞다면…… 그 계집이 뻐걱대는 시백 대신 자하원의 새 시대를 자신과 함께 열어 줄 것이었다. 해준에게는 계획이 있었다. 좌우에 그 막대한 힘을 하나씩 거느리고, 미천한 자신의 손으로 세상을 뒤집을 꿈. 마침 그중 하나가 또 계집이라면 보다 많은 것들을 꿈꿔 볼 수 있을 것이었다. 그런데.

"무슨 생각을 하고 있는 게야?"

윤시백. 손안에 들어오지 않는다고 생각은 했지만, 이렇게 멀리

서 있었을 줄은. 해준은 눈을 굴렸다. 누런 눈이 이리저리 구르며 번들거렸다.

***

안익태는 읽고 있던 서책을 내려놓고 눈두덩이를 문질렀다. 뿌옇게 흐린 노안으로 흐린 촛불 아래에서 글을 읽으려니 눈알이 빠질 것만 같았다. 구역질나는 두통도 동시에 따라왔다. 아니, 그 구역질은 눈 때문만은 아니었다.

"정해준……."

이 미친 자는 진정 무슨 짓을 저지르고 있단 말인가. 안익태는 눈에서 손을 떼었다. 그러다 앙상한 자신의 손이 파르르 떨리고 있는 것을 발견했다.

쥐. 까마귀. 개와 돼지. 소. 말. 그리고 사람.

검은 피의 짐승들. 검은 피를 토하며 쓰러져 새까맣게 말라비틀어지며 죽어 가는 괴질의 이야기.

착각이 아니었다. 그의 기억은 정확했다. 대륙이 십수 개의 나라로 쪼개져 있던 옛 어느 시절에, 검은 역신이 나라 하나를 통째로 장사지냈다. 모두가 두려워하며 그곳을 피하였고 사람 살던 땅은 숲으로 변해 인적이 끊겼다. 그럼에도 불구하고 그 숲에 접한 마을에선 종종 까맣게 말라죽은 병자가 나와 황실이 금줄을 쳐 나라의 경계 밖으로 몰았다 했다.

그런데 그 검은 피가, 바다를 건넜다면?

그 쥐가 정말로 그 금줄 너머에서 들여온 것이라면?

허튼 걱정일 것이었다. 그런 일이 가능했다면 조선 땅에서 한 번도 그런 일이 일어나지 않았을 리가 없지 않은가. 지금 일어날 수 있는 일은 전에도 일어날 수 있었어야 한다.

그러나 반대로…….

무슨 일이든 '처음'은 있는 법이 아닌가. 이번이 그 처음이 아니라고 누가 장담할 수 있나.

서쪽의 바닷길들을 조사해 보라고 사람을 보냈다. 최대한 빨리 소식을 알리라 했으니 기다려 볼 일이었다. 하지만 어째선지 눅눅하고 축축한 불쾌감이 지워질 기색이 없었다.

그는 직감을 믿었다. 그래서 불안했다.

"도구는 쓸모가 있을 때나 도구인 것인데."

그자는 가당찮게도 자신의 쓸모를 아득히 넘어설 작정인 듯하였다. 안익태는 혀를 차며 수염을 쓸었다.

***

하루가 지나가고 또 하루가 지나갔다. 똑같은 일상의 반복이었다. 나란히 늘어선 세 방 주인은 채란이 예상했던 것보다 더 심심한 하루하루를 보내고 있었다. 모두들, 그날의 일에 관련된 것은 한마디도 입에 올리지 않았다. 이야깃거리는 궁색했고 그나마 짝이 맞는 현과 석도, 솔은 지금쯤 농사일을 뭘 해야 할 때이네, 올해는 큰일이네 하며 걱정만 나누었다. 민훈은 한 마디 말도 섞지 않으며 방에 틀어 박혀 있을 뿐이었다.

솔은 민훈을 의도적으로 피해 다녔지만, 어느 순간 그 또한 자신을 피해 다니고 있는 게 아닌가 의심하게 되었다.

놀라울 정도로 조용한 나날이었다. 아무런 위기도 아무런 위협도 없었다. 좌상 쪽의 자객은 그림자도 보이지 않았다. 솔은 이제 돌아가겠다고 우겼다. 태출이 돌아올 때도 되었다. 언제까지고 갇혀 있을 수는 없는 노릇이었다.

민훈은 단칼에 거절했다.

"그것을 기다리고 있는 것일 수도 있잖나."

솔은 말문이 막혔다. 현이 며칠만 더 기다려 보자며 그녀를 진정시켰다. 어느새 다음 날이 마지막 독경회가 열리는 날이었다. 거기만 다녀오고 나서, 무슨 수를 써서든 여기서 도망치고 말겠다고 솔은 다짐했다.

현과 석도가 그녀의 부탁으로 집에 다녀왔다. 마을사람들이 몇씩 일손을 보태 준 덕에 솔이네 논과 밭들도 그럭저럭 무사하다는 소식을 전해 듣고 솔은 조금 마음을 놓았다. 하지만 부탁한 서책을 찾아 건네주는 현의 얼굴은 몹시 어두웠다.

"이런 책들은 어디서 났느냐."

"그…… 시전 사람들이랑 같이 공부한다는 모임에서요."

"내일이라 하였지? 같이 가자."

"예? 뭐하러요, 하하하. 괜찮아요! 이것만 돌려주고 바로 돌아올 테니까."

"아니다. 같이 가야겠다."

단호한 목소리였다. 그 힘에 눌려, 솔은 고개를 끄덕이고 말았다. 저쪽에서 먼 산을 보고 있던 민훈이 덧붙였다.

"그냥 가지 마라. 사람 시켜 보내면 된다."

"싫습니다. 나리는 상관 마시지요."

솔은 날카롭게 쏘아붙이고는 방으로 쏙 들어가 버렸다. 그래도 오늘은 두 마디나 이야기를 나누다니, 대단하다고 석도는 생각했다. 도무지 할 일 없는 일상에 지쳐 있던 그는 요새 저 둘의 눈치를 읽는 것이 유일한 재미였다.

평소 같으면 무표정한 얼굴 뒤에서 소리 없이 이를 갈 민훈이었건만, 지금은 웬일인지 생각에 잠긴 모습이었다. 뭔가 꿍꿍이가 있는 기색이었다.

"석도?"

"아, 아닙니다, 도련님!"

너무 재미있어 한 모양이었다.

***

혼자 쓰는 방은 너무 넓었다. 너무 넓어서, 누운 자리 위가, 아래가, 좌우가 휑한 그 느낌이 그렇게 불안할 수가 없었다. 하루는 뜬 눈으로 밤을 지새웠다. 그 다음 날부터는 자리에 누워 혼자 가슴을 토닥이며 자장가를 불렀다. 그 뒤로는 열 번 쯤 부르는 사이에 스르르 잠이 들곤 했다. 오늘도 그랬다.

그런데 왜 깨어 버린 것일까.

탁 하는 소리. 바닥에 바늘 떨어지는 것 같은 작은 소리였지만 솔은 알았다. 귀가 먼저 알고 그녀를 깨운 그 소리의 정체.

솔은 벌떡 일어났다. 문을 박차고 나가고 싶은 마음을 간신히 억눌렀다. 그녀는 조심조심 소리 없이 문을 열었다.

"아아……."

있었다. 저 마당 한쪽 끝 나무 아래에. 언제라도 그 뒤를 돌아 거짓말처럼 사라질 것 같은 모습, 무성한 나뭇가지에 걸러진 달빛이 검은 옷자락 위로 어지러이 부서지는 그 모습, 그녀가 기억하는 그대로.

솔은 맨발로 바닥에 내려섰다. 한 걸음, 한 걸음마다 잔 모래알이 발바닥을 찔렀다. 상관없었다. 걸음마다 속도가 붙었다. 가슴이 두근거렸다. 얼마나 기다려 왔던 순간인가. 솔은 달렸다. 마지막에는 있는 힘껏. 다시는 도망치게 두지 않을 작정이었다.

그녀의 주먹이 번개처럼 뻗어나갔다.

"……?!"

저승사자가 기겁하며 그 주먹을 피했다. 가냘픈 주제에 허공을 스친 주먹에서 바람소리가 났다. 온몸으로 놀라 주춤 물러서는 차사를 향해, 솔이 으르렁거렸다.

"이리 와요."

정체 모를 분노가 깊은 곳에서 끓어올랐다. 아니, 정체를 모르지는 않았다. 솔은 주먹을 풀더니 천천히 손짓했다.

"안 와요?"

몸을 잔뜩 긴장시킨 공격 자세였다. 저승사자는 고개를 가로저었다. 솔은 부르르 몸을 떨었다.

"내가…… 내가 얼마나 찾았는데! 도대체 왜……! 내 말 전해 듣긴 했던 거예요? 정말? 더 빨리 와야 했다는 생각 안 해 봤어요? 하나부터 열까지 그렇게 자기 마음대로 하면 좋아? 내 장담하는데 하고 있던 일도 제대로 안 풀렸을 거야! 맞아요, 틀려요? 거봐, 맞네! 그냥 날 찾아왔으면 한 방에 해결해 줄 수 있었는데! 고집은 쇠심줄처럼 질겨 가지고……!"

저승사자가 황급히 입 앞에 손가락을 세웠다. 솔은 어깨를 들먹이며 쏟아져 나오는 말을 겨우 막았다. 다행히 뒤쪽 방들에선 인기척이 없었다. 솔의 거친 숨소리만 빈 마당을 울렸다.

"그래도……."

솔은 눈을 질끈 감았다.

"고마워요."

저승사자의 몸이 움찔했다.

"정말 고마워요. 구해 주신 거죠? 나 잊어버리신 건 아니었어. 지켜보고 계셨던 거죠? 저 정말 무서웠는데…… 정말. 고마워요. 정말 고마워요. 그런데."

그 얼굴을 두 손에 파묻었다.

"보고 계셨으면 알 것 아냐. 왜 하필 여기예요? 조금만 더 고생해 주시지. 저희 집까지 데려다 주셨으면 안 되는 거였어요? 전 이젠…… 어떻게 해야 할지 모르겠는데……."

솔은 바닥에 쪼그려 앉았다.

"아세요? 저 저분 얼굴 마주 볼 수가 없어요. 여기가요. 숨 쉬기가 너무 힘들어요. 여기가 하루 종일 쿵쾅대서 아무 것도 할 수가 없어요. 저 안 그러기로 했거든요. 이젠 정신 차리기로 했거든요? 잘 배웠다고 생각했거든요……? 그런데 벗어날 수가 없어요. 아무리 못된 소릴 해도 화도 내질 않고 쫓아내 주지도 않아요. 저 이제 어떻게 하면 좋아요?"

조금씩 섞이던 울음은 말끝에 이르러 흘러넘쳐 버렸다. 소리 죽여 흐느끼는 그녀의 곁으로 저승사자가 다가왔다. 망설이듯 바라만 보다가 쭈뼛쭈뼛 뻗은 손이, 조심스럽게 그 등을 토닥였다. 그게 왠지 마음 놓이면서도 더 서러워, 솔은 마음 놓고 울어 버렸다. 오래오래 마음껏.

얼마의 시간이 지났을까. 우여곡절 끝에 둘은 나무를 등지고 반대로 앉았다. 솔이 눈을 벅벅 닦고 나무 곁에 털썩 앉았고 저승사자는 슬그머니 반대쪽에 자리잡았다. 다행이라고 생각했다. 한바탕 울고 나니, 뒤늦게 좀 민망해지기도 했던 것이다. 솔이 코를 훌쩍이곤 다시 말문을 열었다.

"근데 오늘은 왜 말씀이 없으세요?"

나뭇가지를 든 손이 뒤에서 옆으로 뻗어 나왔다. 가느다란 나뭇가지가 흙바닥을 스치며 글자 몇 자를 만들어냈다.

"목을 다쳐……요? 아이고, 괜찮아요?"

솔이 놀라서 돌아 나오려는 걸 예상이나 한 듯, 나뭇가지가 다시 급하게 글자를 쏟아냈다.

"별일 아니라면 다행이지만요. 차사님은 약 같은 것도 못 쓰세요? 필요 없……긴. 쉬면 되면 쉬셔야지 여긴 또 어쩐 일로 오셨대요. 헤헤, 설마 저 잘 있나 보시려고……? ……아니면 말구요. 거 필치 참 단호하네."

솔이 투덜거리기 시작했다. 그 사이에 저승사자는 또 한 문장을 만들어냈다. 한 자 한 자 천천히.

내일 가지 마라.

솔은 미간을 좁혔다.

"차사님도 똑같은 말씀을 하시네요. 하지만 안 돼요. 이건 양보 못해요. 그래도 신세지고 정들었던 분들인데, 적어도 마지막 인사 정도는 하고 싶다구요. 아! 아니면 차사님께서 지금 저 도망치게 해 주시는 게 어때요? 집까지 데려다주시면 다시 생각해 보……."

안 돼.

"아 왜요!"

뻔히 알고 있는 대답을 매번 하게 만든다. 저승사자는 포기한 기세로 아무렇게나 글씨를 그렸다.

"무, 무겁……! 제가 무거워?"

솔이 벌떡 일어나서 나무를 휙 돌았고 저승사자는 날렵하게 그 손을 피했다. 솔은 아쉬운 듯 이를 악물며 자리로 돌아갔고 저승사자도 경계하며 다시 자리에 앉았다. 솔은 손끝으로 바닥을 문지르며 중얼거렸다.

"이상하네. 우리 예전이랑 좀 다른 것 같지 않아요?"

나뭇가지는 움직이지 않았다.

"차사님, 오늘 왜 이렇게 힘이 없으세요? 전 같았으면 저 백 번도 더 비웃고 괴롭히고 위협하고, 제 이야기는 모조리 무시하고, 일거리나 하나 툭 던져주고 사라지셨을 분이잖아요. 여태 듣고만 계시네. 무슨 일 있으세요?"

짧게 끊어지는 숨소리. 그것이 차사 특유의 소리 없는 헛웃음이라는 것을 솔은 알았다.

그래도, 웃네.

솔의 입에도 희미하게 미소가 떠올랐다.

"말해 봐요."

나뭇가지가 떠올랐다. 한참 허공에서 길 잃고 멈춰 있던 가지가 결국 힘없이 바닥으로 떨어졌다.

민훈은 입을 열었다. 쉬고 갈라진 목소리는 차분했다.

"내가 이런 일을 할 자격이 있는지 의심이 생기기 시작했다. 내가 움직일수록 일이 더 망쳐지는 느낌이고, 누군가는 나 때문에 모든 것이 시작되었다 한다. 그렇다면…… 내가 움직이지 않는 것이, 세상에 더 이로운 일 아니겠느냐는…… 그런 생각이 들어서."

하지만 그 속에 숨은 흔들림이, 솔에게는 선명히 보였다. 솔은 뒤를 돌아보았다. 눈에 들어오는 것은 나무에 가리지 않은 흑립의 가장자리와 긴 소맷자락 뿐. 그것만으로도 알 수 있었다. 그가 있는 곳. 몸이고 마음이고 완전히 지쳐 버려, 물 뿌린 잿더미처럼 되어 버린 자신과…… 그것을 인정하지 않으려고 몸부림치는 자신이 뒤엉키는 그 시간, 그곳.

언젠가 솔 자신이 그랬던 것처럼.

"저희 엄마가 해 주셨던 말씀이 있어요. 절대로 누가, 무엇이 말을 걸어도 절대 들리는 척 하지 말고 아무리 도와 달라 청해도 절대 돌아보지 말라고. 아마 제 친구들 이야기였겠죠? 엄마도 알고 계셨나 봐요. 지금 생각해 보면…… 저랑 같은 힘을 가지셨던 게 아닌가 싶어요. 어렸을 때는 정말 무서웠어요. 나한테는 분명히 들리는데, 아무도 안 들린다는 거야. 너 좀 이상하다고…… 무섭다고 하는데 저도 얼마나 무섭던지. 그래서 정말 아무 것도 안 들리는 척 했었어요. 그런데 어느 날 말예요. 동네 할아버지 한 분이 사라지신 거예요."

솔은 어깨를 으쓱했다.

"비가 많이 와서 개천이 불어난 날이었거든요. 사람들이 그때 쏠려 가셨나 보다고, 어쩌면 좋냐고 허둥지둥 주변을 뒤졌는데 찾을 수가 있나요. 모두 발만 구르고 있는데 개구리 한 마리가 계속 부르는 거예요. 개굴. 나 알아. 도와줄까? 나 알아. 개굴. 도와줄까?"

키득키득 웃음이 나왔다.

"가끔 생각해요. 내가 뭐라고, 내가 어쩌자고 이렇게 살고 있나. 그때 내가 엄마 말대로 아무 것도 안 들리는 척 살았으면 지금의 나는 어떤 내가 되어 있었을까. 어쩌면 세상은 좀 덜 이상한 곳이 되었을지 모르죠. 전 좀 더 편하고 행복하게 살 수 있었을지도 몰라요. 하지만 그때 제가 안 들린다고 했으면…… 아무 것도 안 했으면, 그 할아버지는 집에 돌아가지 못하셨을 거예요."

솔은 몸을 기울였다. 둘을 가로막은 벽 같은, 둘의 머리 위를 함께 인 기둥 같은 나무 너머로 고개를 뻗어, 그녀는 그를 올려다보았다.

"그리고 차사님도 나 없이 좀 더 고생하셨어야 했겠죠?"

그녀는 웃었다. 장난스럽게. 그리고 나무 뒤로 다시 쓱 숨었다.

"다 잘될 거예요. 안 되면 어때요? 아무 것도 안 한다고 뭐 일이 더 잘 돌아가겠어요? 그때 가서 다시 후회하는 것도 괴로우니까."

솔은 깊이 숨을 들이마셨다. 밤공기는 작은 가슴을 한가득 채워 맴돌고는 잔잔한 목소리가 되어 날아갔다.

"그러니까…… 힘내요."

별이 참으로 많은 밤이었다. 너무 밝다고 생각하며 괜히 얼굴을 가리려는데, 나뭇가지가 스르르 다시 움직였다.

고맙다.

너도.

웃음이 터져 나왔다. 솔은 입을 막고 어깨를 들썩였다.

***

"……도련님?"

현은 손을 들었다. 석도는 입을 다물고 다시 이불 위에 몸을 눕혔다. 별이 너무 많은 밤이었다. 쏟아질 듯한 별빛이 장지문의 얄팍한 창호지를 뚫고 방 안을, 문에 기대앉은 현의 얼굴을 밝혔다.

그는 눈을 감았다. 그리고 다시 떴다. 마른 입술은 반만 벌어졌다가 다시 굳게 다물어졌다. 우는 것 같기도 하고 웃는 것 같기도 한 입가가 흐릿한 미소 비슷한 것을 그렸다.

현은 다시 눈을 감았다. 무릎에 의지한 손에 이마를 기대고, 그는 무엇인가 큰 결심을 한 듯한 얼굴로 작게 고개를 끄덕였다.

***

솔은 조심조심 방 안으로 돌아왔다. 여전히 인기척이 없어 다행이었다. 저리 밤잠이 깊으면서 어찌 자신을 지킨다고 장담했던가, 어이가 없기도 했다.

오랜만에 기분이 좋았다. 가능하다면 콧노래를 흥얼거렸을 것이다. 내일 일을 마치고 집으로 도망가면서는 필히 노래라도 부르리라고 그녀는 다짐했다.

내일. 마지막 독경회.

솔은 머리맡에 두었던 시백의 책을 다시 한 번 쓸어 보았다. 내일이면 모든 것이 끝난다. 그녀의 뜻대로 되든, 아니든.

안녕, 엄마.

나는 엄마를 아빠와 나만이 아는 엄마로…… 음식을 정말 못 만들었고 빨래는 더 못했지만 보고만 있어도 웃음이 나오던 사람으로, 항상 나를 쓰다듬으며 종종 자장가를 불러 주던 사람으로 기억할게. 엄마가 그러고 싶어 했던 것처럼.

불현듯 졸음이 쏟아졌다. 그리 피곤한 일도 없었는데 이상할 정도였다. 좋은 냄새가 나는 이불 위로 기어 올라가서, 솔은 눈을 감았다.

***

"------."

"---!"

눈이 떠졌다.

본 적 있는 풍경이 그녀를 맞았다. 불바다. 시퍼렇고 새빨간 불꽃이 눈앞을 가득 메운 어둠 속. 깊이 모를 공포와 슬픔에 숨이 턱 막혔다.

불꽃 속의 여인은 스러지고 없었다. 오직 솔을 등지고, 이름 모를 소년 하나만이 불길을 바라보며 서 있었다. 낡고 거친 옷자락을 향해 불티가 튀어올랐다. 소년이 앞으로, 그 연옥을 향해 한 발을 내딛었다.

"안 돼!"

솔이 달려 나갔다. 손을 잡고 있던 엄마는 기다렸다는 듯 솔을 놓아 주었다. 멀지도 않은 거리인데 한 달음에 닿지 않았다. 어려진 몸이 야속했다. 또 한 걸음 나간다. 솔은 이를 악물고 땅을 박찼다. 마지막 한 걸음 직전, 솔은 소년을 뒤에서 확 껴안고 당겼다. 작은 두 몸이 바닥을 굴렀다. 눈 쌓인 바닥은 소름이 끼치도록 찼다.

"야, 너! 그만 해! 무슨 짓이야!"

백짓장처럼 창백한 얼굴. 부릅뜬 눈에서 턱 끝까지 말라붙은 눈물이 이어져 있었다. 울음을 참느라 꼭 깨문 입술에선 피가 배어 나왔다.

그녀가 아는 얼굴은 아니었다. 하지만 왠지 몹시도 낯익었다. 아이의 절망이 아프도록 전해졌다.

"이거 놔."

"싫어. 저쪽으로 가자. 여기 위험……."

"놓으라고!"

한순간 파도처럼 큰 바람이 덮쳤다. 솔은 움찔했다. 소년도 겁먹은 듯 몸을 움츠렸다. 어느새 그들 주위를 무언가가 둘러싸고 있었다. 그림자들이었다. 그들보다 훨씬 더 키가 큰 어른의 그림자들. 셀 수 없이 많은 어른들이 그들을 에워싸고 들여다보고 있었다. 그들이 손을 내밀었다.

- 그 아이, 이리 내라.

거칠게 갈라진 목소리들은 쇠를 긁는 듯했다. 소름이 끼쳤다. 어디선가 긴 비명소리도 들려왔다. 솔은 소년을 자기 등 뒤로 숨겼다.

- 그 아이, 내놔.

- 내놔라. 어서. 어서.

"싫어. 저리 가요!"

그 와중에 소년은 비척비척 일어서서 다시 불가로 걸어가려 하고 있었다. 솔은 거칠게 그 손을 잡아 당겼다.

"그러지 마! 응? 제발! 그러지 마!"

슬프고, 무섭고, 화가 나고, 답답했다. 솔의 눈가에도 눈물이 맺히기 시작했다. 그때였다.

파삭 하고, 언 눈이 발밑에서 부서지는 소리가 났다. 파삭, 파삭…… 점점 다가오는 발걸음 소리. 주변의 외침이 순식간에 잦아들더니 그림자들이 한 곳을 틔웠다. 그 속에서, 누군가가 걸어 나왔다. 새하얀 도포자락이 길게 펄럭였다. 그녀가 아는 얼굴이었다.

시백.

윤시백.

하지만 그는 그녀가 알지 못하는 얼굴을 하고 있었다. 웃음기 한 점 없는 그 얼굴은 냉엄하면서도 공허했다. 왜 화가 났을까 생각했다가, 고개를 가로젓고 말았다. 저것은 화가 난 얼굴이 아니었다. 그는 본디 그대로의 모습으로 돌아간 것뿐이었다. 한겨울의 폭설을 그대로 따다 사람으로 빚은 듯한 그 모습은 참으로 잔혹하고 엄정해 보였다. 그러면서도 아름다웠다. 그리고 두려웠다.

왜 이 남자는 이런 눈으로 자신을 보고 있는가.

그가 손을 내밀었다. 솔은 본능적으로 아이 앞을 가리고 섰다.

"그 아이, 이리 보내라."

"싫습니다."

여전히 아이의 목소리라 떼를 쓰는 것처럼 들렸다. 그게 화가 났다. 시백은 웃었다. 텅 빈 웃음이었다.

"주변을 돌아봐라, 이솔."

"……"

"여긴 널 도와줄 사람이 아무도 없단다."

언제부터 그곳에 있었는지, 시백은 손에 든 장검을 천천히 뽑았다. 뼈가 시린 쇳소리가 길게 울려 퍼졌다. 그는 시퍼렇게 날이 선 검을 솔에게 겨누었다. 코끝에, 칼끝이 닿을 것만 같은 거리였다.

솔의 몸이 와들와들 떨리기 시작했다. 꽉 쥔 손을 통해 소년도 떨고 있다는 것을 알 수 있었다. 아무래도, 솔보다 더.

솔은 이를 악물었다.

"제가 도와줄 사람 살펴가며 사고치는 줄 아세요?"

그녀는 맞서기로 했다. 소년의 손을 굳게 쥐고서. 절대 놓칠 수 없다는 듯 꼭 움켜쥐고서.

그 모습을 물끄러미 내려다보던 시백이 턱짓으로 한쪽을 가리켰다. 눈을 돌려 보니 어둠이 걷힌 한 구석이 보였다.

아빠. 그리고 그들의 집.

사립에 꽃 덤불이 우거진 봄날이었다.

툇마루에 앉은 태출이 큰 하품을 늘어지게 하더니 손으로 턱을 괴었다.

- 얜 왜 이렇게 안 오냐, 또.

"네 자리는 저기가 아니냐. 놓고 돌아가라."

그 풍경을 덮으며, 이쪽에선 함박눈이 떨어지기 시작했다. 오랜만에 보는 아빠 모습에 목이 메었다. 하지만 솔은 고개를 저었다. 그녀는 몸을 일으켰다.

생각했던 것보다 더 높은 곳까지 눈에 들어왔다. 어느새 몸이 제 나이를 찾아 자라 있었다. 소년을 치마폭으로 감싸며, 솔은 눈앞까지 따라 올라온 칼끝을 무시했다. 그녀의 눈이 시백의 눈을 똑바로 마주했다.

"싫어요."

사방의 그림자들이 일제히 칼을 뽑아들었다. 폭포수 같은 쇳소리를 뿜어내며 그들이 달려들었다. 솔은 눈을 질끈 감고 아이를 감싸 안았다.

***

"솔아, 일어나야지?"

눈을 떴다.

솔은 거칠게 숨을 들이마셨다. 물에 빠졌다 나오기라도 한 것처럼 숨이 찼다. 심장이 미친 듯이 쿵쾅거렸다.

"별일이네. 아직도 자나?"

높은 여름 햇살이 온 방안을 환하게 밝히고 있었다. 솔은 겨우 입을 열었다. 쥐어짜는 듯 쉰 소리만 새어나와, 몇 번 더 목을 가다듬어야만 했다.

"나…… 나가요!"

마지막 독경회 날이 밝았다.

***

간밤의 악몽이 내내 마음에 걸렸다. 그 소년이야 이전 꿈에서도 본 적 있다 하지만, 거기서 왜 윤시백이 나타나게 되었는지 도무지 이해가 가질 않았다. 하지만 그런 고민은 방을 나서다 민훈과 마주치고 도망가느라 반쯤 잊고, 현과 석도와 마주앉아 평소와 똑같은 한담을 나누다 또 반쯤 잊고 말았다.

하늘이 붉게 물들었다. 약속시간이 곧이었다.

"굳이 왜 이렇게 늦은 시간에……."

현이 부채를 모아 쥐며 중얼거렸다. 솔은 괜히 눈치가 보여 변명하듯 말했다.

"모두 시간이 맞는 날짜가 없어서요. 더 이상 미룰 수 없어 늦게라도 보시기로 했대요. 그나마 많이 모일 수 있는 날과 시간인가 봐요."

"그렇구나."

현은 소맷자락을 뒤지더니 무엇인가를 불쑥 내밀었다. 솔은 반사적으로 두 손을 내밀었다. 그가 건넨 것은 칼집에 단단히 갈무리된 짧은 칼 한 자루였다. 솔의 실 상자에 들어 있던 바로 그 칼이었다. 저승사자의 칼.

"미안하다. 네가 사라진 날 혹여 단서가 있을까 싶어 집을 뒤져봤구나. 만일을 대비해 오늘은 몸에 지니고 다니는 게 좋겠다."

"……그럴게요."

민훈이 방문을 열고 나타났다. 청색이 엷게 흐르는 도포 위로 붉은 노을이 비스듬히 흘렀다. 홀린 듯 그쪽을 쳐다보던 솔은 얼른 다시 시선을 피했다. 그래서 그녀는 보지 못했다. 그의 손에 들려 있는, 천으로 둘둘 만 길쭉한 무엇인가를. 현도 석도 그 물건의 정체를 알았고 그래서 그들은 아무 말도 하지 않았다.

"가, 갈까요?"

솔은 부러 크게 외치더니 얼른 앞장섰다. 절대 뒤를 돌아보지 않겠다며 온몸으로 외치는 모양새였다. 민훈은 조용히 쓴웃음을 지었다.

현과 석도가 그녀의 곁에 붙었고 민훈은 그들 두어 걸음 뒤에서 뒤를 따랐다. 대문가에 서 있던 채란이 그들을 배웅했다. 마지막에 문을 지나치며 민훈은 채란에게 짧은 부탁을 남겼고 채란은 고개를 끄덕였다.

"그리 해 두겠습니다. 쓸 데 없는 조치가 되었으면 좋겠군요."

"고맙네."

거리는 하루를 마무리할 준비로 분주했다. 울고 웃고 싸우고 인사하는 그 사이를 지나쳐, 솔은 미리 이야기 들은 대로 실 가게 주인 노인의 집을 찾았다. 구석이지만 시전 한 구석을 번듯이 차지하고 있던 가게와는 딴판으로 노인의 집은 골목 깊은 안쪽까지 찾아 들어가야 했다.

갈림길 앞에서 고민하고 있을 때 비로소 민훈이 앞으로 나섰다. 그는 한쪽 길을 택해 거침없이 나아갔고 솔은 투덜거리며 그쪽으로 걸음을 옮겼다. 길가에 나와 섰던 노인이 그들을 보고 환하게 웃었다.

"길 복잡했을 텐데 잘도 찾아왔네! 응? 아이고, 또 뵙습니다, 나리님도."

노인이 민훈과 현을 향해 허리를 숙였다. 현은 복잡한 미소를 지었다.

"불청객이 좀 끼어도 되겠습니까?"

"오신다는데 저희가 어찌 막겠습니까마는…… 담 약한 여인네랑 아기들이 있어서 불안해할까 걱정이……."

노인은 그렇게 말하며 석도 쪽을 곁눈질했다. 난처한 기색이었다. 특히나 요사이 흉흉한 소문으로 독경회 장소까지 옮긴 터였다. 누가 봐도 위협적으로 생긴 사람이 불쑥 끼어드는 일이 쉬울 리가 없다. 현은 고개를 끄덕였다.

"알겠습니다. 석도는 밖에서 좀 기다려 주세요."

"그럴 수는 없습니다, 도련님."

석도가 미간을 좁혔다.

"괜찮습니다. 여차하면 이 인간도 있으니."

현은 부채 끝으로 민훈 쪽을 대강 가리켰다. 실랑이 끝에 결국 석도는 자신은 바깥쪽을 살피겠다고 웅얼거리고는 물러섰다. 나머지 셋은 노인을 따라 집 안으로 들어섰다.

독경회는 노인의 집 방에서 진행되는 것이 아니었다. 공연히 누가 모르는 사람이 갑자기 들이쳤을 때 오해를 산다며, 노인은 집 뒤쪽의 광으로 그들을 안내했다. 작은 들창 하나도 불빛이 새어 나가지 않게 무엇인가로 가려 놓은 상태였다. 안에는 이미 다섯이 먼저 도착해 앉아 있었다. 그들은 솔을 반갑게 맞이했다. 솔도 손을 번쩍 들었다.

"모두들 잘 지내셨어요?"

"그럼!"

"근데 왜 이렇게 침침하게 하고 계시대요? 이러니까 오히려 더 수상해 보이는데! 하하하."

웃으며 말했지만 날카로운 지적이었다. 민훈은 고개를 끄덕일 뻔했다. 노인은 다른 독경회 사람들이 조언해 주었다며 걱정스러운 얼굴이 되었다.

"내가 잘못했나?"

"에이, 그런 뜻이 아니라…… 아, 이분은요."

솔은 현을 소개했다. 같은 마을에 살고 있는 친분 있는 도련님으로, 세상 이치 공부에 워낙 관심이 많으셔서 한번 모셔와 봤다는 설명이면 충분했다. 그보다 더 선하고 보기 좋기도 힘든 외모가 큰 역할을 했다. 모두들 흔쾌히 그를 받아들였다.

아니…… 나리 때랑은 너무 다르잖아……?

다행이다 싶으면서도 왠지 마음 한구석에서 삐죽한 생각이 솟아오르는 것이었다. 외양이야 도련님같이 선이 가늘고 고운 축이 아니라서 그렇지, 나리 쪽도 만만찮은 미남이 아닌가. 저 살벌한 눈만 어떻게 해 보면 둘이서 한양을 나눠먹기 해 볼 수도 있……

거기까지 생각하다가 솔은 자기 뺨을 마구 때렸다.

"괜찮니? 무슨 일이야?"

"아니에요!"

아직 시백의 얼굴은 보이지 않았다. 만나자마자 책 얼른 넘기고 사람들에게 인사하고 돌아가려 했는데 낭패였다. 솔은 조금만 더 기다려 보자고 마음먹었다. 본격적으로 시작하기 전까지도 안 나타난다면, 다른 사람들에게 책을 맡기고 일어서는 편이 좋을 것 같았다.

현은 웃는 낯이었지만 긴장한 기색이 역력했다. 나리도 또 지체

한다며 그 흉험한 눈으로 이쪽을 노려보고 있겠지 싶었다. 어깨 너머로 조심조심 건너편을 살피던 솔은 입술을 꾹 깨물고 말았다. 민훈은 넋 놓은 기색으로 엄마 품에 안겨 온 아기를 쳐다보고 있었다. 돌쟁이 아기가 방싯거리며 그를 향해 손을 내뻗고 있었다. 여전히 강철같이 차가운 표정이었지만, 솔의 눈에는 마주 손을 흔들어주고 싶은 욕구를 꾹 누르고 있는 것이 빤히 보였다.

그래. 저런 사람이었지.

입가로 비식 웃음이 샐 뻔했다. 솔은 얼른 입을 가렸다.

안부 인사는 길지 않았다. 한담은 뚝뚝 끊겼다. 다들 늦은 시간과 낯선 장소를 내심 불편해하고 있었다. 그들은 그저 서로를 아끼고 좋아하는 이웃들일 뿐이었다. 비밀스러운 회합은 이유 없이 죄책감을 자극하고 있었다.

시백은 여전히 나타날 기미가 없었다. 솔은 그만 일어날 때라고 생각했다.

"저기……."

"잠깐만. 아이고, 너무 덥다. 내 정신 좀 보게. 다들 기다려 봐봐."

노인이 몸을 일으켰다. 아닌 게 아니라 한여름밤의 문 닫힌 광 안은 덥긴 더웠다. 노인은 도움도 마다하고는 광 밖으로 나가더니 잠시 후 상 하나를 들고 왔다. 다른 일행이 얼른 일어서서 그것을 함께 받아들었다. 그 위에는 큼직한 물동이와 낡은 나무잔 여러 개가 올라가 있었다. 물동이 안에서 향긋하고 달콤한 향이 피어올랐다.

"누가 오미자 담갔다고 좀 주고 갔네. 시원하게 타 왔으니 한 잔씩들 마시자고."

듣던 중 반가운 소리였다. 누가 먼저랄 것도 없이 나서서 그릇을 돌렸다. 한 잔 받아든 솔도 마른침을 꼴깍 삼켰다. 다들 기다렸다는 듯 단숨에 잔을 비우고 칭찬을 늘어놓았다.

"누군지 솜씨가 참 좋소!"

"그렇지? 거, 옆 동네 독경회 나가는 친구인데 거기서 같이 만들었다더라고."

"고마워라. 우리도 뭐 좀 보내야 하는 거 아니에요?"

솔이 얼른 맛을 보려는데 현이 손을 슥 내밀어 그녀의 잔 위를 가렸다. 솔이 눈이 동그랗게 뜨자 현이 나지막하게 속삭였다.

"바깥 음식은 피하는 게 낫겠다."

"네? 아니, 시호 아씨가 설마 이런 데까지……."

너무 지나치지 않은가. 호의로 챙겨 주시는 음식인데 굳이 그래야 할까. 솔은 고개를 가로젓고는 잔을 당겼다. 현이 다시 뭐라 잔소리를 하려는 차였다. 민훈이 자리에서 일어섰다. 사람들이 흠칫 놀라서 그를 올려다보았다.

"……불?"

작게 중얼거리는 민훈이었다. 솔은 깜짝 놀라서 코를 킁킁거렸다. 듣고 보니 뭔가 타는 냄새가 나는 것 같기도 했다. 웬만해선 알아차리지도 못할 정도의 냄새건만. 자각하는 순간 등줄기에 소름이 오소소 끼쳤다. 불?

"불? 나리, 그게 무슨……으응……?"

몸을 일으키던 노인이 뒤로 풀썩 쓰러졌다.

"어어!"

"어이쿠! 할매! 괜찮……."

허둥대며 노인을 흔들던 중년의 여인도 말을 잇지 못하고 앞으로 고꾸라졌다. 그게 신호라도 되는 것처럼 사람들이 끈 떨어진 꼭두각시처럼 엎어지기 시작했다. 솔이 벌떡 일어나서 그들에게 달려갔다. 현도 급히 사람들을 살폈다.

모두 깊은 잠에 빠진 듯 의식이 없었다. 맥이 이상할 정도로 느렸다. 모두 잔을 비운 사람들이었다. 오직 어린 아기 하나만이 엄마 품에 반쯤 깔린 채 울음을 터뜨렸다. 민훈이 얼른 아기를 바르게 안아들었다.

어느새 매캐한 연기 냄새가 짙어져 있었다. 문을 밀어 보던 민훈의 얼굴에 당황한 빛이 스쳤다.

이 상황, '그때'와 똑같지 않은가.

"잠겼어요?!"

그는 고개를 끄덕였다. 솔의 얼굴이 새하얗게 질렸다.

연기. 불. 불꽃.

손이 떨리기 시작했다. 함께 문을 밀어보던 현의 얼굴도 창백해졌다.

"어째서? 석도는?!"

"받게."

민훈이 현에게 아기를 넘기고는 어깨로 쾅 소리 나게 문을 들이받았다. 현이 놀라 물러설 정도의 세기였다. 하지만 문은 크게 흔들릴 뿐, 열리진 않았다. 밖에서 누가 무엇인가를 걸어 놓은 모양이었다. 함정이었다.

연기는 점점 짙어지고 있었다. 솔은 떨리는 손으로 노인을 끌어당기고 등에 업었다. 힘없이 늘어진 몸은 젖은 이불처럼 무거웠다.

현이 들창을 가렸던 거적을 치웠다. 붉은 불빛과 날아오르는 불티가 보였다. 사람들의 아우성소리도 들렸다. 뭔가 잘못되어도 단단히 잘못되었다.

민훈은 검집에 두른 천을 단번에 풀어헤쳤다.

"무슨……?"

현이 다급하게 물었다.

"물러서."

민훈이 발검 자세로 몸을 낮췄다. 현의 눈이 흔들렸다. 아무리 서민훈이라 해도 저렇게 단단히 잠긴 문을 칼 한 자루로 어떻게 하겠다는 것인지 알 수가 없었다. 적어도 석도라면, 그 장사라면 어떻게든 해낼 수 있을 텐데. 하지만 그를 기다릴 시간이 없었다. 아니, 본래대로라면 그는 이미 이 자리에 있었어야 했다.

석도와 비교하면 저자의 체격은 평범하기 그지없다. 그런 몸에서 나올 힘이라고 해 봐야…….

"으으……."

노인이 신음성을 흘리며 숨을 헐떡였다. 솔은 들쳐 업은 노인의 몸을 추슬렀다.

"괜찮아요. 할머니. 괜찮아요."

괜찮지 않았다. 자신이.

코끝을 스치는 연기가, 그 흐린 불 냄새가 견딜 수 없게 무서웠다. 온몸이 와들와들 떨려 왔다. 눈앞에 그 어두운 광과, 안시호의 얼굴과, 향불에서 피어오르던 한줄기 연기가 획획 스쳐 지나갔다.

하지만 견뎌야 했다. 견뎌내지 못하면 사람들이…….

눈을 꾹 감아 솟아오른 눈물을 털어냈다.

그 순간 귓전을 때리는 굉음에 솔은 몸을 움츠렸다. 갑자기 맑은 바람이 훅 끼쳤다. 솔은 겨우 눈을 떴다. 짙푸른 밤하늘이, 별이 보였다. 무슨 일이 일어난 것인지 알 수 없었다. 그저, 드디어 살았다는 생각만이 들었다.

현은 경악한 얼굴로 입을 벌렸다. 문은 거짓말처럼 두 동강이 나서 나가떨어져 있었다. 민훈은 당연하다는 듯 칼을 집어넣고는 사람들 쪽으로 달려간 후였다. 그런 현의 곁을 솔이 지나쳤다. 비틀거리는 걸음으로나마 열심히, 그녀는 사람들을 구하고 있었다.

현도 정신이 번쩍 들었다. 품에 안긴 아기는 계속 울고 있었다. 서둘러야 했다. 그는 마당에 노인을 눕히고 있는 솔에게 달려갔다.

"네가 데리고 있거라."

현은 아기를 솔의 품에 가져다 안겼다.

"저, 저도!"

"우리가 더 빠르다. 이 어린 것을 바닥에 혼자 둘 테냐?"

그는 대답도 듣지 않고 다시 불이 붙기 시작하는 광 안으로 달려 들어갔다. 아기는 얼굴이 새빨갛게 변하도록 악을 쓰고 있었다. 잔뜩 겁을 먹은 모양이었다. 솔은 발을 구르며 아기를 토닥였다. 그때 민훈이 아기 엄마를 부축해 나왔다. 그는 아기 엄마를 노인 곁에 앉혔다. 차를 덜 마셨는지, 조금은 의식이 남아 있었다.

"우, 우리 애……."

"여기요!"

아기는 엄마 품에 안기자마자 울음을 뚝 그쳤다. 안심한 솔이 다시 광으로 향하려 하자 민훈이 그 어깨를 붙잡아 멈춰 세웠다.

"어딜 가느냐!"

"놓으세요! 사람들이 아직……!"

"네 꼴부터 보고 말해. 더 이상은 무리야!"

욱해서 소리지르려는데 눈앞이 핑 돌았다. 솔은 그만 바닥에 털썩 주저앉고 말았다. 민훈이 급히 그녀를 부축하려 했지만 솔은 손을 휘저었다.

"가세요, 그럼. 빨리."

민훈의 얼굴이, 한순간 일그러졌다. 뭐라고 막 튀어나오려는 한마디를 억지로 삼키고, 그는 다시 입을 열었다.

"조심해라."

솔은 작게 고개를 끄덕였다. 민훈이 다시 광 속으로 사라지자 문득 한기가 느껴졌다. 양팔을 껴안고 이 여름에 웬 추위인가 의아해하던 솔은 곧 깨달았다. 추위가 아니다. 공포였다.

그녀는 덜덜 떨리는 턱을 억지로 앙다물며 주위를 둘러보았다. 곳곳에서 불이 오르고 있었다. 이 집뿐만이 아니었다. 근처의 집들 너댓 채가 동시에 타오르고 있었다. 사람들의 고함소리와 비명소리가 밤하늘을 찢어발기고 있었다. 먼 곳에서도, 가까운 곳에서도.

갑자기 가까운 곳에서 찢어지는 비명소리가 울려 퍼졌다. 길게 꼬리를 끄는 짐승의 울음소리가 곧바로 이어졌다.

솔은 벌떡 일어섰다. 이 울음소리, 분명히.

"이리?"

하나둘이 아니었다. 그 울음소리에 화답하듯이 여러 곳에서 이리 떼들이 울부짖기 시작했다.

"어, 어떻게?"

도성 한복판에 어떻게 이 정도의 이리 떼가 들이닥칠 수 있나. 이곳이 숲속도 아니고.

한순간, 벼락같은 자각이 그녀를 덮쳤다. 그러고 보니 오늘 이 일, 그때 무명암에서의 일과 무섭게 닮아 있지 않은가. 솔은 몸을 떨었다.

잠긴 문, 불, 이리 떼.

그때 등 뒤에는 저승사자가 있었고 앞에는 얼굴 모를 사냥꾼이 있었다. 오늘 등 뒤에는……

긴 울음소리를 뚫고 말발굽소리가 들려왔다. 이 혼란 통에도 그 소리만은 이상할 정도로 잘 들렸다. 점점 더 가까워지는 소리였다. 그녀를 향해 똑바로 다가오는 걸음걸음들. 솔은 홀린 듯 길가로 나왔다.

묘한 기시감이 느껴졌다.

그래, 이 느낌. 익숙했다. 분명히…… 어젯밤 꿈에서도 이렇게.

자욱한 연기가 좌우로 흩어지더니 말 한 마리가 걸어 나왔다. 그 위에 올라탄 것은 새하얀 도포자락을 두른, 낯익은 얼굴의 한 선비.

가슴이 철렁 내려앉았다. 하지만 솔은 고개를 가로저었다. 그것은 꿈이었다. 그리고 이것은 현실이었다. 그들에겐 그가 필요했다. 솔은 그에게 달려갔다.

"나, 나리. 저 안에……!"

"알고 있어요."

알고 있다면서, 그는 웃고 있었다. 솔은 이해가 가질 않았다. 그저 그가 한 손을 천천히 들어올리는 것을 멍하니 지켜볼 뿐이었다.

따악.

"이솔. 나랑 재미있는 짓 한번 해 볼까?"

***

민훈은 연기가 자욱한 광 안으로 한달음에 뛰어들었다. 안에선 현이 고군분투 중이었다. 남은 사람들은 셋. 광 구석구석에 흩어져 있던 그들을 문 앞까지 끌어다 놓은 현의 얼굴은 땀범벅이었다. 현은 혼자 돌아온 민훈을 돌아보곤 고개를 끄덕였다.

시간이 촉박했다. 민훈은 현의 등에 마른 체구의 여인을 업혀서 내보냈다. 남은 사람은 둘. 그는 양팔로 한 명씩을 부축했다. 벽을 달군 열기와 연기로 호흡이 달렸다. 큰 숨을 삼키며 몸을 일으키는데 귀를 의심하게 만드는 소리가 들려왔다.

짐승들의 긴 울부짖음. 그것도 지척에서였다. 온몸의 피가 빠져나가는 듯한 느낌이었다.

민훈에게는 너무도 익숙한 소리였다. 이리. 이리 떼. 가슴이 철렁 내려앉았다.

이솔은, 괜찮나? 혼자 있었을 텐데?

부축한 사람들을 내팽개치고 당장 뛰쳐 나가고 싶은 충동이 일었다. 그는 가까스로 스스로를 설득했다. 이솔이다. 무시하면 안 된다. 현도 금방 나갔으니 어떻게든……!

민훈은 구르다시피 광 밖으로 빠져나왔다. 불붙은 광이 무너지면 어디까지 파편이 쏟아질지 알 수 없었다. 네댓 걸음 더 나아가 사람들을 내려놓고서, 그는 숨을 몰아쉬며 고개를 들었다.

없었다.

이솔이 없었다.

목이 꽉 졸리는 기분이었다. 민훈은 숨 쉬는 것도 잊고 급히 몸을 돌렸다. 어디로 갔…….

퍼억 하고, 둔중한 타격음이 울려 퍼졌다.

민훈은 멍하니 자기 가슴께를 내려다보았다. 낯익은 정수리가 그곳에 있었다. 몇 가닥 빠져나온 잔머리가 바람결에 날렸다. 작은 어깨도 보였다. 백화루에서 빌려 준 연회색 저고리에 그을음이 몇

점 튀어 있었다. 그리고 그 어깨에서 이어진 손. 단호히 모은 손이 쥐고 있는 것은, 끄트머리로 선혈이 뚝뚝 떨어지는 칼자루였다.

쿨럭, 목구멍에서 피가 솟구쳤다.

"안 돼!!"

이현의 목소리. 그쪽을 돌아볼 여유가 없었다. 고개를 번쩍 든 솔과 눈이 마주쳤던 것이다. 초점 없는 눈은 민훈을 보고 있었지만 동시에 민훈이 아닌 다른 것을 보고 있었다. 이를 악문 채, 그녀는 있는 용기를 모두 끌어 모아 적과 맞서는 절박한 표정이었다.

솔이 손목을 틀었다. 상처가 길게 벌어졌다. 민훈은 급히 솔의 손을 덥석 감아쥐었다. 쉽지 않았다. 솔은 그녀의 것이라고는 믿을 수 없이 강한 힘으로 칼을 틀고 있었다. 민훈의 입에서 고통 섞인 신음소리가 새어나왔다. 바닥에 핏방울이 후드득 떨어졌다.

"솔아! 그만 둬! 이솔!"

"포기해. 저 아이가 보는 풍경은 그리 호락호락하지 않으니까."

현의 절규를 뚫고 새로운 목소리가 끼어들었다. 민훈은 힘겹게 고개를 돌렸다.

윤시백. 말에 올라탄 그는 한 손으로 느슨히 고삐를 쥔 한가로운 모습이었다. 이 모든 참상에서 외따로 떨어진 그 평화는 소름끼치는 이질감을 품고 있었다. 그래서 말의 발치에 선 거대한 흰 이리마저 현실감이 없었다.

이리. 이리 떼. 이리 떼를 다루는 자.

민훈은 입을 열었다.

"원······?"

울컥 솟은 피에 고작 한 단어조차 완성되지 못한다. 시백이 온화하게 미소 지으며 그를 도와주었다.

"원주? 굳이 감투를 쓰자면 그렇게도 불리지."

누군가가 마당으로 달려들어 왔다. 온몸이 그을음 범벅에 짐승에 뜯긴 상처투성이인 석도였다. 뽑아든 검은 털과 피로 온통 더럽혀져 있었다.

"도련님!"

현은 좌우의 사람들에게 양팔을 붙잡힌 상태였다. 의식을 잃고 쓰러져 있던 독경회의 사람들이었다. 어찌된 일인지, 그들은 시백이 몇 마디를 중얼거리자 비척비척 일어서서 현에게 달려들었다. 현은 확신했다. 이들에게는 의식이 없었다. 그럼에도 무지막지한 힘을 가지고 있어 떨쳐낼 수가 없었다.

석도가 노호성을 지르며 그를 향해 달렸다. 아니, 달리려 했다.

"멈춰."

시백의 손에 어느새 팽팽히 당겨진 활이 들려 있었다. 화살 끝은 현을 정조준하고 있었다.

"방해하지 말게. 이런 기회는 다시 오기 쉽지 않으니 좀 도와줘. 부탁받은 일도, 내가 해 보고 싶었던 일도 지금 한번에 처리할 수 있게 되었거든. 그것만 끝내고 금방 사라져 줄 테니까."

그 부탁받은 일이 무엇인지, 그가 해 보고 싶었다는 일이 무엇인지 감히 물을 수가 없었다. 하지만 솔은 알고 있는 듯했다.

민훈의 머릿속에 새하얗게 번갯불이 튀었다. 솔이 있는 힘껏 깊이 칼을 찔렀다. 곧바로, 솔은 칼을 단숨에 뽑아냈다. 피에 젖어 미끄러워진 민훈의 손이 솔의 손을 놓쳤다. 혹여 그 작은 손이 부서질까 더 억세게 붙잡지 못한 탓도 컸다.

 역시, 치명상이었다. 몸이 무너져 내렸다. 한쪽 무릎을 꿇으며, 민훈은 가까스로 들고 있던 검집에 기대어 버텼다. 가물거리는 시야에 그를 버려두고 걸어가는 솔의 모습이 들어왔다. 그녀가 향하는 곳은 현이 있는 쪽이었다. 그녀의 뒷모습과, 이현의 믿을 수 없다는 듯 일그러진 얼굴이 겹쳐 보였다.

 아아.

 안 돼. 저자는…… 지금 저자가 원하는 것은.

 "솔아……?"

 현이 떨리는 목소리로 솔을 불렀다. 대답이 없었다. 그녀는 느리지만 멈춤 없는 걸음으로 다가오고 있었다. 그 손에 들린 것은 출발 전에 현이 넘겨 줬던 바로 그 칼이었다. 만일의 경우를 대비해, 몸을 지키라고.

 지금 솔은 그의 말에 충실히 따르는 표정이었다. 그녀는 겁을 먹은 듯 보였다. 눈에 보일 정도로 떨고 있었다. 참으로 두려운 것을 눈앞에 두고 있지만, 도저히 물러설 수 없기 때문에 억지 용기로 버티는 저 표정. 이현이 살아오며 몇 번이고 보아 왔던 표정이었다. 고통스럽게 보아 왔던 표정이었다.

 몸에서 힘이 빠져나갔다. 뭔가에 홀리기라도 한 듯, 어처구니없는 생각이 떠올랐다.

 그래. 지금 내가 네게 그런 존재라면…… 내가 쓰러져서 너를 평온하게 할 수 있다면.

 "도련님!"

 나는, 네 손에 죽을 수 있다.

***

 네 손으로, 그를 죽이게 할 수는 없다!

 민훈은 땅을 박찼다. 온몸이 내지르는 비명을 무시하며 그는 달렸다. 달리기는커녕 서 있지도 못할 몸이지만 단 몇 걸음, 고작 몇 걸음이라고 쓰러지는 몸을 채찍질하며!

 그렇게 민훈은 솔을 뒤에서 와락 껴안았다. 발작하듯 몸부림치는 그녀를 자기 몸 안에 단단히 가두었다. 검도 버리고 양손으로 긴장에 돌처럼 굳은 솔의 양팔을 굳게 끌어안고, 그는 솔의 목덜미에 얼굴을 묻었다. 들리지도 않을 귓가에 속삭였다.

 "그만둬."

 사력을 다한 몸부림에 팔 하나가 빠져나갔다. 솔은 그 팔로 거칠게 민훈을 후려쳤다. 민훈은 그 주먹을 고스란히 맞았다. 하나도 아프지 않았다. 그저, 팔에 힘이 빠져나가는 것이 두려울 뿐이었다.

 그래, 두려웠다.

 "정신 차려. 똑똑히 봐, 저게 누구인지……!"

민훈은 알지 못하는 그들의 시간. 아무렇지 않게 서로의 이름을 부르던 모습이, 서로 손을 잡고 어깨를 빌려 주던 그 모습이 떠올랐다. 그 순간 느꼈던 이름 모를 감정도 얼핏 다시 떠올랐다. 지금은 그 이름을 알 것도 같지만…….

 헛웃음이 샜다. 웃음에 피맛 나는 기침이 뒤따랐다.

 그런 상대를 자기 손으로 해친다? 그래서는 정말로 돌아올 수 없는 선을 넘어 버릴 터였다. 추억도 기억도 모조리 고통이 되어 버린 채, 웃고 떠들 수 있는 일상조차 사라져 버리는 것이다.

 민훈 자신이 너무 늦게…… 너무 사무치게 깨달아 버린 것.

 지금 네 앞에 있는 것은 어쩌면 언젠가…… 언젠가 이 모든 일이 끝나면, 돌아가야 할 곳. 돌아가야 할 사람이 아닌가.

 민훈은 막 빠져나가려는 그녀를 다시 당겨 안았다.

 지금 너의 적의는 방향이 틀렸지 않나.

 이렇게 두려워하면서도 싸워야 하는 상대. 그렇게 해서라도 없애야 하는 상대.

 "굳이 지워야 할 상대가 있다면……."

 더 이상 몸에 힘이 들어가지 않았다. 하지만 머릿속은 시릴 정도로 맑았다.

 "내 쪽이 더 맞잖아?"

 솔의 움직임이 덜컥 멎었다.

***

솔은 거친 숨을 몰아쉬었다.

무슨 소리였지? 뭔가, 들은 것 같았는데.

가슴이 욱신 쑤셨다. 뭔가 슬픈…… 듣고 싶지 않은 이야기를 들은 것 같았는데, 기억이 나질 않았다. 주변은 폐허였다. 그녀의 마을은 잿더미로 변해 있었다. 막동이와 을순이를 찾아야 했다. 분명히 근처에 있을 것이었다. 눈물을 닦고 정신없이 주변을 두리번거리는데 어느 순간 을순이가 눈앞에 서 있었다.

아이가 그녀의 뒤를 가리키며 비명을 질렀다.

솔은 반사적으로 뒤로 돌며 팔을 내뻗었다. 있는 힘껏.

"안돼애애!!"

석도가 찢어지는 비명을 내질렀다.

귓전이 쨍한 이명에 솔은 양귀를 틀어막았다. 주변의 풍경이 와장창 무너져 내렸다. 한겨울 개울의 얼음판이 깨질 때처럼 산산이 박살이 나 흩어졌다.

솔은 눈을 크게 부릅떴다.

"아아……?"

그녀가 서 있는 곳은 난리통의 자기 마을이 아니었다. 그녀의 앞에 서 있는 것은 큰칼을 든 외이(外夷)가 아니었다.

"……나리?"

가슴 한가운데에 칼이 꽂힌, 서민훈이었다. 그가 손을 들어올렸다. 큰 손은 솔의 이마를 쓸어 넘겼다.

그리고 힘없이 옆으로 미끄러져 떨어졌다. 털썩 무릎을 꿇은 그가 옆으로 쓰러졌다. 반쯤 넋이 나가 허둥지둥 그를 부축하려던 솔은 화들짝 놀랐다. 자신의 손이 피투성이였다. 두 손에서 시작된 떨림이 온몸으로 번졌다. 드문드문 끊겼던 기억이 홍수로 불어난 물처럼 일시에 덮쳐 왔다. 그녀는 비명을 질렀다.

"나……나리! 나리……! 아아악!"

피투성이가 된 민훈의 앞섶을 더듬었다. 피가 울컥 솟아올라 다시 두 손을 적셨다.

"내가 무슨 짓을…… 내, 내가……!"

현도, 석도도 아무 말도 할 수 없었다. 석상처럼 굳어진 둘의 모습을 본 솔이 뒷걸음질을 치기 시작했다. 고개를 마구 가로저으며.

비척비척 물러나던 그녀는 시백의 가슴에 등을 부딪쳤다. 그는 자기 두 손을 그녀의 어깨에 다정히 얹었다.

"이제야 같은 높이에 서게 됐네, 누이."

시백이 한쪽으로 시선을 던졌다. 기다리기라도 했다는 것처럼 그쪽이 소란스러워졌다. 말 두 필이 달려오는 소리였다.

"막아라."

명령을 받은 흰 이리가 앞으로 나섰다. 막 달려 들어오던 말들이 기겁을 하며 앞발을 쳐들었다. 말에 탄 자는 정해준과 다른 한 남자였다.

"윤시백!"

해준은 분기탱천해서 포효했다.

"그 계집, 이리 넘겨라! 지금 당장!"

이리가 위협적으로 이를 드러냈다. 시백도 꼭 같은 모습으로, 송곳니를 드러내며 웃었다. 해준의 눈이 흔들렸다. 그가 내도록 두려워해 왔던 일이, 지금 벌어지려 하고 있었다. 해준은 급히 말을 채찍질했다. 거친 채찍질에 말이 앞으로 내달렸다.

"석도!"

퍼뜩 정신을 차린 현이 외쳤다. 응답하듯 석도도 시백을 향해 달려들었다.

시백은 입을 꾹 다물더니 팔을 휘둘렀다. 그러자 믿기 힘든 일이 일어났다. 사방으로 날리던 연기들이 소용돌이치며 그들 눈앞을 가득 메웠다. 주변이 삽시간에 코앞에 있는 것도 못 알아볼 상태가 되었다. 모두 놀라 얼어붙은 와중에 저 멀리 멀어져 가는 말발굽소리만은 선명히 들을 수 있었다.

해준이 절규하듯 울부짖었다. 현도 갈라진 목소리로 솔의 이름을 외쳤지만 돌아오는 대답은 없었다. 현을 붙잡고 있던 사람들은 시백이 사라지고 나자 다시 힘없이 쓰러지고 있었다. 그제야 풀려난 현은 무작정 앞으로 달려 나가려 했다.

이미 머릿속에는, 늦었다는 결론이 난 상태였지만.

하지만 그들에게는 분노하고 슬퍼할 겨를도 없었다.

"샅샅이 뒤져라! 감히 도성 안에 불을 놓다니, 그 무도한 사교무리들을 한 놈도 놓쳐선 안 될 것이다!"

살기등등한 군관의 호령이었다. 누구인지, 불을 지르고는 그 배후로 독경회를 지목한 모양이었다. 몇 중의 함정인지 짐작조차 가지 않았다.

현은 멈춰 섰다. 정신없이 기침을 해 대면서도 팔을 휘저어 민훈을 찾았다. 손에 닿는 촉감이 사자의 것과 다를 바가 없어 그는 흠칫했다. 그러나 다행히 맥은 뛰고 있었다. 거의 안 뛰고 있었지만, 어쨌건 아직은 뛰고 있다고 주장하고 싶었다. 석도도 둘의 곁을 찾아 돌아왔다.

"도련님, 어떻게……!"

"성 밖으로 나가야 합니다."

분위기가 심상치 않았다. 이대로 도성 문이 닫힌 채 수색이 시작되면 무슨 일이 벌어질지 알 수 없었다. 다음 함정이 없으리라는 법이 없었다. 아니 애초에, 이현 본인부터가 도성을 거닐어서는 안 될 사람이었다.

"하지만 무슨 수로……."

석도의 질문에 답한 것은 현이 아니었다. 마침 터진 긴 말울음소리에 둘은 몸을 긴장시켰다. 연기의 벽을 뚫고 거대한 흑마가 뛰쳐나왔다. 흑마는 바닥에 쓰러진 민훈을 내려다보더니 발을 굴렀다. 말을 묶은 줄을 풀고 문을 반쯤 열어 두라는 민훈의 조치는, 오늘 참으로 제 몫을 해내었다.

현과 석도는 민훈을 말 위에 밀어 올렸다. 현이 따라 올라가 고삐를 잡았다.

"조심하십시오, 도련님!"

현은 고개를 끄덕였다. 입술을 피가 나도록 깨물며, 그는 마지막으로 시백이 사라진 방향을 노려보았다. 솔이 또한 그쪽에 있을 터.

솔아.

솔아……!

마음은 당장이라도 그쪽을 향해 달리고 싶었지만 이성은 잔인하도록 냉철했다. 그는 눈을 질끈 감았다.

석도가 말의 볼기짝을 후려쳤다. 흑마는 쏜살같이 밤의 한가운데로 달려 나갔다.

그을음이 눈처럼 흩날리고 있었다.

十六. 너를 위해

장계를 든 왕의 손이 덜덜 떨렸다. 종이 위를 훑는 눈은 그보다도 더 떨리고 있었다. 두 번째 읽는 것인데도 그랬다. 급보의 내용은 그에게는 그만큼이나 충격적이었다. 해 진 뒤임에도 급히 소집된 대신들이 불안한 시선을 교환했다.

"경들은 어떻게 생각하시오?"

아무도 쉽사리 입을 열지 못했다. 그들은 잔인했던 선왕의 전례를 뼈저리게 기억하고 있었다.

"왜 아무도 말이 없는가! 다들 갑자기 입이 붙어 버리기라도 한 거요? 응?"

왕이 신경질적으로 용상을 내리쳤다.

연주에서 반란이 일어났다. 한 고을에서 백성들이 관아를 습격하여 죄인들을 빼 가고 수령에게 위해를 가하였으며, 그 기운이 들불처럼 번져 다른 고을들도 술렁이고 있다는 급보였다.

안익태가 옆에 선 자에게 슬쩍 눈짓을 보냈다. 그자가 앞으로 나서며 조심스럽게 말했다.

"감히 관아의 문을 부술 생각을 하다니, 그 어리석음이 듣기에도 참혹할 지경입니다. 알고 있기로 연주는 작물에 비해 사람이 적어 백성들의 살림이 넉넉하다 들었는데 어찌된 일인지…… 신은 잘 이해가 가질 않사옵니다."

"손에 쥔 것이 많을수록 욕심이 커지는 법 아니겠습니까. 배부른 자들의 과욕이지요."

두 번째로 신호를 받은 자가 뒤이어 나섰다. 왕은 붉으락푸르락한 얼굴을 맨손으로 쓸었다. 도무지 진정할 기색이 아니었다. 아닌 게 아니라 그동안 태평성대의 치세를 찬양하는 이야기만 들어왔던 그였다. 지독한 배신감과 모멸감이 그를 덮쳤다. 그리고…….

대전에 모인 모두가 왕의 얼굴에서 거대한 두려움을 읽어낼 수 있었다. 젊은 왕은 언제나 모든 것을 위태롭게 여기는 자였다. 어미가 사약을 받고 형이 자결한 후로 그의 인생은 내도록 그러했다.

"전하, 보다 면밀히 조사할 필요가 있어 보입니다."

찬물을 끼얹는 것 같은 한 마디였다. 병판 서충헌이었다. 대신들과 왕의 눈이 일시에 그에게 가 꽂혔다. 그는 그 시선들을 담담히 받으며 말을 이었다.

"살림이 넉넉한데도 관아의 문을 부수고 미곡을 탈취하였다는 부분은 납득하기 어렵거니와, 죄인들을 빼갔다는 말에도 사연이 있어 보입니다. 필시 무슨……."

"신이 답변하겠습니다, 전하."

안익태가 서충헌의 말을 끊었다. 왕이 눈을 반짝였다. 좌상 안익태는, 이전 오랑캐의 난 이후로 왕에게는 절대적인 조언자였다.

"말하게."

"일전에 언급하셨던 자하원이라는 사교 조직을 기억하십니까, 전하?"

"기억하네."

"소신이 알아본 바, 연주에서 그 사교 일당이 득세하여, 어리석은 백성들을 현혹시켜 사사로이 무리 짓게 하고 망령되게 행동하게 하는 일이 잦았다 하옵니다. 이번 일에도 그 조직이 뒤에 있는 것이 아닐지 염려되옵니다."

"무어라……?"

대전 안이 술렁였다.

"허나, 좌상! 애초에 그들을 두둔한 것은 좌상이 아니었던가!"

왕이 갈라진 목소리로 외쳤다. 서충헌도 당황했다. 어찌 단번에 입장을 저렇게 바꿀 수 있는지 이해할 수가 없었다. 안익태는 얼굴을 일그러뜨리더니 바닥에 납작 엎드렸다.

"신, 늙은 머리에 노망이 들어! 고작 그들의 경서 하나를 얻어 읽은 것으로 함부로 입을 놀렸나이다! 이 노마가 전하의 심기를 어지럽히지 않으려던 욕심에 섣불리 나서서는…… 병판 대감의 염려가 마음에 걸려 이후에야 사람을 써 상황을 알아보고 있었사옵니다. 헌데 일이 이렇게 터질 줄이야……! 모두 어리석은 저의 잘못입니다. 죽여 주시옵소서!"

왕의 얼굴이 창백해졌다. 한동안 말을 못 잇고 안절부절못하던 그가 겨우 다시 입을 열었을 때 서충헌은 좌절하고 말았다.

"그……래서, 더 알아낸 것은 없는가?"

지금 주상이 해야 할 말은 저 말이 아니었다. 죄를 청하는 좌상을 질책하기는커녕 곧바로 그에게 매달리다니? 그것도 이 많은 대신들 앞에서?

침통하게 눈을 감다가, 서충헌은 깨달았다. 지난 번 좌상의 말을 들었던 때부터 이상하게 마음에 걸렸던 것. 목에 걸린 가시처럼 계속 껄끄럽던 '그것'의 정체가 무엇인지.

도대체 좌상은 어째서 저렇게 자하원에 대해 홀로 '알아 본 바'가 많은가. '사람을 써' 가면서까지. 왜 마땅히 그런 일을 직접 돌봐야 하는 관리들도 모르는 이야기를 좌의정씩이나 되는 사람이 소상히 알고 있는 것인가.

비릿한 음모의 냄새가 풍겨 왔다. 가슴에 묵직한 돌덩이가 얹히는 느낌이었다. 아들의 얼굴이 떠올랐다. 흐트러짐 없는 눈으로 좌상의 동태를 묻던 그날 밤의 그 모습이.

네가 틀린 게 아니었구나……! 틀린 것은, 눈이 어두워져 있었던 것은 나였구나. 3년 전의 그날에 멈춰 있던 것은 네가 아니라 바로 나였어.

충헌은 낮게 신음했다.

"그 사교 무리가 도성 내에서도 활개를 치고 있지 않은가 의심할 따름입니다. 좀 전에 민가 몇 채에서 불이 난 것을 잡아냈다는데 지금은 흔히 불이 붙을 때가 아닙니다."

안익태가 머리를 바닥에 붙인 채로 말했다. 그 말이 끝나자마자 옆에서 그를 거들었다.

"불손한 사교 무리가 일부로 불을 놓았다는 발고가 있었다 합니다. 아마 같은 조직이 아닐까 염려되옵니다."

왕은 무릎 위의 주먹을 불끈 움켜쥐었다.

"감히…… 임금의 코앞에서 그런 무도한 짓을 저질렀단 말인가……!"

마른 검불에 불이 붙듯이, 왕의 분노가 삽시간에 타올랐다. 예민한 성정에 만사에 온 신경을 곤두세우며 살아 온 왕이었다. 그는 자신의 권위를 지키는 것에 병적으로 집착했다.

이제 되었다.

안익태는 아쉬운 듯 입맛을 다셨다. 바닥에 납죽 엎드린 자세가 그의 얼굴을 감추어 주었다. 어리석은 교조 때문에 목표를 한 수 접어야 한다는 게 못내 아쉬웠다. 본래의 계획대로라면 연주의 반란을 더 키우고 그것을 진압하는 과정에서 보다 많은 것을 얻을 터였다. 하지만 정해준이 선을 넘기로 한 이상, 이 땅의 주인이 누구인지 그 미친 자에게 가르쳐 주어야 했다.

대국에서 입항한 배가 시신만 잔뜩 싣고 왔더라는 정보가 들어왔던 것이다. 정해준 그 작자가 끝내 일을 저지르고 말았다.

안익태가 갖고 싶은 것은 풍요로운 조선의 가장 화려한 자리였다. 역병에 곪은 나라 뒷처리는 사양이었다. 민란 제압이 더 구미가 당기지만, 나라의 근간을 흔든 사교를 박멸한 공도 나쁘진 않았다. 포장을 잘하면 될 것이다.

미친 천것의 망상에 장단 맞춰 주는 것도 여기까지다. 네까짓 놈이 감히 이 좌의정 안익태를 정말로 발아래에 둘 수 있을 줄 알았더냐. 원주의 존재가, 그의 힘이 못내 마음에 걸리긴 하지만…….

"샅샅이 뒤져서 모두 잡아내라! 무리를 주도한 자, 무리와 손을 잡은 자! 더러운 잡서를 돌려보고 동조한 자들은 모두, 그 가족과 식솔까지 한 놈도 빠짐없이 잡아들여라! 역당의 싹은 반드시 뿌리를 뽑아야 할 것이다!"

역당의 싹.

살기 어린 어명이 떨어졌다. 연주에는 관군이 들이칠 것이었다. 필요한 것보다 훨씬 많은 군을 동원시키라는 명령이었다. 이 한양에도 한동안 피바람이 불 것이다.

아무리 원주가 신묘한 힘을 지녔다 하여도, 왕을 상대로 무엇을 어찌할 수 있겠는가.

이제 되었어.

바닥에 이마를 딱 붙인 채, 안익태는 빈 입을 우물거렸다.

***

 현은 벽에 옆머리를 찧었다. 쿵 하고 흙벽이 울렸지만 통증은 느껴지지 않았다. 그 통증뿐이랴. 온몸에 감각이 없었다. 그저 심장이 죄어드는 것 같은 고통과 조급증만이 남았을 뿐이었다.

 도울 일 없냐는 미랑을 물리치고 방 안에 민훈과 둘만 남은 그였다. 솔이 헤쳐 놓은 상처는 지독했다. 복부를 뚫고 들어간 칼은 민훈 본인이 붙잡고 버텨 장기가 생각보다는…… 그러니까, 생각보다는 상하지 않았지만 출혈이 이미 치사량이었다. 보통 사람이었다면 이미 그 자리에서 절명하는 것이 당연했다. 서민훈이었기에 아직 맥이나마 붙어 있는 터였다. 그래 봤자, 얼마나 버틸지의 문제일 뿐이지만.

 ……뒤쫓았어야 했을까?

 이자를 버려 두고, 솔을 찾아 달렸어야 했을까?

 쫓을 수는 있었을까?

 현은 쥐어뜯는 것처럼 두 눈을 가렸다. 그에게는 아무 것도 없었다. 그에게는 아무 힘도 없었다. 그 연기 속에서 그들의 뒤를 따라잡는 것은 불가능했다.

 그런데, 그렇다고 이렇게 쉽게 포기하는 게 옳았을까?

 "포기한 게 아니야……!"

 현은 씹어뱉듯 중얼거렸다. 그가 희망을 걸었던 것은……!

 피에 흠뻑 젖은 붕대 뭉치가 눈에 어른거렸다. 어지러웠다. 현은 몸을 일으켜서 툇마루로 나섰다.

멀리서 아스라한 동이 터오고 있었다. 회색으로 밝아오는 하늘을 멍하니 바라보며, 그는 시간을 흘려보냈다. 간밤의 일이 꿈만 같았다. 하지만 아무리 기다려도 이 꿈은 끝나질 않았다.

현은 비척비척 몸을 돌려 다시 방문을 열었다. 그리고 문손잡이를 쥔 그대로 얼어붙고 말았다. 공포 비슷한 감정이 그의 얼굴에 번졌다.

"……어……떻게?"

그에게는 믿음이 있었다. 살 자는 살고, 죽을 자는 죽는다는 믿음. 분명히 환자의 머리맡에는 저승사자가 서 있었다. 진짜 저승사자가. 그런데.

"이솔……은?"

민훈이 쉬어터진 목소리로 물었다. 몸을 반쯤 일으킨 그는 한 손으로 붕대 위를 누르고 있었다. 검게 말라붙은 핏자국 위로 다시 붉은 기운이 번지고 있었다. 현은 거칠게 민훈의 어깨를 붙잡고 밀었다.

"눕게, 당장!"

그런데 밀리지 않았다. 고통으로 얼굴을 일그러뜨리면서도 민훈은 버텼다. 현의 손목을 붙잡고, 그는 다시 물었다.

"이솔, 어디 있나?"

"……그자가 데려갔네. 어디로 데려갔는지는 묻지 말게. 나도 모르니까."

한순간 등줄기를 오싹하게 하는 표정이 민훈의 얼굴을 스쳐 지나갔다. 민훈은 으득 소리가 나게 이를 깨물며 몸을 일으켰다.

"무슨 짓이야! 당장 관 속에 누워도 이상하지 않을 사람이!"

"다녀와서 눕겠네."

농이라고는 전혀 모르는 얼굴로 대답했다. 하지만 의지만으로 되지 않는 일도 있었다. 민훈은 앞으로 쓰러졌고 현이 급히 그 몸을 받아냈다. 식은땀이 비 오듯 흐르는 상체는 거친 숨에 들썩이고 있었다. 민훈은 떨리는 손으로 현의 소맷자락을 움켜잡았다.

"부탁이네. 달릴 수…… 있게만, 해 줘."

"일어서지도 못 하는 인간이 무슨 소리를……."

그러면서도 현은 급히 붕대를 풀어헤쳤다. 상처를 살피던 그의 눈썹이 꿈틀했다. 벌어진 상처가 눈에 띄게 줄어 있었다. 아직 위험하긴 하지만 적어도 당장 죽어 넘어갈 정도의 치명상으로 보이진 않았다. 현은 자기 눈을 믿을 수가 없었다. 하지만 그의 손은 그 와중에도 다시 상처를 돌보고 새 붕대를 두르고 있었다.

자기 상처를 내려다보던 민훈이 손으로 가슴께를 더듬었다.

"천운이야. 마지막 칼은 저 책에 막혔거든. 저게 없었으면 손써 볼 것도 없이 자넨 이미 이 세상사람 아니네."

현이 머리맡의 피투성이 서책을 턱 끝으로 가리켰다. 민훈이 품에 넣고 갔던 자하세경이었다.

"고맙……."

민훈은 말을 맺지 못하고 두 눈을 질끈 감았다. 거세게 붕대 끝을 당겨 그 입을 막은 현이, 그늘진 얼굴로 중얼거렸다.

"왜 안 쫓아갔냐고, 안 물을 텐가?"

"쫓을 수 있었는데 안 쫓았을 리가 없잖나."

단단히 조인 붕대 덕에 허리에 힘이 들어갔다. 민훈은 몸을 움직여 보았다.

달릴 수 있어.

"할 수 있는 건 다 했을 테지. 그 덕에 내가 아직 숨이 붙어 있는 것일 테고. 그러니까……."

일어섰다. 한 번 크게 비틀 했지만, 민훈은 기어코 두 발로 바닥을 딛고 일어서 있었다. 그는 헐떡이며 말을 이었다.

"이번엔 내가 무슨 짓이든 해 보겠네."

하, 하고 현의 입에서 허탈한 헛웃음이 샜다.

"죽는 게 두렵지 않나?"

"두렵지."

"그 몸으로 놈들을 따라잡을 수 있다고?"

"할 수 있네."

"……어떻게?"

"최선을 다해서."

"무식하긴……!"

현이 옷자락을 떨치고 일어섰다. 화난 듯 거친 기세로, 그는 구석의 장을 들쑤시더니 무엇인가를 꺼내 들고 돌아왔다. 새하얀 도포 한 벌과 새까만 도포 한 벌. 그리고 긴 사가 앞뒤로 늘어진 흑립이 하나.

"태웠다 하지 않았나?"

"언젠가 자네 목줄로 쓸 생각이었거든. 그리 쉽게 없앴을 리가."

민훈은 흰 도포를 걸치고 현의 흑립을 빌려 갖추었다. 갓끈을 묶던 그의 눈에 자하세경이 들어왔다. 민훈은 조용히 그것을 집어 들어 다시 품에 넣었다. 현이 챙겨온 자신의 검도 손에 들었다. 그 사이 현은 저승차사의 옷가지들과 몇 가지 물건을 챙겨 문을 열었다.

마당에 묶어 두었던 흑마가 고개를 번쩍 쳐들었다. 말 주위에서 바닥을 쪼던 멧비둘기 세 마리도 날개를 퍼덕였다.

이런 곳, 이런 때에 새라니.

민훈은 목이 꽉 메어왔다. 그는 입을 꾹 다물고 말에 올랐다. 물건들을 말에 실은 현이 고삐를 붙잡고 물었다.

"어떻게 찾을 생각인가?"

대답이 필요 없었다. 멧비둘기 한 마리가 기다렸다는 듯 민훈의 어깨 위에 날아와 앉았다. 그들이 길잡이였다. 현의 얼굴에 그제야 한줄기 빛이 스쳤다. 늦지 않았다. 그들과 솔 사이엔, 아직 남아 있는 줄이 있었던 것이다.

솔이 그들을 부르고 있었다.

현은 고개를 끄덕이고 고삐를 놓았다. 당장 땅을 박차려는 흑마 위에서, 민훈은 당연하다는 듯 달려 나갈 준비를 하고 있었다. 사지를 향하여.

그 길을 막기는커녕, 등을 떠밀고 있는 자신이 낯설었다. 현은 자신도 모르게 말을 흘리고 말았다.

"몸조심 하게."

민훈이 웃었다. 의원의 당부보다 친지의 잔소리에 가까운 그 말투에 당황하고 만 것일까. 강철 같던 냉엄함이 쪼개진 사이로 멋쩍은 미소가 얼핏 스쳤다.

비로소, 사람같이.

말은 천둥 같은 소리를 내며 마당을 빠져나갔다. 현은 그 뒷모습에서 눈을 떼지 않았다.

피도 눈물도 없는 목석인 줄만 알았는데.

"저런 얼굴도 할 줄 알았군."

……저것이, 네가 사랑한 남자로구나.

현은 두 주먹을 불끈 쥐었다. 어젯밤의 그 연기 속. 그 갈림길이 다시 눈앞에 펼쳐졌다. 그는 포기한 것이 아니었다.

이현은 희망을 걸었었다.

바로 저 남자에게.

제발 틀리지 않았기를. 그의 선택이 옳았기를. 그는 간절히 기원했다. 그리고 남은 선택을 위해 돌아섰다.

해가 중천으로 오를 때 즈음이었다.

"도련님! 도련님, 좀 나와 보세요!"

을순이와 막동이가 헐레벌떡 뛰어 들어왔다. 방에 정좌하고 있던 현이 감고 있던 눈을 떴다. 예상하고 있던 순간이었다.

"그, 관…… 뭐지? 관……."

"관군! 무서운 아저씨들이 막 솔이 언니네 집을 뒤지고 있어요. 언니랑 아저씨 어디 갔냐고! 우리 동네에 또 자…… 자…….."

"자하원."

"네! 그거 하는 사람 또 있냐고 그러면서!"

시작되었다.

힘 있는 자들의 피비린내 나는 거래가. 이번 희생양은 독경회라는 이름으로 모여 앉아 안부를 나누고 글공부를 하던 민초들인 모양이었다. 솔의 이름을 알고 있는 것을 보니 솔도 태출도 이미 그 올가미에 걸려든 듯했다.

서민훈은 이솔을 데리고 돌아올 것이다. 그러니, 그 아이가 돌아올 곳은 현이 지킬 생각이었다. 서민훈이 그가 할 수 있는 최선을 다한다면, 이현 또한 자신만이 할 수 있는 일에 최선을 다해 줄 생각이었다. 더 이상 도망치지 않고. 하찮은 목숨, 걸어 보려 한다.

이현은 몸을 일으켰다. 짧은 그림자가 그의 발밑으로 떨어졌다.

"갈 곳이 있습니다, 미랑 아주머니."

***

시백은 계곡물에 손을 담갔다. 자갈돌이 말갛게 비치는 위로 엷은 핏물이 풀어졌다. 몸을 일으킨 그는 손을 털어내곤 갓 끄트머리를 만지작거렸다. 정돈된 까슬함이 마음을 진정시켰다.

그 숨 막히게 치밀한 나열이, 그 열이 만들어내는 질서가 그는

늘 마음에 들었다. 일을 할 때에는 그렇게 해야 하는 법이었다. 시백은 그 자객들에게도 알려 주고 싶었다. 이미 모두 절명에 바닥에 누워 있다는 게 문제였지만.

"도망치려면 지금이 기회였다."

시백이 뒤를 돌아보며 말했다. 나무 그늘 밑에 주저앉아 있던 이솔은 대답이 없었다.

계속 이런 상태였다. 울다가, 억눌린 비명을 지르다가, 혼절했던 그녀는 깨어난 후로 넋 놓은 사람처럼 말이 없었다. 속은 어디 가고 껍데기만 여기 남아 있는 듯했다. 정해준의 자객이 연이어 그들을 따라잡고 있었다. 화살이 날아들고 칼날이 머리 위를 스치는데도 그녀는 멀거니 서 있기만 할 뿐이었다.

흰 이리가 피 묻은 주둥이를 들이대고 킁킁 냄새를 맡았다. 그리고 재촉하듯 큰 머리로 솔의 어깨를 치댔다. 작은 몸은 흔드는 대로 그냥 흔들렸다. 그 모습을 바라보던 시백이 급히 고개를 틀었다. 격한 기침 두어 번에 각혈이 이어졌다. 시백은 다시 손을 씻고 몸을 돌렸다. 그는 솔을 지나쳐 말로 향했다. 이리가 조심스럽게 솔을 떠밀자 그녀도 힘없이 몸을 일으켰다.

하지만 다음 순간 그녀는 달리고 있었다.

돌을 움켜쥔 손은 허공에서 덜컥 멈췄다. 그녀의 손목을 잡아 쥔 시백이 입꼬리를 틀어 올렸다.

"이제야 정신이 좀 들어?"

"당신……! 용서하지 않을 거야……!"

"좋은 마음가짐이야. 그런데. 어떻게?"

솔의 얼굴이 확 일그러졌다. 꽉 깨문 아랫입술에서 피가 배어 나왔다.

"돌멩이 따위로 날 어찌할 수 있겠어? 다음엔 날이 있는 것으로 준비해 봐. 내 힘을 빌리지 않고선 남자 몸에 칼 쑤셔 넣기 쉽지 않을 테니까, 기회를 잘 노려야 할 테지만."

솔의 팔에서 힘이 빠졌다. 시백은 솔의 손을 놓아 주었다. 솔은 새하얗게 질린 채로 바닥에 털썩 주저앉았다. 돌을 떨어뜨린 솔이 떨리는 두 손을 꽉 맞잡았다. 끔찍한 광경이 또다시 떠올랐다. 눈물이 울컥 솟았다. 비명을 지르고 싶었다. 하지만, 자신에겐 그럴 자격이 없었다.

"가지. 또 열심히 달려 볼 시간이다."

어젯밤부터 그들은 북쪽을 향해 끊임없이 달리고 있었다.

시백의 목적이 무엇인지, 왜 그녀를 데리고 움직이고 있는지 알 수도 없고 알고 싶지도 않았다. 솔에겐 그럴 힘이 없었다. 머릿속을 가득 채운 것은 오직…… 오직 한 장면뿐이었다.

피투성이가 된 그. 그 가슴에 꽂힌 칼을 쥐고 있던 자신. 그리고…… 그녀의 이마를 쓸어 넘기던 그의 차가운 손.

선명하게 짙은 죽음의 냄새. 죽음의 색깔.

무슨 짓을 저지른 것이냐고, 스스로의 멱살을 틀어쥐고 절규했다. 가능하다면 자신의 목숨을 퍼다 그의 상처 위에 쏟아 붓고 싶었다.

하지만 그래 봤자 이미 일어난 일은 되돌릴 수가 없었다.

……죽은 사람은 살아나지 못한다.

볼을 타고 흐른 눈물이 턱 끝에 맺혀 떨어졌다. 솔은 고개를 푹 숙였다.

견딜 수 없었다. 솔은 그 모든 것을 견딜 수 없었다. 그래서 뒷걸음질 쳤다. 그 결과가 이것이었다.

그녀는 도망치고 있었다. 이것이 도망이 아니면 무엇이란 말인가. 파르르 떨리던 어깨가 힘없이 내려앉았다.

그래. 세상 끝까지 도망쳐 봐, 이솔. 그리고 그 다음에…….

솔은 얼굴을 가리고 오열했다.

***

흑마는 사력을 다해 질주했다. 주인의 절박함을 느끼고 있기라도 한 듯 말은 몸을 아끼지 않았다. 멧비둘기 한 마리가 빠른 속도로 그들 앞에서 날아가고 있었다. 고개를 들어 그 뒤를 바라보던 민훈이 불현듯 배를 움켜잡았다. 비명에 가까운 신음소리가 목 끝까지 올라왔다. 어떻게든, 참아냈다.

이상을 감지하고 속도를 늦추려는 말을 다시 독려했다. 흑마는 고개를 한 번 휘젓고 다시 속력을 높였다.

아무리 단단히 처치를 해 놓았다 해도 꽤나 깊은 상처였다. 장기간 말을 타고 달리는 와중에 다시 벌어지는 모양이었다. 보통 의원이라면 누구라도 기겁하며 그를 말에서 바로 끌어 내릴 부상이었다. 그리고 보통 사람이라면 이미 그 이전에 낙마하여 드러누웠어야 했다.

그러나 그를 치료한 의원은 이현이었고 그는 서민훈이었다. 달려야 했고 달릴 수 있었다.

기다려.

마지막 순간 본, 솔의 얼굴이 눈에서 떨어지질 않았다. 그녀의 비명소리가 귀에서 떨어지질 않았다. 그녀는, 산산조각 나 있었다.

괜찮다고. 말해 줬어야 했는데.

죽을 때 죽더라도 그 한 마디는 하고 쓰러졌어야 했는데. 약해빠져서는……!

"기다려, 이솔. 바보 같은 짓 하지 말고……!"

제발 시간 내에 닿을 수 있기를, 그는 절박하게 기원했다.

***

"도련님, 어쩌자고 다시 돌아오셨습니까!"

석도가 누웠던 자리에서 벌떡 일어났다. 그 건장하고 두툼한 몸에는 빈 곳이 더 적을 정도로 많은 붕대가 둘러져 있었다. 그것을 보는 순간 가슴속에 불이 일었다.

"제 걱정 하실 때가 아니잖습니까."

현은 그를 떠밀어 다시 자리에 앉혔다. 그리고 옆에 있던 채란에게 고개를 숙였다.

"감사합니다. 신세를 크게 집니다."

"묵호 나리께서는 어찌 되신 것입니까? 솔이 그 아이는요?"

석도가 간밤의 일을 소상히 전하지는 않은 모양이었다. 채란은 불안한 기색이 역력했다. 현은 필요한 만큼만 솔직해지기로 했다. 민훈의 부상을 전해들은 채란의 얼굴이 창백하게 질렸다. 부상의 자세한 경위에 대해서는 얼버무렸지만 채란에겐 결과만이 중요한 듯했다. 그가 솔을 뒤쫓아 갔다는 말을 들은 그녀가 긴 한숨을 내쉬었다.

"어떻게…… 말려 보실 수는 없으셨는지…… 아아, 아닙니다. 이해합니다."

그녀는 도성 안의 상황에 대해 전해 주기 시작했다. 자하원의 독경회라고 이름 붙은 모임에 참석한 사람들은 모조리 하옥. 그들과 친하게 지내던 이들까지 남녀노소 불문하고 잡아들이고 있는 형편이었다. 뒤숭숭하기 그지없는 분위기였다. 석도가 백화루까지 돌아올 수 있었던 것도 보통 행운이 아니었다.

현은 입을 꾹 다물고 그 긴 이야기들을 곱씹었다.

"나리께서도 사정이 있으신 듯한데…… 바깥에 계시는 편이 나았을 지도 모릅니다. 실수하신 것일지도요."

"아닙니다."

칼 같은 단호함에 채란은 놀란 기색이었다. 현은 뒤늦게 조용히 웃으며 말을 덧붙였다.

"세상에 영원한 것이 어디 있겠습니까. 저도 이제 일을 끝맺을 때가 되었습니다."

석도의 눈이 크게 흔들렸다.

"……도련님? 설마?"

"움직일 수 있으시겠습니까, 석도? 힘이 필요합니다."

그의 목소리는 평소와 다름없이 깊고 차분했다. 잔물결 하나 없는 거대한 호수처럼. 그러나 석도는 그 호수 밑에서 꿈틀거리는 무엇인가를 분명히 읽어낼 수 있었다.

석도는 몸을 바로하고는 천천히 부복했다. 태산이 움직여 무릎을 꿇는 듯한 장중함이었다. 채란은 움찔하며, 그 태산을 내려다보는 흰 얼굴의 선비를 돌아보았다.

현이 무릎을 짚고 몸을 일으켰다. 그리고 작게 목례하며 말했다.

"주신 도움, 잊지 않겠습니다."

채란은 머리를 깊이 숙여 답했다.

백화루 정문을 나서는 현의 등은 그 어느 때보다도 곧고 넓었다. 석도도 어깨를 당당히 펴고 칼자루 위에 손을 올렸다. 미랑은 절대 오지 않으리라 확신했던 날이었다. 하지만 석도는 알고 있었다. 그것은 미랑의 희망일 뿐이라는 것을. 언젠가는 이날이 오고야 말 것이라는 것을. 그때 석도 자신은 무엇을 어찌 해야 할 것인지도, 그는 오래도록 생각해 왔다.

모두 오늘을 위해서였다.

얼마나 걸었을까. 그들 앞으로 웬 남자 하나가 튀어나와 바닥을 굴렀다. 방망이를 든 포졸들이 곧바로 따라 나와 그를 붙잡았다.

"아이고! 아이고, 나리! 자하인지 뭔지 저는 아무 것도 모릅……아이고!"

그들은 남자를 매질하고는 양팔을 붙잡고 끌고 갔다. 지나던 이들이 모두 몸을 사리고 그 모습을 바라보고 있었다.

"도련님, 굳이 이런 때여야 하겠습니까?"

"이런 때이기 때문입니다."

석도는 큰 숨을 들이마셨다. 가슴에 무엇인지 모를 감정이 벅차게 들이찼다.

"미안합니다, 석도. 몸도 성치 않으신데."

현이 뒤도 돌아보지 않은 채 혼잣말처럼 말했다. 석도는 헛기침을 한 번 하고는 말을 받았다.

"무슨 말씀이십니까. 어젯밤 제 임무를 다하지 못한 것으로도 이미 저는 백 번 죽어 마땅하니 불구덩이에든 절벽에든 마음껏 던지십시오."

"거기보단 좀 나은 데 던져 드리겠습니다."

석도의 입에서 비식비식 웃음이 새어나왔다. 현은 소맷자락을 떨치고 다시 걸음을 떼었다.

그들은 걸었다. 큰 길과 작은 길, 곧은 길과 굽은 길을 지나쳐 그들은 온갖 사람들과 뒤엉켰다. 흙발의 소매치기 아이들부터 화려하게 치장한 가마를 탄 이들까지 모두가 한 길에 어울렸다. 어느 때는 사람들의 물결에 뒤섞여, 어느 때는 그 물결을 거스르며 그들은 걸었다. 현은 어느새 얼굴을 가린 부채를 치우고 등 뒤에 접어 든 채였다.

어느 샌가 주변을 스치는 사람들 수가 줄어들었다. 당연한 일이었다. 이 길 끝에는 그들에게 허락된 것이라고는 아무 것도 없었으니까.

나라의 중심이란 그런 것이었다. 어깨를 짓누르는 위압감이 길 위에서 폭포수처럼 흘러내려 백성들을 쓸어냈다. 감히 아무도 발 들이지 않는 그 길을 현은 담담히 걸어 올라갔다.

첩첩이 쌓인 산등성이가 낯익었다. 그리고 그 앞을 가로막은 높다란 궁벽도. 장엄하고 아름다운, 왕을 위한 궁문도 또한.

군졸들의 삼엄한 눈빛이 이현에게 쏟아졌다. 당연하였다. 이 문은 오직 조선의 정점을 위한 것. 한낱 선비 따위가 한가로이 거닐며 오갈 수 있는 곳이 아니었으니까.

현은 잠시 멈추어 서서 고개를 들었다. 가늘게 뜬 눈은 궁문의 현판에 고정되었다. 힘 있는 필치로 새겨진 이름은 어진 임금의 도리를 가르치고 있었다.

오래 전에, 버린 배움이었다.

현이 한 걸음 더 내딛자 불같은 노성이 떨어졌다.

"멈추어라! 여기가 어디라고 발을 들이느냐!"

현은 멈추지 않았다. 그는 다시 걸음을 더 내딛었다. 수문군들의 창이 일사불란하게 움직였다. 몇몇은 단단히 교차하여 행로를 막고 몇몇은 침입자를 향해 겨누어졌다. 햇살을 받은 날붙이들이 섬뜩하게 빛났다.

현은 한 걸음을 더 내딛었다. 경고는 끝이었다. 군졸들이 달려 나왔고 뒤에서 석도가 비호처럼 날아들어 현을 노리는 창날들을 후려쳐 튕겨냈다. 당혹과 긴장, 분노가 노호성으로 터져 나왔다. 창칼들이 피를 볼 기세로 들어 올려졌다.

"물러서라!"

군졸들 뒤에 서 있던 군관이 크게 외치며 뛰쳐나왔다. 그는 긴 장검을 단번에 뽑아들더니 석도의 앞을 가로막았다. 누가 봐도 석도의 실력은 범상치 않았다. 군졸들을 무의미하게 희생시키지 않으려는 지휘관의 판단이었다. 현이 입을 열었다.

"이름이 무엇이냐."

"수문장 박대오다! 네놈은 무엇이기에 감히 궁……."

"닥쳐라! 어느 안전이라고 입을 함부로 놀리는가!"

석도의 일갈에 군졸들이 어깨를 움츠렸다. 이현은 고개를 끄덕였다.

"박대오. 기억했다."

수문장은 움찔했다. 젊은 선비에게서 알 수 없는 위압감이 느껴졌다. 등에 식은땀이 솟은 것을 느끼고 스스로에게 당황했다. 혼란스럽기는 다른 군졸들도 마찬가지였다. 소리 없는 술렁임이 무리 속에 퍼져나갔다.

그 혼란에, 현은 쓴웃음을 지었다. 그러나 그는 금세 얼굴에서 표정을 지웠다. 그는 해야 할 일이 있었고 그 일에는 어떠한 감정도 필요치 않았다. 현은 큰 숨을 들이켰다.

"수문장 박대오는 지금 당장 어전에 나아가 주상 전하께 아뢰라! 내 이름은 이현!"

그의 외침은 쩌렁쩌렁한 울림으로 주변을 뒤흔들었다.

"전하의, 불충한 신하가 돌아왔다고!"

***

해준은 노호성을 터뜨리며 탁상을 내리쳤다. 먹물이 엎어져 쓰고 있던 글줄 위로 쏟아졌다. 삐뚤빼뚤 어설프지만 정성껏 쓰고 있던 글이었다. 자하원비록(祕錄). 교조로서의 자신의 행적과 다짐을 담은 그 글은 해준의 보물이었다. 잘 묶어 자하원의 가장 귀한 성물로 물려 주려고 계획하던 것이다. 언젠간 조선 팔도의 선비들이 공맹의 인생이 아니라 그의 인생을 공부할 날이 올 것이므로.

그래서 그는 더 분노했다.

"소식이 없어? 응? 소식이 없다고?"

"네, 큰어르신. 1조가 전멸했다는 말 이후로는 여태 소식이 없습니다. 허나 걱정 마십시오. 정예들과 일전을 벌이느라 기력이 쇠하였을 것이 분명하니, 조금 더 기다려 보면 2조가 직접……."

"말도 안 되는 소리 집어 치워! 상대가 누군가? 그 윤시백이야! 아직도 소식이 없다는 건 몰살이라는 말 아닌가!"

흑의의 남자는 뒷말을 접으며 고개를 숙였다. 해준은 갈라진 신음소리를 흘리며 마른 얼굴을 쓸었다.

"얼마나 오랫동안 찾아 헤매었었는데……! '그것'이, 바로 코앞에 있었는데! 거의 잡을 수 있었는데!"

어쩌면 어미와 그렇게 똑 닮을 수 있었을까. 피 칠갑까지 해 놓으니 그보다 더 똑같을 수가 없었다. 그것을 또 제 어미와 똑같이 생긴 시백이 거두어 사라지는 그 광경이라니.

그 겁먹은 두 눈과, 불타오르며 해준을 죽일 듯 노려보던 다른 두 눈.

겨우 잊고 있었던 옛날 어느 날 밤이 악몽처럼 살아났다. 그 자매가 해준을 배신했던 그날 밤이.

"오오…… 상제님. 하늘인간이 가는 길은 어찌 이리 험난하나이까. 곧은 뜻을 펼치는 일이 어찌 이리 고되나이까!"

해준은 천장을 올려다보며 탄식했다. 그의 눈에는 눈물마저 맺혀 있었다.

"큰어르신. 원우(園友)들은…… 어떻게 하라고 할까요? 독경회들은 모두 와해되었습니다. 도피중인 원우들이 큰어르신의 도움을 기다리고 있다 합니다."

"도움? 그들에게 무슨 도움이 필요하단 말인가. 모든 것이 상제님의 크나크신 뜻대로 되어 가고 있는 것을. 우리는 그저 기다리면 그뿐일세."

"……무슨, 말씀이시온지……?"

해준이 답답하다는 듯 한쪽 눈썹을 획 들어올렸다.

"모르겠나? 이것도 다 상제님이 계획하신 대로란 말일세. 안 원로, 아니 안익태가 왕 편에 붙어서 우리에게 칼을 들이댄 것은 그의 믿음이 부족하기 때문이지. 허나 그가 그 정도의 믿음밖에 가지지 못하게 하신 것도 또 상제님의 뜻이며, 왕이 내가 전하는 높은 뜻을 배우려하지 않고 그놈의 혓바닥에 놀아나 칼춤을 추기 시작한 것도 또한 상제님의 뜻! 이 도성 안에 흐를 우리들의 피는 그분께 바치는 공물인 것이네. 얼마나 죽을 것 같나? 100? 200? 걱정없네. 모두 사후의 낙원에서 보상받을 테니."

누런 두 눈은 확신으로 빛나고 있었다.

"연주에서 얻은 피를 불씨삼아 궁을 불태우려 했건만…… 내 생각이 짧았어. 대업에는 더 많은 피가 필요한 것이야. 연주를 바치고 한양을 얻는다? 택도 없는 소리! 그분께서는 한양을 불태워 조선 팔도를 구하라고 말씀하고 계시는 것일세! 자네에겐 들리지 않는 건가? 자네의 믿음은 그 정도인 것이야?"

"……아닙니다. 제게도 들립니다."

"그렇지? 우리는 자하원. 조선 팔도 어디에든 존재한다. 이 한양이 이 땅 위에서 사라져도, 우리는 죽지 않는다. 아니, 그때야말로 우리들의 세상이 도래하는 것!"

해준이 탕 소리 나게 탁상을 내리치며 크게 웃었다.

"상제님의 허가가 떨어진 것이야! 이 어리석은 한양 놈들을 모조리 쓸어 버리라고! 죄 없는 우리들을 겁박한 피 값을 톡톡히 받아 내고, 그리고 그 값진 피 위에서 우리들의 새 나라를 세워 보라고!

그러니 자, 이제……!"

 바스락바스락, 검은 천에 가려진 어리 속에서 정체모를 소리가 꾸준히 이어지고 있었다. 시백이 떠난 후로 아무도 손대지 못한 어리였다. 어제부터 지독한 썩은 내와 비린내가 풍겨 나오고 있었다. 흑의의 사내는 그 냄새 중 일부는 틀림없이 피비린내라고, 저들이 내는 소리 중 일부는 틀림없이 뼛조각을 갉는 소리라고 확신했다.

 해준은 그 어리를 황홀한 눈으로 바라보았다.

 "한양에 역신을 풀 때가 왔다!"

***

 왕은 자리에서 벌떡 일어났다. 허망하게 벌어진 입을 수습 못한 채, 그는 앞으로 걸어 나왔다. 미친 듯 떨리는 눈빛이 상하좌우 눈앞의 상대를 헤맸다. 손가락을 갈고리처럼 휜 채 앞으로 들어올렸다. 그 손에 닿기 전, 현은 무릎을 꿇고 바닥에 엎드렸다.

 "전하."

 "이…… 이게…… 이게 어찌 된…….”

 우악스러운 손길이 현의 얼굴을 붙잡아 고개를 들게 했다.

 "내 눈이…… 이것이……!"

 현이 조용한 목소리로 말했다.

 "전하, 강녕하셨사옵니까."

 왕은 덜덜 떨리는 턱을 꾹 깨물었다. 그리고 밀치듯 현을 놓고 두어 걸음 물러섰다. 그의 입에서 짧게 끊기는 웃음이 새어나오기 시작했다.

"아니다. 그래, 아니야! 그럴 리가 없어……! 어느 놈의 수작질이냐? 재주도 좋구나. 저리 닮은 자를 어디서 찾아냈다더냐?"

"그렇사옵니다, 전하. 당장 죄인을 내치시옵소서!"

안익태가 놀랍도록 큰 소리로 외쳤다. 하지만 그의 목소리도 그답지 않게 낱낱이 갈라져 있었다. 사람의 것 같지 않게 일그러진 얼굴로, 안익태는 호통 치기 시작했다.

"어느 안전이라고, 네놈이 감히 누구를 참칭하느냐! 이미 돈화의 문에 흙발을 들인 것만으로도 대역죄이거늘!"

"금호로 갔으면 거들떠보아 주기나 하였겠는가. 벌은 전하께 직접 받을 것이니 좌상은 물러서시오."

"뭣이……!"

안익태의 뺨이 푸르르 떨렸다. 늘상 하듯 왕과 둘이 마주앉아 '나랏일'을 논하던 중인 그였다. 이번 자하원 토벌이야말로 그의 숙원이 걸린 큰 일. 그는 많은 준비를 해 왔다. 그런데 드디어 이야기가 본론으로 들어가려 할 때에 난데없는 불청객이 닥쳤다. 계획이 어긋나는 일은 언제나 불쾌했다. 그래서 그런 일이 벌어질 때를 대비해 항상 몇 가지 다른 길을 준비해두곤 했다. 하지만 지금 이런 일이 벌어질 것이라고, 도대체 누가 상상이나 할 수 있었을까.

폐세자라니. 벌써 아득히 옛날에 절명한 자가 아닌가.

왕은 그저 닮은 자라고 믿고 싶어 하는 듯했다. 그러나 안익태는 한눈에 알아볼 수 있었다. 저것은 폐세자 이현이 분명했다. 늙은 심장이 불안하게 덜컹였다. 선왕이 하는 일이라면 모르는 것이 없다 장담했는데, 그 광인이 언제 그를 빼돌렸는지 알 수가 없었다. 자신을 완전히 믿지 못했던 것인가? 아니 그것보다도 저것이 정말 이현이라면, 왜 이제 와서 갑자기 나타난 것인가. 왜 하필, 지금?

게다가 신하를 자처하는 주제에 돈화문을 치고 오는 저 패기라니? 좌의정의 말을 단칼에 자르며 당연한 듯 그를 하대하는 저 기백이라니……?

그가 알고 있던 이현은 유약하기 그지없는 소년이었다. 뭔가가 잘못됐다는 생각이 들었다. 잘못되어도 크게 잘못되었다.

그때 왕이 나섰다.

"그래. 좋다. 네놈이 형님……이, 맞다면, 어디 한번 말해 보라. 왜 돌아온 것이냐? 죽은 자가 땅을 다시 밟고 서 있는 것도 천륜에 어긋나거늘, 어찌하여 다시 궁궐 문을 두드린 것이냐? 원하는 것이 무엇이야? 이제 와서 이 자리가 탐이 나기라도 한 것이냐?"

다음 순간, 왕이 벼락같이 외쳤다.

"누구냐! 누가 꾸민 짓이야! 내가 이깟 허깨비에 눈이나 깜박할 줄 아는가! 도저히 참을 수가 없구나. 내가 왕이다! 내가 왕인데 감히 누가……! 이게……이게 역모가 아니면 무엇이냐. 역모로구나. 드디어."

"전하."

잔잔하고 부드러운 부름. 횡설수설하던 왕이 거짓말처럼 덜컥 멈추었다. 안익태는 불안해졌다.

"원하신다면 지금 당장 제 목을 치시옵소서."

현은 이마가 땅에 닿도록 다시 엎드렸다.

"신…… 다만 간곡한 청이 있어 미천한 몸 끌고 감히 전하 앞에 나섰나이다. 들어만 주신다면 다시 초야로 돌아가 없는 사람이 되겠습니다. 아니, 진정 없는 사람으로 만들어 주셔도 좋습니다."

왕의 어깨가 크게 흔들렸다.

"……청이라고?"

안익태가 놀란 눈으로 왕을 돌아보았다. 그가 급히 외쳤다.

"전하! 들으실 것 없습니다! 무엇하고 있느냐! 이 광인을 당장 끌어내지 않고!"

"그렇사옵니다. 전하. 자하원 색출을 멈추어 주셨으면 합니다."

짧은 침묵이 그들 사이에 떨어졌다. 곧 안익태가 어이없다는 듯 실소했다.

"전하. 보십시오. 들을 것도 없는 이야기라 말씀드리지 않았습니까. 전하의 심기를 어지럽히려는 음모입니다. 제게 맡겨 주십……."

"……왜냐."

"전하?"

"왜 멈추어야 한다는 것이냐. 그들은 감히 왕을 능멸한 대역 죄인들인 것을……!"

안익태의 얼굴이 창백해졌다. 왕이 나서고 있었다. 왕이 그의 뜻대로 움직이지 않고 있었다. 안익태는 무서운 눈으로 현을 쏘아보았다. 현은 여전히 고개를 들지 않고 벌을 청하는 듯 엎드려 있을 뿐이었다. 그러나 그 목소리는 더없이 담담했다.

"아뢸 시간을 주시겠습니까. 긴 이야기이옵니다."

왕이 웃기 시작했다. 마른 어깨가 불안하게 들썩이더니 폭소가 터져 나왔다. 그는 웃음을 참을 수가 없었다. 웃음이 아니면 다른 것이 터져 나올 것만 같았다. 눈앞의 사내는 정말로 어린 시절의 형님과 똑같은 얼굴을 하고 있었다. 그가 이불 속에서 떨며 수년간 그리워하며 두려워하며 원망했던 그 얼굴 그대로였다. 목소리도, 말투도. 그가 기억하는 그대로였다.

꿈이냐 생시냐. 꿈이라면 길몽이냐 악몽이냐.

왕은 알 수가 없었다.

"아니, 내가 들을 것 없다. 그리 긴 이야기라면, 네 입으로 전하고 네 입으로 증명해 보아라. 그 늙은 승냥이들 앞에서."

"전하……!"

안익태가 비명처럼 외쳤다. 왕은 한쪽 입꼬리를 비식 말아 올릴 뿐이었다.

"재미있지 않소, 좌상? 도대체 이게 무슨 일이오. 저건 사람이오, 허깨비요? 난 모르겠으니 맡겨 보려 하오. 사람이라면 대전의 승냥이들이 감히 저런 소릴 입에 담는 죄인을 알아서 찢어발겨 놓을 것이요, 허깨비라면 그 많은 이들 앞에 아예 나타날 수 없을 것 아니겠소? 어디 한 번 지켜봅시다. 이틀 뒤다. 조회 때 부를 것이니 궁 안에 머물라."

"법도에 어긋납니다, 전하."

"도망치면 안 되잖소……! 저것이 정말로 그자라면 필시 딴 생각을 품을 자들이 있을 것인데! 내 눈앞에 둬야 마음이 놓일 것 같단 말이오!"

왕이 눈을 부릅떴다. 안익태는 물러날 때라고 느꼈다. 좌상이 고개를 숙이자 왕은 발밑의 현을 노려보며 말했다.

"알겠느냐?"

"성은이 망극하옵니다."

현은 눈을 감았다. 입 안에서 피 맛이 느껴졌다. 조금 고개를 들고, 옷자락을 떨치며 돌아서는 왕의 뒷모습을 바라보면서, 그는 주체할 수 없는 감정을 있는 힘껏 짓눌렀다.

그래야만 했다.

주먹을 틀어쥔 손이 가늘게 떨렸다.

***

길은 멀고도 험했다. 산을 넘고, 산을 하나 더 넘고, 폭이 좁은 강을 하나 건넜다. 시백은 서두르지 않았다. 그는 언젠가부터 혼자 말에서 내려 고삐를 쥐고 걸었다. 솔은 그 등을 멍하니 바라보다가 고개를 들었다. 저 앞에서 또 작은 마을 하나가 다가오고 있었다.

평생 자신이 살던 곳을 벗어나 본 적이 없던 그녀였다. 바깥세상은 어떨까 궁금했던 적도 있었지만 이런 식으로 알게 되고 싶지는 않았다. 시백은 도중에도 어느 마을 하나에 들렀다. 길을 끼고 들어선 마을엔 허름하나마 주막이 있었다. 솔은 자신 몫의 국밥을 한 술도 뜨지 않았다. 시백도 굳이 더 권하지 않았다. 그들 사이에 대화라는 것은 존재하지 않았다. 그는 자신의 몫을 비우고 나서는 일어서서 말을 찾았다. 마을을 빠져나오니 어디론가 사라졌던 흰 이리가 다시 곁에 따라붙었다.

그런 하루였다.

해는 서산 너머로 기울고 있었다. 하늘 귀퉁이가 붉게 물들며 먼 자락에서 어둠이 밀려왔다. 산골마을의 석양은 짧았다. 주변이 어둑어둑해질 때에서야 그들은 앞서 보이던 마을에 다다를 수 있었다.

아주 작은 마을이었다. 납작한 집들이 겁먹은 짐승처럼 한데 웅크리고 있었다. 시백은 마을길을 따라 조금 더 걸었다. 마을 사람들이 낯선 방문객을 의아하게 쳐다보았지만 시백은 개의치 않았다. 그는 이 마을에 대해 아주 잘 알고 있는 듯 거침없이 한 방향으로 향했다. 굽이치는 길을 크게 돌아가자 외따로 떨어진 초가집 한 채가 눈에 들어왔다. 그곳이 목적지였다.

"계십니까?"

시백이 울타리 문을 밀며 외쳤다. 안에서 허리가 한참 구부러진 노인이 나왔다.

"뉘시오……?"

"지나가던 나그네입니다. 해가 저물어 그러는데 하루 묵어갈 수 있겠습니까?"

"으응? 뭐라고……?"

귀가 좋지 않은 노인이었다. 시백은 사람 좋은 미소를 지으며 다시 한 번 더 같은 말을 반복했다. 노인은 그제야 크게 고개를 끄덕였다.

"아무려믄. 여 산 밤에 못 넘어. 범 나와서 안 돼. 어디, 밥들은 먹었는가?"

시백은 고개를 가로저었다. 노인은 분주히 움직이더니 산나물 두 가지와 장 한 종지를 찬으로 올려 상을 내 왔다. 그는 방 하나를 통째로 내주었다. 흉한 일로 자식과 안사람을 떠나보냈다는 노인은 간만의 손님맞이가 싫지 않은 기색이었다.

"멀끔한 내외가 무슨 사연인고……."

시백이 난처한 미소를 지어 보이자 노인은 입을 다물었다. 제대로 된 짐도 없이 말 한 필만 이끌고 산을 넘는 젊은 남녀라니, 필시 답하기 곤란한 사정이 있으리라 여겼던 것이다. 게다가 솔의 상태도 보통은 아니다 보니 더욱 그렇게 보일 수밖에 없었다. 말이 많지 않은 노인이었다. 그는 필요한 것이 있으면 알아서 찾아보라는 말을 남기고는 일찌감치 옆방으로 건너갔다.

밝힐 불도 없는 방이었다. 시백은 달빛에 의지해 이부자리를 깔았다.

"누워."

얼마 만에 건 말인지 몰랐다. 솔은 대답 없이 목석처럼 굳어 있을 뿐이었다.

"안 누우면 저 노인네 목, 꺾어 놓고 올 테니까."

솔의 입가가 꿈틀했다. 그녀의 두 눈에 분노의 빛이 떠올랐다. 시백은 좁은 방 안을 성큼 가로질러 그녀에게 다가왔다. 솔은 반사적으로 뒤로 물러났다. 도망칠 곳이 없었다. 단단한 흙벽을 등으로 허망하게 밀며, 그녀는 아랫입술을 깨물었다. 시백은 그 이상 다가갈 수 없는 틈만 남긴 곳에서 멈추었다.

크게 숨만 들이마셔도, 옷깃이 스칠 것만 같은 거리. 저 잔인한 가슴에 맞닿을 것만 같은 거리. 솔은 숨을 멈추었다. 시백이 몸을 숙이고 입을 열었다. 꾹 깨물어 하얗게 질린 솔의 입술과 붉게 물든 귓볼 사이에 대고, 그는 속삭였다.

"지금 갈까?"

솔이 벌떡 일어났다. 한 줌도 남아 있지 않던 용기에 불이 붙었다. 있는 힘껏 그를 밀어내고, 노인 앞을 가로막을 생각이었다. 방 밖으로 뛰쳐나가려던 그녀의 손목을 시백이 낚아챘다.

"아윽!"

강한 힘에 제 속도를 못 이긴 솔이 바닥에 쓰러졌다. 시백은 그 위에 올라타고 솔의 두 손을 위로 모아 눌렀다. 꼼짝달싹 할 수 없었다. 솔의 얼굴에 공포와 절망이 번졌다. 심장이 당장 부서질 듯이 뛰었고 죽을 기세로 뛴 것처럼 숨이 찼다.

"이, 이거 놔요!"

"안 돼."

시백의 한 손이 솔의 앞섶으로 올라왔다. 솔은 비명을 삼키며 눈을 질끈 감았다. 비명 소리를 들으면, 노인이 돌아올 터였다.

 이 미친 남자는 기어코 노인의 피를 보고야 말겠지. 그럼, 그럼 나는 어떻게 해? 이대로 비명조차 못 지르고……?

 눈물이 왈칵 솟아 눈꼬리를 타고 흘러내렸다. 그때, 시백의 손이 그녀에게서 떨어져나갔다. 하반신을 짓누르던 무게도 사라진 후였다. 시백이 어느새 몸을 일으켜 뒤로 물러나 있었다. 그의 손에는 기다랗고 뾰족한 나무 꼬챙이가 들려 있었다.

 솔이 낮에 주막에서 숨겨 왔던 젓가락이다.

 "나도 목숨이 걸려 있는 일이니까. 아무리 나라도 잘 때 이런 걸로 찌르면 죽는단 말이지."

 솔이 후다닥 물러서서 양팔로 몸을 감싸 안았다. 시백이 차가운 눈으로 그녀를 내려다보았다.

 "넌 어떨지 몰라도 난 지금 죽고 싶을 정도로 피곤하거든? 네가 먼저 잠들어 버려야 나도 한 시진이라도 마음 놓고 눈 붙일 수 있지 않겠어?

 "왜요? 또 그 잘나신 힘으로 날 마음대로 해 버리면 될 거 아니에요. 아니면 기절이라도 시키면 되잖아……!"

 "이 집에선 그러고 싶지 않다."

 "허."

 솔은 실소했다.

 "좀 전엔 무서운 말 하지 않았었어요? 앞뒤가 안 맞는데?"

 "저런 노인네들이야 얼마든지 내 마음대로이지만, 너는 이 집에서는 안 돼."

시백은 웃었다. 꿈속에서 본 겨울날의 눈발처럼 냉랭한 눈 그대로, 입꼬리만 비틀린 미소였다.

"여긴 네 어미네 집이니까."

솔은 눈을 부릅떴다. 악물고 있던 어금니가 자기도 모르게 벌어졌다.

"무…… 무슨 말이에요?"

그녀가 익히 알고 있는 두 단어. 하지만 그 둘이 조합이 머릿속을 하얗게 만들었다. 이런 때, 이런 장소에서, 이런 사람에게서 들을 이야기도 아니었다. 알 수 없는 감정이 두려움을 집어삼켰다.

"무슨 말이냐구요, 그게!"

"여긴 네 어미가 살던 집이다. 그리고 내 어미가 어린 나를 데리고 살았던 곳이기도 하고."

시백은 눈만 돌려 낡은 집의 천장과 바닥을 한 번씩 훑었다. 솔도 급히 두리번거리기 시작했다. 당연하게도 그녀로서는 알 수 있는 것이 아무 것도 없었다. 자기 심장소리에 귀가 멀어 버릴 것만 같았다. 누가 뒤통수를 세게 내려친 것만 같았다.

"길고 지루한 이야기다. 들어볼 테냐?

솔은 멈칫거리다, 결국 고개를 끄덕였다. 시백이 한숨처럼 짧게 웃었다. 또 이 남자에게 농락당하고 있는 것인가 하는 생각이 번뜩 들 때였다.

"그 둘은 자매였다. 피가 이어져 있는지 어땠는지는 알 수 없지만, 보고 듣고 말할 수 있었던 때부터 붙어 있었으니까 서로를 가족으로 생각하기로 했더랬다지. 둘 다, 남들과는 다른 소리를 듣고 다른 것들을 보는 것까지 똑같았으니까."

시백이 움직였다. 솔이 움찔했지만 그가 향한 곳은 솔의 반대방향이었다. 그는 제일 먼 벽에 기대어 스르르 앉았다.

"부모는 없었다. 언제부터였는지 몰라도 이미 길거리를 헤매며 밥을 구걸하고 물건을 훔치며, 그렇게 살아가는 다른 아이들과 한데 모여 살아가고 있었지. 겨울철만 아니면 그럭저럭 살만은 하였다고 하더군. 네 어미는 몸이 날래 사내들의 주머니도 곧잘 털어왔지만 내 어미 쪽은 그러지 못했다. 빈손으로 돌아올 때마다 무리의 우두머리한테 얻어맞곤 했고……."

솔의 미간이 찌푸려졌다.

"그럴 때마다 네 어미와, 해준이라는 사내아이가 나서서 감싸주곤 하였다. 그는 자기가 귀한 가문의 사람이나 사정이 있어 거리를 헤매는 것뿐이라고, 모두가 자기를 무시하지만 두고 보라며…… 언젠가 모두가 우러러보는 자리까지 가고 말 것이라고 매일 떠들어 대던 자였다. 다들 미쳤다 하였지. 귀신들린 년들과 미친놈이 죽이 잘 맞는다고들 했다더군. 그러던 어느 날, 결국 일이 터졌다."

"일……이요?"

"해준이 사람을 죽여 버렸다며 달려들어 왔던 거야. 관원들이 패거리들을 모조리 매질해 죽이려고 쫓아오고 있으니 다들 당장 도망하여야 한다고 소릴 질러댔다. 모두 겁먹고 뿔뿔이 흩어졌다. 두 자매들은, 해준이 안전한 장소가 있다며 따로 챙겼고."

시백은 한가롭기까지 한 목소리로 느릿느릿 말을 이었다.

"근처에 있던 기방이었다."

솔은 찬물을 뒤집어 쓴 기분이었다.

"무슨……?"

"제발 받아 달라고 바닥에 엎드려 울고 빌었다 들었다. 안으로 들어가는 자매에게 금방 찾으러 오겠다고 눈물로 약속했다는데…… 그자는 과연 빈손으로 돌아갔을까?"

달이 구름에 가렸는지, 방 안이 온통 캄캄해졌다. 그 온전한 어둠에 묻힌 채 시백은 말을 이었다.

"내 어미는 그자 덕에 관원에게 맞아 죽지 않고 살아남았다고 믿었다. 어쨌거나, 기방에서는 굶어죽을 일도 없었으니 잘된 일이었을지도 모르지. 둘 다 반반한 얼굴을 하고 있으니 기방 입장에서는 쓸모가 컸다. 그래…… 쉽지 않은 날들이었지만, 둘은 서로를 의지하며 살아나가기로 했다. 객들의 손을 거칠었고 그 생은 끝이 보이지 않았지만 살 수는 있었다. 그자가 약속을 지키러 돌아오기 전까지는."

그자.

솔은 땀이 배기 시작하는 손을 꾹 쥐었다. 본능적인 거부감에 등골이 서늘했다.

"무슨 짓을 하고 살아 왔던지…… 큰돈을 가지고 있었다. 그는 가진 돈을 전부 내놓으며 둘을, 아니 셋을 데려가겠다고 했다. 어미

뱃속에 이미 내가 들어 있었으니까. 기방 입장에서는 나쁠 것 없는 장사였다. 그렇게 그들은 해준에게 다시 팔렸다. 네 어미는 그를 의심했고 내 어미는 약속을 지킨 친우라며 기꺼워했다. 어차피 그들의 의사는 거래에 아무 영향도 없었지만 말이지."

"어떻게…… 어떻게 그럴 수가 있어요?"

희미하게 웃는 소리가 났다.

"그럴 수 있다. 그가 가진 돈은 그것이 전부였어. 그는 산골 마을의 버려진 집 하나에 그들을 버려 두고 다시 떠났다. 집은 무너지지 직전이었어. 그들은 목숨을 걸고 직접 집을 고쳤고 내가 태어났다. 먹을 것이 다 떨어지고 날이 추워지기 시작하자 그자가 돌아왔다. 뒤에 네댓 명은 되는 사내들을 달고서. 자기가 옥황상제를 모시던 선녀들을 찾았는데 그 재주들을 한번 직접 보라고 떠벌렸지."

솔의 입가가 떨리기 시작했다. 그녀는 알고 있었다. 자신이 가진 힘이 어떤 것인지. 그런 힘을 가진 사람이 다른 사람의 눈에 어떻게 비치는지. 그것들을 남 앞에서 드러낸다는 것이 무엇을 의미하는지.

"돈이 필요했다. 겨우 얻은 바깥의 삶이었다. 그들은 살아야 했다. 네 어미가 원하는 것을 보여 주었고 사내들은 크게 웃으며 돈 몇 푼을 던져 주고 사라졌다. 해준은 왜 옛날처럼 무섭고 화려하게 해 내지 못하느냐며 주먹을 휘둘렀다. 다시 한 번 말하지만…… 그들은 살아야 했다. 그들은 자신들의 둥지를 지키고 싶었다."

달이 다시 드러났다. 길게 늘어진 달빛이 시백의 얼굴에 비스듬한 그림자를 드리웠다. 아무 상관없는 남 이야기하듯이, 아니 남 이야기도 그렇게는 할 수 없을 것처럼 그의 얼굴은 무심했다.

"그것이 이 집이다."

"그리고…… 그 해준이라는 사람이……."

"자하원의 교조이지."

솔은 몸을 반쯤 일으켰다.

"그렇다면…… 당신, 당신은 도대체 지금 무슨 짓을……? 어째서 그 사람 쪽에서……!"

"재미있지? 다음 이야기는 더 재미있을 거야. 하지만 오늘은 여기까지다."

당황한 솔 쪽은 쳐다보지도 않고, 그는 한 손으로 피로한 듯 얼굴을 쓸고는 바닥을 더듬었다. 그리고 설마 싶은 사이에 목침을 끌어와서 그것을 베고 드러누웠다. 그가 하는 꼴을 멍하니 보던 솔이, 뒤늦게 비명처럼 외쳤다.

"잠깐만요. 아직……!"

"뒷이야기가 궁금해?"

그는 양 손을 포개어 가슴 위에 올리고 눈을 감았다.

"그럼 오늘 밤 내 목을 조르는 건 포기해라."

거짓말처럼 금세 숨소리가 느려졌다. 애초에 걱정을 하긴 했었나 싶을 정도로 당연하다는 듯이. 솔의 무력함을 장담하듯.

좁고 어두운 방 안에, 맹독 같은 기억들과 솔만 덩그러니 남겨졌다. 그녀는 황망한 얼굴로 뒷머리를 쥐어뜯었다.

***

눈앞이 가물거린다. 눈에 초점이 맞질 않아 상이 셋으로 갈라졌다. 민훈은 거세게 머리를 휘젓고는, 다시 새를 찾았다. 멧비둘기는 사라진 지 오래였다. 어느 순간부터 다른 새들이 연달아 꼬리를 물며 날고 있었다. 서로 말이라도 통하는 듯이 그들은 한 새가 휙 하니 옆으로 물러나면 다른 새가 이어 나서고, 다시 그 앞을 이어 날고 하는 식으로 쉼 없이 길을 이끌고 있었다.

저건 무슨 새인가. 몇 번째더라?

순간 휘청, 하고 흙길이 벌떡 일어섰다. 눈앞이 검붉은 색으로 아찔하게 물들더니 빙글 돌았다. 힘없는 손에서 고삐가 빠져나갔다. 말이 비명을 내질렀다. 맨바닥에 충돌한 몸이 서너 바퀴를 구르고야 멈추었다. 지독한 통증이 덮쳤다가 순식간에 꺼져들었다. 가닥가닥 흩어진 의식은 아픔도 제대로 인지해 내지 못했다.

"이, 이보시오!"

어딘가 먼 곳에서 사람 소리가 웅웅댔다.

"안 되겠네. 어이! 이봐들! 여기 좀……."

아니야. 그냥, 잠깐만…… 까지 하는데, 세상이 시커멓게 변했다.

***

민훈은 눈을 떴다.

쏴아아…… 차르르르…… 큰 물결이 발밑의 바위 틈 사이에서 부서지고 쓸려나가고 있었다. 조개껍질이 말라붙은 바위는 검고 날카로웠다. 짙푸른 파도가 흰 거품을 뿜으며 그 날 끝에 몸을 비볐다. 먼 곳에서 갈매기가 울었다.

그는 멍하니 서서 수평선을 바라보았다. 시야의 이쪽 끝에서 저쪽 끝까지 모조리 채운 거대한 바다가, 빛도 없는 흑색을 띤 채 옅은 회색의 하늘과 맞닿아 있었다. 배는 한 척도 떠 있지 않았다. 몹시도 장엄하고…… 쓸쓸한 경관.

알고 있는 풍경이었다.

태어나서 처음 바다를 본 날이었다. 몇날 며칠을 걸려 도착한 외가에서, 조모는 어린 손자의 손을 잡고 이곳까지 걸어 나와 주었다.

어떠냐. 멋있지?

멋있다기보다는…….

으아아앙!

오라버니의 손을 꼭 붙잡고 있던 설아가 울음을 터뜨렸다. 그래. 무서웠다. 어린 그에게 세상은 하늘과 땅, 산이었다. 땅은 다지면 되었고 산은 넘을 수 있었다. 그러나 바다는…… 바다라고 부르는 저 검고 깊은 물 앞에서는, 사람이 할 수 있는 것이 무엇이 있단 말인가. 그날 처음으로 경외라는 감정을 배웠다.

"오라버니, 그 다음 날부터 매일 여기 나와서 이렇게 서 있곤 했었어."

민훈은 흠칫했다. 그는 고개를 돌릴 수 없었다. 언제나 꿈에서 보아 왔던 것처럼, 옆에 선 설아는 지금도 피투성이가 된 채일 것이었다. 오늘은 그 모습을 견딜 자신이 없었다. 그래서 민훈은 설아가 보고 있을 곳을 그저 함께 바라볼 뿐이었다. 그 아이가 바라보는 곳 또한 오라비가 바라보고 있던 곳일 것이었다.

수평선. 아주 먼, 하늘과 바다의 끝.

"……너도 굳이 매번 따라나섰지."

"맞아. 그랬어. 그리고 엄청 울었잖아? 얼른 돌아가자고, 다리 아프니까 업고 가야 한다고 떼쓰면서."

설아가 숨죽여 웃었다.

"얼마나 귀찮았을까?"

"아니다."

"응?"

"귀찮다고 생각해 본 적, 단 한 번도 없었다…… 설아야. 나는."

목이 메었다. 마른 침 한 번 삼키는 것이, 너무도 힘들었다. 매일의 악몽 속에서 동생은 언제나 되물었다. 그렇게, 자기가 귀찮았냐고. 붉게 물든 눈으로 그를 노려보면서. 하지만 그가 대답하려고 할 때마다 피 튄 장지문은 닫히고 그는 불꽃 속으로 끌려나왔다. 그에겐 대답할 자격이 없었다. 오늘도…… 지금도 그렇게 될 것이지만.

그래도. 그는 말하고 싶었다.

"네가 내 동생이라서 좋았다. 못난 오라비 얼굴 보고 매번 웃어 주는 것도 좋았고, 군영들 돌고 거지꼴로 돌아올 때마다 네가 먼저 알아봐 주는 것이 좋았다. 못 볼 몰골이었을 텐데, 매번 안기려 드는 것이 괴로우면서도…… 창피해서. 언제나 귀찮다고 했지만…… 고마웠다. 고마웠다."

민훈은 고개를 떨구었다.

"미안하다."

그날, 그 방 안에서, 설아가 마지막으로 남긴 말은 '왜……?'였다. 수백 수천일이 지나도 잊히지 않고 가슴에 부러진 칼날처럼 꽂혀 있는 그 말은, 가슴 아픈 추궁이었다. 그렇게 같이 있어 달라고 했는데. 왜 놔두고 갔어? 왜?

그는 답해야 했다.

"혼자 나갔었던 것은, 절대…… 절대로 네가 귀찮아서가 아니라……."

"알아. 바보 오라버니야."

설아가 그를 옆으로 팩 떠다밀었다. 상상도 못한 공격이었다. 민훈은 비틀대며 옆으로 밀려나다 털썩 주저앉고 말았다.

설아는 웃고 있었다. 고운 연분홍색 저고리에 자줏빛 치마를 두르고, 그녀는 환하게 웃고 있었다. 언제나처럼 입꼬리 끝에 장난기 한 가닥을 달고서.

"바보 멍충이 오라버니야! 내가 그걸 몰라?"

"설아야?"

"에비! 지독도 하여라. 내가 여기까지 온다고 얼마나 힘들었는지…… 사람이 계속 말을 하는데 듣지도 않고, 앞에 알짱거려도 봐 주지도 않고. 나빴어. 그래도 오늘은 말이 통해서 다행이다. 아주머니 말이 맞았어. 여기로 와 보길 잘했지."

"……설아야?"

민훈이 황망하게 되뇌었다.

"오라버니. 여기 있으면 안 돼. 할머니도 말씀하셨잖아. 바다는 보다 보면 시간 가는 줄 모르고 한없이 빠져 버리니까 조심하라고. 언제까지 이러고 있을 거야? 지금 몇 시인 줄 알아?"

민훈은 멀뚱히 눈을 깜박였다. 설아가 불쑥 손을 내밀었다.

"일어나. 어서 가야지. 기다리고 있잖아."

누가?

어리석은 질문이었다. 번뜩 스치는 얼굴에 눈이 번쩍 떠졌다. 무심결에 들어 올린 한 손을 설아가 잡아챘다. 무슨 힘인지 민훈은 한번에 끌어올리며, 설아가 까르르 웃었다.

"이번엔 늦지 마!"

***

"아빠, 눈 떴어!"

머리맡에 앉았던 조그만 여자아이가 쪼르르 달려 나갔다. 민훈은 벌떡 몸을 일으켰다. 상처가 욱신 쑤셔 눈살이 찌푸려졌지만, 생각보다 견딜 만했다.

어두운 방 안에 흰 빛이 언뜻 스쳤다. 작은 나비처럼 팔랑이던 빛무리가 깜박하고 스러졌다. 민훈은 눈을 꾹 감았다가 떴다.

"그래…… 늦지 않으마."

"아이고, 괜찮으시오? 좀 더 누워 계시지."

촌부는 죽을 사람이 살았다며 자기 일처럼 기뻐했다. 민훈은 감사를 표하고 얼른 일어섰다. 문을 열어젖히니 별이 보였다. 한참 밤이 깊어 가는 시각이었다.

입고 있던 도포는 낙마하며 찢겨져, 더 입을 수 있는 형편이 아니었다. 민훈은 짐을 뒤져 따로 챙겨 왔던 옷을 꺼내들었다. 새까맣게 물들인 검은 옷자락을 본 가족이 혼비백산했다. 민훈은 손을 들어 그들을 진정시켰다. 맨얼굴과 맨몸을 본 덕에 그들은 겨우 마음을 추스를 수 있었다. 어쨌거나 상대는 사람이었다.

아무리 만류해도 그가 굳이 떠날 기세이자, 아낙이 뭉친 밥덩이를 싸 담아 말에 실어 주었다. 민훈은 가진 돈을 모조리 털어 주었다. 너무 많다며 손사래를 치는 것을 못 본 척하며 민훈은 흑마에 올랐다.

쓰러져 있던 동안 좀 쉬었는지, 거의 탈진 상태였던 말이 기운 좋게 발을 굴렀다.

"가자."

그들은 다시 밤 속으로 뛰어들었다. 새는 보이지 않았다. 짧은 혼란 중에, 그는 저 앞에서 빛나는 두 개의 안광을 발견했다. 짐승은 따라오라는 듯 다시 몸을 돌려 달렸다.

이번엔 늦지마!

아직도 귓가에 선연히 울리는 목소리.

"그래, 설아야."

민훈은 고삐를 틀어쥔 손에 힘을 더했다.

"이번엔 늦지 않아, 절대로."

十七. 길 끝에서 기다리는 것

솔은 뜬눈으로 밤을 지세웠다. 방 제일 구석에서 무릎을 끌어 모아 안은 채, 그녀는 먼지 냄새나는 치맛자락에 코를 묻고 밤을 버텼다.

창이 희뿌옇게 밝아올 때쯤 시백이 일어났다. 그는 그늘에 묻힌 솔 쪽을 힐끔 바라보더니 밖으로 나갔다. 어느새 일어난 노인이 담배를 말아 피고 있었다.

"잘 잤나? 불편했지?"

"아닙니다. 간밤에 큰 은혜 입었습니다, 어르신."

노인은 어젯밤 그가 하려던 짓을 절대 깨닫지 못할 것이다. 솔은 시백의 미소 띤 옆얼굴을 노려보았다. 그는 노인과 몇 마디 한담을 나누고서 방으로 돌아왔다.

"나가자."

"……기다려요."

솔은 발을 끌며 부엌으로 향했다. 느린 손길로나마 분주히 먹을 것을 차리고 있던 노인이 깜짝 놀랐다.

"앉아 계세요, 할아버지. 제가 할게요."

처음 봤을 땐 당장 무너져도 이상하지 않을 만큼 낡은 집이었다. 하지만 찬찬히 살펴보면 이곳저곳 사람 손이 많이 닿아 있었다. 고치고, 고치고, 또 고친 흔적들 속에서 사람의 온기가 느껴졌다. 그중 어느 것은 엄마의 손도 거쳤을 것이었다. 솔은 잠시 그 자리에 못 박혀 섰다가, 이내 다시 솥바닥을 긁었다.

식은 밥으로 차린 상이었지만 노인은 어쩔 줄 몰라 하며 받았다. 솔도 두어 숟갈을 말없이 삼켰다.

"이제 어디로 가누?"

"여기 왔으니 그곳에는 한 번 들러야 하지 않겠습니까?"

"아아. 그렇지. 거길 빠뜨리면 섭하지. 아무렴."

의미 모를 이야기가 오갔다. 식사는 금방 끝났고 노인이 굳이 나서 상을 내갔다.

시백이 떠날 채비를 마치고는 말을 꺼내왔다. 힘없이 그 곁에 다가가던 솔이 노인을 향해 꾸벅 인사를 했다. 노인은 혀를 찼다.

"기운 내게. 밥 마이 묵어야 해. 기운 차리는 덴 먹는 게 최고여. 어디보자, 내가 뭘 좀……."

노인이 허둥지둥 돌아섰다. 솔은 울컥, 속이 복받쳤다.

"아니에요, 할아버지. 고맙습니다."

노인은 대문 밖까지 따라 나와서 그들을 배웅했다. 그에게는 못내 아쉬운 이별인 듯하였다.

말은 천천히 산길을 올랐다. 시백은 어제 그랬던 것처럼 고삐를 쥐고 앞서 걸었다. 한참을 걸었는데도 웬일인지 흰 이리는 더 이상 나타나지 않았다. 값없는 침묵이 길게 이어졌다. 견디지 못한 것은, 솔 쪽이었다.

그녀는 두 주먹을 꼭 쥐었다.

"이제 말해 줘요. 뒷이야기."

"벌써?"

시백이 돌아보지도 않고 대꾸했다. 솔은 그 등을 노려보면서 말을 이었다.

"사실 들려 주고 싶잖아요? 어젯밤엔 신나서 그렇게 혼자 떠들어 댔으면서."

"확실히 닮았어. 그 여자랑. 특히 혓바닥 놀리는 부분이."

솔은 입을 다물었다. 시백의 목소리는 그저 한가로웠다.

"이젠 내가 두렵지 않은가 보지?"

"여기선 그 할아버지를 해치겠다는 협박, 통하지 않아요."

"못 죽일 것 같나? 고작 이 정도 떨어졌다고?"

솔의 얼굴이 새하얗게 질렸다. 시백은 큭큭 소리를 내며 웃었다.

"사람을 웃기는 재주가 있군. 하긴 그 여자도 상대를 웃기는 데는 수단 방법을 가리지 않았지."

태출에게 듣기도 그랬었다. 엄마는 엉뚱할 정도로 재미난 사람으로 마을에 소문이 자자했었다고. 하지만 가끔 아주 슬프게 울면서 먹지도 않고 마시지도 않으며 며칠을 보내곤 했다고. 그럴 땐 아무리 이유를 물어도 대답하지 않았다고 했다. 솔은 이제야 그 이유를 향해 다가가고 있는 기분이었다.

시백이 멈춰 섰다. 그는 잔기침을 몇 번 하더니 고개를 천천히 가로저었다.

"우리를 찾는 사람들은 점점 늘어났다. 처음엔 재미로 구경삼아 오는 자들이 대다수였는데 어느 때인가부터 사람들 태도가 진지해졌어. 우리를 보자마자 무릎들을 꿇던데, 정해준은 그것 보라며 기고만장했지. 그는 이후로는 네 어미를 데리고 더 먼 곳까지 나가서 설법을 다녔다."

"설……법?"

"그자는 그렇게 불렀어."

그는 다시 걸음을 옮기기 시작했다. 솔은 눈을 가늘게 떴다. 언덕 너머에서 희뿌연 안개가 일렁이더니 길을 따라 흘러내리고 있었다. 길이 가파르고 좁아졌다. 시백은 길가의 나무에 말을 묶고 솔을 내리게 했다.

그는 자기 무릎까지 차오르는 안개를 헤쳐 나가며 말을 이었다.

"네 어미가 앓아누웠던 날…… 처음으로 우리 모자가 그자의 뒤를 따라 나섰다. 장바닥에서 해준이 열심히 사람들을 불러 모으면,

우리가 그 앞에서 재주를 부려야 했지. 내 어미는 심약한 사람이었다. 어쩔 줄 모르고 머뭇거리고 있을 때 어떻게 알고 네 어미가 나타나더군."

"엄마가?"

"그래. 정해준 그자와 무섭게 싸우고는 우리를 데리고 달아났다. 뭐 그래 봤자, 갈 데 없는 사람들이 어디로 떠났겠나. 그 집으로 돌아올 수밖에. 뒷일이 무서웠지만 어찌할 도리가 없었다. 하지만 정말 무서운 일은 엉뚱한 데서 시작되더군. 집에 돌아와 보니 마을 분위기가 심상치 않더란 말이지."

솔은 오던 길에 스쳤던 작은 마을을 떠올렸다.

"마침 그 해는 기막힐 정도로 지독한 흉년이었거든. 마을 무당이라는 자가 이번 대흉의 원인은 흉한 자들을 마을에 들였기 때문이라고 말하고 나선 것이지. 그날 밤에, 남녀노소 할 것 없이 흉흉한 기세로 들이닥쳤다. 아무도 우리 말을 들으려 하지 않았어. 그런데 신기하게도, 뒤이어 도착한 정해준 그자의 말은 듣더구나."

"다행이었네요."

"그럴까? 그자의 말은 이랬다."

시백은 그제야 솔과 눈을 마주쳤다.

"멍청한 놈들이, 아직도 눈의 어두워 깨닫지 못했구나. 이리 된 것, 저 무당년이 섬기는 산신의 힘이 센지 내가 모시는 상제님의 힘이 센지 한번 겨루어 봐야지?"

"뭐……라구요?"

음습한 불안함이 스멀스멀 등을 타고 피어올랐다. 시백은 씩 웃었다. 그는 또박또박, 천천히, 읊었다.

"네까짓 것들이 감히 천선님들의 손끝 하나 다치게 할 수 있을 것 같냐? 죽일 수 있겠으면 죽여 봐라. 못 죽이면, 내년에도 내후년에도 이보다 지독한 흉년을 내려 줄 테니까, 할 수 있으면 해 봐. 해 보라고."

솔의 입에서 갈라진 신음소리가 새어나왔다.

"그래서 그들은 그렇게 했다."

***

대문을 나서던 아낙이 비명을 질렀다. 이고 있던 물동이가 바닥에 떨어지며 박살났다. 아침 일을 시작하던 마을 사람들이 혼비백산해서 흩어졌다. 민훈은 그 혼란 속을 질주했다. 아득히 높이 떠 있던 솔개가 산 위쪽을 선회하고 있었다.

더 나아가지 않는다. 이 근처다.

심장이 미친 듯이 쿵쾅댔다.

그녀가, 가까이에 있다. 이제 곧.

좁은 산길을 거슬러 올라가는데 노인 하나가 불쑥 나타났다. 민훈은 급히 고삐를 잡아챘다. 놀란 말이 앞발을 쳐들었고 길을 가로막고 걸어오던 노인이 외마디 소리를 지르며 주저앉았다.

"아, 아이고! 아이고 저승사자님!"

노인이 바닥에 바짝 엎드렸다.

"웬일로 손이 많다 했더니 오늘이 나 가는 날이었구먼……!"

"아니오! 그보다 누가 다녀갔소? 언제?"

당장 다시 달리고 싶어 하는 말을 간신히 달래며, 민훈이 급히 물었다.

"웬 젊은 내외가 좀 전에 저, 저쪽, 산중호(湖)로 갔지요. 어이구, 걱정 되더니만 그 사람들, 결국 사단이 났는가? 이 일을 어쩌누!"

눈에서 불이 튈 것만 같았다. 그는 고삐를 틀어 말을 움직였다. 흑마는 엎드린 노인을 피해 다시 땅을 박찼다.

제발 늦지 말아라. 제발!

민훈은 자기도 모르게 계속 되뇌고 있었다.

***

마지막 말마디와 함께, 오르막이 끝났다. 코앞에 있는 것만 같았던 산봉우리들이 좌우로 널찍이 벌어졌다. 그 사이를 메우고 있는 것은 거짓말처럼 넓은 호수였다. 큰 물은 몇 개나 되는 산허리를 집어삼키곤 고요히 잠들어 있었다. 자욱하게 피어오른 물안개가 산등성이를 휘감아 돌았다. 목이 긴 새 몇 마리가 검은 그림자가 되어 그 속을 스쳐 날았다. 벼랑이나 다를 바 없는 모퉁이에 다 무너져 가는 정자 하나가 서 있었다.

숨 쉬는 것도 잊은 술을 대신해, 시백은 차가운 공기를 가슴 깊이 집어넣었다.

"시시한 이야기지. 정신없이 두드려 맞다가 도망쳤고, 내 어미와 나만 붙잡혔고, 굶은 지 너무 오래되어 악에 받친 마을 인간들이 자기들도 후회할 짓을 저질렀다. 이곳에서."

그 미친 짓이 무엇인지 솔은 이미 알고 있었다. 다리에 힘이 풀려 서 있을 수가 없었다. 솔은 곁에 선 나무를 간신히 붙잡았다.

"그런데, 쓸데없는 것을 봐 버렸어. 저쪽 나무 뒤에서 네 어미가 고개를 내밀고 있더군. 입을 틀어막고 이쪽을 바라보고 있더란 말이지. 그럼, 묻겠는데, 그 여자는 어떻게 했을 것 같나."

"……나는, 모르……."

"모를 리가 있나. 시시한 이야기라고 했잖나. 시시하고 뻔한 이야기."

그녀는 도망쳤을 것이다. 도망치고 도망쳐서 솔의 마을에 까지 닿았을 것이다. 그곳에서 아껴 줄 사내를 만나고, 평온히 살다가 갔을 것이다. 딸 하나를 남기고.

솔은 간신히 입을 열었다.

"그래서…… 내게? 복수…… 하려고 한 거예요?"

"복수?"

시백이 어이없다는 듯 되물었다.

"그럴 리가. 나는 그 여자를 이해한다. 나라도 그랬을 테니까. 원망 같은 건 하지 않아. 난 그저……."

그가 웃었다. 파리한 낯빛의 얼굴 위엔 짙은 허무가 드리워져 있었다. 손끝에서부터 피가 식는 듯한 느낌이 들었다. 이 남자는, 생각했던 것보다 더 위험한 사람이었다. 확신이 들었다. 솔은 자기도 모르게 한 걸음 물러섰다.

"부수고, 무너뜨리고, 죽이는 게 즐거운 사람일 뿐이다. 보다시피 내겐 남은 시간이 얼마 없는 것 같으니까…… 이제는 아껴 뒀던 즐거움을 슬슬 누려 볼 때이다 싶어서. 일단 작은 것부터 시작해 보기로 했지."

"작은…… 것?"

"그래. 너. 너라는 인간."

갑자기 시백이 한 걸음을 내딛었다, 그녀를 향해. 솔은 흠칫해서 한 걸음 더 뒤로 물러났다. 내내 담담하던 시백의 눈빛이 변해 있었다.

"처음 본 순간부터 궁금했다. 똑같은 저주를 타고났는데, 너는 어떻게 이렇게 태평하게 살아올 수 있었던 것일까? 이해가 가질 않았어. 질투 같은 게 아니라, 정말 궁금했거든. 그렇지 않나? 우리 삶은……."

또 한 걸음. 시백의 눈은 솔을 꿰뚫을 듯 빛나고 있었다. 솔은 겁에 질려 두어 걸음 더 물러났다.

"눈 뜨는 순간부터 사방 천지가 비명 아니냐."

온몸에 전율이 일었다. 그의 말은 진실이었다. 진리였다. 너무도 두려워서 태출에게조차 단 한 번도 하지 못했던 말이었다. 오직 자신만이 안고 가리라 다짐했던 공포였다.

그녀는 모든 산 것들의 목소리를 들을 수 있다. 모든 산 것들은 죽음을 안고 있다. 그리고 사람은 살기 위해 산 것들을 죽이고 먹어야 한다.

아침에 인사 나눈 벼이삭을 베어 갈고, 전날 수다 떨던 닭 목을 비틀어 저녁상에 올려야 하는 삶. 그들의 모든 원망과 비명을 혼자 듣고 견뎌내야 하는 삶.

"나…… 나는……."

"오랫동안 지켜봤다. 너와 내 차이가 무엇일지 알고 싶어서. 어느 순간 보이더군. 네 주위의 사람들이…… 네 이곳을 지키는 사람들이."

시백은 손끝으로 자기 가슴을 가리켰다.

뒤꿈치에 밟힌 판자에서 삐그덕 소리가 났다. 솔은 뒤를 돌아보았다. 정자 바닥은 금방이라도 무너질 듯 썩어 있었다. 그래도 그녀는 그 위로 올라설 수밖에 없었다. 시백이 계속 다가오고 있었다.

"그래서, 하나 하나 없애 보기로 한 것이지."

"무…… 무슨……."

"이제, 네가 지금까지 네 아비에게 들어 알아온, 선녀처럼 곱고 다정한 어미는 세상에 없다."

난간을 쥔 솔의 손이 새하얗게 변했다.

"거지 출신의 기녀에, 도와 달라고 애원하는 자매와 조카를 내버리고 혼자 도망친 비겁자만 남았지."

솔의 입이 벌어졌다. 힘없이 열린 입술에서 갈라진 신음소리가 새어나왔다.

"그리고 그 남자."

시백이 짧게 웃었다. 솔은 숨이 헐떡이기 시작했다. 그가 무슨 말을 할지, 알 것 같았다.

"운 없는 남자다. 본래대로라면 좌의정의 하나밖에 없는 사위로 누릴 수 있는 모든 권세를 누리며 살 운명이었는데 말이다. 하필 너 같은 걸 만나고 말았으니."

"그, 그……."

"기억 못할 테니 내가 알려 주마. 그자, 네가 기다리라던 곳에 없으니 눈이 뒤집혀서 허둥지둥하던 꼴이란…… 넌 그 틈을 아주 잘 파고들었다. 보기보단 심약한 자더구나. 뱃속에 칼을 넣고 휘젓는데도 상대가 너라서 힘주어 떨쳐내지도 못하던데."

온몸이 와들와들 떨리기 시작했다. 솔은 입을 가렸다. 손가락 사이로 억눌린 비명소리가 새어나왔다.

"아니……야. 그만……."

"그래도 연모하던 계집 손에 죽었으니 만족했을지도 모르겠구나. 아니, 너야말로 감히 올려다보지도 못할 상대한테 영원히 널 새겨 넣어 주었군. 축하한다."

털썩, 솔은 무릎을 꿇고 주저앉았다. 눈물이 볼을 타고 흘러내렸다. 시백은 차가운 눈으로 그녀를 내려다보았다.

"남은 것은 그 도련님이라는 놈과 네 아비, 둘인가?"

"그, 그만둬요! 그만둬요, 제발!"

솔이 시백의 옷자락에 매달려 애원했다.

"그 둘은 내버려 둬요. 어떻게 하면 그만 둘 거예요? 뭐든지 할게요! 뭐든지 할 수 있어요!"

"……그래. 이 재미지."

시백은 솔 앞에 쭈그려 앉았다. 무섭게 텅 빈 그 눈 속에, 무너진 솔의 얼굴이 온전히 담겼다.

"이솔. 나는 지금부터 더 큰 걸 무너뜨리러 간다. 넌 방해가 돼. 그러니까…… 도망쳐."

눈물이 가득 찬 솔의 눈이 크게 벌어졌다.

"도망쳐라. 더 멀리. 그 여자가 그랬던 것처럼 꼬리를 말고 사라져. 아무도 너를 모르고, 네가 아는 이도 아무도 없는 곳으로 떠나. 그리고 그렇게 끝까지 아무도 너를 모르게 하고 너도 아무도 모르는 채 그곳에서 잊히도록 해. 혼자서. 곱씹을 후회는 충분할 테니 시간은 잘 갈 것이다. 돌아올 생각은 하지 않는 것이 좋아. 또 네 손에 그들의 피를 묻히고 싶지 않다면."

힘 잃은 솔의 손이 바닥으로 떨어졌다. 처절한 무력감이 그녀를 덮쳤다. 솔은 고개를 떨어뜨렸다. 모든 생의 빛이 꺼져 버린 모습으로 그녀는 얼어붙었다. 그녀가 할 수 있는 일은 아무것도 없었다.

그런 솔을 물끄러미 내려다보던 시백이 몸을 일으켰다. 천천히 한 걸음 뒤로 물러서던 그가 멈칫했다.

"……하나만 묻자."

꿈틀, 바닥을 긁던 솔의 손이 움직였다.

"꿈을 꿨을 거야. 눈밭에서, 아이 하나가 헤매고 있었을 테지."

온통 뿌옇기만 한 머릿속에 아주 오래 전에 꾼 것만 같은 꿈 하나가 떠올랐다.

"왜 감쌌던 것이냐? 원하는 대로 하게 내버려두지 않고."

"……이유 같은 거…… 없어요. 그 아이…… 무서워하고 있었으니까. 내버려 둘 수 없었던 것뿐이야."

알아듣기 힘들게 흩어진 목소리로, 솔은 답했다.

"……여유롭구나. 그 주제도 모르는 오지랖, 놀랍다."

시백은 거친 걸음으로 층계를 가로질렀다. 남겨진 솔은 움직일 기색이 없었다. 이제는 그녀의 몫이었다. 시백은 자신의 남은 몫을 생각했다. 그는 처음 올라왔던 길의 초입으로 향했다. 격렬한 통증이 가슴 속을 휘젓고 있었다.

너무 많이 움직였다. 말도 너무 많이 했다. 그래서 그런 것이다. 이 몸은 이제 이 정도도 버티질 못해.

그는 그렇게 생각했다. 시간이 얼마 남지 않았음을 통감했다. 보다 빠른 방법을 선택할 수도 있었는데 굳이 먼 길을 도는 법을 택한 자신의 변덕에 대해, 그는 또 생각했다.

서둘러야 했다. 아직 해야 할 일이 있었으니까.

가파른 내리막길을 미끄러지듯 내려갔다. 말이 있는 곳까지의 거리를 셈해 보던 그의 얼굴이 별안간 굳어졌다. 그는 고개를 들고 한 방향을 노려보았다.

"……뭐?"

부릅뜬 눈이 한순간 흔들렸다.

***

 민훈은 달리는 말에서 그대로 뛰어내렸다. 더 이상은 말이 갈 수 없는 길이었다. 갑작스러운 그의 난입에 나무에 묶여 있던 말이 놀라 날뛰었다. 그 말이, 그가 제대로 온 것이 맞다고 마지막으로 확인시켜 주었다. 민훈은 그 곁을 스쳐서 달렸다. 짙은 물안개가 진저리치며 흩어졌다. 발밑에서 흙과 돌멩이가 튀어 올랐다.
 발소리. 지척이었다.
 시백은 입을 굳게 다물었다. 소리 없는 그의 부름에 산이 온몸을 떨며 화답했다. 울림이 메아리처럼 번졌다. 사방에서 퍼석거리며 숲 그림자가 부서지더니 검은 짐승 떼가 달려왔다. 흰 이리가 거대한 몸으로 도약하더니 시백의 앞을 가로막았다.
 민훈은 이를 사리물었다. 온몸이 저릿하게 느껴지는 살의는 목표가 코앞임을 증명하고 있었다. 멈추지 않는다. 그는 검을 뽑아들었다. 검집을 버리고, 칼 손잡이를 두 손으로 굳게 틀어쥐며 그는 일갈했다.
 "윤시백!!"
 시백의 손이 앞을 가리켰다. 검은 이리 세 마리가 그 곁을 스쳐 앞으로 뛰쳐나갔다.
 남은 물안개가 한순간에 흩어지며 검은 인영을 드러냈다. 질릴 정도로 낯익은 그 모습, 하지만 절대로 다시 볼 일은 없으리라 확신했던 그 모습. 시백의 가면에 금이 갔다.

***

솔은 몸을 일으켰다. 온 세상이 비틀대며 그 등을 떠밀었다. 지긋지긋한 이명이 웅웅 대며 그녀를 고통스럽게 했다. 한 걸음을 내딛었다. 발밑의 판자에 금이 쫙 갔다. 그 비명조차 그녀의 귀엔 닿지 못했다. 솔은 멈추지 않았다.

***

사람 피에 맛이 든 짐승이었다. 그들이 주인을 따르며 맛 본 사냥감들은 맨손이 아니었다. 그래서 그들은 창칼에 익숙했다. 세 마리는 일사불란하게 갈라졌다. 세 짐승과 한 인간은 모두 멈출 생각이 없이 서로를 향해 달렸다.

한 놈이 목을 노리고 펄쩍 뛰어 올랐다. 민훈은 속도를 죽이지 않고 허리를 숙였다. 붉은 이빨이 아슬아슬한 차로 머리 위를 스쳐 지나갔다. 동시에 돌려 쥔 검신 옆면이 손목을 노리던 두 번째의 옆구리를 후려갈겼다. 이리가 숨 막힌 비명을 지르며 옆으로 팅겨 날아갔다. 그 큰 몸이 거짓말처럼 날아가 나무둥치에 처박혔다.

세 번째는 기회라고 생각했다. 본능으로. 크게 돌아간 팔과 칼날이 자기 몸에 닿지 못하리라 확신했다. 이리는 옆으로 드러난 목을 향해 도약했다. 민훈은 손목을 꺾었다. 무기의 힘은 칼날에서만 나오는 것이 아니니까. 짧은 거리를 지우고 돌아온 칼자루 끝이 이리의 옆 턱에 충돌했다. 부서진 이빨을 씹으며 땅에 부딪히면서도 이리는 자신에게 일어난 일을 이해하지 못했다.

민훈은 그대로 한 바퀴 빙글 돌며 팔을 뿌렸다. 돌아보지도 않고. 뒤에서 재차 달려들던 첫 번째 이리가 거짓말처럼 그 검에 맞고 나가떨어졌다.

흰 이리가 앞으로 나섰다. 날카로운 이빨을 모조리 드러낸 짐승이 큰 걸음을 성큼 내딛었다. 발톱이 땅을 긁다 튀어 올랐다. 거대한 몸집이 번개처럼 빠른 속도로 쇄도했다. 한순간에 시야가 수의같이 흰 살의로 가득 찼다. 민훈이 샛노란 두 눈을 똑바로 마주보며 오른손을 들어올렸다. 빈 그 손은 주먹을 틀어쥐고 있었다. 짐승의 눈에 당혹감이 스쳤다.

"비켜."

망설임 따위 없었다. 당연한 듯 뻗어나간 주먹이 이리의 안면에 직격했다. 있는 힘을 다한 일격이었다. 흰 이리는 한 발로 반대쪽 땅을 거세게 밟았다. 튕겨 나가려던 몸체가 그 자리에서 버텼다. 그러나 곧 이어, 비틀대던 걸음이 꺾이며 그 큰 몸체가 풀썩 쓰러졌다. 짐승은 그르렁대는 신음소리를 토하며 헐떡였다.

어깨로 숨을 쉬던 민훈이 고개를 들었다. 눈앞에, 그녀가 있었다. 이솔. 그토록 간절히 찾아 헤매던 그녀가. 언제부터 이렇게 가까이에. 민훈은 걸었다. 멈춤 없이 걸었다. 그리고 그녀의 멱살을 잡고 거칠게 쓰러뜨렸다. 가는 목에 칼날이 드리워졌다. 민훈이 이를 갈며 으르렁거렸다.

"이런 식의 장난질이었군. 이제 알겠다."

"누구더냐? 보는 사람이 보고 싶은 대로 보이는 것인데, 궁금하군. 역시 그 계집일까?"

몸 밑에 깔린 것은 어느새 시백이었다. 그는 입가를 비식 끌어올리며 웃고 있었다.

"어떻게 살아 있는 거지? 분명히 끝장을 냈다고 생각했는데."

"왜 혼자냐. 이솔 어디 있어?"

"이해를 못하겠군. 지금 그 말이 나올 때가 아닐 텐데."

시백은 얼굴에서 웃음기를 지웠다. 민훈은 움찔했다. 표정이 바뀐 것뿐인데도, 상대는 전혀 다른 사람이 되어 있었다.

"불구대천의 원수가, 드디어 손 안에 들어와 있지 않나."

멱살을 쥔 손에 힘이 들어갔다. 과하게 들어간 힘에 손이 떨려왔다. 격렬한 분노가 폭풍우처럼 휘몰아쳤다. 아무리 잊고 싶어도 잊을 수 없었던, 그래서 차라리 잊지 않기로 한 참극의 한 장면 한 장면이 번갈아가며 그의 눈을 가렸다. 민훈의 입에서 신음소리가 새어나왔다.

그래. 그는 드디어 찾은 것이다. 3년간 목숨을 걸고 찾아 헤매던 동생의 원수를. 수천을 헤아리던 죄 없는 사람들을 전란의 불꽃 속에 밀어 넣은 흉수를. 그자가 바로 민훈의 손 안에 들어와 있었다.

이제야. 드디어.

"할 일을 하셔야지."

저런 눈으로.

민훈은 검을 쳐들었다. 푸르게 날 선 칼 위로 창백한 햇빛이 미끄러졌다. 시백은 그 끝을 올려다보았다. 그것이 움직인 순간, 시백은 눈을 감았다.

검이 한 점에 내려 꽂혔다.

피도 비명도 신음도 없었다. 검은 시백의 얼굴 바로 옆 땅을 내려찍고 있었다. 날에 스친 귓가에서 파르르 떨리는 칼 울음 소리가 들렸다. 시백의 얼굴이 일그러졌다.

"무슨 짓이냐."

"네놈, 내가 손쓰지 않아도 오늘내일 하는 주제에 쓸데없는 허세 부리지 마."

민훈이 검을 짚고 몸을 일으켰다.

"오늘은 손에 피 묻히기 않기로 했으니까, 다음에 다시 잡아 주겠다. 기다려."

시백은 자기 귀를 의심했다.

"……뭐라고?"

"그 아이 앞에 또 피범벅으로 나타날 수는 없으니까."

허, 시백은 실소했다. 그러고 보니 이리 떼를 해치울 때도, 칼의 날이 선 쪽은 한 번도 사용하지 않았다. 분명히 저쪽 몸 상태도 말이 아닐 텐데 무슨 무모한 오만인가 싶었는데, 고작 그 이유에서였다니?

"미친 놈. 그런 이유로 나를 살려 두겠다고? 복수라는 게 그렇게 여유로울 수 있다더냐."

"그래. 복수. 이젠 알 수가 없군. 내 복수의 상대는 누구냐. 그 힘으로 군병을 움직인 너? 네놈에게 그것을 주문한 좌상? 아니면, 그자에게 헛된 꿈을 꾸게 한 나? 좋아. 다 끝나면 모두 나란히 함께 죽는 방법도 생각해 보자. 하지만 지금은 그것보다 더 중요한 게 있으니까."

"그 중요하다는 게, 고작 그 계집 하나?"

"고작이라니."

민훈은 걸음을 뗐다. 언덕길 꼭대기를 바라보며.

"내게 필요한 전부인데."

삐걱, 나무 판자 부서지는 듯한 소리가 들려왔다. 민훈은 사색이 되어서 달리기 시작했다.

***

솔은 난간 너머로 몸을 기울였다. 진녹색, 진청색의 물 위로 그녀의 그림자가 떠올랐다. 바람이 분다. 물속의 그녀는 일렁이는 물결 따라 이리저리 일그러지며 흔들렸다.

"안녕, 이솔?"

그림자가 휘청이며 답했다.

"너 정말…… 못났구나."

솔은 꾹 힘을 주어 난간을 붙잡았다. 어지러웠다. 속이 메스꺼웠다. 가슴이, 머리가, 온몸이 너무도 아팠다. 그냥 이대로 드러누워 눈을 감고 싶었다. 감았다가 뜨면, 이 모든 것이 꿈이면 얼마나 좋을까 하는 생각이 들었다.

또 늦잠이냐며 아빠에게 타박 받고, 전날 밤 늦게까지 베껴 적은 서책을 도련님 댁에 들러 전해 드려야 할 것이다. 그리고 느지막이 그 긴 서쪽 길을 따라가 동문을 지나치면…… 사람 기죽게 위풍당당하던 그 대문. 절대 마주치지 말아야지 다짐하며 돌아보면 꼭 마주치게 되던 한 얼굴.

그 얼굴이…….

솔은 눈을 질끈 감고 머리를 감싸 안았다.

"미안해요. 정말 미안해요."

어디로 도망치란 말인가. 이미 도망쳐 온 곳이 이곳인데. 이곳이 세상의 끝인데.

아니…… 더 먼 곳이 있긴 하다. 문득 무서운 생각이 스쳤다. 지금 당장이라도 갈 수 있는 곳, 하나 있지 않은가. 그곳에 비하면 이곳은 끝이라고 할 수도 없지 않은가.

솔은 헐떡이기 시작했다. 검은 생각이 스멀스멀 피어올라 뒷덜미에 달라붙었다. 식은땀에 젖은 뒷머리를 쓿며 귓가에 속삭였다. 어쩌면…… 좋은 생각 아니야? 그 길이 모두를 위한 길인 것 같지 않아?

솔의 몸이 더 기울었다. 물그림자가 훌쩍 더 가까워졌다.

***

오르막길이 끝나자마자 거짓말같은 평지가 눈앞에 펼쳐졌다. 민훈은 정신없이 사방을 두리번거렸다. 오래 걸릴 것도 없었다. 검게 썩은 정자가 바로 코앞이었다. 그 난간에 위태롭게 걸쳐 선 것은, 그가 그토록 찾아 왔던 한 사람. 바람에 휘날리는 옷자락에 푹 파묻힌 가냘픈 인영. 그 가녀린 몸에, 지독하게 밝은 혼을 담고 있던 한 여인.

그의 모든 것.

가슴이 터질 듯 벅차올랐다. 민훈은 그 가슴에 공기를 한껏 들이켰다.

"이솔, 멈춰!!"

바람이 온몸을 휩쓸고 지나갔다. 솔은 고개를 번쩍 들었다. 수면이 훅 멀어지며 대신에 새파란 하늘이 눈에 들어왔다. 그녀는 화들짝 놀라 난간에서 손을 떼고 물러섰다. 가슴이 쿵쾅거렸다.

"내가, 무슨 짓을……."

하하, 솔은 작게 웃었다.

"미쳤나 보다. 미친 짓을 하려 했더니 헛것까지 들리네."

중얼거리며, 솔은 고개를 가로저었다.

그렇지 않은가. 그렇지 않고서야, 이곳에…….

솔은 돌아섰다. 길게 자란 억새풀이 그녀를 비웃을 것이었다. 그러면 속없이 창피해서, 한 번 더 웃을 수 있으리라. 흐린 시야에 짙은 풀빛이 가득 찼다. 그런데 그 한가운데에 서 있는 누군가가 있었다.

한 손을 어설프게 든 채, 어찌할 줄 모르고 굳어 버린 한 사람. 대낮의 햇빛 아래에서 검은 도포 자락과 얼굴을 가린 긴 사가 바람에 휘청댔다.

"차사……님?"

낯설다. 저런 당황한 몸짓도. 밝은 빛 아래에 드러난 검은 옷자락도. 모조리 거짓말 같았다. 그런 그가 결심한 듯 정자 쪽을 향해 다가오기 시작했다. 억새풀 긴 가닥을 옆으로 걷어내며.

정신이 번쩍 들었다.

"가까이 오지 말아요!"

차사가 멈칫했다. 솔은 숨을 몰아쉬었다. 헛것 따위가 아니었다. 그는 정말로 이곳에 있었다. 저렇게 어울리지 않는 꼴로 허둥지둥하고 있었다. 그것 또한 모두 자신 때문이었다.

"나, 차사님, 볼 수가 없어요."

"무슨 소리야?"

저승사자가 갈라진 목소리로 물어왔다. 솔은 세차게 고개를 내저었다.

"또 구해 주러 오신 것…… 고맙지만요! 난 이제 차사님 볼 자격이 없거든요? 이제 저 같은 것, 신경 쓰지 않으셔도 되니까요. 그냥 돌아가세요."

겨우 그쳤던 눈물이 다시 솟아올랐다. 솔은 손등으로 얼른 눈을 훔쳐냈다.

"뭐가 다 잘될 거라는 거야. 뭐가 아무 것도 안 하고 후회하는 것보단 뭐든 해 보는 게 낫다는 거야? 잘도 잘난 척 해 놓고…… 나 같은 것, 그냥 가만히 엎드려 있었어야 했는데. 아무것도 보지 않고 아무것도 듣지 않고 아무것도 하지 않았어야 했는데. 그랬으면…… 그랬으면 그분도……!"

"이솔. 이리 와라."

"나리도 차사님이 안내하셨어요? 저, 저 많이 원망하시죠?"

차사가 손을 내밀었다.

"이리 와."

"생각하고 있었어요. 이대로 사죄하러 가면 어떨까 하고. 그런 거 해 봤자 달라지는 건 없겠지만, 하고 싶어요. 받아 주실까요? 아니야. 안 받아 주셔도 어쩔 수 없…… 아. 그렇구나. 나, 벌써 저질러 버렸던 거구나."

솔은 자기 몸을 부둥켜안았다.

"또 마음대로 생각했어. 차사님 얼마나 바쁘신데…… 내가 뭐라고 매번 나 같은 것 구해 주러 달려오시겠어? 저, 죽은 거네요. 저 데려가려고 오신 거죠?"

차사가 단호하게 한 걸음을 내딛었다. 솔은 흠칫 뒤로 물러섰다. 등을 기댄 난간이 비명을 질렀다.

"잠깐만요. 부탁…… 하나 들어 주시면 안 되어요? 잘 따라갈 테니까, 말썽 안 부릴 테니까. 나리 한 번만 뵙고 가게 해 주세요. 한마디만 하면 되어요. 제발. 제발 부탁드려요."

"안 돼."

"……네?"

"그런 것, 할 수 없다."

솔의 얼굴에 절망의 빛이 스쳤다. 허망하게 말을 잊은 그녀를 향해, 차사가 버럭 소리를 질렀다.

"바보냐?"

"네?"

차사가 늘어진 갓끈 끝을 잡아당겼다. 굳게 묶은 매듭이 그 손에서 스르르 풀어졌다.

"내 평생, 너같이 둔한 인간은, 한 번도 본 적이 없어서……!"

왜 화를 내나.

솔은 그렇게 생각했다.

차사는 갓 끄트머리를 잡은 채 고개를 푹 숙였다. 그의 어깨가 크게 부풀었다 내려앉았다.

"너 빼곤 다 알더라. 어떻게 너만 모를 수 있느냐. 네가 제일 많이 봤으면서."

낮은 목소리가, 조금은 서글픈 울림을 가지고 흘러나왔다.

민훈은 갓을 벗었다. 부드러운 사가 얼굴을 스치며 흘러내리더니 허공으로 날려갔다. 천천히 내리는 팔을 따라 그의 세상도 느리게 밝아졌다. 드디어 마지막 그림자 하나마저 모두 걷혀 나가고, 손끝에 아슬아슬하게 걸려 있던 갓이 바닥에 툭 떨어졌다.

"솔아. 그만 이리 와라."

민훈이 쓸쓸하게 웃었다.

"아……?"

솔의 입에서 의미 없는 탄성이 새어나왔다. 갈라진 입술이 뭔가 말을 만들어 내려가가, 멈추었다. 아무것도 할 수 없었다.

어떤 생각도 할 수 없었다. 어떤 말도 할 수 없었다.

그저, 휘청대는 몸을 뒤로 기댈 뿐.

우지끈, 썩은 기둥과 판자가 기어코 무너져 내렸다. 세상이 빙글 돌더니 뭔가가 온몸을 때렸다.

눈을 떠 보니 사방이 온통 푸른 물이었다. 몸은 돌덩이처럼 바닥으로 가라앉고 있었다. 팔다리를 모두 제멋대로 내맡긴 채, 솔은 멍하니 위를 바라보았다. 찬란하게 부서진 햇살이 머리 위에서 반짝이고 있었다.

……너무하잖아.

물보라가 일더니 민훈이 나타났다. 그는 빠른 속도로 솔에게 다가오고 있었다.

정말, 너무하잖아?

차라리 단번에 목숨을 끊어 주는 게 나았을 것 같았다. 그는 사람을 도대체 어디까지 농락할 셈일까. 어떻게, 헛것을 보여 줘도 이런 것을 보여 주냐고, 너무 잔인하지 않느냐고, 솔은 몸을 떨었다.

울컥 화가 치밀어 올랐다.

그래. 어차피 환영이라면······.

내가 부숴 버릴 거야.

솔은 손을 뻗었다. 이제 가까이 다가온 민훈의 목에 팔을 휘감고 온몸으로 그를 끌어당겼다.

당황한 얼굴, 정말, 진짜 같다. 하지만 그분은 이런 표정 같은 건 짓지 않아.

솔은 눈을 꾹 감고서, 그의 입술을 자기 입술로 덮어 눌렀다. 따뜻한 사람 냄새가, 코끝을 스쳤다.

······사라지지 않았다. 언젠가 몸에 밴 적 있던, 밤바람의 냄새. 그녀가 좋아하는 냄새. 그것을 아릿하게 덮으며 화끈한 열기가 밀려 왔다. 놀란 솔이 눈을 번쩍 떴다.

민훈의 팔이 그녀의 등을 굳게 껴안았다.

아니, 이게 아닌데.

솔은 버둥거리며 그의 어깨를 밀어냈다. 하지만 그럴수록 그는 더 단단히 그녀를 끌어안을 뿐이었다. 이, 절박한 압박은······ 환영 같은 것이 아니었다.

울고 싶어졌다. 웃고 싶어졌다. 사실 어느 쪽인지 알 수 없어진 채로, 솔은 입술로 그의 얼굴을 더듬었다.

"푸하······!"

어느새 발이 땅에 닿았다. 숨이 턱에 닿을 지경이 되어 헐떡이는데 민훈의 두 손이 솔의 뺨을 감쌌다. 엷은 붉은빛이 도는 그 얼굴을 자기 쪽으로 돌려놓고, 그는 몸을 숙였다.

두 번째는 부드러웠다.

솔은 그의 허리에 팔을 둘렀다. 온몸에서 나른하게 힘이 빠졌다. 고집스럽게 다물고 있던 입술 사이에서도.

눈을 감아야겠다는 생각은 들었다.

***

긴 꿈을 꾸었다. 겨울날이었던지, 두터운 이불을 정수리까지 끌어올려 뒤집어쓰고 수를 놓고 있었다. 곱아든 손에 입김을 불어 넣다가 고개를 갸웃했다. 언젠가부터 시리던 손에 훈기가 돌고 있었다. 손을 쥐었다 폈다 하다가 이불을 어깨에 걸치고 몸을 일으켰다. 불을 땐 기억이 없는데. 누가 아까운 장작을 이렇게 마구 써 대는 것일까. 뻑뻑한 문은 틀이 뒤틀려 잘 열리질 않았다. 작게 투덜거리고는, 있는 힘껏 문을 떠다밀었다. 왈칵 열린 문 밖에는 꽃밭이 펼쳐져 있었다.

별을 닮은 작고 하얀 꽃이 빽빽이 마당을 뒤덮은 채 고개를 까닥였다. 흰 눈이 소복이 쌓인 것처럼. 바람결 따라 보드라운 꽃잎 몇 장이 하늘로 사뿐히 날아올랐다.

언제 벌써 봄이 왔던가. 온통 기뻐져서, 얼른 방 안으로 고개를 돌렸다. 흥이 나 외쳤다.

이쪽 좀 봐 봐요. 바깥에…….

문득 들어 올린 눈꺼풀 위로 햇살이 부서졌다. 멀리 가로 놓인 호수는 잔잔히 일렁이며 빛나고 있었다. 아무래도 그 정자는 잘못 지은 모양이었다. 이곳에서 보는 풍광이 훨씬 더 아름답지 않은가.

웬일인지 그녀는 널찍한 나무 그늘 아래에 기대어 앉아 있었다. 물가라서인지, 코끝을 스치는 바람이 제법 선선했다. 달콤한 꽃향기에 신선한 풀 내가 섞인 바람이었다. 나른한 기운에 온몸을 맡긴 채 그녀는 눈을 반쯤 내리감았다.

어쩌다 이런 명당을 차지한 것인지 기억나질 않았다. 왜 발에 걸린 신발이 한 짝뿐인지도. 더 편할 수 없을 정도로 쭉 뻗어 던진 다리는 좋은데…… 왜 치맛자락은 종아리부터 허벅지까지 제멋대로 엉켜서 휘감겨 있는 것일까. 그리고, 이것은 또 무엇인가.

솔의 배 위에는 자기 손이 아닌 다른 두 손이 올라와 있었다. 힘줄이 도드라진 큰 손은 가볍게 깍지 낀 채 그녀의 아랫배 위에 얹혀 있었다.

솔은 조심스럽게 그 손을 만져 보았다. 만져졌다. 아무래도, 진짜 손이 맞았다. 그렇다면 정말로 그녀가 등을 기댄 곳은 나무등치 같은 게 아니라, 널찍하고 단단한 남자 가슴이 맞았다.

얼굴이 확 달아올랐다.

"으아학!"

솔이 기겁해서 몸을 일으켰다. 그 순간 남자의 손에 힘이 들어갔다. 솔은 그 품에서 벗어 나지 못하고 결국 다시 나동그라졌다. 몸 밑에 깔린 남자가 낮은 신음소리를 흘리곤 말했다.

"이제 깼느냐."

"어…… 어으…… 어?"

"설마 거기서 기절해 버릴 줄이야…… 놀랐다."

"아, 아니! 그래서 그런 거 아니거든요! 악! 무슨 소리야! 놔, 놔 주세요, 일단!"

솔은 구르다시피 그 품을 벗어났다. 민훈이 쓴웃음을 지었다. 솔은 차마 일어날 생각도 못하고 두 손 두 발로 땅을 짚고선 허덕였다. 눈을 아무리 깜박여 보아도 틀림이 없었다. 헛것이 아니었다.

"나리……?"

"그래."

"정말 나리 맞으세요?"

목소리가 흠뻑 젖었다. 솔은 울먹이기 시작했다.

"어……떻게요? 내가 분명히 죽였는데?"

"……말을 조금 더 골라서 해 보면 어떠냐. 안 죽어서 유감이라는 것처럼 들리니까."

민훈이 눈가를 찡그리고 피식 웃었다. 솔은 못 믿겠다는 듯 그 얼굴을 더듬었다. 그는 그녀가 하는 대로 가만히 내버려 두었다. 얼굴을 더듬던 손이 목으로 내려오고, 어깨로 내려오다가 가슴팍까지 닿았다. 상처가 눌린 민훈이 흠칫하자 솔이 놀라서 손을 뗐다.

"거 봐. 다치셨잖아요! 환자는 누워 있어야지 왜 앉아 계세요! 설마 계속 이러고 있었던 거예요?"

"그래."

"언제부터?"

"처음부터."

그리고 보니 분명히 물에 빠졌는데 어느새 옷이 거의 다 말라 있었다. 그 긴 시간을 꼼짝도 않고 그녀를 껴안고 앉아 있었다는 소리였다. 몸도 성치 않은 사람이. 가슴이 꽉 조여 드는 느낌이었다. 목이 메어와 마른 침조차 삼킬 수가 없었다. 솔은 겨우, 목소리를 짜냈다.

"도대체, 왜?"

"놓치면 또 사라져 버릴 것 같아서."

당연한 걸 왜 묻느냐는 투였다. 솔은 더 이상 참을 수가 없었다. 얼굴이 터질 듯이 뜨거워진 것은 차치하고, 이제는 화가 치밀었다.

"바보예요? 비켜 봐요. 손 놔 봐요!"

솔이 민훈의 옷고름을 거칠게 잡아당겼다. 화들짝 놀란 민훈이 뒤로 물러나려 했다. 소용없었다. 튼튼한 나무둥치가 등 뒤를 막고 있었다. 그의 옷을 마구 풀어헤치던 솔의 손에 뭔가가 걸렸다.

"……이거?"

"그것 덕에 살았다. 그러니 걱정 마라! 이상하게 상처도 많이 아문 듯하고!"

민훈은 품속의 자하세경을 얼른 꺼내 주고 앞섶을 여몄다. 솔의 눈이 칼자국 난 서책과 옷자락 사이로 얼핏 드러난 흉터를 번갈아 오갔다. 그녀의 큰 눈에 눈물이 그렁그렁 차오르더니 결국 폭발하고 말았다.

"죄송해요. 죄송해요……! 저 때문에……."

꿇은 무릎 사이에 주먹을 숨기고, 턱이 가슴에 닿도록 고개를 숙였다. 들 수가 없었다. 차마 그의 얼굴을 마주 볼 수가 없었다.

내가 울 자격이 어디 있어. 이러면 안 돼.

하지만 속없이 치미는 울음을 참을 수가 없었다. 솔은 목 놓아 울기 시작했다.

민훈은 그런 그녀를 난처한 얼굴로 내려다보았다. 그러다가, 조심스럽게 그 머리 위에 손을 올렸다. 턱 얹히는 그 감촉에 솔이 움찔했다. 따뜻한 손이었다. 꿈속에서 느낀 봄날의 훈기처럼, 얼어붙어 떨리는 몸을 서서히 녹이는 온기가 그 손에서 전해졌다.

"그만 울거라. 네 잘못이 아니었잖느냐. 그보다 누가 바보라는 거야? 제일 바보가."

"바보…… 아니라구요."

울음을 끅끅 삼키며 솔이 대꾸했다.

"아니, 맞다. 어떻게 끝까지 모를 수가 있느냐. 너네 도련님은 한번 보고도 내가 누군지 바로 알던데."

"그건…… 놀림 받을 게 아니라, 제가 화를 내야 하는 거잖아요? 어떻게 끝까지 속이실 수가 있어요. 저는 그런 줄도 모르고……! 아, 아니야. 그건요. 제가 대범하기 때문이라구요. 대범해서 사소한 일엔 신경 쓰지 않다보니 눈치 채지 못한 것뿐이에요."

"그래. 대범하긴 하더구나. 나도 설마 네가 먼저 입……."

"아니야! 마마마말마말하지 말아요! 그건 절대 입맞춤 같은 게 아니라!"

"그렇지. 박치기에 가까웠지."

솔이 비명 비슷한 것을 지르며 펄쩍 뛰었다. 민훈은 그 등에 팔을 두르고 그녀를 와락 끌어당겼다. 미처 버틸 새도 없이, 작은 몸이 넓은 품에 푹 파묻혔다. 그는 솔의 목덜미에 코를 묻었다.

"보고 싶었다."

쿵쿵. 터질 듯 뛰는 심장소리에 귀가 먹먹했다. 무엇이라 대답해야 할까. 고민은 짧았다. 또 거짓말을 만들어 내기엔 그녀는 너무 지쳐 있었다.

솔은 눈을 감았다.

"저도요."

민훈은 솔을 더 힘주어 안았다.

"다시는 놓치지 않을 것이다. 한시만 눈을 떼면 어디 자꾸 엉뚱한 데로 사라져 버리니…… 아느냐? 내가 제 명에 살 수가 없다. 이젠 내 곁에 있어라. 부탁이다."

"……나리. 저는."

"무슨 생각 하고 있는지 안다. 말하지 마라."

그들 사이에는 벽이 있었다. 높은 곳과 낮은 곳을 가르는 드높고 험한 벽이. 민훈의 눈은 그 벽을 노려보고 있었다.

"너는, 싫으냐? 그것만 말하면 된다. 나머지는 내가 알아서 할 테니까."

"……싫을 리가 없잖아요."

이토록 원하는데. 이토록 간절한데. 이 마음이 나만의 것이 아니라는 것을 깨달은 것만으로도 이렇게 가슴이 벅찬데.

"그럼 되었다. 이제 그만 돌아가자."

돌아갈 곳. 생각만 해도 가슴이 아릿했다. 그리운 얼굴들이 하나둘 떠올랐다. 고작 며칠 떠나 있었을 뿐인데 몇 년은 못 본 듯한 느낌이었다.

그래요. 돌아가요.

나오려던 대답이, 혀끝에서 얼어붙었다. 갑자기 어깨가 딱딱하게 굳더니 오한이 일었다.

그녀에게는 아직 도망쳐야 할 이유가 남아 있었다. 태출도 도련님도 그 사람의 손아귀 안이다. 돌아오지 말라는 명령은 아직 유효했다.

솔의 이상을 눈치 챈 민훈이 눈을 가늘게 떴다.

"무슨……."

"돌아가요, 우리. 집으로."

솔이 대답했다. 두 주먹을 굳게 쥐고. 사그라진 용기를 열심히 다독였다.

"한 곳만 들렀다가요."

솔은 몸을 뒤로 빼고 민훈의 눈을 마주보았다.

"그 사람, 찾아야 해요. 뭔가 위험한 일을 하려고 하고 있었어요. 제가 방해가 되니 사라지라고 했으니까, 제가 가야 하는 게 맞을 거예요. 저만이 해결할 수 있는 문제일 거예요."

"너 또 위험한 짓을."

"잃은 줄 알았는데…… 이렇게 돌아오셨잖아요? 그러니까 이번에도 지킬 수 있을 거예요. 아빠도. 도련님도. 그리고…… 다른 사람들도. 저는 구하러 갈 거예요."

솔은 눈을 감고 크게 심호흡을 했다. 느껴졌다. 그녀를 둘러싸고 있는 세상이. 그들의 속삭임이. 해낼 수 있을 것 같았다. 쉽게 당하진 않을 것이다.

아마 가로막는 것은 나리일 것이었다. 이젠 그런 위험한 일 그만두고 자신의 뒤로 물러서라고 말할 것이다. 그러면 솔은 또 그와 맞서야 할 것이고…….

"그래. 그러자."

"네?"

"하고 싶은 대로 해 봐라. 말려도 듣지도 않을 테고, 어차피 널 이길 생각은 포기한 지 오래니까."

솔의 눈이 휘둥그레졌다. 민훈은 얕은 한숨을 내쉬곤 희미하게 웃었다.

"놓고 가면 안 된다."

물새 한 마리가 높이 울며 날아올랐다. 말을 잃고 입술을 달싹이던 솔이, 그의 가슴에 얼굴을 묻었다.

***

"큰 어르신은 어떠세요? 끼니는 잘 챙기고 계세요?"

"걱정 말게."

"어찌 걱정을 안 합니까. 흉한 소식만 잔뜩일 텐데…… 잠은 주무신답니까? 정말 드실 건 넉넉히 있으신 거예요? 이거 별 거 아니지만 챙겨드려요."

아낙이 말라붙은 주먹밥을 남자의 손에 쥐어주었다.

"저희 걱정은 말라고 꼭 전해 주셔요."

"알겠네. 몸조심하시게."

남자는 나무문을 닫고 거적으로 다시 덮었다. 허술하나마 없는 것보다는 나은 수준의 은신처였다. 아직 발각되지 않은 것이 행운이었다. 남자는 주먹밥을 자기 입에 우겨넣었다. 그리고 뒤춤에서 꺼낸 지도에 작은 점 하나를 찍었다. 지도 위에는 이미 다섯 개의 점이 더 찍혀 있었다. 그는 그것을 들고 좀 더 나은 은신처로 향했다.

정해준이 그를 반겼다. 교조는 상 위에 놓인 고기와 술을 치우고 지도를 펼쳤다.

"이곳들이 제일 적합할 듯합니다."

"틀림이 없겠지? 두 번 없는 기회네. 실패하면 그대로 끝이야."

며칠간 면밀히 살펴 정한 장소들이었다. 자신이 있었다. 사람들의 왕래가 많으면서도 쌓아 둔 것이 많아 무엇인가를 숨기기에 좋은 곳. 먹고 마시고 씻을 물이 고여 있는 곳.

'그것'들을 풀어놓기에 좋은 곳이었다.

해준은 거사일을 내일로 정했다.

"제가 하겠습니다, 큰어르신. 너무 위험합니다."

"무슨 소린가? 당연히 내가 할 일이지."

"어르신을 노릴 자들이 많습니다. 또 저것도······."

남자는 혐오스럽다는 듯이 바닥에 놓인 어리를 바라보았다. 눈으로 보기만 해도 몸에 병이 옮을 듯 불길한 물건이었다. 위를 덮은 천 끝자락에 검은 피가 말라붙어 있었다. 그는 자신의 주인이 그 물건에 가까이 가는 것조차 마음에 들지 않았다. 그 어리가 주인의 누울 자리 근처에 놓여 있는 것도 마땅치가 않았다. 좀 더 구석자리로 옮겨야겠다 싶어서 손을 뻗었다.

해준이 노호성을 지르며 그 손을 후려쳤다.

"감히 어디다 손을 데려는 것이야! 부정 타게!"

"어르신?"

"이걸 만질 수 있는 건 상제님에 제일 가까운 나뿐이야. 하늘인간만이 천벌을 내릴 수 있는 것이지! 어딜 끼어 들려고 해, 어딜!"

해준이 눈을 희번득거리며 외쳤다. 남자는 주춤 물러났다. 그 모습을 보던 해준이 흠흠 헛기침을 했다. 그리고 달래듯 웅얼거렸다.

"자네가 걱정되는 마음에 흥분하고 말았네. 이보게. 내가 교조일세. 힘든 일은 내가 지고 가는 것이 옳지, 어찌 자네들한테 맡기고 내 한 몸 보존한단 말인가. 난 그런 사람 아니네. 이제 됐으니 걱정 말고 물러가게. 수고했네."

"……네, 어르신."

남자가 머뭇거리며 물러났다. 그가 사라지고 나자 해준은 입가를 씰룩였다.

"주제도 모르고……!"

"맞는 말이야. 당신 입에서 나올 소리는 아니지만."

화들짝 놀란 해준이 주변을 두리번거렸다. 기둥 뒤의 그늘에서 시백이 걸어 나왔다.

"네 이……! 무슨 낯짝으로!"

시백 쪽으로 다가가려던 해준이 멈칫했다. 그는 등 뒤로 탁상을 더듬으며 이를 갈았다.

그 사이에 시백이 천천히 그를 향해 다가왔다.

"다 네놈 짓이지? 도대체 언제부터 꾸민 일이냐?"

"무슨 소린지 알 수가 없군."

"그년만 빼돌린 줄 알았더니 그게 끝이 아니더구나. 아주 여러 군데에 손을 써 두셨어?"

애초에 자리를 비우는 것이 아니었다. 아무리 그래도 이렇게 짧은 시간동안 조직을 장악해 버릴 수 있으리라고는 상상도 못했던 것이다.

"그 저승사자라는 놈, 더 빨리 처리할 수 있었을 텐데 일부러 그냥 놔 뒀지? 장로들이 그놈이 신경 쓰여 손발을 묶고 일을 했던데, 그러고도 결국 박 원로가 그놈이 무서워서 줄행랑을 쳐 버렸고……!"

시백은 한가롭게 팔짱을 끼고 턱을 만지작거렸다.

"박 원로가 관리하던 이천의 창고도 완전히 비었더구나. 그것도 네가 처분한 것일 테지? 그 돈 다 어디에 숨겼느냐. 어차피 네놈한텐 필요 없는 것 아니냐!"

"세상에 돈이 필요 없는 자가 어디 있겠어."

"저승길이 코앞인 놈한테 그게 무슨 소용이야!"

시백이 소리 없이 웃었다.

"무슨 생각인 게냐. 드디어 복수의 순간이 다가왔단 말이다. 네 어미를, 우리를 그렇게 비참하게 만든 세상을 드디어 무릎 꿇릴 수 있게 됐단 말이다. 우리에게 머리를 조아리게…… 응? 우리 발밑에 엎드려 빌게 만들 수 있게 됐단 말이다. 자, 그만하자. 우리끼리 이럴 시간이 없다."

해준은 고개를 끄덕였다.

"그년, 어디에 있냐. 말해."

"죽었어."

"……뭣이?"

"당연하잖나. 내가 그 여자 핏줄을 살려 뒀을 것 같아?"

해준의 턱이 떨어졌다. 순식간에 10년은 더 늙은 것 같은 얼굴이 끔찍하게 일그러졌다.

"헛소리……! 날 속일 생각 하지 마라, 윤시백. 죽일 것이었다면 그 자리에서 바로도 가능했다! 네놈, 분명히 나한테서 빼내려고 했던 것 아니냐!"

"그 계집은 내 몫이거든. 당신은 그 더러운 손끝 하나도 닿게 하지 않아."

"네놈이!"

등 뒤로 숨겼던 해준의 손이 번개처럼 뻗어 나왔다. 시백은 그 손을 공중에서 낚아챘다. 부르르 떨리는 손 안에서 단검 한 자루가 예리하게 빛났다. 시백은 손목을 꺾었다. 해준의 팔이 삐걱대며 안으로 굽기 시작했다. 칼날은 그의 목을 향하고 있었다. 해준이 억눌린 신음소리를 흘렸다.

"크흡……!"

"그래. 어차피 곧 죽어 넘어갈 것, 분풀이로 좀 일찍 보내 버려도 나쁠 것 없겠다 싶었겠지. 언제나처럼, 이번에도 뜻대로 될 것 같았을 테고."

해준의 눈에 핏발이 섰다.

"그렇게 믿게 만드는데 20년이 걸렸어."

"네, 네놈! 지금 무슨 소리를……!"

팔이 부러질 것 같았다. 하지만 그 통증은, 시백의 입에서 나오는 말에 순식간에 파묻혔다. 해준의 표정에 두려움이 깃들기 시작했다. 지금까지 그가 그려온 모든 그림들이, 사실은 그가 그려 왔던 것이 아닐지도 모른다는 의심이 난생 처음으로 들기 시작했다. 단순하고 명징했던 그의 꿈에, 그의 세계에 금이 가고 있었다.

"……어때? 높은 데서 내려다보는 삶, 즐거웠나? 사람들이 우러러보고, 받들어 모시는 그 자리, 마음에 들었나? 그곳까지 올려놓는데 너무 오래 걸려 버렸어. 자, 이젠 떨어질 시간이야."

"이……손! 놓……!"

"당신은 언제나 세상에 복수해야 한다고 말해 왔지만."

나이는 들었어도 힘에는 자신 있는 해준이었다. 하지만 칼끝은 느리지만 확실하게 그의 목 쪽으로 다가오고 있었다.

"내 복수는 이것으로 끝난다."

시백은 마지막 힘으로 팔을 비틀었다. 끝까지 버티던 해준의 힘이 탁 끊겼다. 칼날이 기다렸다는 듯 늙은 목을 파고들었다. 비명은 소리가 아니라 피거품이 되어 뿜어져 나왔다.

"……!"

부글거리는 저주가 꿀럭 대며 쏟아졌다. 부릅뜬 눈이 원망과 저주를 한껏 담고 시백을 노려보았다. 시백은 그 눈이 모든 빛을 잃을 때까지 그 안을 들여다보았다.

해준은 자기 피로 만들어진 웅덩이 위에 철퍽 쓰러졌다.

"……미안하군. 충분한 높이였나 모르겠어."

죽은 자는 대답이 없었다. 시백은 피로한 몸짓으로 탁상을 짚었다. 검게 변한 은반지가 눈에 들어왔다. 그는 반대 손으로 반지 낀 손을 감싸 쥐었다.

흐릿한 시야 한구석에서 검은 인영이 일렁였다. 시백은 그쪽으로 눈을 돌렸다. 불꽃이다. 불꽃 속에 누군가가 서 있었다. 그녀가 슬픈 목소리로 무엇이라 말하고 있었다. 시백은 고개를 가로저었다.

"아니. 아직은 아니에요."

텅 빈 허공에 대고 답하며, 그는 탁상에 놓여 있던 지도를 펼쳐 들었다. 핏방울이 몇 튀긴 했어도 읽는 데는 문제가 없었다. 지도의 의지는 질릴 정도로 명백했다. 시백은 차가운 눈으로 그 점과 선을 노려보았다.

"받을 것은 받았으니 줘야 할 것을 줘야지. 먹이고 입혀 준 보은 정도는 해 줄까요?"

十八. 당신의 두 손에

안익태는 이마를 짚었다. 며칠째 이어지는 불면의 밤이었다. 그는 정좌해 앉은 채 빈 서안 위를 노려보고 있었다. 그 위에서 그의 눈에만 보이는 수많은 장기짝들이 이리 저리 움직였다 뒤로 물러났다 했다. 그 말들 중에는 왕도 있었고, 안익태 자신도 있었다. 정해준과 다른 원로들의 말은 말할 것도 없었다. 하지만 그 중에 가장 신경쓰이는 것은, 원주의 말과 폐세자 이현의 말이었다.

주상이 예고한 조회가 바로 내일이었다.

"접니다, 아버님."

안익태의 눈썹이 꿈틀했다. 예측하지 못한 상황은 언제나 불쾌했다.

"들어와라."

시호가 소리 없이 방 안으로 들어섰다. 이미 모든 이가 잠들었을 야심한 시각인데도, 머리칼 한 올 흐트러짐 없는 모습이었다.

"무슨 일이냐? 이런 시각에."

"……소녀, 남 눈을 피해 여쭐 것이 있어 아버님을 뵙습니다."

"네가? 별 일이구나. 허나 남 눈을 피하려면 움직이지 않아야 하고 남의 귀를 막으려면 말하지 말아야 하는 법. 어리석은 짓을 했구나."

"자하원은 어찌 되는 것입니까?"

안익태의 두 눈이 번쩍 빛났다. 사람을 말려 죽이는 살기 도는 눈빛이었다. 하지만 시호는 아무렇지 않게 그 눈빛을 받아 넘겼다.

"이해가 가질 않습니다. 그들 입에서 아버님 함자가 새지 않을 리가 없을 텐데 무슨 방도를 마련해 두신 것인지요."

"네가, 어떻게 내가……."

안익태는 말을 끊고 고개를 가로저었다. 과연 그의 딸이었다. 영민하고 빨랐다. 안사람인 박 씨는 그가 자하원과 연관되어 있으리라고는 꿈도 못 꾸고 있는데, 오히려 딸의 눈이 훨씬 더 많은 것을 보고 있었던 것이다. 바깥일에는 관심 가지지 말라고 가르치긴 했지만, 자기 핏줄의 우월함을 깨닫는 순간 묘한 희열이 일었다. 그의 입꼬리가 슬그머니 올라갔다.

"시간과 노력의 문제다. 이런 일을 대비해서 수십 년 동안 주상 전하의 발치에 엎드려 있었던 것이 아니겠느냐. 전하께서 그 천한 무지렁이들의 말을 믿고 내 결백을 의심하실 일은 없다. 절대로. 그것이 걱정되었더냐?"

"네. 걱정이 되었습니다. 그리고 아직 걱정이 됩니다."

"어리석은 걱정이다."

"그럴까요? 아버님께서는 원주님을 계산에 넣지 않고 계신 듯하니 말입니다. 그분께서 아버님을 어찌 생각하시는지 걱정이 될 수밖에요."

늘 그랬듯 공손한 목소리였다. 그래서 안익태는 그 말뜻을 이해하는 데 시간이 걸렸다.

"그분이라니. 너, 언제부터……? 여태껏 그놈들과 어울려 다니고 있었던 것이냐?"

"아버님께서는 그분이 두렵지 않으십니까."

"흥! 우매하고 미개한 오랑캐 따위야 쉽게 움직일 수 있었겠지만, 아무리 그자라도 도성 한복판에서 무슨 짓을 벌일 수 있겠느냐. 서둘러 잡기만 하면 그뿐이다."

"그렇게 믿고 계시군요."

"그 입, 다물거라."

시호는 조용히 웃었다. 그렇게 두려웠던 아버지가 어째서인지 더 이상 무섭지 않았다.

"하지만 지금도…… 계획하신 바와 다르게 일이 돌아가고 있진 않나요?"

안익태는 침묵했다. 시호가 희미한 승리감에 빠져들려 할 때 즈음, 그가 히죽 웃었다. 의외의 반응에 시호의 미소가 얼어붙었다.

"그자가 너를 아주 잘 다루었구나. 네 눈엔 경천동지할 능력을 가진 신인으로 보일지 모르겠으나 그자 또한 한낱 사람일 뿐. 힘을 만들어 내는 것은 결국 무리이다. 조직의 뒷받침 없이 그자가 홀로 해낼 수 있는 일이, 얼마나 될 것 같으냐?"

경멸의 눈빛이 시호의 얼굴을 위아래로 훑었다.

"역시 정저지와(井底之蛙)로다. 별당 안에서 보는 세상은 그리 간단하였구나. 피로하니 이만 물러가거라."

시호가 뻣뻣해진 어깨를 추스르며 방을 나섰다. 장지문이 탁 소리를 내며 닫혔다. 안익태는 입매를 일그러뜨리며 수염을 쓰다듬었다.

하지만 지금도…… 계획하신 바와 다르게 일이 돌아가진 않나요?

오늘 밤도 잠들긴 틀린 것 같았다.

***

시호는 기둥에 기대 숨을 골랐다. 등허리에서 식은땀이 배어났다. 무엇인가를 있는 힘껏 인내하는 얼굴로, 그녀는 두 손을 모아 아랫배 위에 올리고 기둥에 뒷머리를 기댔다. 달도 별도 밝은 밤이었다. 처마 그늘을 벗어날 마음이 들지 않았다.

"괜찮아. 말씀하시는 걸 들어보니 그분…… 아직까지는 무사하신 것 같다."

누구에게 하는 말인지 자신도 모르는 채로, 그녀는 중얼거렸다.

***

온통 어둠뿐이던 공간에 빛이 들기 시작했다. 검게 뭉그러뜨려져 있던 물건들이 하나하나 형체를 갖추었다. 부스러지기 시작하는 흙벽, 그 가운데 덩그러니 놓인 높은 탁상, 뒤로 넘어간 의자. 잔돌이 구르는 흙바닥. 그리고 그 위에 엎드린 해준의 시신까지도.

가장 어두운 구석 자리에서 그림자 하나가 움직였다. 시백이었다. 그는 느릿한 걸음으로 방 가운데로 향했다. 그의 손이 바닥에 놓인 어리에 닿았다.

쌔액! 하고, 위협적인 소리를 내며 어리가 들썩였다. 시백이 작게 속삭였다.

"쉬잇……."

어리가 순식간에 침묵했다. 두려워하는 듯 부르르 떠는 잔 울림이 나뭇살을 타고 전해졌다. 시백은 어리를 들고 문을 나섰다. 바닥에 떨어진 지도가 그의 발에 짓밟혀 구겨졌다.

이른 아침 햇살은 생각보다 강했다. 쨍하게 내리쬐는 빛에 시백은 잠시 눈을 감았다. 다시 뜬 눈 앞에는 아침 장사 준비로 번잡한 시전이 펼쳐져 있었다. 천으로 덮은 어리를 비스듬히 들고, 그는 걷기 시작했다.

　지나치던 사람들이 흠칫 어깨를 떨며 물러섰다. 행인들이 썰물처럼 좌우로 물러섰다. 모두들 의식조차 못하고 한 행동이었다. 시백은 그 길 가운데를 느긋하게 가로질렀다.

　해준이 목표했던 첫 번째 장소는 옹기전의 뒷편이었다. 강마른 사내가 허리도 못 펴고 열심히 장독을 닦는 옆을 시백은 그대로 지나쳤다. 지도에 표시된 장소들은 모두 민가에 접한 곳들이었다. 시백은 그 표시를 모두 무시했다. 다음 장소도, 그 다음 장소도. 그리고 그 다음 장소도 그는 눈길도 주지 않고 지나쳤다.

　느린 걸음은 그저 단 하나의 목표만을 향하고 있었다.

***

　발밑으로 도성 전체 풍광이 그림처럼 펼쳐졌다. 솔은 괜히 눈가가 시렸다. 다시는 못 볼 줄 알았던 그리운 모습이었다. 이런 높이에서 내려다보는 것은 처음이지만, 모든 것이 낯익고 아름답게만 느껴졌다.

　말도 기쁜 듯 콧김을 뿜었다.

　"너무 가까이 가지 마라."

　뒤에서 민훈의 목소리가 날아왔다. 솔은 고개를 끄덕이고 뒤로 두어 걸음 물러났다.

　"빠른 길을 찾을 수 있어서 다행이었죠?"

"그래."

민훈은 지난밤을 떠올렸다. 그것은 정말 거짓말 같은 시간들이었다. 말 뒤에 올라탄 솔은 누군가와 열심히 이야기를 나누더니 길을 지시하기 시작했었다. 그도 본 적 없고 그녀도 본 적 없다는 길이 수풀 하나 너머에서 나타나곤 했다. 그것뿐이랴. 그녀가 몇 마디를 속삭이니 지쳤던 말이 언제 그랬냐는 듯 기운을 차리고, 빛 한 점 없는 한밤중의 산길도 대낮처럼 여기며 달렸다. 위에 탄 민훈이 오싹해질 정도의 경험이었다.

솔은 한껏 뿌듯한 얼굴로 언덕 끄트머리에 서 있었다. 아침 햇살에 반짝이는 그 옆모습을 멍하니 바라보다가, 그는 고개를 휙휙 내저었다.

"솔아."

"······네?"

"그만 가자."

"아, 네!"

이름을 부르시네.

얼굴을 엷게 붉힌 솔이 후다닥 달려왔다. 그 등 뒤에서 보퉁이 하나가 달랑대며 따라왔다.

"그것, 굳이 그리 싸매고 다녀야겠느냐?"

"그럼요. 가능하다면 머리에 이고 다니고 싶어요. 제겐 이게 황금덩이보다 더 귀하다구요."

민훈의 눈가가 살짝 찌푸려졌다. 그녀가 저렇게 애지중지 하고 있는 것은 핏자국 말라붙은 자하세경이었다. 신기하다며 칼자국 난 책장들을 펄럭이던 그녀는 갑자기 펑펑 울음을 터뜨리더니, 말릴 새도 없이 치맛자락을 뜯어 보퉁이를 만들고선 그 책을 저렇게 짊어지고 다니기 시작했던 것이다.

솔은 민훈의 도움을 받아 양 손 양 발을 다 써서 말에 기어올랐다. 민훈은 가벼운 몸놀림으로 훌쩍 그 앞에 앉았다. 잠깐 머뭇거리던 솔이 그의 허리춤 옷자락을 어설프게 붙들었다.

"이 일만 끝나면 모두 설명 드릴게요. 아주…… 아주 긴 이야기가 될 테지만."

말꼬리가 흐려졌다.

이제는 밝힐 때가 되었다. 엄마의 이야기도, 그녀의 이야기도, 그리고 시백의 이야기도. 모든 것을 알게 되었을 때 민훈이 과연 어떤 눈으로 그녀를 보게 될지, 솔은 조금 두려웠다.

……하지만 어쩔 것인가. 그것 또한 그녀가 감내해야 할 몫이었다. 설사 내쳐진다 하여도 어쩔 수 없는 일이다.

"듣고 나시면 저…… 엇!"

솔은 민훈의 등에 푹 파묻혔다. 민훈이 그녀의 양팔을 잡아당겼던 것이다. 그는 솔의 팔을 빈틈없이 단단하게 자기 허리에 감아주었다. 솔은 얼굴이 화끈해졌다.

"쓸데없는 소리 하지 마라. 간다."

한쪽 볼로 그의 너른 등판을 꾹 누른 채로, 솔은 가만히 고개를 끄덕였다.

막 말을 출발시키려는 차였다.

"잠깐만요!"

솔이 기겁해서 소리를 질렀다. 깜짝 놀란 민훈이 고삐를 당기자 당황한 말이 앞발을 쳐들었다. 솔이 비명을 지르며 민훈에게 매달렸다. 민훈이 급히 말을 달래고 외쳤다.

"무슨 일이냐, 갑자기!"

"저…… 저게 뭐야?"

민훈의 물음엔 대답도 없이, 솔이 떨리는 목소리로 중얼거렸다. 크게 부릅뜬 눈은 도성 방향을 향해 있었다. 민훈의 눈에는 아무것도 보이질 않았다. 그저 평범한 풍경일 뿐이었다. 하지만 솔의 목소리는 겁에 질려 있었다.

"무슨…… 안 돼. 이건…… 이럴 수는 없어."

솔이 입술을 씹으며 말했다. 그러나 다음 순간, 그녀는 단호하게 외치고 있었다.

"가요, 우리. 빨리요!"

***

"들라 하라."

길게 따라 부르는 소리가 이어졌다. 대신들의 눈길이 한 곳으로 쏟아졌다. 양옆에 칼을 찬 무관들을 끼고, 젊은 선비 하나가 대전으로 들어섰다.

분명 죄인을 감시하고 호송하기 위한 자들일 것이었다. 하지만 어째서인지 무관들은 마치 선비를 호위라도 하는 듯이 보였다. 그만큼 선비가 풍기는 기운은 예사롭지 않았다. 맑고 해사한 얼굴의 미남자로, 장신에 걸친 옥색 도포가 그린 듯이 잘 어울렸다. 그러나 무엇보다도 그에게는 범인과는 다른 당당함과 기품이 있었다.

장소와 때에 맞지 않는 복색임에도, 누구 하나 그것을 지적할 마음이 들지 않았다. 대신들 사이에서 작은 웅성거림이 번졌다.

어떻게……!

병관 서충헌은 등에 식은땀이 흐르는 것을 느꼈다. 설마 설마 했는데, 정말로 이현이 맞았다. 초야에 묻혀 죽은 듯 살아야 죽음을 면할 그가 어째서 이런 곳에 나타났는지 알 수가 없었다. 그는 창백해진 얼굴로 이현의 옆모습을 바라보았다.

이현은 두 손을 가볍게 모아 쥐고 걸음을 옮겼다. 반쯤 내려뜬 눈으로 바닥만을 읽으며, 그는 수없이 많은 시선들을 담담히 견뎠다. 그리고 대전 가운데 이르러 무릎을 꿇었다.

"신, 이현. 주상 전하를 뵈옵니다."

"일어나라."

현은 고개를 깊이 조아렸다가 몸을 일으켰다.

"경들은 잘 보시오. 이자가 내가 좀 전에 말했던 그자요. 낯들이 익지 않으시오?"

왕이 빈정거리듯 말했다.

"그리고 이자가 내게 청하길, 자하원 일당을 색출하는 것을 당장 멈추어 달라는군."

"안 될 일입니다, 전하!"

안익태였다.

"반란을 획책한 역도의 무리입니다. 도성 안에서도 이미 조직을 이루었을 정도이니 한시바삐 뿌리 뽑지 않으면 나라의 근간이 흔들릴 것입니다."

"그렇사옵니다, 전하! 신의 생각도 같사옵니다."

옆에서 편을 들고 나섰다. 눈을 내리깔고 있던 현이 조용히 입을 열었다.

"전하, 저도 한 말씀 올려도 되겠습니까."

"하라."

"신이 기회가 되어 자하원의 독경회라는 곳에 들러 본 적이 있습니다. 대다수가 서로 이웃인 노인과 아녀자들로, 그저 글공부를 하고 한담을 나누기 위한 목적으로……."

"노인이든 아녀자이든, 역심을 가졌으면 역당인 게지. 그러고 보니 네놈은 어떤 연유로 독경회까지 갈 수 있었던 것인가! 네놈이야말로 그 일당이 보낸 것이 아니냐?"

안익태가 짐짓 괴로운 듯, 미간을 좁히며 말을 이었다.

"전하! 더 들으실 것도 없습니다. 당장 끌어내라 하시잖고 무얼 하고 계십니까."

"……좌상."

현이 날카로운 눈으로 안익태를 노려보았다. 단호한 목소리. 분명한 하대의 기운이었다. 대신들이 혼비백산해서 젊은 선비를 쳐다보았다.

"좌상은 그 입, 닥치시오."

***

"누구냐!"

수문장이 긴장해서 외쳤다. 이현 사건 이후로 궁문 경비는 훨씬 더 삼엄하였다. 그러나 눈앞에서 다가오는 젊은 선비는 전혀 개의치 않는 듯했다. 그는 멈춤 없이 정문 중앙을 향해 걸어오고 있었다. 한 손에 무엇인가를 든 채로.

기이한 긴장감이, 불안감이 수문장을 휘감았다. 그뿐만 아니라 주변의 병졸들 모두가 그러한 모양이었다. 안 될 일이었다. 수문장은 검을 뽑아들고 앞으로 나섰다.

"멈추어……!"

선비가 한 발을 쾅 굴렀다. 웅웅 기분 나쁜 땅울림이 인다 싶더니, 바람이 휙 밀어닥쳤다. 아니, 바람인지 무엇인지 알 수 없었다. 한순간 겨울의 폭포수 밑을 뚫고 지나간 듯 섬뜩한 기운이 머리끝부터 발끝까지를 꿰뚫고 지나갔다.

수문장의 눈이 초점을 잃었다. 병졸들도 취한 것처럼 비틀대더니 병장기를 꼬나들고 앞을 겨누었다. 아무 것도 없는 허공을 향해. 그들의 손은 적병의 대군을 눈앞에 둔 듯 긴장해 떨리고 있었다.

"잘 지켜라."

한 마디만을 남기고, 시백은 그들 곁을 지나쳤다. 높고 거대한 문이 기다렸다는 듯이 활짝 열렸다.

***

"뭣이……?"

안익태의 얼굴 근육이 푸르르 떨렸다.

"좌상은 감히 무슨 용기로 주상 전하께 명을 내리고 계시오."

현은 살기 도는 눈을 돌려 대신들을 하나 하나 훑기 시작했다.

"대답들 해 보시오. 언제부터 조정이 이 꼴이 된 것인지. 주상 전하께서 하해와 같은 너그러움을 보여 주고 계실 양이면 경들이 그 깊은 뜻을 헤아려 자중을 해야 할 것인데, 좌상은 지금 무슨 용기로 이토록 방만하며 경들은 무슨 생각으로 저것을 그냥 두고 보고만 있단 말인가!"

왕의 입이 가볍게 벌어졌다. 그가 자기도 모르게 자리에서 반쯤 몸을 일으켰을 때, 안익태가 일갈했다.

"네 이놈! 네놈이야말로 전하의 심기를 어지럽히고 있는 원흉이다. 전하, 들으셨습니까? 자하원의 독경회를 들여다 본 적이 있다 합니다. 결국 저놈도 그 일당 중 하나인 것입니다. 네놈, 그 얼굴…… 그 이름……! 누가 믿을 수 있겠느냐! 자하원은 너를 꾸며 무슨 짓을 저지르려 하는 것이냐. 아니, 자하원뿐이 아닐 것이야.

그 뒤에 누가 있느냐! 당장 고하지 못할까!"

현이 두 주먹을 움켜쥐었다. 서충헌이 급히 앞으로 나섰다.

"잠……!"

그는 말을 끝맺지 못했다. 무인의 본능이 그의 눈을 잡아챘던 것이다. 충헌은 번개처럼 고개를 돌려 대전 밖을 쳐다보았다. 갑작스러운 그의 행동에 다른 사람들도 하나둘 그를 따라 고개를 돌렸다.

누군가가 서 있었다.

대전 바로 바깥, 큰 문을 열어젖힌 한가운데에. 왕만이 밟을 수 있는 계단을 걸어 올라와 그 마지막 단에 당연하다는 듯이 자리잡고 있었다.

어떻게 아무도 모를 수 있었을까. 병사들은 무엇을 했단 말인가. 섬뜩한 의문들이 대전을 소리 없이 가득 채웠다. 그 침묵 속에서 오직 현만이 겨우 입을 열 수 있었다.

아는 얼굴이었다.

"너……는?"

"살려 둔 보람이 없잖은가. 여기에서 또 만나 버리면."

시백이 환하게 웃으며 말했다.

***

흑마가 비명을 지르며 멈춰섰다. 낙마할 뻔한 솔을 민훈이 간신히 붙잡았다.

"왜 그래요? 응?"

솔의 물음에 말은 도리질을 치며 제자리에서 한 바퀴를 돌았다. 보이지 않는 벽에라도 가로막힌 듯한 몸짓이었다.

"못 가겠대요. 앞에 무서운 게 있다고, 우리도 가면 안 된다고 그러네요."

"그 말대로 하는 게 어떠냐?"

"안 돼요!"

"……작게 말해도 된다. 농이었다."

둘은 말에서 내렸다. 조금만 더 걸으면 돈화문이었다. 솔은 보통이를 추슬러 올렸다. 창백한 얼굴은 결의에 차 있었다.

이 앞에, 그 사람이 있었다.

궁성 안쪽에서 무서운 기운이 구름처럼 일어나고 있었다. 곧 무엇인가 끔찍한 일이 일어날 것만 같았다. 발 달린 산 것들이 모두 궁의 담을 넘어 도망치려 하고 있었다. 솔에게는 생생히 느껴졌다.

민훈이 앞서 걸음을 옮겼다. 솔이 그의 소맷자락을 뒤로 꾹 잡아당겼다.

"아무래도 따라오지 않으시는 게 낫겠어요. 너무 위험해요."

"너는, 내가 그렇게 싫으냐?"

"……네?"

민훈은 더없이 진지한 표정이었다. 솔이 읽기에는, 조금 화가 난 듯도 하였다.

"어떻게든 내게서 떨어지고 싶어 용을 쓰는 것 같아서 하는 말이다. 이제 와서 나만 돌아가라니. 나와 함께 있는 게 그 정도로 불편하더냐?"

"아니, 그런 게 아니라. 위험하다니까요?"

"넌 괜찮고?"

"그건…… 아니겠지만. 어떻게든 되지 않을까요? 저 작으니까, 담을 넘어서 잘 숨어 가 보면……."

"저것이 여염집이나 어지간한 양반네 집처럼 보이느냐? 궁이다. 그리고 널 맞는 건 행랑아범이 아니라 창칼을 든 군사들일 것인데, 혹시 검 좀 쓰느냐?"

솔은 입을 비죽거렸다.

"아뇨."

"내가 네 검이다. 그러니 놓고 갈 생각 하지 마라."

말문이 막혔다. 그 사이에 민훈은 안장에서 검을 끌러들고 앞으로 척척 걸어 나갔다. 솔이 급히 달려가 그 앞을 가로막았다.

"다치셨잖아요. 정말 괜찮으시겠어요?"

"지금도 혼자 100명 정도는 상대할 수 있다."

"거짓말!"

"할 수 있다고 생각하면 할 수 있게 되는 것이다. 100명을 목표하면 못해도 70명은 되게 되는 것이고."

"……막무가내잖아! 누가 바보라는 거야?"

솔이 신경질적으로 자기 머리를 헝클어뜨렸다. 민훈은 말이 통하는 체질이 아니었다. 진지하게 대하고 있는 자기가 바보가 되는 느낌이었다.

이길 수 없어.

반쯤 체념한 채로, 솔은 한 손을 들어 보였다.

"뭐냐, 그건."

"저희 동네 꼬맹이들이랑 하는 건데요. 해 보면 이상하게 힘이 솟고 뭐든 잘 해낼 수 있을 것 같은 기분이 들거든요? 이렇게 손바닥을……."

민훈도 손을 들어올렸다. 하지만 손바닥을 마주치지는 않았다. 긴 손가락이 솔의 손가락 사이사이에 얽혀들었다. 그는 거칠지만 따뜻한 손바닥을 땀이 밴 솔의 손바닥에 붙여 왔다.

솔이 새빨개진 얼굴로 흠칫했다. 낯선 감각. 온몸의 솜털이 모조리 곤두설 정도로 자극적이었다.

"……아니냐?"

"아니, 맞아요."

솔은 얼른 손을 떼고 흐흠 헛기침을 했다.

"그럼, 가요!"

"가자."

***

우르르 발소리가 일더니 군사들이 대전 안으로 들이닥쳤다. 검을 뽑아든 자들과 활을 겨눈 자들이 번갈아 서서 대신들과 왕을 둘러쌌다.

현이 급히 왕 앞을 막아섰다.

"이, 이런 무도한······!"

"네놈은 누구냐! 무엇들 하는 짓이야!"

대신들이 가운데로 몰려들며 아우성쳤다. 심상치 않은 상황이었다. 이것이야말로 말 그대로 역모가 아닌가. 그러나 이만한 군사를 한번에 움직인 얼굴 치고, 눈앞의 젊은 선비는 너무도 낯설었다.

그 와중에 서충헌은 찌푸린 눈으로 군사들을 훑었다. 군사들의 움직임이 어딘가 이상했다. 다들 넋 나간 얼굴로 겁에 질린 채, 멈칫대고 삐걱대고 있었다. 충헌은 그들을 그렇게 만든 사람이 누구인지 본능적으로 깨달았다. 그는 저 위험한 눈의 젊은이와 대신들 사이를 몸으로 가로막았다.

시백이 이현과 충헌을 번갈아 바라보더니 고개를 끄덕였다.

"훌륭하시군. 하지만 그게 무슨 의미가 있겠나. 당신들이 한 발 앞서 죽어 준다고 뒤에 있는 그자들이 고마워해 주기나 할까."

"누구냐! 이름을 밝혀라!"

충헌이 엄정한 목소리로 외쳤다.

"기억하는 자 하나도 남지 않을 테니, 밝힐 이유가 없다."

차갑고 단호한 답이었다.

"무엇이······!"

"솔이는, 묵호는 어찌되었나."

현이 충헌의 말마디를 자르고 들어왔다. 불타오르는 것 같은 눈이 시백을 노려보고 있었다. 난데없이 끼어든 아들 이름에, 충헌이 눈을 부릅떴다.

"걱정 말게. 곧 만나게 해 줄 테니."

시백이 들고 있던 어리를 눈높이까지 들어올렸다.

"안 돼!"

누군가 찢어지는 절규를 내질렀다. 대신들이 주춤주춤 물러섰다. 시퍼렇게 질린 얼굴의 안익태가 그곳에 있었다. 그가 부들부들 떨리는 손가락으로 어리를 가리켰다.

"그것…… 그 어리…… 내려 놓으……."

"거기 계셨군, 안 원로. 오랜만이오."

***

창은 부러질 수 있는 것이었다. 솔은 처음 알았다. 두 동강난 창을 들고 아연해 하던 병졸이 민훈의 발에 얻어맞고 뒤로 날려갔다. 크게 휘두른 검의 옆 날이 마지막 남은 자의 허리를 후려쳤다. 그는 비명도 못 지르고 쓰러졌다.

"숙여!"

솔은 제자리에서 발을 동동 구르다가 답싹 주저앉았다. 날듯이 달려온 민훈의 검집이 솔 뒤에서 덮쳐오던 자의 쇄골을 박살냈다. 뒤로 나가떨어진 자는 단번에 의식이 끊겼다.

"정신 차려. 바짝 붙어서 따라와!"

"네!"

솔이 크게 답하며 벌떡 일어섰다. 벌써 몇 명이나 쓰러뜨렸는지 기억도 나질 않았다. 하지만 저 앞에서 또 군사들이 몰려오고 있었다. 민훈은 잇소리를 내며 검을 고쳐들었다. 두리번거리던 솔이 쓰러진 자가 차고 있던 검을 끌러들었다.

뭔가 도움이 되고 싶었다.

기세 좋게 뽑아들려던 검은, 검집에 끝이 턱 걸려 다 뽑혀 나오지 않았다.

"……이익! 내 팔 왜 이렇게 짧아!"

앞으로 뻗던 민훈의 검끝이 휘청댔다.

"지금 웃기면……!"

"아니거든요! 앞이나 보세요!"

솔은 민훈의 등에 손을 얹고 외쳤다. 두렵지 않았다. 신기할 정도로 두렵지 않았다. 자신의 앞을 지키는 그의 등이 태산처럼 단단하게 보였다. 가슴이 두근거렸다. 온몸에서 알 수 없는 힘이 솟았다.

할 수 있어. 이 사람과 함께라면, 해낼 수 있어. 내가 그렇게 만들 거야.

솔은 숨을 크게 들이마셨다.

***

"안 원로라니. 그게 무슨 소리인가, 좌상?"

의자에 파묻히다시피 하고 앉아 있던 왕이었다. 안익태는 급히 답했다.

"전하, 그것이 아니오라……."

"잘 생각하게, 안 원로. 이것이 무엇인지는 자네도 잘 알고 있겠지만, 사실 여기에다 내가 손을 한 번 더 써 보았거든. 이게 깨지면 일각 안에 이 안의 모두가 절명이다."

시백은 왕의 존재에 관심조차 없는 듯했다.

안익태의 이마 위로 식은땀이 줄줄 흘러내리기 시작했다. 예상 외였다. 아니, 이 상황은 예상 외라는 의미 자체를 아득히 뛰어넘고 있었다.

윤시백의 힘은 그도 잘 알고 있었다. 3년 전, 그는 북부 오랑캐들의 장수 몇을 조종해 대군을 움직인 전력이 있었다. 그러나 그것은 어디까지나 오랑캐였다. 장수 대여섯 명일 뿐이었다.

하지만 눈앞을 보라.

지금 그는 수십에 이르는 궁 수비병력 전부를 동시에 주무르며 대전 한가운데에 서 있지 않은가. 저토록 한가로운 얼굴로.

그것도, 민가 곳곳에 풀어 천한 것들이나 떼죽음시키려던 어리를 궁 한복판에 온전히 들고 와서는.

"대답하시오, 좌상!"

왕이 발악하듯 외쳤다. 시백이 가늘게 뜬 눈으로 그쪽을 쳐다보았다. 현이 번개처럼 팔을 펼치고 왕 앞을 가로막았다.

화살 하나가 왕의 목 대신 그의 어깨를 꿰뚫었다.

"큭!"

놀란 왕이 몸을 일으키려했다.

"움직이지 마십시오!"

현이 크게 외쳤다. 왕은 놀라서 주저앉았다가, 손으로 현의 등을 더듬었다.

"어찌, 상처가!"

"제 뒤에 계셔야 합니다. 제 몸이 더 컸으면 좋았을 것을……!"

현이 이를 악 문 채 탄식했다.

선왕이 서책이며 벼루를 집어던질 때마다 그 앞을 감싸 주던 한 사람. 멍든 이마에 약을 바르며, 우는 그를 달래던 말들. 왕의 눈이 크게 벌어졌다.

"……형……님?"

안익태는 절망했다.

시백이 하려는 짓을 이제야 할 것 같았다. 오늘 이 안에서 살아나갈 수 있는 자는 아무도 없다. 병사들의 창칼에 의해서든, 어리 속의 역신에 의해서든.

그렇게 죽을 수는 없었다. 절대로.

"제가…… 무엇을 하면 되겠습니까, 원주님."

"꿇어라."

늙은 몸이 뻣뻣하게 굳어졌다. 치욕과 분노로 정신이 나가 버릴 것 같았다.

대신들이 크게 뜬 눈으로 시백과 자신을 번갈아 쳐다보고 있었다. 그럴 수밖에 없었다. '그 안익태'가, 정체도 모를 젊은이 앞에서 설설 기고 있지 않은가. 그러나, 어쩔 수 없었다.

살아야 한다. 살아남아야 만회할 길이 생긴다. 어차피 이 안에서 나 외에 살아남아 이 일을 기억할 자는 아무도 없을 것이다.

안익태는 무릎을 꿇었다. 그것에 그치지 않고 이마로 땅을 찧으며 엎드렸다.

대신들 사이에서 비명 같은 탄식이 터져 나왔다.

시백은 그 모습을 묵묵히 내려다보았다. 아무런 만족감도 없었다. 그것은 어차피 해준의 꿈, 그를 위한 것이 아니었으므로.

"잘 보았네."

고개를 들던 안익태가 사색이 되었다. 시백이 팔을 휘둘렀던 것이다. 어리는 당장 내동댕이쳐져 박살날 판이었다.

약속이 틀리지 않느냐는 외침 대신, 비명이 터져 나왔다.

그때였다.

"멈춰요!!"

시백의 팔이 허공에서 덜컥 멈추었다. 휘청 크게 흔들린 어리에서 뭔가 부서지는 소리가 났다. 안쪽에서 마구 갉아 댄 어리는 부스러지기 일보직전이었다.

힐끔 그쪽을 살핀 시백이 고개를 돌렸을 때, 눈앞에서 벼락 같은 빛이 번쩍 했다.

강철과 강철이 온몸으로 부딪혔다.

그의 뜻에 따르는 왕의 별운검이, 저승사자의 검을 받아내고 있었다. 그 뒤에서 가쁜 숨을 몰아쉬고 있는 것은, 이솔, 그 아이였다.

"또?"

저도 모르게 입이 쩍 벌어졌다. 허탈한 웃음이 날숨처럼 새어나왔다.

"미친 거냐, 너? 여길 다시 돌아와?"

"그 소리, 자주 듣는데……! 난 미친 것 아니구요!"

"서민훈, 이 자식……! 넌 무슨 생각이야?"

별운검의 벽은 높았다. 온힘으로 검을 밀어붙이며, 민훈이 대답했다.

"생각 같은 것, 안 해."

시백의 얼굴이 확 구겨졌다.

"솔아?!"

"어, 오라버니! 여기 왜 계시는…… 다치셨어요?"

허둥지둥하던 솔이 고개를 세차게 저었다. 지금은 이럴 때가 아니었다. 그녀는 시백의 손을 손가락질하며 외쳤다.

"그 아이들 내려 놔요, 당장!"

"누구 마음대로?"

창칼과 화살들이 일제히 민훈과 솔 쪽을 향했다. 솔은 입술을 짓씹더니 들고 온 검을 번쩍 쳐들어, 자기 목에 들이 댔다.

"계속해 봐요. 저 여기서 죽는 꼴 보고 싶으면!"

"뭐야?"

물음은 세 남자들에게서 동시에 되돌아왔다.

장중한 침묵이 이어졌다.

곧 민훈이 세상 포기한 얼굴로 입꼬리를 틀었고 현이 급히 손을 내저었다. 시백은 죽일 듯한 눈으로 솔을 노려보았다. 솔은 기죽지 않았다.

"당신, 날 죽이려면 기회는 얼마든지 있었죠? 그래서 생각해 봤어요. 사실은 날 살려 두고 싶어 했던 게 아닐까."

"헛소리."

"도망치라고 했었잖아요? 아무도 모르는 곳으로 가서 아무에게도 들키지 말고 살라고."

시백의 표정이 미세하게 변했다. 오직 솔만이 그의 그런 변화를 눈치 챌 수 있었다.

"당신 말대로 도망쳤으면 이런 일, 끼지도 않고 알지도 못한 채로 살았겠죠. 외로웠겠지만…… 아주 많이 슬펐겠지만, 어쩌면 잘 살아낼 수 있었을 지도 몰라요. ……하지만!"

솔이 히죽 웃었다. 긴장한 입가가 파르르 떨렸다.

"난 도망치지 않을 거야!"

낭랑한 외침이 대전 안에 울려 퍼졌다. 흙투성이 산발임에도, 허름한 의복에 그것조차 흐트러진 차림임에도 그녀에게는 힘이 있었다. 저 저승사자를 호위로 부리는 것이 당연해 보일 정도였다. 대전 안의 모두가 넋을 잃고 그 작은 계집을 쳐다보았다.

심지어 의식이 없던 왕의 별운검까지도. 민훈은 그 틈에 그의 검을 밀어 쳐내고 뒤로 물러났다. 그리고 솔의 앞에 버티고 섰다. 아무 말도 필요 없었다. 그는 그녀를 믿었고 솔 또한 그가 믿을 것을 의심하지 않았다.

지금은 그녀의 시간이었다.

긴 울림이 사그라진 후에, 시백이 입을 열었다.

"막을 수 있으면 막아 봐라. 그 여자는 도망칠 머리라도 있었는데 딸이라는 것이……! 서민훈 살아남은 것 하나로 이토록 기가 살아서는, 웃기지도 않아."

"웃기는 것…… 제가 하나 보여 드릴 게 있죠."

솔이 한 손으로 보퉁이를 끌어 시백에게 던졌다. 자기 치맛자락을 뜯어 둘둘 만 보퉁이였다. 그 안에서 칼자국 난 자하세경이 모습을 드러냈다.

"펼쳐 봐요."

무슨 수작인지 알 수가 없었다. 시백이 가만히 서 있자 솔이 다시 한 번 그쪽을 턱짓했다.

결국 시백은 한 손으로 그 책을 멀찍이 들고, 책장을 떨어뜨리기 시작했다. 휑하게 뚫린 책장이 펄럭펄럭 넘어갔다. 성의 없이 종잇장을 미끄러뜨리던 시백의 손이 멈칫했다.

꿰뚫리지 않은 첫 낱장, 날카로운 칼끝을 끝내 버텨낸 얄팍한 종이 한 장.

꾹 눌린 날 자국 아래에 새겨진 것은 누군가의 이름이었다.

"우리 엄마 대단하죠?"

울컥 솟는 무엇인가를 꿀꺽 삼키고, 솔이 말했다.

"쓸데없는 여행이었어요. 당신이 무엇을 보여 주고 어떤 이야기를 들려 줘도, 아무 소용없어요. 우리 엄마가 과거에 어떤 사람이었건, 그게 무슨 의미가 있어요? 그래도 우리 엄만데. 나는 엄마 딸인데. 그리고 우리 엄마는 아직도…… 이번에도 나를, 이 사람을 지켜 주었는데!"

시백이 고개를 들었다.

"……이따위 우연 하나로, 기고만장해서 달려 온 거냐?"

"우연이라 해도 상관없어. 생각해 봐요. 지금 이 자리에 있는 사람들은 누구죠? 이 광경은 당신 뜻대로인가요, 내 뜻대로인가요? 저를 도와주려는 누군가가 분명히 있는 것 같지 않아요?"

솔은 눈을 감고 크게 심호흡을 했다. 바람의 맛이 달랐다. 결이 달랐다. 이전과는 전혀 다른 느낌이었다. 분명 어제까지만 해도 친구들의 목소리를 듣는 것조차 불가능했는데, 지금은 세상 모두가 자신과 함께 숨 쉬는 기분이었다. 완전히 새로운 감각이었다.

그녀는 눈을 떴다.

"당신에게도 그런 사람, 있지 않나요? 내 눈엔 이제 보이는데."

보였다. 모든 것이. 전엔 전혀 알지 못했던 것들까지도. 어쩌면 그녀가 꼭 보았어야 했던 것까지도 이제야.

솔의 손에서 칼이 땡그렁 소리를 내며 떨어졌다. 그녀는 빈손을 천천히 뻗었다. 가느다란 손가락 끝이, 대전의 한구석을 가리켰다.

그곳에 서 있는, 아마도 그녀와 그에게만 보일 누군가가 고개를 끄덕였다. 솔은 눈가가 시큰거렸다.

"알려 줄까요? 저쪽에……."

"그만."

시백이 차갑게 말을 끊었다.

"그 입 다물어라."

"그러니 그만둬요. 제발."

"……하고 싶은 말은 그게 다냐?"

그는 반지 낀 나머지 손을 가볍게 내저었다. 슬픈 얼굴로 서 있던 여인의 그림자가 그 손짓에 연기처럼 흩어졌다.

"그 주제도 모르는 오지랖도, 여전하구나."

시백은 왠지 웃고 싶어졌다. 그녀는 영원히 모를 것이다. 그가 살아온 삶이 어떠한 것이었는지. 그리고 그 자신도 영원히 깨닫지 못할 것 같은 기분이었다. 지금 그녀를 보면서 왜, 반가운 마음 같은 것이 드는 것인지. 그와 별개로, 왜 이토록, 미칠 것 같은 분노가 치밀어 오르는지도.

하지만 아무 의미 없는 일이었다. 그에겐 이미 서 있을 힘도 남아 있지 않았으니까. 눈앞이 점점 검게 물들고 있었다. 좋든 싫든 이젠 막을 내려야 할 시간이었다. 얼핏 누군가의 얼굴이 뇌리를 스쳤다. 그 이름을 속으로만 불러 보고서, 시백이 입을 열었다.

"고생했다. 시간 낭비 하느라."

민훈이 검을 고쳐 쥐었다. 그는 알 수 있었다. 시백이 선택을 끝냈다는 것을.

"어차피 네 길과 내 길은 다르다. 수십 년을 버틴 마음이 말 몇 마디로 바뀔까. 가소로운 오만이지. 다만 정성을 봐서 작은 결심 하나 정도는 바꿔 보도록 하마."

시백이 손가락을 튕겼다. 그 소리에 모든 군사들이 일제히 그들을 향해 달려들기 시작했다. 그 칼끝은 솔까지도 노리고 있었다.

"너도, 함께 가라."

창칼들이 동시에 날아왔다. 수십 개의 날붙이가 살의로 번쩍였다. 민훈이 뭔가를 각오한 얼굴로 검을 들어올렸다.

사방에서 안타까운 비명이 터져 나왔다. 저 당돌한 계집도, 소문으로만 듣던 저승사자도 곧 피를 쏟으며 쓰러질 것이다. 구원은 없었다. 다음 차례는 자신들이었다.

솔은 아랫입술을 꾹 깨물었다. 눈가에 눈물이 맺혔다. 그는 선택했다. 그러니 이젠 그녀가 선택할 차례였다.

솔이 한 발을 쾅 굴렀다.

"그만두라잖아아!"

웅웅 소리가 파도처럼 그녀 주변을 휩쓸고 지나갔다. 주변 모든 사람이 와르르 크게 휘청였다. 시백마저도 놀라서 비틀거렸다. 울림이 덮친 군사들이 망가진 꼭두각시처럼 덜컥 멈추었다.

솔은 고개를 들어 시백의 눈을 바라보았다.

영원 같은 순간이었다.

저편 왕좌 앞에 선 현의 눈과, 그녀를 등 뒤로 돌아보고 있는 민훈의 눈도 번갈아 바라보았다. 찰나의 빛. 말은 없었다.

그들은 움직였다.

현이 옥좌 근처에 있던 궁수를 어깨로 들이받고 활을 빼앗아 들었다. 그 소리에 시백이 뒤로 몸을 틀었다. 십수 년을 홀로 갈고닦은 그대로, 그의 손은 그린 듯이 움직였다. 전광석화였다. 화살 끝이 시백의 한쪽 가슴을 꿰뚫었다.

직사의 충격은 컸다. 시백이 두어 걸음 물러나며 비틀거렸다. 일그러진 그의 눈이 손에 든 어리로 향했다. 그것만 깨뜨리면 그의 승리였다. 이대로 내팽개치면 됐다. 팔을 당기려던 그가 눈을 크게 부릅떴다. 새하얀 섬광이 번뜩였다. 곧게 내어지른 민훈의 검이 어리의 손고리를 깨끗하게 끊어 냈다.

"무슨……!"

힘 잃은 어리가 바닥으로 낙하했다. 그 밑에서 미끄러지며 어리를 받아낸 것, 솔이었다. 그녀는 양팔로 어리를 부둥켜안고 바닥을 굴렀다.

시백이 더 빨랐다. 마지막 힘으로, 그는 어리 귀퉁이를 걷어찼다. 삭아 있던 나뭇살이 박살나며 큰 구멍이 뚫렸다.

솔이 비명을 질렀다. 그녀는 정신없이 어리를 덮었던 천을 끌어내리고 그 위를 몸으로 덮었다.

"소용없어…… 어차피, 너 혼자서는……."

시백은 무릎을 꿇으며 쓰러졌다. 생의 끝에서, 그는 웃고 있었다.

대신들이 아우성을 치며 바깥으로 흩어졌다. 그들도 그 안에 든 것이 얼마나 위험한 것인지 진작 깨달은 참이었다.

천 귀퉁이로 피가 말라붙은 들짐승 코가 불쑥 비어져 나왔다.

"아아!"

손을 뗄 수 없다. 잡을 수 없다.

솔의 얼굴이 새파랗게 변했다. 거대한 절망이 그녀의 머리 꼭대기에서 쏟아져 내리려 했다.

그때, 빠져나가려는 쥐 위를 푹 덮는 천자락이 있었다. 그녀가 보퉁이로 쓰겠다고 찢어 냈던 치맛자락. 그 양 끝을 쥔 두 손은 민훈의 것이었다. 차갑게 질린 솔의 손에 닿은 그의 한 손이, 너무도 뜨거웠다. 떨리는 그녀의 것과 다르게 그의 손은 굳건했다.

"괜찮아."

그의 목소리. 이 미친 아수라장에 어울리지 않는, 부드럽고 다정한 목소리.

퍼뜩 정신을 차리고 바닥을 살폈다. 검은 쥐들은 둘이 빈틈없이 덮은 천 밑에서만 뱅글뱅글 돌고 있었다. 놓치지 않았다. 한 마리도. 역신은 그들의 손 안에서 꿈틀대다 다시 잠들고 있었다.

솔은 거친 숨을 몰아쉬었다. 온몸을 들먹이며 겨우 숨을 쉬다가, 그녀는 민훈의 어깨에 이마를 파묻었다.

"아…… 어…… 흑!"

울음이 새다가, 터졌다가, 오열로 변했다.

민훈은 그 뒷머리를 턱으로 지그시 눌렀다.

"괜찮아. 잘했어."

끝났다. 드디어.

솔은 고개를 끄덕이며 숨 막히게 울었다.

군사들이 머리를 털며 비척비척 일어섰다. 모두들 어찌 된 영문인지 모르는 표정이었다. 왕이 반쯤 입을 벌린 채 자리에서 일어났다. 대신들도 한 걸음씩 그들에게 다가왔다. 처음부터 물러나지 않았던 한 명, 서충헌이 맨 앞에 있었다.

그들 모두의 시선은 두 사람을 향해 있었다.

"기다립시다."

그 앞을 가로막는 손, 현의 것이었다. 왕좌 앞에서 달려오다가, 솔과 민훈을 몇 걸음 앞두고 멈춰 선 그였다.

높이 뜬 해가 대전 안을 환하게 밝히고 있었다. 그 빛 가운데에서, 그가 잃은 줄 알았던 둘이 서로를 마주하고 있었다. 누구도 방해하게 두지 않을 셈이었다. 이 풍경이, 지금까지 그가 만들어 온 것들 중 가장 귀한 것이었으니까.

그가 일생을 걸고 지키기로 마음먹은 것이었으니까.

"가야 해요."

겨우 울음을 멈춘 솔이 고개를 들었다.

"어디로?"

민훈이 솔의 이마에 자기 이마를 맞대고 물었다.

"어디든. 아주 먼 곳. 아무도 없는 곳까지 갈 거예요. 그곳에서 이 아이들을 보내 줄 거예요. 가야 할 곳으로."

"먼 곳."

"네."

"또 혼자 가려고? 묻겠는데, 혹시 말은 좀 타느냐?"

솔이 어깨를 떨었다. 눈물이 가득 고인 큰 눈으로, 솔은 해맑게 웃었다. 정오의 햇살보다도 더 찬란하게.

"못 타요. 누구한테 부탁해야 하죠?"

"내가 네……."

"악! 하지 말아요!"

민훈이 웃었다. 3년간 한순간도 지워지지 않던 그림자도 햇살에 녹아 사라진 후였다. 솔은 그 얼굴에서 눈을 뗄 수 없었다.

서로가, 서로를 향해 그러했다.

"가자. 어디든. 네가 원한다면 그 어디라도."

"놓고 가지 않을게요."

"약속했다."

긴 겨울이 끝나가고 있었다.

十九. 어느 맑은 날

같은 날, 어느 때에.

온 집안이 혼비백산이었다. 옷 스치는 소리조차 조심스럽던 집이 우당탕 달리는 발소리로 가득 찼다. 여기저기서 탄식과 비명이 터지고 다급히 누군가를 부르는 외침이 울려 퍼졌다. 반들반들 윤나던 마루 위는 흙발자국에 뒤덮여 있었다.

주인 나리가 대역 죄인으로 붙잡혔다 했다. 아마도 역모에 준하는 중죄인 듯하며, 곧 집안 식솔들을 잡아 족치러 포졸들이 도착할 것이라 했다. 모두가 사방팔방으로 뛰고 있었다.

"무얼 하고 계십니까!"

젊은 여종이 방문을 열어 젖히며 외쳤다. 방 가운데 앉아 있던 시호가 그녀를 올려다보았다. 무섭게 창백한 낯빛이었다.

"두어라. 지금 와서 무엇을 할 수 있단 말이냐."

시호가 대꾸했다. 여종이 성큼 방 안으로 걸어들어 오더니 시호의 팔을 잡아끌었다.

"일어나세요. 어서 도망쳐야 합니다."

평소엔 눈도 마주치지 않던 여종이었다. 10년을 수행하였어도 서로 말 한 번 섞어 본 적이 없었다. 만난 첫 날 인사말을 나눈 것으로 시호는 박 씨에게 뺨을 맞고 그녀는 피가 터질 때까지 볼기짝을 맞은 후로 계속 그러했다. 시호는 그녀의 이름이 말녀라는 것만 겨우 기억할 뿐이었다.

언제나 말도 없고 표정도 없이, 그저 서안이나 경대 같은 물건처럼 시호의 곁에 서 있던 그녀였다. 저런 표정에 저런 말투라니, 시호는 놀라서 말을 잊고 말았다. 그래서 그녀가 당기는 대로 순순히 일어서고 말았다. 사실, 맞서 버틸 힘도 없었다.

"정신 차리세요! 시간이 없습니다."

"무슨…… 무슨 시간 말이냐. 나더러 어떻게 하란 말이야."

"아이를 생각하셔야죠!"

턱 목이 막혔다.

"준비 되었느냐?"

중년의 여종이 나타났다. 박 씨를 수행하던 침모였다. 박 씨가 시호에게 모진 손찌검을 할 때도 눈썹 하나 까딱하지 않던 바로 그 침모였다.

"아직요."

그녀는 정신을 놓은 시호를 보며 혀를 찼다.

"이걸 입으십시오. 너도 같이 입어라. 연지도 얼른 지워 드리고."

급히 내놓는 것은 머슴들이 입던 옷이었다. 말녀가 얼른 시호의 옷을 뜯어내듯 벗기곤 그 옷으로 갈아입히기 시작했다.

"다들…… 왜 이래? 왜 이러는 거야?"

"저희가 정말로 눈도 없고 귀도 없는 물건인 줄 아셨습니까. 저희도 볼 것은 보고 들을 것은 듣고, 생각도 하고 말도 하는 사람입니다. 그래서 이러는 거죠. 이러고 싶으니까."

자기도 옷을 갈아입은 말녀가 봇짐 하나를 짊어졌다. 그녀가 고개를 끄덕이자 침모가 시호의 어깨에 두 손을 얹었다.

"몸이 점점 무거워질 겁니다. 어렵겠지만 어떻게든 끼니는 꼭 챙기셔야 합니다. 말녀가 함께하긴 하겠지만 홀몸으로 아기 낳고 기르기 쉽지 않을 거예요. 하지만 정신 반짝 차려 보세요. 언젠간 살아 있길 잘했다 싶어지는 날이 올 테니. 이 아기는…… 마님 눈치 보지 말고 마음껏 사랑하고 아껴 주셔야 합니다."

"아니, 나는……."

시호의 눈가에 눈물이 고이기 시작했다. 누군가의 염려를 받는 것, 생전 처음 있는 일이었다. 침모가 봉투 두 개를 시호의 손에 쥐어주었다.

"나리께서 맡기신 것입니다. 하나는 서찰이고, 하나는 바다 건너

대국까지 가실 때 쓰실 여비와, 그곳에서 지내실 때 쓰실 돈입니다. 충분할 것이라 하셨습니다."

"나리? 대국?"

"가세요. 말녀야, 길은 잘 알아 두었겠지?"

"그럼요."

말녀와 침모가 서로 부둥켜안았다. 짧은 포옹이 끝나고, 말녀가 시호의 손을 거칠게 끌어당겼다. 뒷문을 나서자마자 포졸들이 들이닥치는 것이 보였다. 말녀는 손등으로 눈가를 훔치더니 얼른 걸음을 옮겼다. 시호는 끌려가듯 그 뒤를 따랐다.

얼마간에 얼마를 도망쳤을까. 둘은 나룻배에 몸을 싣고 있었다. 같이 탄 이들의 힐끔거리는 눈길을 등으로 막으며, 말녀는 시호 앞에 마주앉았다. 그러나 그녀는 흐르는 강물에만 시선을 두고 있었다. 일그러진 얼굴로, 피가 나도록 입술을 깨문 채로.

시호는 알고 있었다. 그녀인들 무슨 정이 깊어 자신을 구하고 싶었을까. 그녀의 가족은 시호가 아니라 등 뒤에 두고 온 그들일 것인데.

모든 것이 꿈만 같았다. 하늘같았던 아버지가 한순간에 무너졌다는 것도, 자신이 남자 복색을 하고 도망치고 있다는 것도. 더 이상 한치 앞을 예상할 수 없는 길 위에 내던져졌다는 것도. 그리고,

'그'와 더 이상 닿을 수 없다는 것도.

아버지의 눈과 귀는 세상 어디에든 있었다. 그 덕분에 대전에서 일어난 일들을 미리 알고 이리 대피할 수 있었다. 그들이 급히 전

한 이야기 중에는 자하원의 원수가 어떤 최후를 맞았는지에 대한 것도 있었다.

시호는 침모가 챙겨 준 봉투들을 꺼냈다. 첫 봉투 안에는 누구라도 흠칫할 정도로 어마어마한 액수의 돈이 적혀 있었다. 하지만 시호는 무심한 눈으로 그것을 내려다보다가, 다시 갈무리해 넣었다. 두 번째 봉투 안에 든 것은 서찰이었다. 그답지 않게 길게 쓴 서찰이었다. 그러나 낯익은 필체의 문장은 처음부터 끝까지 한결같이 분명, 그의 것이었다.

말녀가 고개를 들었다. 누군가 숨죽여 우는 소리가 들렸던 것이다. 구겨진 서찰을 가슴에 끌어안고 시호가 울고 있었다. 사람들의 시선이 느껴졌다. 그녀는 얼른 시호의 귓가에 속삭였다.

"그러지 마세요. 쳐다보잖아요."

시호가 고개를 끄덕였다.

……그러니 자네는 고작 서 씨 집안 안주인 정도로 만족하지 말기를. 이 나라는 땅이 적고 산이 많아 볼 것도 들을 것도 궁벽할 뿐. 듣자하니 세상이 참으로 넓다는데, 자네가 나 대신 살펴줄 수 있겠는가.

"네…… 그럼요."

자네에게 이 땅은 너무 좁아.

눈물범벅의 얼굴로, 시호는 웃었다.

***

가까운, 어느 날에.

태출은 봇짐을 떨어뜨렸다. 점점 떨어지는 턱은 곧 가슴까지도 닿을 것만 같았다.
"아저씨. 괜찮아요?"
엿을 빨며 서 있던 막동이가 헤죽 웃었다. 곡식 가마니며 피혁더미들이 온 마당을 가득 채우고 있었다. 감히 사립문 안으로 발을 들일 수가 없을 정도였다.
"이…… 이게! 이 녀석이 또 무슨 사고를 쳐서……!"
"사고 친 게 아니라요! 어른들이 그러는데, 누나가 엄청난 일을 해냈다고 하던데요. 어, 임금님을 구했다나?"
"뭐야?"
"아이고! 막동이, 너 이 녀석! 이제 함부로 그렇게 부르면 안 된다니까?"
날듯이 달려온 막동 엄마가 아들의 등짝을 후려쳤다.
"아야! 아 왜! 누나는 누나고 아저씨는 아저씨지!"
"그게 아니라니까! 솔이 아…… 아씨? 아씨는 이제 양반님네가 되셨으니까."

"뭐, 뭐야?"

태출이 얼이 빠져서 되물었다.

"이제 오셨소? 먼 길 다녀오느라 고생이 많으셨겠네."

"아니, 그것보다…… 이게 다 무슨 소리요? 뭐가 어떻게 된 거요?"

막동 엄마는 복잡한 표정으로 입가를 긁었다.

"그러고 보니 솔이 아부지도 이제 솔이 아부지라고 부르면 안 되는 거지?"

"어허, 무슨 소리냐고 대체!"

도깨비에 홀렸나. 아무래도 급히 온다고 전날 밤에 밤을 새서 산을 넘을 때 뭔가 잘못된 모양이었다. 태출은 자기 뺨을 마구 때렸다. 그는 얼른 다 헤진 짚신을 벗어던지고 방문을 열어젖혔다. 빈 방 안에는 비단 묶음만 잔뜩 쌓여 있었다.

"이 녀석은 또 어디 갔어!"

"아, 내 듣기로는……."

막동 엄마가 묘한 미소를 만면에 띠었다. 그 미소에 태출은 몹시 불안해졌다.

"신수 훤한 나리랑 야반도주 했다고……."

"무슨 소리야, 그건 또!!!"

태출의 비명이 온 마을을 뒤흔들었다.

***

또 다른, 어느 날에.

"썩 보기가 좋소. 역시 사람은 제자리를 찾아가야 하는 것이지."
 미랑이 씩 웃었다. 석도는 헛기침을 하며 철릭을 더듬었다. 군관복을 모두 갖춰 입은 석도는 아닌 게 아니라 참으로 본래 그 옷을 입기 위해 태어난 사람처럼 보였다.
 "너무 오랜만에 입어선지 영 불편합니다. 당장 벗어던지고 나무나 하러 가고 싶소."
 "무슨 그런 소릴."
 "정말이오. 난 가끔 셋이서 오붓하게 살 때가 그리울 때가 있어요. 그땐 우리도 좀 더……."
 "어허!"
 미랑이 얼굴을 붉히며 석도의 손등을 꼬집었다. 석도가 펄쩍 뛰자 문 양옆에 서 있던 수문병들이 눈을 흘겼다.
 "그나저나 도련님은 언제 오시려나요."
 "슬슬 오실 때가…… 저기 오시는군."
 현이 그들을 발견하고 손을 들어보였다. 입궐하느라 제대로 복색을 갖춘 현의 모습은 그린 듯 고아하였다. 미랑은 잠시 감격한 눈으로 그 모습을 바라보다가, 그 팔에 한 아름 들린 서책 무더기를 보고 혀를 찼다.

"또입니까!"

"전하께서 하사하시는 것인데 어찌 마다합니까."

현이 멋쩍게 웃었다.

"피로해 보이십니다. 오늘은 무슨 일로 입궐하라 하셨던가요."

"매번 같지 않습니까. 안부 나누고, 하문하시는 것에 열심히 대답하다 왔습니다."

왕이 하문하는 것들이란 언제나 그동안의 현의 생활에 대한 것이었다. '그날' 이후로 왕은 눈에 띄게 달라졌다. 거의 매일 현을 불러 종일 이야기를 나누고, 그것이 어색해지면 함께 서책을 읽으며 하루하루를 보내는 사이 그는 변해 가고 있었다.

변해 가는 것은 현도 마찬가지였다. 미랑과 석도, 오직 둘만이 알고 있던 현의 그림자도 조금씩 옅어지고 있었다. 마음 속 깊이 묻어 두었던 짐이었다. 덜기 쉽지 않겠지만, 서로가 노력하고 있었다. 그는 그 어느 때보다도 편안해 보였다.

현의 등장에 긴장했던 대신들도 이젠 안정을 찾은 뒤였다. 왕과 현의 사이는 다른 음모가 감히 낄 수 없을 만큼 밀접하고 단단해지고 있었다. 조정은 더없이 평화로웠다. 현과 병판 서충헌의 진언으로, 연주의 상황도 온건히 정리되고 있었다.

'그날'이 없었다면, 이리 쉽게 일이 해결되지는 못했을 것이었다. 인생사 참으로 새옹지마라고 미랑은 생각했다.

"갈까요?"

"저도 함께 퇴궐하지요."

"그래요. 모처럼 함께 돌아가니 좋네요. 오늘 저녁 식사는 제가 직접 준비해 놓았습니다."

잔잔한 웃음이 셋 사이를 흘렀다.

현의 집은 궁 가까운 곳으로 옮긴 후였다. 미랑도 석도도 본래 살던 집을 떠날 생각이 없었지만, 잠시 생각하던 현은 선선히 거처를 옮기기로 했다. 마을 사람들을 불편하게 만들기 싫다는 이유에서였다. 다만 그는 왕이 내리려는 어마어마한 크기의 기와집을 마다하고 보다 작은 규모의 집을 청했다. 그에게는 그조차도 너무 넓었다.

"주무십시오."

"네. 아주머니께서도 주무십시오."

깊어가는 밤에, 현은 서안 앞에 홀로 앉았다. 촛불이 맑은 빛을 뿌리고 있었다. 그는 깨끗한 종이 한 장을 펼치고 붓을 들었다.

어느새 신록이 쇠하는 계절이 왔구나. 솔아. 건강히 잘 지내고 있느냐.

먼저 소식을 전해 주어 얼마나 기뻤는지 모른다. 도모하던 일은 잘 되어 가고 있는지 모르겠다. 서해안에 역병이 창궐했다는 소식이 없는 것을 보니 네 뜻대로 되어가고 있는 듯하다만, 혹 네가 너무 무리하고 있는 것은 아닌지 걱정이다.

아버지께서는 강녕하시다. 아직 새 삶에 익숙해지려면 시간이 걸리실 것 같기는 하구나. 사실, 아직도 매일 찾아와 이것이 생시인지 아닌지 묻고 가신다. 거처를 옮길 생각은 전혀 없으신 듯하고 당신 사는 방식을 바꿀 생각도 없으신 모양이다. 이제는 그럴 필요가 없는데도, 매일 논밭에 나가 전과 같이 일하며 지내신다. 곧 추수철이지 않느냐. 네가 게으름 부려서 올해 농사는 틀렸다고 화가 단단히 나셨다. 너는 언제나 오나 하고 매일같이 수시로 마을 초입까지 나아가 오가는 사람 그림자를 좇고 계시니, 병이라도 나실까 염려된다. 그러니 너는 조금 더 서두르는 게 어떻겠느냐.

나는 잘 지내고 있다. 그저 주상 전하와 마주 앉아 장기나 두는 것이 일상이구나. 네 부탁대로 네 봉작을 물러 주실 수 없느냐 여쭈었다가 크게 혼이 나고 말았다. 다시 한 번 말하지만 그것은 내 뜻이 아니라 주상 전하의 뜻이었다. 어명이니 그저 따르거라. 네가 한 일은 그만한 가치가 있는 일이었으니.

네 옆에 있는 자에게도 이야기를 좀 전해 다오. 병판 대감께서 애타게 기다리고 계신다고 말이다. 내가 너와 소식이 닿는다는 소리를 들으시곤 한밤중에 달려오셨더구나. 낮에는 그토록 태산처럼 장중한 분이, 죄송하지만 그토록 횡설수설하실 줄이야. 요는 그자가 도깨비 탈을 썼건 저승사자 탈을 썼건 그따위 것은 아무래도 상관없으니, 어서 둘이 함께 돌아오라 하신다. 아들이 대전 한가운데에서 그토록 당당하게, 그분 표현을 빌리자면 애정 행각을 벌일 수 있는 자인 줄 몰랐다며 책임질 일을 책임지게 만들어 주겠다 하신다. 이미 부인께서 기쁜 마음으로 먼저 나서셔서 모든 준비를 끝내 놓았다고 하시더구나.

그리고 그 준비는, 나도 끝냈다.

언제 돌아올 것이냐, 솔아. 하고 싶은 이야기도 많고 듣고 싶은 이야기도 많구나. 네가 도와줘야 할 일도 많고, 내가 널 도와야 할 일도 이제 많이 생길 것이다. 전에 답했던 곳으로 이 서신을 전하기는 하겠지만 너희가 아직 그곳에 머물고 있는지 알 수가 없으니 이 글이 제대로 전해질지 알 수가 없구나. 그저 바라고 희망할 뿐이다.

다시 한 번 묻는데 잘 지내고 있는 것은 맞느냐. 혹 어려운 상황에 처해 있는 것은 아닌지 나는 항상 걱정이다. 나이 찬 남녀는 같은 자리에 앉는 것도 법도에 어긋나는데, 긴 날들을 어찌 불편하게 보내고 있을지 짐작할 수가 없구나. 혹여라도, 아니다. 법도와 예에 어긋나는, 그렇지 않을 것이지만, 일이 일어나려 한다면, 했다면, 지체 없이 알려다오. 나는 언제나 네 편임을 잊지 말거라. 내 수단 방법을 가리지 않고 그자가 합당한 대가를 치르게 할 것이다. 방법이야 많을 것인데, 내가 상황에 따라 일곱 가지 정도로만 추려 보았다. 들어 볼 테냐? 먼저 첫 번째로…….

"괜찮겠어요? 오라버니가 당신을 죽이겠다잖아요."

"……."

민훈은 세상 억울하다는 표정으로 뒤를 돌아보았다. 솔이 빙긋 웃고 있었다. 그녀가 타고 있는 흑마도 비슷한 표정으로 웃고 있는 듯 보였다.

"나는 죄가 없다."

그랬다. 그는 정말로 무고했다.

"그날은 네가……."

"으아아! 아, 이제 보여요!"

솔이 팔을 뻗어 저편을 손가락질했다. 새빨갛게 물든 단풍나무들이 양옆으로 갈라지더니 낯익은 언덕배기가 드러났다. 늦가을을 맞은 한양은 화려한 황금색과 붉은색 사이에 느긋이 잠겨 있었다. 여름에 봤던 것과는 또 다른, 말을 잊게 하는 풍광이었다.

솔은 말에서 기어 내려왔다. 그리고 고삐를 쥔 채 멍하니 선 민훈 곁으로 다가왔다.

"돌아왔네요."

"그렇군."

"어때요? 경치도 좋은데 좀 천천히 갈까요?"

민훈이 픽 웃으며 옆을 돌아보았다.

"마음의 준비가 필요하냐?"

솔은 아랫입술을 내밀었다.

"조금요."

"그럼 그렇게 하자."

민훈이 바닥에 털썩 주저앉았다. 솔도 입꼬리를 올리더니 그 옆에 나란히 앉았다. 그녀의 머리가 민훈의 팔에 가볍게 기댔다. 그가 솔의 손 위에 조용히 자신의 손을 얹었다.

솔은 깊은 숨을 들이마셨다. 아름다운 풍광이었다. 그때는, 이전에 보았을 때는 그저 그 무서운 검은 기운에 놀라서 떨 뿐이었건만.

그의 얼굴이 떠오르자 어깨가 굳었다. 흠칫 떠는 그녀의 기색에, 민훈은 말없이 솔의 손을 굳게 쥐어 주었다.

소용없다. 어차피, 혼자서는…….

그랬다. 그의 말이 옳았다. 그래서 혼자였던 그의 선택은 그 혼자만을 위한 최선이었다. 20년에 가까운 세월을, 분명히 목표한 그 파멸을 향해 뚜벅뚜벅 걸어갔을 그 뒷모습을 솔은 아직 떨쳐낼 수가 없었다.

혼자였다면, 그녀 또한 걸었을지도 모르는 길.

"배고프지 않느냐?"

"……전혀 안 고파요. 좀 참으세요."

솔은 피식 웃고 말았다.

그녀는 혼자가 아니었다. 그녀를 믿고 목숨을 함께 걸어 준 누군가가, 그 슬픈 쥐들을 함께 감싸 준 누군가가 있었다. 자신의 생각을 빤히 읽고 어둠으로 끌려가려는 그녀의 손을 이렇게 끌어당겨 옆에 앉혀 놓는, 이 남자가 있었다.

그들은 기다렸다. 발아래에 펼쳐진 풍경이 지루해지다 못해 눈에 새겨져 버릴 때까지.

충분하고도 넘치는 시간이 둘에게는 있었다.

***

마침내, 그날에.

더없이 높고 새파란 하늘이었다. 길바닥에는 색색 비단 조각 같은 단풍과 은행잎이 누가 일부러 꾸미기라도 한듯 소복하게 깔려 있었다.

초가집 마당은 몰려드는 손님들을 감당하기엔 너무도 비좁았다. 천막은 담장 밖 길가에도 한없이 늘어서 있었다. 천막마다 벌써 먹고 마시는 사람들로 가득했다. 왁자지껄한 웃음소리가 사방에 울려 퍼졌다.

온 마을 사람들이 모두 모여 만든 먹을거리였다. 박참봉댁에서도 직접 빚은 좋은 술과 먹을거리를 넉넉히 보내 온 덕에 더없이 풍족한 잔치였다. 손님도 많고 많아, 신부 지인이라며 도성 안에서 장사한다는 사람들도 잔뜩 몰려온 터였다. 온 마을 사람들이 웃고 떠들며 오늘을 축하하고 있었다.

막동이와 을순이는 양손에 유과와 약과를 한가득 움켜쥐고서도 서로 쫓고 쫓기고 있었다. 한쪽이 가진 약과에 잣이 두어 개 더 붙어 있다는 이유에서였다. 그것도 그네들끼리의 놀이였다.

"거 봐! 잡을 수 있으면 잡아 봐…… 컥!"

막동이가 뭔가에 푹 파묻혀 멈춰 섰다. 눈이 번쩍 뜨일 정도로 선명한 철쭉색 치맛자락이었다. 고개를 드니 화려한 전모(氈帽)를 쓴 미인이 그곳에 있었다. 새빨갛게 칠한 눈가가 둥글게 휘었다.

"이런. 내가 잡아 버렸구나."

오싹하게 고혹적인 미소가 소년의 얼굴을 새빨갛게 물들여 놓았다. 막동이는 줄행랑을 쳐 버렸다. 을순이는 어리둥절할 뿐이었다.

한편 태출은 거의 정신을 놓고 안절부절못했다.

"어, 어떻게 해야 하나? 나 많이 이상하진 않은가? 나 뭐 빠뜨린 것 없나?"

"아 거 참! 걱정 말고 가만히 계시오. 다 괜찮으니까!"

미랑의 질책도 듣는 둥 마는 둥이었다. 미랑은 혀를 차며 석도에게 태출을 떠맡겼다. 어차피 태출 같은 사람을 이리저리 끌고 다닐 수 있으려면 석도 정도의 체구는 되어야 했다. 석도가 태출의 자리를 잡아주자마자 누군가 외쳤다.

"시작한대요!"

요란한 박수소리가 터져 나왔다가 금방 그쳤다. 서로를 진정시키는 마을 사람들의 지혜였다. 그렇게 시끄럽던 마당 안이 거짓말처럼 조용해졌다. 사람들은 눈에 불을 키고 두 개의 병풍 쪽을 쳐다보았다.

한쪽 병풍이 걷히더니 신랑이 등장했다. 곳곳에서 탄성이 터져 나왔다. 깊은 보라색의 단령과 사모관대에 청아한 빛이 흘렀다. 임금이 새로 만들어 내려 보낸 예복이었다. 준비된 옷들을 보고 이런 것을 어떻게 감히 입느냐고 걱정하던 이들은 그것이 아무 쓸모없는 염려였음을 뒤늦게 깨달았다. 훤칠한 키에, 깜짝 놀라 다시 돌아볼 정도로 잘생긴 신랑의 얼굴은 화려한 사모관대와 더없이 잘 어울렸다. 오히려 옷이 불편한 기색인 그의 몸짓에 겨우 그도 사람은 사람인 듯하여, 사람들은 웃었다.

곧이어 다른 한쪽 병풍이 걷혔다. 붉은 활옷을 커다란 날개처럼 늘어뜨리고 신부가 걸어 나왔다. 수놓인 모란이 당장이라도 향기를 뿜을 듯 생생하고 아름다웠으나 신부의 미모에는 비할 바가 아니었다. 섬세한 화관 아래에 그보다 더 섬세하고 고운 신부의 얼굴이 반쯤 가려진 채 드러나 있었다. 환호성에 가까운 탄성이 폭발하려다 태출의 표정 앞에서 사그라졌다.

진행을 맡은 이는 이현이었다. 이 자리의 모든 것에 그의 손이 닿아 있었다. 같은 연배에게 맡길 일은 아니지 않느냐는 목소리에 대하여, 현은 웃으면서 답했던 것이다. 자기가 굳이 권력의 힘을 보여 줘야겠느냐고.

그의 앞에서 신랑과 신부가 서로 마주섰다.

"시작해도 되겠나?"

그가 작은 소리로 묻자 둘이 고개를 끄덕였다. 그러다, 그제야 눈을 들어 서로의 모습을 확인한 둘이었다.

"큭……!"

"품!"

현이 크게 헛기침을 했다. 둘은 얼른 웃음을 삼켰다. 긴장한 민훈은 냉엄하기 그지없는 얼굴로 돌아갔지만 솔은 미소를 지울 수가 없어 고개를 푹 숙였다.

첫 만남은, 밤이었다.

풀벌레가 노래하던 길목에서 그는 담장을 넘어 그녀 앞에 떨어졌다. 얼굴이며 온몸을 흑색으로 휘감은 그는 말 그대로, 저승사자였다. 그날은 화살비가 내렸다.

솔은 지나간 시간을 떠올렸다. 기쁨도, 슬픔도, 두려움도 모두 한 자리에 있었다. 이루 말할 수 없는 감정이 함께 보고 온 바다처럼 일렁이며, 파도라는 것처럼 가슴 속을 간질였다.

그녀는 긴 추억을 고이 접어 갈무리했다.

지금, 이 한낮의 햇살 아래에서 그가 그녀를 마주보고 있었다. 빛 아래 드러난 그의 얼굴은 창백할지언정 밝았다. 무심히 다른 곳을 향해 있다가도 어쩔 수 없이 그녀에게 끌려오는 저 눈빛이 이제는 익숙했다. 사람들 웃음소리가 비처럼 쏟아지고 있었다.

솔도 웃기로 했다.

시작은 지금부터였다.

얼마든지, 즐겨도 좋은, 아름다운 날이었다.

〈끝〉

묵호의 꽃 2

1판 1쇄 찍음 2018년 9월 6일
1판 1쇄 펴냄 2018년 9월 13일

지은이 | 최정원
발행인 | 박근섭
편집인 | 김준혁
책임 편집 | 최고운
펴낸곳 | 황금가지

출판등록 | 2009. 10. 8 (제2009-000273호)
주소 | 06027 서울 강남구 도산대로 1길 62 강남출판문화센터 5층
전화 | **영업부** 515-2000 **편집부** 3446-8774 **팩시밀리** 515-2007
홈페이지 | www.goldenbough.co.kr

도서 파본 등의 이유로 반송이 필요할 경우에는 구매처에서 교환하시고
출판사 교환이 필요할 경우에는 아래 주소로 반송 사유를 적어 도서와 함께 보내주세요.
06027 서울 강남구 도산대로 1길 62 강남출판문화센터 6층 민음인 마케팅부

ⓒ 최정원, 2018. Printed in Seoul, Korea

ISBN 979-11-5888-433-8 04810(2권)
        979-11-5888-434-5 04810(set)

㈜민음인은 민음사 출판 그룹의 자회사입니다.
황금가지는 ㈜민음인의 픽션 전문 출간 브랜드입니다.